本书系国家社科基金重大项目"汉唐间丝绸之路历史书写和文学书写文献整理与研究"（项目批准号：19ZDA261）阶段性成果，获北京外国语大学"双一流"建设重大标志性成果"多语种、多视角世界文学与比较文学研究"项目（项目批准号：2020SYLZDXM019）资助

A Study
on the
Chinese
and
Japanese
Dream
Record
from a
Comparative
Perspective

比较文学与比较文化丛书

石云涛 主编

比较视野下中日梦记研究

赵季玉 著

中国社会科学出版社

图书在版编目（CIP）数据

比较视野下中日梦记研究／赵季玉著. —北京：中国社会科学出版社，2023.5
（比较文学与比较文化丛书）
ISBN 978 - 7 - 5227 - 1892 - 7

Ⅰ.①比…　Ⅱ.①赵…　Ⅲ.①比较文学—文学研究—中国、日本
Ⅳ.①I206②I313.06

中国国家版本馆 CIP 数据核字（2023）第 082977 号

出 版 人	赵剑英
责任编辑	宋燕鹏　史丽清
责任校对	李　硕
责任印制	李寡寡

出　　　版	中国社会科学出版社
社　　　址	北京鼓楼西大街甲 158 号
邮　　　编	100720
网　　　址	http://www.csspw.cn
发 行 部	010 - 84083685
门 市 部	010 - 84029450
经　　　销	新华书店及其他书店

印刷装订	三河市华骏印务包装有限公司
版　　　次	2023 年 5 月第 1 版
印　　　次	2023 年 5 月第 1 次印刷

开　　　本	710×1000　1/16
印　　　张	18.75
插　　　页	2
字　　　数	288 千字
定　　　价	98.00 元

目　录

绪　论 ……………………………………………………………… 1

上篇　中日"梦记"探讨

第一章　梦在宗教信仰中的作用 ……………………… 13
第一节　与神佛等相会的"桥梁" …………………… 14
第二节　梦的预兆作用 …………………………… 20
第三节　梦中修行 ………………………………… 27
第四节　道教与佛教中的特色梦 …………………… 31
小结 …………………………………………………… 34

第二章　中国"梦记" …………………………………… 36
第一节　中国"梦记"源流 ………………………… 36
第二节　道教中的"梦记" ………………………… 50
第三节　佛教中的"梦记" ………………………… 61
小结 …………………………………………………… 70

第三章　日本"梦记" …………………………………… 71
第一节　"梦信仰"与"梦记" ……………………… 71
第二节　"回心"与"梦记" ………………………… 80
第三节　"玉女梦" ………………………………… 89
小结 …………………………………………………… 105

中篇 明惠《梦记》专题研究

第四章 明惠《梦记》概述 ·· 109
 第一节 明惠其人 ·· 109
 第二节 《梦记》其书 ·· 111
 第三节 《梦记》研究的问题点 ··· 114

第五章 "修行梦" ·· 118
 第一节 《梦记》的执笔契机 ·· 119
 第二节 "修行成就"与"梦记" ·· 123
 第三节 作为确认修行阶段的"梦记" ······································ 127
 第四节 作为求梦方式的修行 ·· 132
 小结 ·· 137

第六章 "见佛梦" ·· 138
 第一节 第一梦：文殊菩萨梦 ·· 138
 第二节 "生身"佛菩萨梦与"生身信仰" ······························ 139
 第三节 "生身佛"与往生 ·· 143
 小结 ·· 144

第七章 "舍利梦" ·· 145
 第一节 镰仓初期的"舍利信仰" ·· 146
 第二节 "舍利梦"与减罪消灾 ··· 149
 小结 ·· 153

第八章 "明神梦" ·· 154
 第一节 《梦记》中春日明神的作用 ·· 155
 第二节 《梦记》中的童子与鹿 ··· 166
 第三节 "明神梦"与"释迦信仰" ··· 171
 小结 ·· 179

第九章　"女性梦" ·· 180
　　第一节　"镇魂"与"女性梦" ························· 180
　　第二节　修行与"女性梦" ····························· 185
　　第三节　救赎与"女性梦" ····························· 188
　　小结 ··· 195

下篇　中日"梦记"关系探讨

第十章　中国"梦记"影响日本的可能性 ················· 199
　　第一节　道教"梦记"影响日本的可能性 ··············· 199
　　第二节　宋朝文人"梦记"影响日本的可能性 ··········· 210
　　小结 ··· 214

第十一章　中国鲜见僧人"梦记"之原因辨析 ············· 216
　　第一节　中日"梦记"僧人身份考 ····················· 216
　　第二节　密教影响之下的"梦记" ····················· 218
　　小结 ··· 221

结　语 ··· 222

附论一　日本"梦记"在后世的发展 ····················· 231

附论二　中国典籍对明惠《梦记》的影响 ················· 241

附录三　明惠上人年表 ································· 255

参考文献 ··· 263

索　引 ··· 277

后　记 ··· 291

绪　　论

一　"梦记"概念释义

顾名思义，"梦记"即梦境记录。在日本学界，"梦记"为专有名词，特指采用日记形式记录的梦境集合。松园齐将"梦记"定义为：记主本人梦到的、对自己或身边人有意义的、随同日期一起记载下来的梦境记录①。上野胜之将其定义为"梦主本人所记载的、有明确日期的梦境记录"②。本书中的"梦记"一词，沿用日本学界的定义。"梦记"主要以两种形式存在。第一，直接以"梦记"或"梦想记"命名的作品，如明惠的《梦记》、慈圆的《慈镇和尚梦想记》等。第二，出现在以"记"命名的作品中，如《日本灵异记》下卷第三十八篇中撰者景戒的两条梦境。

通常，梦境被记录下来的形式有三种。其一，文学作品的作者将梦作为一种文学素材，为增加故事的神秘性而记述的梦。这种最为常见。"高僧传"系列作品中的大量梦境即属此列。其二，史官等记述的他人之梦。这种梦或者是撰者亲耳所听，或是来自别人的转述。史书中的梦记录、白行简的《三梦记》等为代表性例子。与作为文学素材的第一类梦相比，这种梦的纪实性更强。但是，由于史官的政治使命，其中不乏渲染帝王神圣性、为统治合法性证言的虚构梦。其三，本书所论述的"梦记"形式。三类之中，第三类比较特殊。首先，"梦记"是记主记录的一己之梦。其次，从体裁上来看，"梦记"属于"记"文体范畴③。"记"文体的基本特征是纪实。《文章辨体序说》曰："记者，纪事之

---

① 松薗斉：『日記の家：中世国家の記録組織』、吉川弘文館、1997、第 129 頁。
② 上野勝之：「平安時代における僧侶の「夢記」と夢」、荒木浩編：『夢と表象眠りとこころの比較文化史』、勉誠出版、2017、第 43 頁。
③ 除了"记"文体外，还有少数隶属于"抄""传""集"等文体。

文也"①。《隋书》经籍志中以"记"命名的作品多属于史部。到唐朝时，"记"发展成为一种独立的文体。《文体明辨序说》曰："其盛自唐始也，其文以叙事为主。"② 在前代志怪小说的基础上成立的传奇小说也开始以"记"命名。"记"文体也传播到日本。平安时代（794—1192），日本出现了很多以"记"命名的作品，其内容以神事、帝记、政要为中心，涉及地志、杂抄、怪异故事、寺社缘起、灵验记等③。都良香的《富士山记》、庆滋保胤的《池亭记》、菅原道真的《左相扑司标所记》等都是"记"体裁的代表作。《本朝文萃》卷十二和《本朝续文萃》卷十一专门设"记"一项④，收录以"记"命名的名篇。大曾根章介指出："如果说'记'文体的本质是纪实的话，那么，'记'文学的特色则是不以华丽的辞藻修饰，以细致的观察和简明浅易的描写为主。"⑤以"梦记"命名的作品或从属于"记"文体作品中的"梦记"自然也带有上述特征。它不是第三者杜撰的多数人的梦境集合或同一主题的梦的单纯叠加，而是记主记载的本人的梦境。

关于记主，永井义宪指出以僧人群体居多⑥。奈良末平安初的景戒、平安时代的成寻、镰仓时代的亲鸾以及战国时期的多闻院英俊（以下简称"英俊"）等人为代表性案例。特别是明惠，一生都在记梦，创造了日本文学史上的一大奇迹。

"梦记"比较完整的记述形式为"日期＋记事＋梦境＋解梦"。其中，"日期"部分，记载做梦的年月日等具体信息。通常"梦记"的日期都是完整的。但是，像明惠的《梦记》这种连续记梦的情况，年份和月份常常被省略。"记事"部分，记载的是做梦前或做梦当天发生的事件，交代梦境的背景。"梦境"部分是"梦记"的主体，内容多种多样。它一般以"梦"或"梦云"开头，以"觉"或"觉了"结尾。"解梦"部分，是对梦境的解说，是了解记主记梦缘由的重要线索。大多数情况下，"梦记"的记述形式为

---

① （明）吴讷：《文章辩体序说》，人民文学出版社 1962 年版，第 41 页。

② （明）徐师曾：《文体明辨序说》，人民文学出版社 1962 年版，第 7 页。

③ 大曽根章介：「『記』の文学の系譜」、『解釈と鑑賞』1999 年第 55 巻、第 46 頁。

④ 吉原浩人：「大江匡房と「記」の文学」、『解釈と鑑賞』1995 年第 60 巻、第 120 頁。

⑤ 大曽根章介：「『記』の文学の系譜」、『解釈と鑑賞』1999 年第 55 巻、第 48 頁。

⑥ 永井義憲：「更級日記と夢ノート」、日本文学研究資料刊行会編：『和泉式部日記・更級日記・讃岐典侍日記』、有精堂出版、1975、第 233 頁。

“日期＋梦境”或“日期＋记事＋梦境”，并不具备上述完整的结构。

　　“梦记”是了解记主的精神世界的重要资料。众所周知，梦很容易遗忘。醒后回忆起来的梦往往很不完整。我们可能不确定梦中到底出现了几个人，记不清楚梦境的色彩等等。或者早上起来还记得栩栩如生的梦境到了晚上或经过数日便只剩下片段甚至消失殆尽。关于梦被遗忘的原因，斯顿培尔论述得最详细。以“清醒生活中导致遗忘的所有原因对梦也同样有效”为首，他共列举了五个方面的原因。其中，第五点内容如下：“大多数人对梦不感兴趣也导致了梦的遗忘。如果一个科学研究者在某个时期对梦感到兴趣，他就会比平时做更多的梦——这显然意味着他更容易而频繁地记住自己的梦。”① 从中可知，兴趣是记住梦的原因之一。宗教徒记录“梦记”的原因大抵在此。对信徒来说，对梦感兴趣最大的原因恐怕是因为它蕴含着深刻的宗教意义。特别是像明惠那样一生记梦的情况，若脱离了佛教意义，恐怕他很难长期坚持。“梦记”所呈现出来的梦，或与现实异常接近，或与现实相去甚远，都将记主的人生的色彩和线条勾勒得更加鲜明。透过梦境，我们可以更加清晰地探求记主的精神世界，进而了解他们个人乃至一个时代的宗教信仰。在这个意义上，“梦记”的价值不容忽视。

二　“梦记”研究回顾及现状综述

（一）日本“梦记”研究综述

　　日本方面的研究以“梦记”概念的提出为分界线，分为前后两个时期。前半期日本对慈圆的《慈镇和尚梦想记》②、亲鸾的“亲鸾三梦记”③、明惠的《梦记》④ 和《多闻院日记》中英俊的梦⑤展开了研究。

　　① 转引自［奥］弗洛伊德《释梦》，孙名之译，商务印书馆1996年版，第42页。
　　② 赤松俊秀：「南北朝内乱と未来記——四天王寺御手印縁起と慈鎮和尚夢想記」、『仏教史学』1956年第5巻；間中冨士子：「『慈鎮和尚夢想記』に就て」、『仏教文学』1979年第3巻。
　　③ 赤松俊秀：「親鸞の妻帯について」、『統鎌倉仏教の研究』、平楽寺書店、1966。
　　④ 山田昭全：「明恵の夢と『夢之記』について」、『金沢文庫研究』1971年第17巻；玉山成元：「高弁の夢」、『日本仏教史学』1979年第15巻。
　　⑤ 島田成矩：「多聞院日記に見えたる夢と信仰——白狐と舎利と人狐をめぐりて——」、『国学院雑誌』1957年第58巻；芳賀幸四郎：「非合理の世界と中世人の意識—多聞院英俊の夢」、『東京教育大学文学部紀要』1962年第36巻。

相关成果将在正文中一一提及，这里不再赘述。

"梦记"概念提出以后，日本的"梦记"研究进入后半期。永井义宪在《〈更级日记〉与梦笔记》① 中首次对"梦记"下定义，只不过他当时使用的是"梦笔记"一词。他指出《更级日记》的作者菅原孝标女手边或许有一本专门记梦的笔记，《更级日记》中的梦或许就是参照此笔记所写，进而提出明惠的《梦记》、亲鸾的《梦之记》（即"亲鸾三梦记"）和慈圆的《慈镇和尚梦想记》等都属于"梦笔记（「夢ノート」）"。此后，神奈川县立金沢文库所编的《秘仪传授：金沢文库主题展图录》将以镰仓时代中期真言律宗僧人睿尊（1201—1290）为祖师的睿尊教团的"瑞相日记"和明惠的《梦记》相类比，指出"瑞相日记"也属于"梦记"的一种②。

正式明确提出"梦记"一词并对其下定义的学者为绪论中提到的松园齐③。由于其论证的焦点是贵族出家和写日记之间的关系，所以没有对"梦记"展开系统论述。第一次将"梦记"作为一个整体进行论述的是荒木浩。他指出，从《日本灵异记》下卷第三十八篇中景戒的两条梦境到明惠《梦记》再到英俊的梦记录，记录"梦记"是从古代到中世（1192—1603）僧人的一贯行为。他从文学体裁的角度，分析了"梦记"可以作为日记、散文、和歌、自传、随想文和写生文进行解读的可能性④，为"梦记"研究提供了一个全新的视角。

荒木浩尝试将"梦记"作为一个整体进行研究以后，日本学界的研究方向转为寻找新的"梦记"资料。到目前为止，取得的主要研究成果如下：

---

① 永井義憲：「更級日記と夢ノート」、日本文学研究資料刊行会編：『和泉式部日記・更級日記・讃岐典侍日記』、有精堂出版、1975。

② 神奈川県立金沢文庫編：「神託と夢想」、神奈川県立金沢文庫編：『秘儀伝授：金沢文庫テ－マ展図録』、神奈川県立金沢文庫、1992、第 34 頁。

③ 松薗斉：『日記の家：中世国家の記録組織』、吉川弘文館、1997、第 129 頁。

④ 荒木浩：「夢という日記、自伝、うた、そして逸脱のコンテクスト、あるいは〈心〉と〈外部〉——明恵『夢記』を読むために」、荒木浩編：『〈心〉と〈外部〉』、大阪大学大学院文学研究科広域文化表現論講座、2002。

表 1　　　　　　　　　　　　日本新发现"梦记"一览

学者	调查结果
柴崎照和	安然《梦记》一帖（青莲院圣教①二九一）、法然《法然上人御梦想记》、东大寺尊胜院院主弁晓《尊胜院弁晓法印梦想记》（道性所记。收录于宗性的《观世音菩萨感应抄》）②
佐藤爱弓	荣海"梦记"③
高桥秀城	觉鑁《严密院瑞梦颂》④、知道《佛法梦物语》、赖瑜"梦记"、荣海"梦记"⑤
荒木浩	最澄《梦记》一卷（收录于《传教大师全集》卷五的《传教大师撰集录》《传教大师转述目录》和《山家祖德撰目集》等均有著录）⑥
上野胜之	证真、宽信、胜贤、荣西、円智等人的"梦记"⑦

以上学者新发现的资料扩充了"梦记"的内容，对思考"梦记"的特征等问题有很大的参考价值。此外，他们中的一些人还零散地对新发现的"梦记"展开过一些论述。但严格来说，他们的研究主要停留在介绍新资料和浅层的梦境分析上。这可能是因为这些僧人的"梦记"篇幅短且内容少。而且，新发现的资料中，像安然的《梦记》、最澄的《梦记》等，仅见于著录，内容已不可考。这些都给进一步的研究造成了困难。

（二）中国"梦记"研究综述

傅正谷提出："举凡谈梦、记梦、写梦、论梦、圆梦的典章制度、风俗习惯、理论阐述、奇闻异事、神话传说、成语典故、各种形式的梦文

---

① 吉水藏聖教調查團編：『青蓮院門跡吉水藏聖教目録』、汲古書院、1999。

② 柴崎照和：「明惠と夢想——夢解釈の一試論」、『〈心〉と〈外部〉』、2002、第195頁。

③ 佐藤愛弓：「真言僧における夢の機能について——灌頂の場を中心に」、『説話・伝承学』2004 年第 12 卷。

④ 覚鑁：『興教大師全集』、加持世界支社、1909。

⑤ 高橋秀城：「賴瑜の夢想」、『智山學報』2008 年第 57 卷、第 83 頁。

⑥ 荒木浩：「宗教的体験としてのテクスト——夢記・冥途蘇生記・託宣記の存立と周辺」、阿部泰郎編：『中世文学と寺院資料・聖教』、竹林舎、2010、第 160 頁。

⑦ 上野勝之：「平安時代における僧侶の"夢記"と夢」、荒木浩編：『夢と表象眠りとこころの比較文化史』、勉誠出版、2017。

艺作品及其评论等等，皆属中国梦文化系列。"① 虽然本书的"梦记"和上述"记梦"、"写梦"有意义上的差别，但亦属梦文化的一种。

中国方面，关于中国"梦记"的研究几乎全部围绕记梦诗展开，僧人与道士的"梦记"鲜获关注。关于日本"梦记"的研究则集中于明惠的《梦记》。谢立群在谈及明惠的女性救济观时，涉及到了明惠梦见善妙的梦境。台湾地区的林辉钧译介了河合隼雄的《明惠：与梦共生》一书②。此外，左江对朝鲜许筠的"梦记"进行过探讨③。

三 思路与框架

以日本学界为主力的"梦记"研究，几乎全部围绕日本作品展开，并且，着重于强调日本"梦记"特别是明惠《梦记》的罕见性与独特性。河合隼雄指出除了弗洛伊德在《梦的解析》中提到的法国19世纪末的圣但尼曾长期记录梦境之外，世界上再无它例，而圣但尼记梦是为了做研究，和明惠与梦共生有很大的差别④。白洲正子等人也持相同观点⑤。可以说，强调明惠《梦记》的唯一性几乎成为日本学界的共识。确实，长期坚持记录个人梦境的行为非常罕见。但是，果真再无它例吗？历来是古代日本模仿对象的中国情形如何呢？众所周知，中日佛教渊源深远。日本佛教自中国经由百济而传入，日本人对佛教知识的学习主要是通过汉译佛典，隋唐乃至宋朝时期，大量的留学僧被派遣到中国学习佛法，中国僧人的诸多习性被日本僧人吸纳。那么，中国有没有"梦记"？中国的"梦记"都记录了哪些内容？中国记主记梦的原因何在？"梦记"是日本的原文化还是中国影响的产物？两者之间的关系如何？这是本书撰写的直接驱动力。

此外，或许和刚起步不久有关，"梦记"相关研究还存在很多问题与不足，回答并解决这些问题，也是本书写作的出发点之一。

第一，相关研究还停留在发现新资料和个案研究的阶段，缺乏整体

---

① 傅正谷：《中国梦文化》，中国社会科学出版社1993年版，第1页。
② 林晖钧译：《高山寺的梦僧》，心灵工坊2013年版。
③ 左江：《朝鲜许筠"梦"记研究》，《南京大学学报》2002年第4期。
④ 河合隼雄：『明惠　夢を生きる』、講談社、1995、第22頁。
⑤ 白洲正子：『明惠上人』、講談社、1999、第198頁。

性和系统性的宏观研究。虽然荒木浩曾经将"梦记"作为一个整体进行考察，但他是从文学体裁出发，分析"梦记"作为各种体裁解读的可能性。这种视角必然会造成对"梦记"的记主僧人们的佛教信仰考察的缺失。而不联系佛教信仰的话，恐怕很难解明僧人记录"梦记"的文化深意。

第二，当将"梦记"作为整体解读时，很多问题会浮现出来；但是，因为缺乏系统的研究，这些问题仍然没有得到解决。比如，既然记录"梦记"不是个人现象，其背后必然有支撑他们集体行为的理念或信仰。那么，这个共同的理念或信仰基础是什么？

第三，明惠《梦记》方面仍然存在诸多问题，详见第四章。

基于以上现状，本书尝试加入中国研究者的视角，综合运用文献学、宗教学和比较文学等研究方法，将"梦记"置于宗教语境中加以解读，力求对中日两国的"梦记"进行全面把握与研究。具体而言，本书将通过参照佛教和道教等宗教思想，就"梦记"诞生的宗教土壤、中日"梦记"的特色及记主记梦的原因、两国"梦记"的差异及形成原因、明惠《梦记》的特殊性等问题展开考察，在深入解读各个文本的基础上，对"梦记"的文化意义进行探讨。本书由上、中、下篇组成，共十一章。

上篇从整体上对中日"梦记"文献进行整理、研究。第一章主要通过分析道教与佛教典籍，对梦在道教和佛教中的作用进行了归纳总结。同时，分析了梦在两个宗教中作用的异同及产生差异的原因。总体阐明了催生"梦记"的宗教土壤。第二章以史志书目、"高僧传"系列书籍、《太平广记》等类书为参考，在归纳梳理中国古代"梦记"文献的基础上，重点对宗教"梦记"进行了考察，分析了记主梦境的内容以及记梦目的，探明了"梦记"的文化意义。第三章主要以景戒的《日本灵异记》、成寻的《参天台五台山记》、亲鸾的"三梦记"、睿尊教团的"瑞相日记"、英俊的《多闻院日记》中的"梦记"为对象，从"梦信仰"、"回心"、"女性梦"三个角度，考察了日本僧人"梦记"的内容、他们记梦的原因及意义。

中篇聚焦明惠的《梦记》，以中日现存最大的"梦记"文本为对象，探究了日本"梦记"文化的一个微观侧面。第四章介绍了明惠其人及其《梦记》。第五章分析了"修行梦"的具体表现以及对于明惠的意义。同时，对由修行衍生出来的求梦方式进行了分析，解明了明惠一人有多种求梦方式的原因。第六章对《梦记》中的所有"见佛梦"进行解读和讨论，阐明了这些梦境对于明惠的意义。其中，对《梦记》中梦见生身（＝肉身）佛菩萨的现象进行了重点考察。第七章以《梦记》中的"舍利梦"为对象，首先在前人研究的基础上，对镰仓时代的"舍利信仰"现状及其特色进行了概括总结。其次，对《梦记》中的"舍利梦"进行了详细解读，并参照传记类和"行状"系列相关资料，考察了这些"舍利梦"诞生的背景，解明了明惠记录这些"舍利梦"的原因。同时，结合《舍利讲式》《神现传记》《摧邪轮》等资料，对明惠的"舍利信仰"状况进行了整体把握。第八章分析了春日明神在《梦记》中的作用以及作为春日明神化身的童子和鹿在《梦记》中的形象，并结合镰仓时代春日神社中"本地垂迹"思想的发展状况和明惠的"释迦信仰"解释了其"明神梦"产生的原因。第九章从"镇魂"、救赎与修行三个维度对明惠《梦记》中的"女性梦"进行了考察。

下篇由两章构成。第十章采用史料考证与文本分析相结合的方法，从"道教'梦记'影响日本的可能性""宋朝文人'梦记'影响日本的可能性"两个角度，阐释了日本"梦记"受到中国影响的可能性。第十一章从分析记录"梦记"的僧人所属宗派为出发点，结合"梦记"的密教属性，探究了中国鲜见僧人"梦记"的原因。

四　创新点与学术价值

从学术意义上看，本书扩宽了"梦记"研究的深度和广度。通过考证与分析中国"梦记"，为日本的"梦记"研究提供了新资料，延伸了其研究的广度。通过佛典与明惠《梦记》相互对照，可以更好地解明他记录《梦记》的原因，为日本的"梦记"研究增加了深度。"梦记"是中国梦文化的重要组成部分，但中国宗教徒的"梦记"研究偏"冷门"，本书可以为研究中国梦文化提供新资料与视角。同时，也有助于更好地了解中国古代人的梦信仰。

本书在开展考察的过程中，主要创新点如下：

第一，新材料的挖掘和使用。新发现的"梦记"文献如下：

中国"梦记"资料：奚陟"梦记"、德珍"梦记"、张载"梦记"、龙泉"梦记"、穆度"梦记"、李彦弼《庐陵李氏梦记》、《真诰》中所载杨羲、许穆和许翙的"梦记"、《周氏冥通记》中周子良的"梦记"王琰《冥祥记》和善导《观经疏》中的"梦记"。

对明惠的《梦记》产生影响的佛典：《宝楼阁经》和《新华严经论》。

第二，研究内容方面的新视角、新观点和新解读方式。

（1）利用以《道藏》和《大藏经》为代表的宗教典籍对道教和佛教中的梦的作用进行了对比研究。在前人的基础上，将梦在道教和佛教中的作用重新分为三类，用于阐述"梦记"诞生的宗教土壤。

（2）从明惠《梦记》中提炼出"见佛梦""舍利梦""明神梦"等主题，并对其进行了解读；对《梦记》中的"女性梦"从"镇魂""修行""救赎"三个主题进行了解读。

（3）重新考证并订正了睿尊教团"自誓受戒"所依据的佛典为《梵网经》、法藏的《梵网经菩萨戒本疏》、法进的《梵网经注》和《方等经》。

第三，研究方法上，运用比较文学中的影响关系研究，分析了中国"梦记"影响日本的可能性。

上篇

中日「梦记」探讨

第一章　梦在宗教信仰中的作用

　　关于梦在宗教信仰中的作用，中日两国均已有相关研究成果。中国方面，傅正谷将梦在道教中的作用归纳为"以梦造神、以梦崇道、以梦度化、梦中论道、梦中游仙"，将佛教梦归纳为"因梦传入、以梦论理、因果报应"[1]。刘文英、曹玉田的相关考察得出的结论与前者基本相同[2]。日本方面，学者以日本中世净土宗、法相宗和律宗祖师的梦境记录为素材，分析了梦之于宗教徒的意义[3]。总体而言，中国研究者在"无神论"的意识形态指导之下，对梦在宗教信仰中的作用进行了分类。他们对梦的评价很消极，"种种梦迷信故事也造成很大的伤害……它只能瓦解人们的生活的意志，动摇人们生活的信念，消散人们生活的热情"[4] 等为常见的言论。日本方面，则主要围绕佛教展开，没有将道教列入讨论范围，因为日本道教地位与佛教有天壤之别，不仅没有道士、道观等[5]，也没有道士的"梦记"。此外，他们的考察对象集中于中世时期。不论

---

　　① 傅正谷：《中国梦文化》，中国社会科学出版社 1993 年版，第 357—371 页。

　　② 刘文英、曹田玉：《梦与中国文化》，人民出版社 2003 年版，第 424 页。两者将梦在道教中的作用细分为"以梦喻道、以梦造神、以梦显灵和以梦传道"，将梦在佛教中的作用细分为"以梦喻法、以梦喻世、以梦显灵"和"梦悟"。

　　③ 主要有如下几篇：①岡邦俊：「聖夢と宗教——宗教的聖者のみた夢」、『相愛女子短期大学研究論集』1958 年第 5 卷；②玉山成元：「中世浄土宗教団と夢」、『日本仏教史学』1981 年第 16 卷；③カラム・ハリール：「中世仏教者と夢」、『季刊日本思想史』1990 年第 34 卷；④養輪顕量：「仏教者に見る夢論——法相と律宗を中心に」、『叢書想像する平安文学』2001 年第 5 卷；⑤名島潤慈：「宗教者における夢の様態と機能．研究論叢」、『芸術・体育・教育・心理』2007 年第 57 卷。

　　④ 傅正谷：《中国梦文化》，中国社会科学出版社 1993 年版，第 366 页。其他学者基本也是这种论调，刘文英在《梦的迷信与梦的探索》中说，"梦的迷信和梦的探索分别属于宗教和科学两个不同的范畴……梦的迷信诚然带有它的愚昧性、虚伪性和欺骗性"（刘文英：《梦的迷信与梦的探索：中国古代宗教哲学和科学的一个侧面》，中国社会科学出版社 1989 年版，第 2 页）。

　　⑤ 日本没有道观、道士和女冠等的存在。增尾伸一郎：「中国・朝鮮文化の伝来——儒教・仏教・道教の受容を中心として」、荒野泰典、石井正敏、村井章介編：『東アジア世界の成立』、吉川弘文館、2010、第 186 頁。

是中国还是日本，都鲜少将道教和佛教中的梦进行比较研究。

要解明宗教徒记梦的原因，我们必须回到古代，按照当时人们的思维方式去了解梦在宗教徒眼中的样态，才能找到他们记录梦境的精神动力。有鉴于此，本章将以宗教典籍和相关作品为对象，重新归纳梦在宗教信仰中的作用。同时，尝试分析道教和佛教对梦的认识的差异以及造成差异的原因。

第一节　与神佛等相会的"桥梁"

在信奉巫术和占卜的古代，梦一直被看作是上苍力量的产物，是与"异界"相通的"桥梁"。"异界"通过梦传达各种信息。为方便论述，本书暂且将之称为"告知梦"。到了道教和佛教中，"告知梦"开始带有宗教色彩。那么，作为天、人两方相会的途径的梦，在道教和佛教中分别是如何被演绎的呢？

一　以"魂魄说"为基础的天、人相会

古代人对于梦中身体未动人却可以在外活动以及祖先明明已经去世却仍可以出现在梦中等神秘现象感到不解。于是，他们认为世间一定存在一个东西，既可以寄居人体，又可以离开，并且在肉体死亡后仍然能继续存在。这个东西就是灵魂。梦被认为是灵魂暂时脱离身体活动的产物。"魂魄说"① 是远古时代各个民族和地区所共有的。日本现存最早的和歌集《万叶集》中的一些作品就是这种认识的产物②。在这些和歌中，梦是不能相见的男女相会的媒介。

道教作为中国土生土长的宗教，早在雏形期就已经有了"魂魄说"。

---

① 参考傅正谷《中国梦文化》，中国社会科学出版社 1993 年版，第 168 页；刘文英、曹田玉《梦与中国文化》，人民出版社 2003 年版，第 271 页。

② 「暮さらば屋戸開け設けてわれ待たむ夢に相見に来むといふ人を」（卷四・744）、「人の見て言咎めせぬ夢にわれ今夜至らむ屋戸閉すなゆめ」（卷十二・2912）。第四卷 744 首和歌中，作歌之人打开窗户等待恋人晚上出现在自己的梦中，而第十二卷 2912 首和歌中，对方告诉作歌之人晚上不要关窗户，因为他晚上要与之梦中相会。《万叶集》中像这种将梦视为恋人相会通道的和歌不胜枚举。上述引文均出自新编全集本《万叶集》（小岛宪之、木下正俊、東野治之校訂・訳：『万葉集』、小学館、2008）。

"梦者阴阳之精也"、"其寐也魂交,其觉也形开"①、"神遇为梦"、"神所交也"②、"人之梦也,占者谓之魂行"③ 等说法都是这种认识的体现。"魂魄说"可以说是道教中人神相会的理论支撑。通过梦这个"桥梁",道教徒接受神仙的指示造神像或立祖师庙祠等。其中,最重要的当然是通过梦中神仙的教诲升天成仙。

首先,神仙或祖师出现在梦中指示建祠堂或造像。据《后汉书·桓帝纪》记载,桓帝曾分别于延熹八年(165)正月和十一月两次派遣中常侍左悺和管霸到苦县(今河南鹿邑)去祭祀老子④。唐朝道士杜光庭的《道德真经广圣义》将桓帝建造祠庙祭拜老子的原因归结为梦示,"汉桓帝时感梦老君,修祠宇之日,卿云见在其上"⑤。老子本人虽然和道教没有直接关系,但因其思想为道教的产生奠定了思想基础,所以一直被尊称为始祖⑥。至宋代文献《唐鉴·玄宗中》,帝王感梦老子的故事被更加具体化,甚至出现了老子告知的具体内容。开元二十九年(741)正月条记载,玄宗假寐之际,梦见老子告曰:"吾有像在京城西南百余里,汝遣人求之,吾当与汝兴庆宫见。"⑦ 从《后汉书》到唐朝道教典籍,本来平常的祭祀,被以梦为媒介,添加了神秘色彩。老子的梦示,成为汉桓帝和唐玄宗建祠或造像的契机。梦成为道教传教之辅助手段。这类故事在道教典籍中屡见不鲜,五代杜光庭撰志怪小说集《录异记》等书中均有例子。

其次,神仙现身梦中,指导凡人成仙。长生不老、羽化升仙是道教的终极目标,因此,此类梦成为道教梦的一大主题。《太平广记》中有一个故事。

① 郭庆藩撰、王孝鱼点校:《庄子集释》,中华书局1961年版,第51页。
② 张杨伯峻撰:《列子集释》,中华书局1985年版,第102页。
③ 王充著,黄晖撰:《论衡:附刘盼遂集解》,中华书局1990年版,第918页。
④ (南朝宋)范晔撰,(唐)李贤等注:《后汉书》,中华书局1999年版,第207页。
⑤ (唐)杜光庭:《道德真经广圣义》,《道藏》第14册,文物出版社、上海书店、天津古籍出版社1988年版,第321页。
⑥ "道教是从道家转化而来的,是道家演化派生的产物。"任继愈主编:《中国道教史》,上海人民出版社1990年版,第7页。
⑦ (宋)范祖禹等:《唐鉴》,商务印书馆1937年版,第89页。

（前略）夫人与众真吟诗曰："玄感妙象外，和声自相招。灵云郁紫晨，兰风扇绿辂。上真宴琼台，邈为地仙标。所期贵远迈，故能秀颖翘。玩彼八素翰，道成初不辽。人事胡可预，使尔形气消。"夫人既游江南，遂于抚州并山立静室，又于临汝水西置坛宇。岁久芜梗，踪迹殆平。有女道士黄灵徽，年迈八十，貌若婴孺。号为花姑，特加修饰，累有灵应。夫人亦寓梦以示之，后亦升天。玄宗教道士蔡伟编入后仙传。大历三年戊申，鲁国公颜真卿重加修葺，立碑以纪其事焉。出《集仙录》及《本传》①

该故事讲述了魏夫人的生平及其羽化升仙的过程。魏夫人即魏华存（251—334），魏晋时期的女道士，被道教尊奉为四大女神之一。该故事中，魏夫人成仙后，常常于女道士黄灵徽的梦中指导仙道。最终，黄灵徽也得以升天。在这个故事中，梦是女道士和仙人魏夫人相会的"桥梁"。女道士实现了道教的终极目标——羽化升仙。这个故事得以成立的信仰根基为梦具有与现实等值的力量。

仙人出现在梦中指导升仙的最典型的例子，还属本书第二章将要讨论到的南朝齐梁时期道教茅山派代表人物陶弘景所整理的《周氏冥通记》中周子良和诸神仙相通的事例。该书通篇都是周子良在梦中和道教真人神通的记录，相关内容详见第二章。

二 "因缘生梦"中的人佛相会

中国很多学者将佛教中的梦的成因也归纳为魂魄的作用②。这种观点忽略了一个重要的问题，即佛教的"灵魂观"问题③。佛教对灵魂的

---

① 李昉等编：《太平广记》，人民文学出版社 1959 年版，第 361 页。
② "这些'他'者如何能使梦者做梦呢？当然是神魂通引。""佛教梦说的这一条，诚然突出了佛、菩萨的信仰，在本质上同道教梦说没有区别。"（刘文英、曹田玉：《梦与中国文化》，人民出版社 2003 年版，第 470 页）"不论是土生土长的道教，还是引进来的佛教，它们与梦迷信的一个共同的思想基础是万物有灵的观念，这个观念促使了灵魂说的发展。"（杨健民：《中国古代梦文化史》，社会科学文献出版社 2015 年版，第 124 页）
③ 从此处到本段结束所参考书目如下：邓曦《早期佛教的业报轮回与无我》，《宗教学研究》2008 年第 1 期；江亦丽《佛教"灵魂"理论浅探》，《中国社会科学院研究生院学报》1985 年第 10 期；徐文明《轮回的流转》，北京语言文化大学出版社 2001 年版。

探讨经历了一个漫长的过程。原始佛教否认灵魂存在。在释迦牟尼创立佛教之前，古印度存在以婆罗门教为代表的承认灵魂和以顺世论派为代表的否定灵魂①两种观点。后者否认永恒的、无所不在的个体灵魂（我）的存在，认为人由地、水、火和风四大元素组成，身坏命终，断灭消失，一无所存。释迦创教时采纳后者，提出了"无我论"。同时，为了维护自己所属刹帝利阶层的统治，他又吸收了《奥义书》和婆罗门教的"业报轮回"思想。这样"无我论"和"业报轮回"之间便产生了矛盾。因为如果"无我"，"轮回"以及受"业报"和"果报"的主体等问题便无解。释迦在世时，这个矛盾还不突出。释迦涅槃后，部派佛教开始为此展开争论。有些教派仍然坚持释迦所提出的"无我论"，如一切有部。有些教派则对"无我论"进行了修正，提出"有我论"，如犊子部。有些教派通过更换"我"的概念，既承认无我，也承认轮回，如唯识派将轮回的主体置换为阿赖耶识②。

　　既然原始佛教不承认灵魂的存在，也就不会将梦解释为灵魂脱离身体的产物。那么，佛教对梦的成因是如何解释的呢？释迦的"无我论"是在其根本教义"缘起论"的基础上提出来的。所谓"缘起"，即"此有故彼有。此生故彼生"、"此无故彼无。此灭故此灭"③。意思是说，世间万物既不能凭空而有，也不会单独存在。它们必须依靠各种因缘（＝条件）和合才能成立。一旦组成的因缘散失，事物本身也就不存在了。诸法因因缘聚合而生，因因缘分散而灭。梦作为诸法中的一员，也是依因缘而生。至于梦中能够和圣人相见的原因，佛教将其"因缘"解释为各种天人和圣贤等的引诱。成书于 2 世纪后半期（大约 150 年左右）的《大毗婆沙论》是最早论述梦的本质的佛典。其中，该书在第三十七卷中对梦有过论述。

―――――――――――

①　不承认有永恒不灭之灵魂。他们认为人由地、水、火和风四种物质元素组成。身坏命终，一无所存。

②　"人间有情具足八个识，眼、耳、鼻、舌、身、意识，和意根合称前七识或七转识，第八识是阿赖耶识。众生在世间之各种活动，系由身口意行，而造作善业、恶业、净业、无记业，造作后即由第七末那识的执着性功能送交第八识——阿赖耶识保存。第八识阿赖耶识保存之业种，由第七识不断地攀缘，配合外境六尘而不断起意造作新业，同时不断收集新业种，如是循环不已。"（方竹平：《佛法概论》，学林出版社 2012 年版）

③　求那跋陀罗譯：『雜阿含經』、『大正藏』第 2 卷、第 67 頁。无特殊说明的情况下，本书所引佛经均出自《大正新脩大藏经》，为了便于阅读，笔者根据文意加注了标点，并将字体统一改为了简字。

应说五缘见所梦事。一由他引，谓若诸天、诸仙、神鬼、咒术、药草亲胜所念及诸圣贤所引故梦。二由曾更，谓先见闻觉知是事，或曾串习种种事业，今便梦见。三由当有，谓若将有吉不吉事，法尔梦中先见其相。四由分别，谓若思维希求疑虑，即便梦见。五由诸病，谓若诸大不调适时，便随所增梦见彼类。①

该书明确将梦的成因分为"五缘"，分别为"他引（天神鬼神等引诱致梦）"、"曾更（过去的见闻致梦）"、"当有（天降预兆致梦）"、"分别（日有所思夜有所梦）"和"诸病（因病致梦）"。"他引说"认为"诸天诸仙神鬼亲胜"的引诱是梦中能见到圣人的"因缘"。"诸天"即佛教中的诸天神、天众。"诸仙"指佛教中的菩萨、罗汉、比丘和高僧等。

3世纪左右成立的《大智度论》中也有类似的说法。"复此梦有五种。……或天与梦欲令知未来事故。"② 这里的"天"即佛教中的天人。约成书于4世纪的《弥兰王问经》③ 中也有"天神支配者见梦"的说法④。成书于5世纪左右的《善见律毗婆沙》中载有"天人梦者，有善知识天人，有恶知识天人。若善知识天人现善梦，令人得善。恶知识天者令人得恶想，现恶梦"⑤。该说法同样认为，梦是梦主和天人"因缘"作用的结果。

佛教中关于梦的成因还有"当有说""诸病说"等。但是，这些说法皆是在"因缘"说基础上成立的。"因缘生梦"说为圣人出现在修行者的梦中提供了理论支持。他们出现在信徒的梦中，发出建寺、造佛像等指示，或给予启示、引导、教诫和警告等。日本"说话文学"⑥ 集大

---

① 玄奘譯：『阿毘達磨大毘婆沙論』、『大正蔵』第27卷、第193頁。
② 龍樹造、鳩摩羅什譯：『大智度論』、『大正蔵』第25卷、第103頁。
③ 《弥兰陀王问经》是佛教与希腊思想进行交流的重要资料之一。以公元前2世纪入主西北印度的大夏—希腊国王弥兰陀与印度佛教僧侣那伽斯那（即那先）二者问答的形式，阐述了轮回业报论、涅槃脱论、佛身观等一系列佛理论问题。原经为巴利语，后形成南北两本。南本约基本定型于4世纪，即现流传于南传各国的《弥兰陀王问经》。北本于东晋时传入中国，即汉译《那先比丘经》。
④ 巴宙译：《南传弥兰王问经》，中国社会科学出版社1997年版，第278页。
⑤ 僧伽跋陀羅譯：『善見律毘婆沙』、『大正蔵』第24卷、第760頁。
⑥ "说话文学"为诞生于日本近代的一个学术用语，有广义与狭义之分。广义上泛指各类书籍中收录的灵验传奇、传闻杂谈；狭义上指平安时代至室町时代编撰成书的《日本灵异记》《今昔物语集》等短篇故事群。

成之作《今昔物语集》第十一卷第13篇"圣武天皇始造东大寺语",讲的就是圣武天皇在梦中获得指示建造东大寺的故事①。像这种梦见菩萨等指示造寺、造像的例子在佛教中不胜枚举。

和道教中仙人于梦中指导凡人成仙一样,佛教中也不乏圣人在梦中指导修行者诵经、悟道等的例子。《冥报记》中有一则故事。"绛州大德沙门释僧彻,……尝出行山间。土穴中,见一癫病人。……教令诵《法华经》。此人不识文字,性又顽鄙,彻句句授之,殊费功力。然终不懈倦。此人诵经向半,便梦,有人教之,自后稍聪寤。"②癫病人因不识字,读《法华经》甚是困难。当他诵读到临近一半时,梦见有人来教他。此后癫病人在诵经方面开悟。中国净土宗第二代祖师善导(613—681)在撰写《观无量寿佛经疏》的过程中,"每夜梦中常有一僧而来指授玄义科文。既了更不复见"③。

关于人佛梦中相会,佛教中还有另外一个比较特殊的境界,即"梦中见佛",即平时专心修行的状态会延续到睡眠中,修行者在梦中可见到佛。佛教的终极目标是成佛。因此,亲自谒见佛陀、闻法修行证得正果,对于佛教徒来说是最理想的方式。但是,这在释迦在世时尚可,等到释迦入灭后便成为不可能实现的最大奢求。于是,后世出现了种种"见佛"的方式,如"定中见佛""临终见佛"等。"梦中见佛"便是在这种希求下衍生出来的。

佛教中,"见佛"的本意是通过观察佛之无常身以谛观空法④。也就是说,"见佛"的目的是通过视觉上的见佛达到精神上的谛观无常,以把握佛法的第一要义,最终实现成佛的目标。可见,"梦中见佛"和普通的人佛相会不一样,它是和成佛联系在一起的,"得见佛之益,必能灭罪生善,证得妙果"⑤。

佛教中有很多论述"梦中见佛"的佛典。《般舟三昧经》是大乘佛教初期成立的经典之一,也是最早传译的净土宗经典。"般舟"梵文为

① 马渊和夫、国东文麿、稻垣泰一校订·訳:『今昔物語集』、小学館、2008。
② (唐)唐临:《冥报记》,《古小说丛刊》,中华书局1992年版,第6页。
③ 善导集记:『觀無量壽佛經疏』、『大正藏』第37卷、第278頁。
④ 梶山雄一:「見仏と空性」、『親鸞教学』1990年第55卷、第91頁。
⑤ 宽忍主编:《佛学辞典》,中国国际广播出版社、香港华文国际出版公司1993年版,第200页。

"pratyutpanna"，意指"佛立""佛现前"，"三昧"即"禅定"①。"般舟三昧"即在一特定期间内，修行三昧，得见诸佛。关于"梦中见佛"，该经写道："若沙门白衣，所闻西方阿弥陀佛刹，当念彼方佛不得缺戒。一心念若一昼夜，若七日七夜。过七日以后，见阿弥陀佛，于觉不见，于梦中见之。"② 只要一直念佛修行，七日后就能在睡梦中见到阿弥陀佛。《大方等大集经》中也能见到类似的说法③。修行般舟三昧的目的是使"十方诸佛"的虚幻意象出现在修行者面前。若能在三昧状态中见佛则可死后往生极乐世界④。我国最早聚众结社修行"般若三昧"的是庐山慧远（334—416）⑤。其后，智𫖮（538—597）、善导、慧日（680—748）、承远（712—802）和法照（747—821）等诸师继承发扬了此修行法。

第二节　梦的预兆作用

在古代人眼中，梦为典型的预兆。此即所谓的"预兆梦"。占梦就是从梦的预兆作用中延伸出来的一种活动。因为有时梦并不会直接告诉梦者梦像具体预兆着什么，为了知道梦中的事项所预示的含义或凶吉祸福，古代人想出了占梦和卜梦等一系列的解梦活动。《汉书·艺文志》中甚至有记载，"众占非一，而梦为大"⑥，即与"占龟"⑦"易占"⑧等占卜方式相比，"梦占"是最重要的。出于对梦的预兆作用的绝对信任，中国周代设置了占梦官，占问政事吉凶。据《左传》记载，春秋时代的

---

① 宽忍主编：《佛学辞典》，中国国际广播出版社、香港华文国际出版公司1993年版，第1057页。

② 支娄迦谶譯：『般舟三昧經』、『大正藏』第13卷、第905頁。

③ 原文为："如聞緊念一心相續次第不亂。或經一日或復一夜。如是至七日七夜。如先所聞具足念故。是人必覩阿彌陀如來應供等正覺也。若於晝時不能見者。若於夜分或睡夢中。阿彌陀佛必當現也。"（闍那崛多譯：『大方等大集經賢護分』、第875頁。）

④ 支娄迦谶譯：『般舟三昧經』、『大正藏』第13卷、第905頁。原文为："阿彌陀佛。語是菩薩言。欲來生我國者。常念我數數。常當守念。莫有休息。如是得來生我國。"

⑤ 宽忍主编：《佛学辞典》，中国国际广播出版社、香港华文国际出版公司1993年版，第1057页。

⑥ 班固撰，颜师古注：《汉书》，中华书局1962年版，第1773页。

⑦ 视龟兆以测吉凶。《周礼·春官·占人》："占人，掌占龟。"

⑧ 以易学理论为依据进行占卜。

诸侯们在战事和祭祀前也会占梦。那么，梦在佛教与道教中承担了怎样的预兆作用呢？

一 道教中梦的预兆作用

隋代杨上善的《黄帝内经太素》是《黄帝内经》的注释书。其中所载"人有吉凶，先见于梦，此为征梦也"①，说的就是梦的预兆作用。但是，查阅道教典籍可知，与下面将要论述到的佛教"预兆梦"相比，道教并没有那么大力宣扬梦在道教发展中的预兆作用。正如朱展炎所说："道教典籍对于梦之吉凶的二分，从理论的细致角度而言，则略显粗糙。"② 或许是因为理论体系建构上的欠缺，道教中和道教本身相关的"预兆梦"事例有限。而且，此类梦不见于道经，多见于梦书以及和道教有关的占辞中。道教中的"预兆梦"反而在预兆疾病方面发挥了很大的作用。

首先，和道教本身有关的"预兆梦"。一般说来，梦见道教诸神仙等都是吉梦。与之相对，梦见损毁道教仙人或者典籍等为凶梦。《梦林玄解》③ 中记有吉梦和凶梦的例子。

> 梦见太上者，尘凡欲隔，仙骨将成。贵宦高迁，文人进业，常人得遇。
> 梦见老仙、真人、仙众者，吉昌。
> 梦遇仙者，主有喜庆之事。功名显贵，财利丰亨。修道之人，功成丹熟矣。
> 梦见道流，主亨吉。
> 梦仙圣来家。主事毕吉利。男妇福德，至老幼倍康泰，文人吉星高照，道人飞升，讼者有解，病人不祥。
> 梦新装仙像。主佳音相继，好事来临。

---

① 杨上善：《黄帝内经太素》，人民卫生出版社影印 1957 年版，第 96 页。
② 朱展炎：《道教释梦理论管窥》，《宗教学研究》2009 年第 4 期，第 74 页。
③ 《梦林玄解》大部分内容是晋朝著名隐士葛洪所收集整理。葛洪的梦集一直被后代命学名家珍藏，到明朝经过陈士元的增补，刻本才被命名为《梦林玄解》。直到如今它仍是我国最全面、最系统的解梦类书籍。

梦毁侮诸像，凶。

梦仙佛嗔怒。大凶至。①

有意思的是，虽然道教在理论层面和典籍方面都欠缺和其本身有关的"预兆梦"，却有很多辟除恶梦的道经。总体而言，道教典籍关于恶梦的治疗主要有"药物治疗法、祝咒治疗法和存神思过法"等三种方式②。《太素真人教始学者辟恶梦法》指出外游的灵魂被邪物侵犯和尸虫等会让人产生恶梦。"尸虫致梦"是道教所特有的梦因说。这种梦说根植于道教的"三尸"信仰。据张君房的《云笈七签》记载，人身中有三尸虫，"上尸名彭倨，好宝物；中尸名彭质，好五味；下尸名彭矫，好色欲"③。"三尸"即代表人所具有的三种"恶欲"，分别为私欲、食欲和性欲。道教认为，"三尸"藏匿于人体，作祟于人体脏腑和神魂，使人意乱情迷而致恶梦。对于这种恶梦的消除方法，《太素真人教始学者辟恶梦法》写道："若梦觉，便起坐，以左手第二指，捻人中三七过，啄齿三七通，而微祝曰："……""毕，又卧，必获善应，向造为恶梦之炁，则受闭于三关之下也。"④ 即按摩身体相关部位和念咒可消除恶梦。针对尸虫所致恶梦，《云笈七签》第八十二卷也提出了种种治疗方案，分别有"庚申夜祝尸虫法""用甲子日除三尸法""祝去伏尸方"等等十八种方法。其中，除了上述念咒法之外，还有药物治疗的方法。"贯众五分，白藜庐十二分，蜀漆三分，芜黄五分，石蠹五分，厚朴三分，狼牙子四分，雷丸六分，以九味物焚令黄合捣筛之，炼蜜丸如梧桐子大，以粉浆服五丸，日三服之，渐加至十丸，十二日症聚下。"⑤ 此外，如下文将要提到的《洞真太上八素真经占候入定妙诀》，它将九种梦像和身

---

① （晋）葛洪著，（明）陈士元增删，叶明鉴编译：《梦林玄解》，朝华出版社1993年版，第57页。

② 朱展炎：《道教释梦理论管窥》，《宗教学研究》2009年第4期，第74页。

③ 张君房：《云笈七签》第八三卷，《道藏》第22册，文物出版社、上海书店、天津古籍出版社1988年版，第590页。

④ 中央黄老君撰：《洞真高上玉帝大洞雌一玉检五老宝经》，《道藏》第14册，文物出版社、上海书店、天津古籍出版社1988年版，第390页。

⑤ 张君房：《云笈七签》第八三卷，《道藏》第22册，文物出版社、上海书店、天津古籍出版社1988年版，第584页。

体器官联系在一起，提出眼有疾则"急存眼神"、耳有疾则"急存耳神"、心有疾则"急思心神"，最后"首谢罪愆，则无患矣"①。这种方法便是所谓的"存神思过法"。从上述辟恶梦法来看，它们主要针对的是个人身体健康状况，无关道教的存亡兴衰。

这些辟除恶梦的方法和道教中将梦作为疾病的前兆的认识是一脉相承的。道经中有很多关于后者的论述。《黄帝内经》灵枢篇论述了梦境和疾病的对应关系。对于黄帝的发问，岐伯从邪气侵入心则会梦见烟火充满山丘讲起，共讲述了十五个邪气入侵会引发的梦境②。岐伯总结道：凡是上面所提到的因为正气不足和外邪的入侵所引发的疾病，均可通过梦境知道其症结，用针刺补法可治愈之。可见，在该经中梦是人体的内脏和外部器官患病的一种前兆。孙思邈在《备急千金方》中继承了《黄帝内经》的说法，论证了梦境和五脏之间的关系。此外，《洞真太上八素真经占候入定妙诀》从眼鼻口等五官出发论述了两者之间的关系。其思想前提也是梦为疾病的先兆③。上述认识和道教的属性有很大的关系。道教是中国的传统宗教。它以"古代宗教和民间巫术""神仙传说和方士方术""儒学与阴阳五行思想"和"古代医学与体育卫生知识"等为根源而产生④。中国古代医学中很早就强调人体五脏功能与梦的关系。而且，中国古代人体器官说从一开始就是和阴阳五行说联系在一起的。所以，中医学认为："人体作为一种客观存在的物质，与世界上一切物质一样，都是由阴阳二气构成的。阴阳二气的多少、盛衰，直接影响着人体五脏的活动，并进而影响着梦的生成及其特点。"⑤ 道教对梦与身体

---

① 撰人不详：《洞真太上八素真经占候入定妙诀》，《道藏》第33册，文物出版社、上海书店、天津古籍出版社1988年版，第493页。

② 原文为："厥气客于心，则梦见丘山烟火。客于肺，则梦飞扬，见金铁之奇物。客于肺，则梦山林树木。客于脾，则梦见丘陵大泽，坏屋风雨。客于肾，则梦临渊，没居水中。客于膀胱，则梦游行。客于胃，则梦见饮食。客于大肠，则梦田野。客于小肠，则梦邑冲衢。客于胆，则梦斗讼自刳。……。客于胫，则梦行走而不能前，及居深地苑中。客于股肱，则梦礼节拜起。客于胞，则梦溲便。凡此十五不足者，至而补之，立已也。"（张志聪集注，方春阳等点校：《黄帝内经集注·灵枢》淫邪发梦篇第四十三，浙江古籍出版社2002年版，第270页）

③ 撰人不详：《洞真太上八素真经占候入定妙诀》，《道藏》第33册，文物出版社、上海书店、天津古籍出版社1988年版，第493页。

④ 任继愈主编：《中国道教史》，上海人民出版社1990年版，第9—15页。

⑤ 傅正谷：《中国梦文化》，中国社会科学出版社1993年版，第222页。

关系的认识明显受到了中国古代医学的影响。

据上可知，道教中的"预兆梦"和道教本身（如道教的发展存亡等）关系并不大，其主要是健康状况出现问题的前兆。和这种观念一脉相承，道教中出现了众多的辟除恶梦的典籍。而辟除恶梦的目的自然也是为了保持健康的身体。这与佛教中的"预兆梦"有很大的不同。

二 佛教中梦的预兆作用

原始佛典中有很多关于"预兆梦"的论述。《大毘婆沙论》第三七卷中的"当有"就是有预兆作用的梦。所谓"当有"即当有吉相事或者不吉相事发生时，梦会提前在睡眠中给予预兆[1]。《大智度论》中将其表述为"天与梦欲令知未来事"[2]。《弥兰王问经》中所说的"以梦为先兆者（见梦）"[3]也是论述了梦的预兆作用。佛经中也有很多"预兆梦"的例子。讲述释迦过去世时各种事迹的大乘经典《过去现在因果经》所记录的佛于过去世身份尚为善慧仙人时所做的五个奇梦就是预兆性的。在遥远的过去，善慧仙人为求智慧，进行各种修行。一日，仙人于山中做五个神奇梦境：一是自己身浮大海，二是头枕须弥山，三是海中一切众生投其身内，四是一手托日，五是一手托月。仙人不明白其中的道理，于是去找普光如来解梦。普光如来告诉仙人："此梦因缘，是汝将来成佛之相。"[4]释迦的前身善慧仙人所做的这五个梦成为预示释迦将来能成佛的征兆。那么，佛教中是如何划分梦境内容所预兆的善恶的呢？

梦中所预兆的内容总体可分为吉、凶两大类。一般说来，梦见佛菩萨或者佛经等为吉梦。《佛说出生菩提心经》中便记有四种，分别为：莲花、伞盖、月轮和佛像。这四种吉相还被分为了两个不同的层次。第一个层次是梦见"莲花、伞盖、月轮"。梦见这三种东西表示能获福、消罪、得解脱。第二个层次是梦见"佛形像"，各种瑞相具足庄严己身的情况。梦见它则为能成佛之相。这些意象之所以是吉相，和它们本身

---

① 原文为"三由当有。谓若将有吉不吉事，法尔梦中先见其相"。
② 龍樹造鳩摩羅什譯：《大智度論》、『大正藏』第 25 卷、第 103 頁。
③ 巴宙译：《南传弥兰王问经》，中国社会科学出版社 1997 年版，第 278 頁。
④ 求那跋陀罗译：《過去現在因果經》、『大正藏』第 3 卷、第 23 頁。

的属性密不可分①。凶梦的话，诸如不拜佛菩萨僧人、毁佛像、不布施等都属此列。同时，预兆末法的更是凶梦。《阿难七梦经》记述了释迦牟尼佛弟子阿难所做的七个梦。阿难向释迦询问七个梦的寓意。释迦解释说这七个梦预言了佛教未来的命运。除了第五个梦外，其他都预示着佛法未来会遭到毁灭。尤其是第七个梦，"后见身中虫出，然后食之"，预示着末法时期佛法衰退，佛弟子堕落，不依佛法、违背戒律、贪名求利、自毁佛法。

　　和道教一样，佛教也有梦为身体疾病预兆的说法。《大毗婆沙论》中有"五由诸病，谓若诸大不调适时便随所增梦见彼类"②的说法。这里的"诸大不调"和《善见律毗婆沙》中的"四大不和"同义。《善见律毗婆沙》中记载道："四大不和梦者，眠时梦见山崩，或飞腾虚空，或见虎狼狮子贼逐。"③所谓"四大不和"即佛教所认为的构成人体四大要素的地、水、火、风之间不协调。病是梦的成因。反之，由梦境可以推断身体状况。唐朝时编撰的类书《法苑珠林》继续援引了《善见律毗婆沙》中的说法④。《大智度论》中也有梦和疾病关系的论述。"若身中不调，若热气多则梦见火见黄见赤，若冷气多则多见水见白，若风气多则多见飞见黑。"⑤和道教不同，佛教中将梦视为疾病的认识来源于古印度的医学观，特别是关于气脉的论点。即使如此，二者也算是殊途同归。

　　无论在道教还是佛教中，梦都具有预兆之功能。但是，在具体的演绎过程中，两者却产生了很大的差别。首先，道教中没有专门论述"预兆梦"的道经，而佛教中有，甚至有很多以梦为主题的梦经⑥。其次，

---

　　①　首先，佛、菩萨等都是以莲花为座的，所以，梦见莲花和梦见佛、菩萨无异。其次，伞盖本来是古印度王侯贵族防暑、防尘埃用的，后来被用于遮盖佛塔。遮盖了伞盖的佛塔，其形象类似释迦涅槃时的菩提树的形状，对于佛教徒来说无疑是吉相。再次，月轮一则能令人联想到菩萨。因为一般来说，佛像身背放的是日光，与之相对，菩萨为月光。二来，月轮因为其圆满形象也象征着佛智慧、道德圆满无缺或者众生的菩提心。而梦见了最高级别的佛形像则即为前文所说的"梦中见佛"，一定是大吉之相。

　　②　玄奘譯：『阿毘達磨大毘婆沙論』、『大正藏』第 27 卷、第 194 頁。

　　③　僧伽跋陀羅譯：《善見律毗婆沙》、『大正藏』第 24 卷、第 760 頁。

　　④　道世撰：『法苑珠林』、『大正藏』第 53 卷、第 533 頁。

　　⑤　龍樹造，鳩摩羅什譯：『大智度論』、『大正藏』第 25 卷、第 103 頁。

　　⑥　除了上面提到的《阿难七梦经》之外，还有《迦㤈延为恶生王解八梦经》《波斯匿王十梦经》《须摩提女经》等。

道教中的"预兆梦"主要和身体状况有关，而佛教中的梦则主要和佛教的未来发展息息相关。最后，道教中有众多辟除恶梦的典籍，佛教则不然。作为宗教中的梦，其预兆的内容本应该和宗教本身密切相关。为什么道教没有在梦的宗教预兆方面多加演绎，而是将重点放在了身体健康方面，并有大量的专门辟除恶梦的典籍呢？

造成上述现象的根本原因还要归结于道教与佛教对"神"与"形"的不同认识。"形神统一"是道家生命观的核心。道教中，"神"与"形"是相互依存的。庄子很早就提出了"形为神舍"的观点，并提出"无视无听，抱神以静，形将自正。必静必清，无劳汝形，无摇汝精，乃可以长生。目无所见，耳无所闻，心无所知，汝神将守形，形乃长生"①，以形神统一为基础，提出清静无为可长生。陶弘景也曾提出，"生者神之本，形者神之具"②。形神相依则为生，相离则为死。而道教的终极目标是成仙，实现这个目标的前提是长生不老。他们提出，"天地之性，万二千物，人命最重"③、"夫禀气含灵，唯人为贵。人所贵者，盖贵为生"④，主张"要当重生，生为第一"⑤。因为死是生命的终结，而道教恰恰拒绝死亡。所以，形体健康对他们来说非常重要。他们服药炼形，身心兼修，目的之一是努力维护神之舍。佛教教义的根本是缘起论。释迦从缘起论出发，指出生命的各个要素也都是因缘和合。它们依它而起、依它而灭，自性本空。这便是众所周知的"性空"。和这个概念同时还产生了"诸行无常"的观点。所谓"诸行无常"就是指世间万物瞬息万变，没有永恒不变的存在。为此，佛教主张"破除我执"，寻求解脱。非实有的肉体和生命便是佛教"破除我执"的重要对象之一。可以说，在对待肉体生命的态度上，道教和佛教理论上基本持完全相反的态度。后者寻求肉体生命的解脱，而前者力求肉体的永存。道教中的"预兆梦"基本上都和身体健康状况密切相关，而且还涌现出了大量的

---

① 郭庆藩撰，王孝鱼点校：《庄子集释》，中华书局1961年版，第381页。
② 陶弘景：《养性延命录》，《道藏》第18册，文物出版社；上海书店；天津古籍出版社1988年版，第40页。
③ 王明编：《太平经合校》，中华书局1960年版，第34页。
④ 陶弘景：《养性延命录》，《道藏》第18册，文物出版社、上海书店、天津古籍出版社1988年版，第40页。
⑤ 王明编：《太平经合校》，中华书局1960年版，第613页。

专门论述辟除恶梦的典籍，盖是道教重"形"与重"生"的产物。

第三节　梦中修行

道教和佛教为了寻求人类存在的目的与意义，通过修正行为方式或禁欲等对自身施加一系列的约束，以提高神识力量，达成宗教目标。如前面反复提到的那样，道教追求长生不老、羽化升仙，佛教则借助对世间万物的外在放弃实现内在的人生之苦的解脱、进而往生成佛。由于教义的不同，道教和佛教的修行内容自然也有差异。但梦在两者的修行过程中都同样扮演了重要的角色。为方便论述，本书暂且将这种和修行有关的梦称"修行梦"。从本质上来说，"修行梦"应该算是"预兆梦"的延伸。

一　道教中的"修行梦"

道教典籍中关于梦和修行关系的论述非常少。概括而言，梦和道教修行的关系主要有以下两种。第一种见于《上清太上黄素四十四方经》。据《道藏》记载，"《上清太上黄素四十四方经》。撰人不详，约出于东晋。系早期上清派重要经典。"[1] 该经中写道："凡道士登斋入室，忽有灵感妙应，当有吉祥之梦者，皆道之欲成兆。"[2] 至于哪些梦像属于"吉祥之梦"，文中并未提及。通过该经的记载可知，梦是道教修行即将得到成就的前兆。

关于梦和修行的另一种关系是五代末北宋初著名的道家学者陈抟（871—989）提出来的。他认为睡梦中的修炼是修炼内丹的方法之一。众所周知，道教为了实现升仙，提出了很多教义和修炼方法。其中，服食丹药可谓是道教实现长生不老的最重要的手段。为了取得丹药，道教提出了外丹和内丹两种炼丹方式。其中，外丹是将矿物类药物用炉鼎烧炼而成的丹药，常用于外服。但是，"外丹服炼经过了数百年的试验，

---

① 佚名：《上清太上黄素四十四方经》，《道藏》第 34 册，文物出版社、上海书店、天津古籍出版社 1988 年版，第 76 页。

② 佚名：《上清太上黄素四十四方经》，《道藏》第 34 册，文物出版社、上海书店、天津古籍出版社 1988 年版，第 76 页。

唐朝六帝及不少官僚文士、道士女冠服食丹药中毒夭亡的事实，终于使人们逐渐认识了外丹成仙说的荒唐。至唐末，外丹学的发展渐趋尾声"①。内丹随之成为一股新兴的潮流。所谓内丹是以天人合一思想为指导，以人体为丹炉，不施加外物，在体内凝练结丹的修行方式。陈抟提出睡梦中的修炼是修炼内丹的重要方法之一，成就了有名的睡功。据《宋史·本传》记载，陈抟"每寝处多百余日不起"②。他认为同样为睡觉，"至人之睡"和"俗人之睡"是不同的。至人之睡"留藏金息，饮纳玉液，金门牢不可开，……其睡也，不知岁月之迁移，安愁陵谷之改变"③。并且，他还作诗道："至人本无梦，其梦乃游仙。……欲知睡梦里，人间第一玄。夫大梦大觉也，小梦小觉也，吾睡真睡也，吾梦真梦也，非世梦也。"④ 他称"至人"的睡梦为"游仙"，而俗人的睡觉只是简单的睡觉而已，"名利声色，虽酣睡亦屡醒"⑤。如此，陈抟把梦作为修炼内丹的一种特殊方法，强调清醒时的自我修行等会延续到梦中，睡眠中若凝神聚气，"炼虚合道"⑥，则最终可收获梦中成功修炼内丹的效果。这种有意而为之的修炼方法便是梦中修炼。从陈抟的叙述可知，它被赋予了和现实中的修炼等价的效果，两者同为修炼内丹的重要方法。

二　佛教中的"修行梦"

佛教中梦与修行的关系和道教基本相同。有别于道教的是，虽然佛教中梦也是修行即将得到成就的标志，但它按照修行的层次进行了划分，不同的梦境预示着不同的修行阶段的达成。而且，和道教相比，佛教中论述梦和修行的关系的佛典数目更多、记载更详细、内容更丰富。

首先，梦是修行即将得到成就的标志。《大方等陀罗尼经》"护戒

---

① 任继愈主编：《中国道教史》，上海人民出版社 1990 年版，第 489 页。
② 脱脱等：《宋史》，中华书局 1977 年版，第 13420 页。
③ 赵道一：《历世真仙体道通鉴》，《道藏》第 5 册，文物出版社、上海书店、天津古籍出版社 1988 年版，第 370 页。
④ 赵道一：《历世真仙体道通鉴》，《道藏》第 5 册，文物出版社、上海书店、天津古籍出版社 1988 年版，第 370 页。
⑤ 赵道一：《历世真仙体道通鉴》，《道藏》第 5 册，文物出版社、上海书店、天津古籍出版社 1988 年版，第 370 页。
⑥ 道教内丹修炼分为炼精化气、炼气化神、炼神还虚、炼虚合道几个阶段，炼虚合道为最终阶段。

品"有如下记述：

> 又文殊师利，云何当知得清净戒？善男子，若其梦中，见有师长手摩其头；若父母、婆罗门、耆旧、有德，如是等人，若与饮食、衣服、卧具、汤药，当知是人住清净戒。若见如是一一相者，应向师说，如法除灭如是罪咎。①

佛曰犯了四重禁戒的比丘只要每天念一千四百遍《陀罗尼经》，坚持忏悔八十七天后便可消除罪行，修成"清净戒"。文殊菩萨对此发问道，如何才能知道修行者修成了"清净戒"呢？佛给出了判断依据。如果修行者梦见师长用手摸自己的头，或是梦中见到了父母、婆罗门等有德行之人，或是梦见有人赠与饮食、衣服、卧具和汤药等，说明此人修成了"清净戒"。也就是说，比丘破戒之后只要彻底忏悔，并在梦中能得到好的兆头的话，戒律便能复活。戒律究竟有没有复活，判断的根据便是上面的三个梦境。此外，《苏悉地经》《大日经疏》等密教系典籍中也记录了很多证明具有接受灌顶资格或修行是否得到成就的梦像。获得佛具和财宝、进入僧房和法会、登高和爬大树等都是积极梦像，梦见坏人或病人、破坏水池和建筑、遇到猛兽等则为消极意象。

梦境不仅是修行得到成就的标志，还是判断修行到达了哪个阶段的标准。这种认识主要见于密教经典。《净居天子会》（又名《佛说梦大乘经》）。该经最初见于594年法经撰写的《众经目录·众经失译三》，讲的是世尊接受金刚催菩萨的请求，为其列出一百零八条做梦的原因以及梦与修行的关系。该经写到，对于净居天的天子们所询问的释迦入灭之后以什么来判断菩萨行修行的程度，释迦回答有一百零八种"特相"可以作为判断标准。这一百零八种"特相"分别和菩萨行中的"十地"②相呼应。值得注意的是，释迦所说的这一百零八种"特相"皆出现在睡梦中。通过将梦像和菩萨行中的"十地"联系在一起，梦已经超越了普通的占卜梦凶吉的"预兆梦"，成为能预示修行程度的"修行

---

① 法衆譯：《大方等陀羅尼經》、『大正藏』第21卷、第656頁。
② 十地是大乘菩萨道的修行阶位，即指十种地位，十个菩萨行的重要阶位。

梦"。此外，后秦鸠摩罗什所译讲述"空观"理论的净土宗经典《小品般若经》中也能看到。该经写道："若菩萨梦中见佛处在大众高座上坐，无数百千万比丘及无数百千万亿大众恭敬围绕而为说法，须菩提当知是阿毗跋致菩萨相。"① 也就是说，如果梦见佛在高座上为比丘及众生说法，则表示此人修行达到"阿毗跋致"阶位。"阶位"即"菩萨自初发菩提心，累积修行之功德，以至达于佛果，其间所历经之各阶位"②。通常以"位""心"和"地"等称之。上述"十地"便是菩萨道的修行阶位之一。据上可知，梦像成为佛教徒判断修行阶段的途径之一。

关于梦中修行和现实中的修行的关系，《小品般若经》中有过如下论述："舍利佛语须菩提，若菩萨梦中修三解脱门空无相无作，增益般若波罗蜜不。若昼日增益，梦中亦应增益。何以故。佛说昼夜梦中等无异故。舍利佛，若菩萨修般若波罗蜜，即有般若波罗蜜，是故梦中亦应增益般若波罗蜜"③，经文提出梦中的修行和现实中的修行是等效的。这种认识在《般舟三昧经》中也能见到。该经传入中国之后，净土宗根据其内容创造了"常行三昧"体系。所谓"常行三昧"，就是在一定的时间段内（通常为90天）一边念佛一边围着阿弥陀像转圈，在此过程中心里要一直想象着佛的样态。《般舟三昧经》进一步提出这种"常行三昧"的状态会持续到睡眠中，因此睡眠中也能见到佛陀。即"梦中见佛"。为了形象地说明"梦中见佛"，该经列举了很多例子。其中有一个例子是说，一个人在睡梦中见到很多金银、珠宝，还有父母兄弟妻儿亲戚等，非常开心。这个人从梦中醒来后和别人边讲边流泪。之所以流泪是因为梦中所见景象的真实性和现实无差，怀念感动所致④。《般舟三昧经》据此提出，要坚持念佛，做到即使是在睡梦中也能见到佛陀。和梦见金银和亲人等能对现实的情感产生影响一样，"梦中见佛"也能对现实中的修行产生积极的作用，是保证能够往生净土的重

① 鳩摩羅什譯：『小品般若波羅蜜經』、『大正藏』第8卷、第569頁。
② 宽忍主编：《佛学辞典》，中国国际广播出版社、香港华文国际出版公司1993年版，第568页。
③ 鳩摩羅什譯：『小品般若波羅蜜經』、『大正藏』第8卷、第567頁。
④ 支婁迦讖譯：『般舟三昧經』、『大正藏』第13卷、第905頁。

要一环。

第四节　道教与佛教中的特色梦

包尔丹在《宗教的七种理论》中指出："无论基督教各个教派的信仰多么不同，无论美洲印第安人的宗教仪式或是印度圣人的教诲是什么，所有这些最终都能溯源到最早的人类所信仰的自然宗教。"[1] 发源于人类原始信仰的梦也是如此。越是接近古代，人们对梦的认识越相近。因此，道教和佛教中关于梦的作用方面有如上诸多共通认识也就不足为奇。

同时，道教和佛教毕竟是不同的宗教，由于各自所诞生的土壤和教义等的差别必然会导致对梦的认识不同，进而导致梦在两大宗教中的作用也不尽相同。除了上文提到的之外，两者还有以下两点不同之处。

首先，作为人和"异界"相会的"桥梁"，佛教中的梦除了发出建寺和造像等指示之外，还能告知信徒的前世。成书于唐代的《弘赞法华传》[2] 中记有这样一则故事。新罗国金果毅的儿子从小出家诵读《法华经》，但他总记不住第二卷中的某字。一日，他"梦有人告小师前生向某卿某金果毅家生，亦得出家。在彼生时诵读法华经，误烧一字，是以今生随得忘"[3]。此人方知，今生记不住一字是前世误烧《法华经》中此字所造成的。显然，这则故事意在宣扬因果报应。同时，其背后也折射出来一条信息，即梦是佛教信徒知道自己前世因缘的途径。

不仅如此，佛教中梦还能告知前世善恶。《善见律毗婆沙》中有下面一段论述：

> 想梦者，此人前身或有福德，或有罪。若福德者，现善梦。恶者，现恶梦。……梦善耶，为无记耶。答曰，亦有善、有不善者、亦有无记。若梦礼佛听法说法，此事善功德。或梦杀生、偷盗、奸

---

① ［美］包尔丹著，陶飞亚、刘义、钮圣妮译：《宗教的七种理论》，上海古籍出版社2005 年版，第 7 页。

② 共十卷。唐代沙门惠详撰。略称《法华传》。主要记载了三国至中唐，有关《法华经》流传和研学、诵持《法华经》的人所得的灵验事迹。多采用传记体。

③ 惠详撰：『弘贊法華傳』、『大正藏』第 51 卷、第 5141 頁。

婬，此是不善。若梦见赤、白、青、黄、色，此是无记梦也。①

该律指出，梦有"善""不善"和"无记"之分，梦见礼佛听法等是"善梦"；梦见杀生偷盗邪淫等是"不善梦"；梦见赤白青黄色之类的客观现象是"无记梦"。而梦像的善恶是由前世的"业"所决定的。前世有善业则今世可做善梦；前世有恶业则今世做恶梦。反之，做善梦可知前世有善业；做恶梦可知前世有恶业。

其次，在证明是否实现了宗教理想时，佛教借助了梦，而道教没有。具体而言，在成仙或者往生前，道教和佛教中都有仙人或菩萨于梦中提前告知的故事。但是，至于人去世后是否确实成仙或者往生，两者采取了截然不同的方式。

佛教以梦佐证死者往生的事实。据《今昔物语集》第十五卷第十一篇记载，在比叡山修行的仁庆常年从未间断念诵《法华经》，勤于修行显密二教。他去世后，"有一邻人梦见一朵五色祥云随着美妙悦耳的音乐冉冉自天而降，落在大宫大路前，只见仁庆新剃了头发，身穿法服，手捧香炉面西而立，这时天空中落下了一座莲台，仁庆登上莲台，腾空而起，遥向西方飞去。正在这时，有人说：'这是仁庆诵经圣僧往生极乐去了。'……后来，在七七四十九日的佛事修满的当夜，有人说，他也得了相同的梦兆"②。仁庆往生的事实是通过近邻之梦获得保障的。这种以梦告来验证往生的例子在佛教中不胜枚举。

道教没有借助梦，而是通过"尸解仙"等形式来证明亡者去世后确实成仙的事实。东晋著名的道教学者葛洪在《抱朴子内篇·论仙》中记载了李少君尸解成仙的故事。西汉时期的方士李少君因懂得长生不老之术见宠于汉武帝。他死后，武帝令人开棺，发现"无尸，唯衣冠在焉"。葛洪对此评论道："按《仙经》云：上士举形升虚，谓之天仙；中士游于名山，谓之地仙；下士先死后蜕，谓之尸解仙。今少君必尸解者也。"③ 所谓"尸解仙"是指道士得道后可如蝉蜕一般脱离肉

---

① 僧伽跋陀羅譯：《善見律毘婆沙》、『大正藏』第 24 卷、第 760 頁。
② 馬淵和夫校注·訳：『今昔物語集』、小学館、1999、第 49 頁；张龙妹校注：《今昔物语集》，人民文学出版社 2008 年版，第 304 页。
③ 葛洪：《抱朴子内篇》，中华书局 1980 年版，第 20 页。

体而仙去，或不留遗体，形化为一物（如衣、杖、剑），遗世而升天。"尸解"的方式具体有剑解、水解、火解和杖解等几种。鉴于人终有一死的事实，"尸解仙"是道教中最常见的成仙方式。《列仙传》共记载了七十多位仙人。其中，尸解成仙的有将近十人。可见，梦虽然在道教中是仙人指导信徒羽化升仙的重要"桥梁"，但并不是向第三方证明此人死后确实已得道的方式。

造成上述不同的原因主要有以下两点。第一，佛教将"三世因果"理论应用于释梦。在佛教的世界观中，凡人处于前世、现世和来世的因果往复循环之中。过去之业为因，带来现在之果；现在之业复为因，招感未来之果。这样因果相续，不断流转。《涅槃经》云："善恶之报。如影随形。三世因果。循环不失。"① 那么，人如何知道自己的前世和来世呢？能够和"异界"相通的梦自觉地充当了联系三者的媒介。这样，佛教中的梦既可以告知梦者的前世，又可以通过第三者保证亡者来世的往生。道教也有和佛教的"业报轮回"类似的"报应思想"，即"承负说"。它是《太平经》在《周易》"积善之家，必有余庆。积不善之家，必有余殃"之说的基础上提出来的②。何谓"承负"呢？"承者为前，负者为后；承者，乃谓先人本承天心而行，小小失之，不自知，用日积久，相聚为多，今后生人反无辜蒙其过谪，连传被其灾，……负者，乃先人负于后生者也。"③ 今人要承担先人的过失，此为承；先人的行为可能会给后人带来祸福，此为负。善恶承负，天道循环。在道教的"承负说"中，个人除了要承负上述先人的善恶之外，还要为家族、社会和自然界承负④。这和佛教中严格的个人对个人的"自业自受"完全不同。而且，道教中既没有"三世"思想，也没有本人对本人的"承负"之说。所以，自然不需要告知前世和来世的梦境。第二，"形神统一"是贯穿道教思想的核心。道教重"生"，而神仙是另外一种形式的"生"，和生命本源的"生"一样，也需要"形"和"神"的同时存在。在这种背景之下，即使是成仙后的证明也要有形体的依托。所以，"尸解仙"可

---

① 若那跋陀羅譯：『大般涅槃經後分』，『大正藏』第12卷、第901頁。
② 任继愈主编：《中国道教史》，上海人民出版社1990年版，第22页。
③ 王明编：《太平经合校》，中华书局1960年版，第70页。
④ 汤一介：《魏晋南北朝时期的道教》，东大图书公司1991年版，第366页。

以说是证明成仙的最好方式。佛教则不然。它以现世为苦海，寻求肉体生命的解脱。形体的保存和往生成佛没有必然的关系。临终前修行者身边所现的往生成佛之像——莲花、美妙音乐和紫云等才是预示往生的吉相。入灭之后，第三者的梦境是亡者确实已经往生的最有力证明。

小　结

本章主要通过分析《大正藏》《道藏》中的相关典籍，对梦在道教和佛教中的作用进行了重新阐释，取得了以下两个成果。

第一，没有使用长久以来以现代"科学"视角将梦的作用总结为"以梦喻道""以梦造神""以梦显灵"和"以梦传道"等的说法，而是回到古代看古代，以当时人的思维方式考察他们对梦的认识。本书将梦的作用归纳为：与神佛等相会的"桥梁"（"告知梦"）、预兆作用（"预兆梦"）和梦中修行（"修行梦"）三个方面，探明了宗教徒记录"梦记"的宗教土壤。

第二，对道教和佛教中的梦进行了综述和对比研究。虽然两者之间有诸多共同点，但也不尽相同。两者主要有以下三个方面的不同之处：

首先，人和神、佛等梦中得以相会的理论基础不同。道教是植根于中国传统文化成长起来的宗教。受中国古来"魂魄观"的影响，梦中的人神相会是以"魂魄观"为基础的。佛教则不然。"因缘生法"中的"因缘"是人佛相会的基础。佛教主张，"万物皆空""因缘生法"，认为万物因因缘聚合而生，因因缘分散而灭。世界之"法"因"缘"而生。梦作为"法"的一环，同样也是"因缘"而生。

其次，"告知梦"的告知范围和"预兆梦"的预兆内容不同。佛教中的"告知梦"有道教所不能告知的内容。即除了现世之外，佛教中的梦还能告知"前世"和"来世"。特别是道教中证明人死后成仙的主要方式为"尸解仙"，而佛教则是通过第三者的梦境来证明亡者既已往生。这和佛教将"三世因果"的宗教教理用于释梦有密不可分的关系。与佛教中的"预兆梦"主要预示佛教的发展相比，道教中则多和身体健康状况相关。这种不同根源于两者对"神"与"形"关系的不同认识。

最后，与道教相比，佛教有更完善的释梦理论和专门述梦的典籍。因为"道教原来并没有占梦的内容，早期那些宣传神仙形象的梦神话，大多与道教并没有直接的关系"①，造成了"道教并没有专门的典籍对此进行系统地探讨，只是各种零星的记载"②。因此在后来的道教故事中，梦的作用有限，主要在指导成仙的层面发挥了较大作用。佛教则不然，它自诞生之初就大量吸收了梦，不论是理论还是故事性上都比较完善。与道教最重视的是"告知梦"相比，佛教中的梦在"告知""预兆"和"修行"等方面都发挥了很大的作用。甚至可以说，佛教比道教更重视梦的作用。

无论在道教还是佛教中，梦都是与"异界"相会的"桥梁"。在梦中，信徒得到造像或建寺等指示，或聆听教诲。同时，梦亦为前兆，能预兆凶吉。在空间和时间混沌不清的原始思考方式中，梦是现实的延续，拥有可以与现实相抗衡的真实性。这种"集体无意识"状态下形成的对梦的共识，是宗教徒记录"梦记"的基础。梦在宗教信仰中的上述作用为"梦记"的产生提供了宗教土壤。

---

① 杨健民：《中国古代梦文化史》，社会科学文献出版社 2015 年版，第 125 页。
② 朱展炎：《道教释梦理论管窥》，《宗教学研究》2009 年第 4 期，第 75 页。

第二章　中国"梦记"

记梦的传统在中国由来已久。清代学者及骈文家汪中在考证古代史官的职责时，曾经指出："天道鬼神灾祥卜筮梦之备书于策者何也？曰：此史之职也"①，春秋时期的史官除了记录各种人事之外，还负责记录包括梦在内的宗教事务。《左传》《史记》等史书中均能见到梦境记录。值得注意的是，史官所记的梦大多是和政治息息相关的君主或者地位较高的人所做的梦，还不属于本章所要探讨的"梦记"范畴。上野胜之指出，中国最早的"梦记"为明末董说的梦境日记②。其实不然。为了解明这个问题，本章将以《汉书·艺文志》等史志书目、"高僧传"系列书籍和《太平广记》等类书为参考③，在梳理和归纳中国古代"梦记"的基础上，重点考察宗教"梦记"的内容以及宗教徒记梦的目的，探明"梦记"的文化意义。

第一节　中国"梦记"源流

中国文学史上诗中言梦的作品最早可追溯到《诗经》，第一篇专门写梦的作品为东汉王延寿（约140—约165）的《梦赋》④，记载了王延

---

① 汪中：《述学·左氏春秋释疑》卷二内篇，辽宁教育出版社2000年版，第4页。
② 上野勝之：「平安時代における僧侶の"梦記"と夢」、荒木浩编：『夢と表象眠りとこころの比較文化史』、勉誠出版、2017、第73頁。
③ 虽不能保证毫无遗漏地将所有的"梦记"囊括在内，但这些文献多为类书和纪传体或编年体的典籍，可靠而且相对全面，可算得上是中国"梦记"的缩影，足够概观中国古代"梦记"的整体情况。
④ 傅正谷：《〈梦赋〉：中国最早专门写梦的名作——略论《梦赋》的写作特色及其理论价值》，《齐鲁学刊》1992年第5期。

寿梦见被鬼怪攻击并与之搏斗的场面。汉代辞赋中，班固的《幽通赋》也有"梦记"。作者借梦抒自立之志，以"梦魂观"解释了梦境。关于《幽通赋》的创作缘由，《汉书·叙传》曰："（班彪）有子曰固，弱冠而孤，作《幽通》之赋，以致命遂志"①，班固是为了阐释自己的人生志向。关于梦境，班固写道："魂茕茕与神交兮，精诚发于宵寐。梦登山而迥眺兮，觌幽人之仿佛。揽葛藟而授余兮，眷峻谷曰勿坠。"② 班固梦见自己登高遇到危险之际，和神人在山谷相遇，神人执取葛藟交给他，并告诫他注意不要从高谷中坠落。关于此梦的成因，班固解释为魂与神交的结果。《文选》对此处的注释也是采用了"魂魄说"，"人之昼所思想，夜为之发梦，乃与神灵接也"。虽无梦境内容却也言及梦境的蔡邕《检逸赋》同样将梦解释为"昼骋情以舒缓，夜托梦以交灵"。可以说，汉代辞赋中的"梦记"还是原始梦信仰的产物。

魏晋南北朝时期的文学作品中仍然存在大量"梦记"。据统计，汉魏六朝时期的记梦诗约 90 首。鲍照的《梦归乡诗》、沈约的《梦见美人诗》为代表作。这一时期的梦信仰的主流仍然为"梦魂说"，以《列子》中的论述最为详细。文人借梦表达对亲朋好友、故乡故土的眷恋之情以及男女相思离别之苦。值得注意的是，这个时期由于佛教盛行，志怪小说中出现了大量以梦传教的故事，它们是研究古代梦信仰的重要素材。但是，这些梦故事不属于"梦记"范畴，在此不论。较之前代"梦记"，魏晋南北朝时期的一大进步是，叙事性越来越强，对梦境内容进行记录的作品增多。③

与梦赋作品相比，唐朝时期诗词中的"梦记"比重更大、也更为引人注目。记梦诗按照主题可分为男性诗人代笔的思妇诗、思乡诗、怀人诗、伤怀诗四类。这个时期"梦记"的新进展，一是出现了大量的"游仙"主题，如王勃的《忽梦游仙》、白居易的《梦仙》、韩愈《记梦》等。这些作品的共同点是通篇由梦构成，梦的叙事性更加鲜明，主题皆

① （汉）班固撰，（唐）颜师古注：《汉书》卷一百上"叙传第七十上"，中华书局 1999 年版，第 3090 页。（）内为笔者注。

② （汉）班固撰，（唐）颜师古注：《汉书》卷一百上"叙传第七十上"，中华书局 1999 年版，第 3091 页。

③ 参考时国强《汉魏六朝时期的纪梦诗文》，《中华文化论坛》2011 年第 2 期。

为"游仙"。二是以中唐为分界线，中唐以后的"梦记"更加成熟，纪实性增加，不仅交代梦境中的人物，而且详细描写人物神情、行为以及对话等，代表作有元稹的《感梦》、白居易的《因梦有悟》等。它们是文人宣泄失意的途径，是汉代梦赋作品的延伸，共同构成了中国"梦记"的一部分。①

宋代是"梦记"的高峰期，涌现了大量以"记梦"或"纪梦"为题的诗作，甚至出现了记梦诗的集大成者苏轼、陆游。陆游仅以"记梦"为题的作品便有数十首。这些记梦诗有对时事的批判，有对人生的感怀、有对亲友好友的怀念，也有家国情怀②。宋代记梦诗丰富了"梦记"的内容与形态。

以上根据已有研究梳理了宋代之前文学作品中的"梦记"情况，有助于对中国"梦记"全貌的把握。值得注意的是，中国文人应该也是有专门记录梦境的册子，通常被称为"梦贴""梦录"等。目前在文献中能找到佐证材料的有五例，分别为唐朝奚陟、宋朝院僧德珍、张载、龙泉和李彦弼。

一 奚陟"梦记"
奚陟的"梦记"可从《太平广记》中找到线索。

> 奚侍郎陟，少年未从官时，梦与朝客二十余人，就一厅中吃茶。时方甚热，陟东行首坐，茶起西行，自南而去，二碗徐行，不可得至。奚公渴甚，不堪其忍。俄有一吏走入，肥大，抱簿书近千余纸，以案致笔砚，请押。陟方热，又渴，兼恶其肥，怂之，乘高推其案，曰"且将去"，浓墨满砚，正中文书之上，并吏人之面，手足衣服，无不沾污。乃惊觉，夜索纸笔细录，藏于巾笥。后十五年，为吏部侍郎。时人方渐以茶为上味，日事修洁。陟性素奢，先为茶品一副，

① 参考胡蔚《诗中的梦与梦中的诗——唐宋文人的梦幻世界与诗歌世界》，博士学位论文，四川大学，2008 年。

② 参考周剑之《论陆游记梦诗的叙事实践——兼论古代诗歌记梦传统的叙事特质》，《文学遗产》2016 年第 5 期；刘伟楠《宋元时期记梦诗的精神内涵与诗学意义》，《阴山学刊》2019 年第 2 期。

余公卿家未之有也。风炉越瓯，碗托角匕，甚佳妙。时已热，餐罢，因请同舍外郎就厅茶会，陟为主人，东面首坐，坐者二十余人，两瓯缓行，盛又至少，揖客自西面始，杂以笑语，其茶益迟。陟先有痟疾，加之热乏，茶不可得，燥闷颇极。逡巡，有一吏肥黑，抱大文簿，兼笔砚，满面沥汗，遣押。陟恶忿不能堪，乃于阶上推，曰"且将去"，并案皆倒，正中令史面，及簿书尽污。坐客大笑，陟方悟昔年之梦，语于同省。明日，取所记事验之，更无毫分之差焉。（出《逸史》）①

据《太平广记》注释，这段记录出自《逸史》。《逸史》今已残缺，内容散见于《太平广记》《类说》《绀珠集》《诗话总龟》等宋代笔记，共有 80 余条。

奚陟年少还未做官时，一日梦见和到访的二十多个客人在客厅吃茶。当时天气非常热，奚陟坐在最东边第一个座位上，茶从西边开始传，向南而去，两碗过后，奚陟依然没有喝到。又热又渴的奚陟看见一名肥胖的小吏进来，抱着大约一千多张纸厚的一摞文书，来请他签名，于是冲他发火，推开文书让他退下。推开案几之际，满满的砚水正好洒在文书上，小吏的脸上、手足、衣服上也全都沾满了墨汁。此时，奚陟惊醒。他连夜取出纸和笔，详细记下此梦，以巾包裹藏入箱箧。十五年后，奚陟升为侍郎，一日和客人一起喝茶时，多年前梦中同样的情形竟然出现在了现实中。奚陟忽然想起早年做过的梦，将之讲给同僚听。第二天取出当年所记之事一一对照，发现和梦境竟然没有半点差别。

奚陟巾笥中收藏的或是关于梦的各种记录，或是类似日记之类的专门记录各种事情的笔记。由于资料的限定，上述猜测只能在推想的范围内，无从下定论。下面的院僧德珍的情况与奚陟非常类似。

二 德珍"梦记"

《麈史》共三卷，卷上十二门，卷中十七门，卷下十五门，德珍的

---

① 李昉等编：《太平广记》卷二七七"奚陟"条，人民文学出版社 1959 年版，第 2198 页。

"梦记"载于卷中"神授"。

> （前略）余少时同伯氏从学于里人郑毅夫，假馆京师景德寺之白土院。皇祐壬辰，是岁秋试，郑与予兄弟皆举国学进士，时已差考试官矣。一日，院僧德珍者言"昨梦院内南，忽有池水中一龙跃而起，与空中龙斗，池龙胜而归"。其时旁院书生有曰"某当作状元"，毅夫微笑曰"状元当出此院"。于是伯氏书僧梦与日月在于寝室门，时八月也。明年癸巳，春殿，郑公果状元。予自东华门迓郑归白土院坐定，僧乃取所记梦帖。予曰"果验矣"。（后略）①

王得臣（1036—1116）年少时曾经和伯氏一同在郑毅夫处求学，学馆位于景德寺白土院。皇祐壬辰（1052）秋，郑和王等人一起参加秋试中了国学进士。一日，白土院僧人德珍说他昨晚梦见院内南边池子中有一条龙跃起，和空中的龙互斗，最后池子里的龙胜利而归。旁边书院的书生听后，说有人要中状元。郑毅夫说，状元出自此院。于是，伯氏将僧人的梦和日期一同记在了寝室门上。第二年，郑果然中了状元。王再回白土院时，见到僧人取出当时记的梦，为梦之应验感慨万千。从故事脉络推测，记梦的应该有三个人，一个是作者王得臣，一个是伯氏，一个是院僧德珍。其中，王得臣记下了整个事情的发展经过，伯氏只是将僧人的梦记在了寝室门上，或许他只是因为觉得这个梦比较有趣，想用于日后验证此能是否灵验。院僧德珍则不同。半年后，郑毅夫中了状元，和王得臣一起回到白土院时，僧人取出来的是"梦帖"。此处的"梦帖"盖为"梦记"。

三　张载"梦记"

奚陟和德珍是否确实持有"梦记"，由于资料所限只能做推测，而下文吕本中的《紫微诗话》则提供了证明中国文人记录"梦记"的文献支持。

---

① 王得臣撰，俞宗宪校点：《麈史》，上海古籍出版社 1986 年版，第 33 页。

张先生子厚与从祖子进，同年进士也。张先生自登科不复仕，居毗陵。绍圣中，从祖自中书舍人出知睦州，子厚小舟相送数程，别后寄诗云"篱鹦云鹏各有程，匆匆相别未忘情。恨君不在篷笼底，共听萧萧夜雨声"。先生少有异才，多异梦，尝作《梦录》，记梦中事，余旧宝藏，今失之。先生梦中诗，如"楚峡云娇宋玉愁，月明溪净印银钩。襄王定是思前梦，又抱霞衾上玉楼"，又"无限寒鸦冒雨飞""红树高高出粉墙"之句，殆不类人间语也。绍圣初，尝访祖父荥阳公于历阳，既归，乘小舟溯江至乌江，还书云"今日江行，风浪际天，尝记往在京师作诗云：苦厌尘沙随马足，却思风浪拍船头也"。①

《紫微诗话》主要记录了吕氏家族旧闻与江西诗派轶事。引文中作者主要是在称赞张子厚即张载的才能。张载（1020—1077）是北宋著名的思想家、教育家和理学创始人之一，和周敦颐、邵雍、程颐、程颢被合称为"北宋五子"。又因为其家在横渠镇，被世人称为"横渠先生"。他创立了著名的"关学学派"，对后世产生了很深的影响。从"先生少有异才，多异梦，尝作梦录，记梦中事，余旧宝藏，今失之"的记述来看，张载年少时经常做各种神奇的梦，并且，做了专门的册子《梦录》记录梦境。从性质来看，《梦录》即为本书所讨论的"梦记"。

张载和梦本来就有很深的渊源，对梦有很多独特的见解。他在《正蒙·太和篇》中写道：

> 昼夜者，天之一息乎！寒暑者，天之昼夜乎！天道春秋分而气易，犹人一寤寐而魂交。魂交成梦，百感纷纭，对寤而言，一身之昼夜也；气交为春，万物糅错，对秋而言，天之昼夜也。②

"太和"即"天地间冲和之气"。张载认为"魂交成梦"。这里的"魂交"和"梦魂说"中的"魂交"是同一个概念。不同的是，张载将

---

① 吕本中：《紫微诗话》，清顺治间（1644—1661）写本古籍。
② 张载：《张载集》，中华书局1978年版，第9页。

"魂交"置于阴阳变化之道中,他认为昼夜交替中魂交所形成的梦和因气交替而产生春秋变换、寒来暑往一样,都是阴阳有序推移的产物,是客观真实存在的。

同时,张载还提出:"寤,形开而志交诸外也;梦,形闭而气专乎内也。寤所以知新于耳目,梦所以缘旧于习心。医谓饥梦取,饱梦与,凡寤梦所感,专语气于五藏之变,容有取焉尔。"① 这里,张载将"寤"和"梦"作为两个对立的概念,提出了对梦的看法。张载认为,醒觉时,包括感觉器官在内的人体各个器官处于开放状态,这种状态下,人和外界事物产生各种接触,于是可以认识各种新的事物。而"梦"所在的睡眠状态下,人体各个器官闭合,"气"专于"内",是无法认识新事物。所以,梦是"旧于习心"的产物。即,梦是人已有的认识和习惯等的产物。

据上可知,张载认为梦是主客观条件共同作用的产物。客观方面,他将梦置于阴阳变换之道中,认为阴阳的有序转换是梦产生的客观依据。主观方面,他认为梦是人体"形闭"时灵魂活动的产物,是人类已有的经验、认识的表露。

此外,张载还"根据万物的相感之性来揭示梦的机制、并归纳了五脏内感生梦和人心内感生梦两重情况"②。可见,张载本身对梦就抱有很大的关心。

张载与梦的关系,另外一个例证是《正蒙》的问世。张载一生著述众多,有《正蒙》《横渠易说》等留世。关于《正蒙》一书,他的学生吕大临在为他写的《横渠先生行状》中有如下记载:

> 熙宁九年秋,先生感异梦,忽以书属门人,乃集所立言,谓之正蒙,出示门人曰:"此书予历年致思之所得,其言殆于前圣合与!大要发端示人而已,其触类广之,则吾将有待于学者。正如老木之株,枝别固多,所少者润泽华叶尔。"③

---

① 张载:《张载集》,中华书局 1978 年版,第 20 页。
② 刘文英:《张载的梦说及其异梦》,《人文杂志》2003 年第 5 期,第 35 页。
③ 吕大临:《横渠先生行状》,中华书局 1978 年版,第 762 页。

熙宁九年（1076），张载得"异梦"后将观点出示门人，并将书命名为《正蒙》。张载梦境的内容已不得而知，从"此书予历年致思之所得，其言殆于前圣合与"一句可推测，应该是类似"梦见某位圣人肯定了《正蒙》的价值"之类的内容。从引文可知，张载之前已经有了《正蒙》的手稿，只是一直尚未整理成书而已。此梦之后，张载"以书属门人"。以梦为契机写书或者公示书籍的记录中，梦境的内容通常是自己的书作得到圣人或者权威者的肯定。本章将要提到的善导的梦境就是很好的例子。梦中"圣示"成为作者宣扬书籍权威性及可信性的重要手段。

四 龙泉《梦记》

《四库全书》纂修的过程中，每种古籍前都设置了一篇提要，这些提要汇总为《四库全书总目提要》（简称《四库全书总目》）。《四库全书总目》内容浩大，资料丰富，内容翔实，是《四库全书》中价值最高的部分。其在《分门古今类事》提要中写道：

> 不著撰人名氏，《宋史·艺文志》亦未著录。卷首题蜀本二字。第八卷内载有先大夫龙泉梦记一篇。记中称崇宁乙酉拔漕解，次年叨第。末署政和七年三月宋如璋记，是作此书者即如璋之子。特前后无序跋，其名已不可考矣。书分十二类，凡帝王运兆门二卷，异兆门三卷，梦兆门三卷，相兆门二卷，卜兆门二卷，谶兆门二卷，祥兆门一卷，婚兆门一卷，墓兆杂志门一卷，为善而增门一卷，为恶而损门一卷。大旨在征引故事，以明事有定数，无容妄觊，而又推及于天人迪吉从逆之所以然。虽采摭丛琐，不无涉于诞幻，而警发世俗，意颇切至，盖亦《前定录》《乐善录》之类。且其书成于南渡之初，中间所引，如《成都广记》《该闻录》《广德神异录》《唐宋遗史》《宾仙传》《蜀异记》《搢绅胜说》《灵验记》《灵应集》诸书，皆后世所不传，亦可以资博识之助也。①

---

① 永瑢、纪昀：《四库全书总目》卷一四二"子部"五二，中华书局1960年版，第1212页。

据《四库全书总目》介绍，《分门古今类事》的撰者不详，《宋史·艺文志》也没有著录，根据书末尾的"政和七年三月宋如璋记"，推测作者姓宋、为宋如璋之子，成书时间为政和七年（1117），收录有龙泉《梦记》一篇。《宋史·艺文志》确实未载此书。除了《四库全书总目》之外，其他史志书目中也不见与龙泉《梦记》相关的著述。但是，从《四库全书总目》来看，龙泉《梦记》存在的可能性非常高。

根据引文可以推测，龙泉《梦记》作于崇宁乙酉即崇宁四年（1105）前后，收录于《分门古今类事》第八卷。此外，还可推测出以下三点。首先，从《四库全书总目》对《分门古今类事》卷首和每卷标题等的详细介绍来看，该书撰写时龙泉的《梦记》全文肯定还是可查阅到的，或者说《梦记》原文还是存在的。其次，《分门古今类事》成立于南渡之初，大约也就是1127年后不久。龙泉的《梦记》作于政和七年（1117）。可知，两书撰写的时间很近，不过是十年间的差距，所以，《分门古今类事》成书时，龙泉《梦记》散逸的可能性也极小。最后，《分门古今类事》十二类内容仅仅都是以简略的"×门（帝王运兆门、祥兆门等）×卷"的方式被简单地介绍了一下，独有《梦记》被特别拎出。并且，《四库全书总目》中所列的以"门"为卷的共十一卷，而《分门古今类事》共十二类，所以，《梦记》应该是单独自成一卷的。可见，《分门古今类事》对龙泉《梦记》的重视。

《梦记》的内容已无从知晓，从"不无涉于诞幻，而警发世俗，意颇切至"一句来看，所记载的盖多为离奇或神灵鬼怪之梦。再从《四库全书总目》对其要旨的概括，"记大旨在征引故事，明事有定数，无容妄觊，而又推及于天人迪吉从逆之所以然"来看，龙泉的《梦记》中所记之梦应该多为"预兆梦"。

五 穆度《异梦记》

穆度的《异梦记》已散逸，其内容通过洪迈的《夷坚志》可大致知晓。

穆度，字次裴，青州人。政和四年，为颍州沈丘簿，赴同官宴集。及鸡至，不下箸。揖之再三，但拱手而已。问其故，曰"度平生好斗鸡。一鸡既胜矣，复使再与他鸡斗而败。度甚怒，尽拔其腹背毛羽。鸡哀鸣宛转，一夕死。未几，梦为二皂衣追去。行无人之境，遇冠金冠七道人，皂衣黑带，拱立于侧，执礼绝恭。度意其神也，趋揖致祷。其一人曰：汝生于酉，鸡为相属，何得残暴如是。今诉于阴司，决不可免。度惧甚，乞放还人世，当设醮六十分位以谢过。仍资荐鸡托生，道人敕二吏释之，遂寤。因循惮费，经岁未偿。复梦二童来摄，迫趣急行。到官府，七金冠者列位，责亦如前所言。度俯伏请命，乞至本家，增修百二十分。蒙见许。且戒以宣科之际，勿烧降真香，盖吾辈私营救汝耳。俄顷得回。度不寐待旦，亟延道流，诚悫还赛。自是之后，不复敢食鸡，举家亦因断此味，今十余年矣"。诸客为之悚然。穆作《异梦记》，具述所睹。七道人者，实北斗七星灵化。穆氏素所严事，故委曲救护至此。①

平生好斗鸡的穆度因接连战败，将鸡"尽拔其腹背毛羽"，导致鸡哀鸣惨死。不几日后，穆度便梦见被带到阴间，遭七位金冠道人责问。在承诺设坛做法事、祭献鸡托生后穆度被放回人间。回到阳间的他因为心疼钱，一年后仍未兑现诺言。结果，又梦见自己被带阴间被七位道人责备。这个梦后，穆度天亮便诚心设坛做法事。从此全家不再吃鸡。

由于资料散逸，记梦的时间已无从考证，现今也找不到关于穆度其人的任何资料。但是，从穆度的叙述来推断，记梦时间最晚为1103年左右。首先，到政和四年（1114），他已经十多年未曾食过鸡。穆度真正不吃鸡是在第二次做梦之后。所以，记梦和"现在"至少间隔十一年。其次，"穆作《异梦记》，具述所睹"，说明记梦时间和做梦时间间隔不长，或者是第二个梦后所记。

从内容上分析，穆度身上有浓厚的儒释道三教融合的色彩。首先，从穆度作为出任颍州沈丘簿的朝廷官员，"素所严事"，不食鸡为"委曲救护"之举上来看，其身份自当属儒家。他貌似素来是不信道教的。不然，作为一个道教徒，做了这种梦后，不可能仅仅因为费用问题不兑现梦中对神的诺言。但是，穆度梦见的却又是"金冠七道人""皂衣"等

---

① 洪迈撰，何卓点校：《夷坚志·夷坚支癸》卷第二，中华书局1981年版，第1234页。

明显为道教装扮的道教徒。并且，穆度"委曲救护"是因为"七道人者，实北斗七星灵化"。北斗七星信仰是古代星辰信仰中影响最大的信仰，它起步于先秦时期，发展于魏晋南北朝，兴盛于唐宋，元明清时逐渐衰落，而道教在其兴衰的过程中起到了关键作用①。道教宣扬北斗七星主宰人命，为人造化之枢机，人们可在其降临人间时，设坛祈祷，如此，方可"消灾忏罪，请福延生，随力章醮，福德增崇"②。第一个梦中，道士要求他设醮即设坛念经做法事，显然遵循的是道教北斗七星信仰的要求。再次，梦中穆度两次被带走的原因都是因为"杀生"。佛教中对杀生才有严格的限制，制定出"不杀生、不偷盗、不邪淫、不妄语、不饮酒"的五戒，严格禁止杀生。道教与佛教相比，对杀生的态度宽容很多。穆度两梦皆因杀生之行而起，显然是佛教意识在发挥作用。

六　李彦弼《庐陵李氏梦记》

与穆度的三教合流影响下的梦境相比，李彦弼的《庐陵李氏梦记》主要是为彰显佛法灵验。史志书目中，仅清瞿镛的《铁琴铜剑楼藏书目录》卷十八子部六著录了此书，见于该目录介绍《龙舒增广净土文》之处。

> 题"国学进士王日休撰"。日休字虚中，号龙舒居士。据书中《庐陵李氏梦记》有"乾道癸巳"之语。又张孝祥《序》云，"绍兴辛巳秋，过家君于宣城"，则日休乃南宋人也。案：日休，自梓祇十卷，见卷十一四明断佛种人跋。其十一、十二卷，乃后人附益。是本前有延祐三年江淮副总管吕师说、状元张孝祥序，又吕元益跋。跋后为丞相周益公、晋轩李居士及龙舒居士像。卷末有"广平府肥乡县哈喇　寨营史普通重刊"一行。又有"嘉禾在城兴圣禅寺德海书、四明友云王鸿刊"一行。③

---

① 祝秀丽：《北斗七星信仰探微》，《辽宁大学学报（哲学社会科学版）》1999年第1期，第15—16页。

② 早稻田大学所藏《太上玄灵北斗本命延生真经》万历四十三年（1615）写本。

③ 《铁琴铜剑楼藏书目录》卷十八，子部六。

据《铁琴铜剑楼藏书目录》记载,《龙舒增广净土文》的作者为王日休。文中推测乾道癸巳为公元 1173 年,据此可知,王日休为南宋人。《龙舒增广净土文》记载了往生西方极乐净土的经论和僧人传记等,本来十卷,后来嘉禾僧壺将其扩充为十二卷,也就是现行的《龙舒增广净土文》。《庐陵李氏梦记》收录于第十一卷,内容如下:

> 彦弼乾道癸巳家染疫疾。四月五日彦弼亦病,粥药不进。至十九日早梦,一人褐衣神貌清臞,以手抚摩彦弼肢体,而呼彦弼令速起。彦弼惕然问曰:"公何人耶。"答曰:"予即龙舒也。"彦弼因告以疾病。虽欲支持莫能,将何以愈其疾乎。公曰:"记省阙中雅教汝捷径否。"彦弼曰:"然。每日持诵阿弥陀佛不辍。"公曰:"汝起食白粥。"即可既悟,索粥食之,病果随愈。后见龙舒画像,俨然如梦见者。……正月十一日令子侄往承其教,不久回云,居士夜来讲书罢如常,持诵礼佛至三鼓,忽厉声念阿弥陀佛数声云,佛来接我,言讫立化。是夕邦人有梦,二青衣引公向西而行。传为胜异,识与不识咸来瞻敬,恨不款奉谈尘而重惜焉。居士未示寂灭前三日,遍嘱诸人勉进道业,有此后不复再见之语。……或曰,梦因想成,然食白粥之效安可诬也,抑知居士悲愿甚深切欲及人。虽在常寂光中,不妄念力,其劝修净土成佛之缘,可不勉励而进哉。谨刻公像,并著感应事迹,用广其传,非敢饰辞以惑耳目,故此直述而具载之,伏冀见闻敬信同沾利益。王神昭著寒证斯言。公姓王,名日休,字虚中,号龙舒居士云。是岁下元庐陵李彦弼谨记。[①]

这段文字令人对该"梦记"是否为王日休本人所记产生疑问。引文文中记载了王日休往生时的状况和往生后邦人之梦。已经往生了的王日休如何写下这些记录。关于这一点,"四明断佛种人"在《龙舒增广净土文》第十一卷末尾做了如下解释:

> 龙舒居士作净土文一十卷。其间始从净土起信。终至我说。可

---

① 王日休撰:『龍舒增廣淨土文』、『大正藏』第 47 卷、第 285 頁。

谓条布有序。或事或理。坦然历历明白者矣。而又更何言哉。此十
卷文乃是居士存日亲自刻梓。欲其流布天下使人人皆同念佛生于乐
国。其用心亦岂易及。惟于第十一续添一卷。有人疑非居士本志。
此必是第四卷文初。创属藁所弃者耳。想后人尊居士故。不忍弃之。
乃为十一卷名而续添之。况其修持法门意趣。悉与第四卷同。但其
文意严纹有异耳。予乃执卷而熟玩之。亦谓此言颇当正。议拟间忽
有人得居士亲笔墨本者。若合符契。如失还得。今虽刻板已毕。亦
乃锐意去之。复将法门中诸师原先附本。劝发之语如次整正足之。
以完部帙。谅无差失。如后人见此。慎毋以此编为不足云。

　　时洪武癸酉仲夏吉日　四明断佛种人跋①

　　对于有人提出的"疑非居士本志"的疑问，"四明断佛种人"解释
到，因为有人找到了龙舒的亲笔墨本，和第十一卷的内容"若合符契"，
所以将其附在了后面。"四明断佛种人"提出了希望后人"慎毋以此编
为不足"。

　　《庐陵李氏梦记》称继家人生病后，四月五日李彦弼亦病倒。到了
四月十九日夜晚，梦见龙舒以手抚摸自己肢体，并告诉他吃白粥治病的
方法。醒来后，梦果验。后来，见到王日休画像，竟然与梦中见到的一
样。王日休的此梦和众多佛教类故事中的梦一样，意在宣扬佛教的灵
验性。

　　最后，兹作中国"梦记"一览表，更加清晰地展示中国"梦记"的
情况。

表2　　　　　　　　　　中国"梦记"一览表

记主	出处	成书时间	内容
王延寿	《梦赋》	东汉	梦见痛打鬼怪
班固	《幽通赋》	54 年	梦见与神人相遇，测梦为吉
杨羲	《真诰》（陶）	365 年、371 年	7 条"梦记"
许穆	《真诰》（陶）	353 年	6 条"梦记"

---

① 王日休撰：『龍舒增廣淨土文』、『大正藏』第 47 卷、第 286 頁。

续表

记主	出处	成书时间	内容
许翙	《真诰》（陶）	366 年	7 条"梦记"
鲍照	《梦归乡诗》	南北朝	还乡梦。梦前＋梦中＋梦后
王琰	《冥祥记》	南朝梁 479 年	丢失的佛像梦中显灵示所在
陶弘景	《梦记》	南朝·齐梁 494 年	宜都王铿告诉陶，自己无辜冤死，三年后将转生至某家
周子良	《周氏冥通记》	515 年—516 年	周子良与灵界相通的梦记录（共计 109 条）
善导	《观无量寿经疏》	唐（618 年—907 年）初	梦中见佛等三个吉梦
王勃	《忽梦游仙》	？	游仙梦
李贺	《梦天》	？	游仙梦。梦游月宫仙境
李白	《梦游天姥吟留别》	745 年/746 年	游仙梦
杜甫	《梦李白二首》	749 年	杜甫听说李白被流放后，积思成梦而作。梦前＋梦中＋梦后
白居易	《梦与李七、庾三十三同访元九》	？	梦见与两位故友同访元稹
白居易	《梦仙》	？	一人因把梦当真，抛妻弃子，最终求仙不成，一梦误一生
元稹	《感梦记》	唐·元和四年 809 年	梦到与白居易同在曲江、慈恩寺游玩
元稹	《江陵三梦其一》	？	梦见逝世妻子
元稹	《梦井》	？	梦见井瓶落井，却无能为力
韩愈	《记梦》	？	游仙梦。梦中三人同在神官面前作诗，其他人不佳，自己作诗被神官阻止
沈亚之	《秦梦记》	唐·太和初年 827 年	梦回秦国的遭遇、见闻
蒋世基	《述梦记》	宋·至和三年 1056	不详
苏轼	《苏轼集》	1082 年—1093 年	"记梦参寥茶诗"—"梦南轩"共计 12 条
陆游	"记梦"数十首	1125 年—1210 年	
龙泉	《梦记》	崇宁四年·1105	不详

续表

记主	出处	成书时间	内容
穆度	《异梦记》	宋·1114 年	因斗鸡失败，将鸡惨杀。梦中被金冠七道人谴责。经年后复梦
李彦弼	《庐陵李氏梦记》	宋·乾道癸巳1173 年	龙舒梦中显灵，为李彦弼治病
张载	《梦录》	宋	不详
郑嵩	《郭孝廉梦记》	明，具体不详	只有著录（《徐氏红雨楼书目》）
陈价夫	《异梦记》	明，具体不详	只有著录（《徐氏红雨楼书目》）
谢弘义	《蝴蝶梦记》	明，具体不详	只有著录（《徐氏红雨楼书目》）
冒襄	《梦记》	明末清初	五则预兆梦
朱翊清	《埋忧集》	清	三则预兆梦
董含	《三冈续识略》	清	梦中经历人生贫富变幻，醒后有所悟
吴庆坻	《蕉廊脞录》	清	两次梦见戴文节公

注：本表只统计了有梦境内容描述的作品，不包括只言梦而并未专门记梦的作品。

通过上表可知，中国的"梦记"主要呈现出以下几个特点：第一，贯穿了自汉代至清朝的历史。"梦记"于东汉时期开始出现，散见于唐、明、清，在北宋时期达到顶峰。第二，记主有三大群体，文人、僧侣和道士。文人陆游和苏轼、道士陶弘景及其弟子等都有长期坚持记梦的行为。第三，"梦记"的主题丰富多样，涉及思乡、思亲、思妻、念友、游仙、伤怀、爱国等。

第二节 道教中的"梦记"

虽然与佛教相比，道教中梦的功能有所弱化，但宗教界真正意义上的"梦记"见于道教，即陶弘景编撰的《真诰》和《周氏冥通记》中的梦境记录。陶弘景的《梦记》一书是中国最早的以"梦记"命名的作品。鉴于这些作品都和陶弘景有关，下面将在介绍陶弘景与梦的关系的基础上，考证他的《梦记》一书，并分析《真诰》和《周氏冥通记》两书中的"梦记"内容，尝试解答中国道教"梦记"的文化意义。

一 陶弘景与梦

陶弘景是南朝梁时道教上清派创始人,也是著名的医药家、炼丹家和文学家。因梁武帝常咨询其国家大事,被时人称为"山中宰相"。自号隐居先生或华阳隐居,卒后谥"贞白先生"。关于陶弘景的生平、道教信仰和医药学方面的贡献等有大量的研究,但关于梦境的专门研究很少。其实,陶弘景与梦的渊源很深。首先,陶弘景本人在著作中曾经对占梦和消解噩梦等进行过专门论述。

> 若常梦在东北及西北经接故居,或见灵肺处所者,正欲与冢相接耳。墓之东北为征绝命,西北为九厄,此皆冢讼之凶地,若见亡者于其间,益其验也。
>
> 若每遇此梦者,卧觉,当正向上三琢齿,而祝之曰:……。如此者再祝,祝又三叩齿,则不复梦冢墓及家死鬼也。此北帝秘祝也,有心好事者皆可行之,若经常得恶梦不祥者,皆可按此法,于是鬼气灭也,邪鬼散形也。①

陶弘景提出了占梦和破解恶梦的方法。他认为梦见住处靠近墓地的东北或者西北方向、或者梦见放灵床的地方等,这些都是死亡的前兆。按照古代礼制,南向为生象、北向为死象。战国至秦汉年间成立的《礼记》第九篇"礼运"中曰:"死者北首,生者南向。"② 陶弘景以东北和西北方位来判断死亡概是基于这种观念。对此,他提出了破除这种恶梦的办法。即醒来之后,立即仰面正卧、叩齿三次并念两遍咒文,念完咒文后再叩齿三次。此方法中的念咒在道教中被称为"梦咒"。"咒"即口诀。道教徒视"咒符"为神谕,认为它有特殊的魔力,通过念咒可以同神灵交感、驱使鬼神而达成目的。关于叩齿,它较早地出现在葛洪的《抱朴子内篇》③。该书讲了叩齿的养生功能。到

---

① 陶弘景:《真诰》,《道藏》第20册,文物出版社、上海书店、天津古籍出版社1988年版,第548—549页。

② 杨天宇译注:《礼记译注》,上海古籍出版社2004年版,第268页。

③ 张崇富:《论道教叩齿的仪式内涵》,《四川大学学报(哲学社会科学版)》2013年第4期,第114页。

了同时期的上清派道书《雌一五老经》中所载的"太素真人教始学者辟恶梦法"和南朝宋灵宝派道书《洞玄灵宝道学科仪》中的"解恶梦品"中，叩齿才成为道教中念咒前后要进行的一种仪式。念咒前的叩齿是为了警醒身神，念咒后的叩齿宣告了念咒的结束。

陶弘景在其他著作中也曾对梦进行过相关论述，如《养性延命录》等。他既引用了前人的成果，也提出了一些自己的观点。他提出了用麝香辟除恶梦的方法。道教较为系统的禳除恶梦的方法在陶弘景所在的魏晋南北朝时期基本成型①。后世基本沿用了这些方法，即："梦咒""叩齿"和"药物"。可见，在道教辟除恶梦法形成的过程中，陶弘景功不可没。

陶弘景还经常得到梦示。《华阳陶隐居内传》中记有一则他的梦境。天监初，陶弘景在梁武帝的支持下炼丹，但是历经很多次都没有成功。陶认为失败的原因是炼丹所在地句容（属今江苏省镇江市）环境嘈杂，于是决定暂时离开这里。他最初选的地方是浙江。到浙江后因为海上潮波甚恶，在浙江东阳和长山一带停留了一段时间。后来在瞿溪住宿那晚，陶弘景"梦人告云：欲求还丹，三永之间。乃自思惟，知是永嘉、永宁、永康之际"②。"还丹"是"道家合九转丹与朱砂再次提炼而成的仙丹。自称服后可以即刻成仙"③。陶弘景梦见有人告诉自己炼丹的场所为永嘉（属今浙江省温州市）、永宁（属今浙江省台州市）、永康（属今浙江省金华市）三地之间，也就是现在的浙江黄岩一带。得此梦告，陶弘景"因是出访，村人咸云：过此室，上百余里，至永康兰中山，最为高绝"④。因为这里缺少炼丹用的谷糠，陶又转投永宁的青嶂山。三年后虽然因永宁"寇掠充斥""复值岁饥"，陶按《五岳图》中的记述去了霍山。但是，在此之前的一切行动，他都是按照梦的指示进行的。另外，陶弘景在《周氏冥通记》第三卷天监十四年（515）四月二日条注

① 乐爱国、冯兵：《论道教的辟恶梦之法及其影响》，《辽宁医学院学报（社会科学版）》2009年第7期，第49页。
② （宋）贾嵩：《华阳陶隐居内传》，《道藏》第5册，文物出版社、上海书店、天津古籍出版社1988年版，第506页。
③ 罗竹风主编：《汉语大词典》，汉语大词典出版社1997年版，第6446页。
④ （宋）贾嵩：《华阳陶隐居内传》，《道藏》第5册，文物出版社、上海书店、天津古籍出版社1988年版，第506页。

中也记载了自己的一个梦境。当年四月，陶弘景梦见被招仙界，却被告知官府虽已备好唯独官印尚未做好①。此事后来因为弟子周子良和潘渊文的奏请被免。此梦和上个梦一样，都和成仙有关，它们也都是陶弘景和"异界"相会的途径。在这个场所中，陶弘景被告知炼丹的合适选址、得到可以成仙的指示。无论是第一个梦中陶弘景按梦寻炼丹之处还是第二个梦中周子良等听说陶的梦境后向神仙上章奏请，都能看出来，他将梦看成是另外一个现实，认为梦中的情形会对现实产生实际的影响。

二　陶弘景的《梦记》

陶弘景的《梦记》是目前可考的最早的以"梦记"命名的作品。由于年代久远，该书原文现已散佚。并且，现有的对陶弘景著述的考察中，此书尚未在列。魏世民的《陶弘景著作考述》② 和李养正的《贞白先生其人其书》③ 所考察的书目中未提及《梦记》一书。下文将根据典籍著录等考证陶弘景确有《梦记》一书，并根据相关论述推测其内容，进而探讨陶弘景记梦的动机。

虽然《隋书·经籍志》《旧唐书·经籍志》《新唐书·艺文志》等史志书目中不见陶弘景《梦记》一书的著录，但在一些道教典籍中却能发现它的踪影，如《华阳隐居先生本起录》《云笈七签》《华阳陶隐居传》和《茅山志》中均可见《梦记》。

陶翊的《华阳隐居先生本起录》（以下简称《本起录》）④ 中最早记载了陶弘景的《梦记》。《本起录》全文现被收录于《云笈七签》。从该文记录可见，在陶翊所列的陶弘景的三十六部著作中，《梦记》分明在列：

华阳隐居先生本起录　　从子翊字木羽撰写

① 陶弘景：《周氏冥通记》，《道藏》第5册，文物出版社、上海书店、天津古籍出版社1988年版，第531页。
② 魏世民：《陶弘景著作考述》，《淮阴师范学院学报》1999年第1期。
③ 李养正：《贞白先生其人其书》，《中国道教》1987年第3期。
④ 以下《本起录》原文均引自《云笈七签》。

在人间制述甚多，了不存录，谨条先生所撰记世道书，名目如左：

（前略）《梦记》一卷 此一记先生自记所梦征想事，不以示人。……自先生凡所撰集，皆卷多细书大卷，贪易提录，若大书皆得数四，又有图象杂记甚多，未得一二尽知尽见也。①

陶翙为陶弘景"从子"即侄子。如引文"又有图像杂记甚多，未得一二尽知尽见也"所示，除了上述三十六种书目之外，陶弘景还有很多著作。但是，由于陶翙没有亲眼见过，所以没有一一列举。言外之意，《本起录》中所列的书目全为其亲眼所见。可见，其可信度极高。据引文可知，《梦记》共一卷，记录的是陶弘景本人的梦境。并且，该书"不以示人"，有私人梦笔记之性质。

贾嵩《华阳陶隐居内传》将陶弘景的著作按照"在世"（未出家）和"在山"分成两类。"在山所著书"中有《梦书》一书②。因为其他典籍著录中不见陶弘景《梦书》一书，这里的《梦书》或许和本节中的《梦记》为同一书。此外，茅山宗第四十五代宗师刘大彬的《茅山志》卷九中收录了陶弘景书目三十三种，《梦记》同样在册，"《梦记》一卷、《炼化杂术》一卷……《周氏玄通记》四卷"③。因此，基本上可以确定陶弘景确实有《梦记》一书。

道教典籍之外，很多史书和文学作品中也留下了陶弘景《梦记》的名字，如唐姚思廉《梁书》、南唐徐炫的《五代新说》，宋《太平广记》卷二七七"梦二"、宋邵雍《梦林玄解》、宋郑樵《通志》等。《太平广记》中的记载最为翔实：

齐宜都王铿年七岁，出阁，陶弘景为侍读。八九年中，甚相接遇，后铿遇害。时弘景隐山中，梦铿来，惨然言别曰"某今命过，

---

① 张君房：《云笈七签》，《道藏》第22册，文物出版社、上海书店、天津古籍出版社1988年版，第733页。

② （宋）贾嵩：《华阳陶隐居内传》，《道藏》第5册，文物出版社、上海书店、天津古籍出版社1988年版，第509页。

③ 刘大彬：《茅山志》，《道藏》第5册，文物出版社、上海书店、天津古籍出版社1988年版，第594页。

无罪。后三年，当生某家"。弘景访之以幽中事，多秘不出。及觉，即使人至都参访，果与梦符。弘景因此著《梦记》。[①]

据《太平广记》记载，陶弘景隐居山中之时，梦见齐宜都王萧铿前来告别。他告诉陶弘景自己是含冤而死，并且三年后将转生至某户人家。陶弘景梦醒后马上遣亲信到京城打听，发现萧铿确实已去世。《五代新说》等各书中记载的内容基本上也是按照"（陶弘景作为侍读与萧铿交好→）萧铿遇害→托梦陶弘景→梦验"的模式推进的。而且，梦中所告内容基本相同。基本可以肯定，陶弘景《梦记》内容大致与《太平广记》相同。

众所周知，《太平广记》所录中有很多与史实不符的故事，如卷一六四"蔡邕"条以轮回解释蔡邕的出生，"张衡死月，蔡邕母始怀孕。此二人才貌甚相类。时人云，邕是衡之后身"[②]。据《后汉书》记载，张衡卒于永和四年（139）[③]，而蔡邕生于永建七年（132）[④]，显然不符合史实。但是，《太平广记》中所载《梦记》之事和当时的真实历史在时间上并无龃龉。据《南史》等记载，陶弘景正式上表辞官隐居茅山的时间为永明十年（492），"除奉朝请。虽在朱门，闭影不交外物，唯以披阅为务。朝仪故事，多取决焉。永明十年……上表辞禄，诏许之"[⑤]，而萧铿被萧鸾所害的时间为延兴元年（494）。时值隐居的陶弘景与世隔绝，确实不可能即时知道萧铿被害的消息。如此，《梦记》最起码在时间上是和史实吻合的。以上种种信息表明，陶弘景著有《梦记》一书应该是确定无疑的。

三　陶弘景所撰书籍与"梦记"

《真诰》和《周氏冥通记》是陶弘景所整理的古文献[⑥]。学界对《真

---

①　李昉等编：《太平广记》，人民文学出版社 1959 年版，第 2191 页。

②　李昉等编：《太平广记》，人民文学出版社 1959 年版，第 1190 页。

③　（南朝宋）范晔撰，（唐）李贤等注：《后汉书》，中华书局 1999 年版，第 1311 页。

④　（南朝宋）范晔撰，（唐）李贤等注：《后汉书》，中华书局 1999 年版，第 1356 页。

⑤　李延寿：《南史》，中华书局 1975 年版，第 1897 页。

⑥　余嘉锡《四库提要辨证》、汤用彤《读〈道藏〉札记》、任继愈《道藏提要》、李养正《贞白先生其人其书》、魏世民《陶弘景著作考述》、詹石窗《道教文学史》（第 169 页）等。

诰》的研究大都集中在语言学①和养生学②两个方面，《周氏冥通记》则主要是围绕译注以及对译注的评价和语言学等方面展开③，以其中的梦为对象的研究很少。仅有的研究将在下文的论述中提到。

（一）《真诰》与《周氏冥通记》中的"梦记"与"神授天书"

《真诰》大致完成于 5 世纪末。所谓"真诰"，该书第十九卷阐述道："真诰者，真人口受之诰也。""真人"即以南岳魏夫人为代表的道教真人等。受诰者为杨羲、许穆和许翙父子三人。三人受诰后将内容记录下来。但是，这些诰授的记录在许穆（376）、许翙（370）之后散落各处，一部分被烧毁。早在陶弘景之前，南齐道士顾欢就曾做收集整理工作，后编撰成书，命名为《真迹》。陶弘景对顾欢的编撰不是很满意，遂在《真迹》的基础之上，进一步搜集散落在江南各地的"或五纸三纸，一纸一片"（《真诰》"真诰叙录"），辑成《真诰》。陶弘景在整理顾欢的底稿时，态度非常严谨，采取了夹注和叙录的形式，以求最大程度地保存书籍原貌④。

《真诰》由七篇、二十卷构成⑤。前五篇是诸神的诰授，第六篇为《真诰》解题篇，这部分才是陶弘景的个人撰述。杨羲、许穆和许翙三人的"梦记"收录于第七篇。据《真诰》第十九卷"真诰叙录"中解说，此篇"是三君在世自所记录，及书疏往来，非真诰之例，分为二卷"⑥。《真诰》中的"梦记"实为杨羲、许穆和许翙三人的梦境记录。

第七篇共记录了二十条梦境，杨羲七条（365）、许穆六条（353）、许翙七条（366—368），基本上都是以"做梦时间＋梦境内容"的形式构成。除了精确到"日"的时间点外，还有诸如"四月二十九日夜半

---

① 参考冯利华《〈真诰〉词语辑释》，《古汉语研究》2002 年第 6 期。

② 参考加藤千惠《〈真诰〉中的存服日月法》，《宗教学研究》1997 年第 5 期。

③ 刘祖国：《〈周氏冥通记〉研究》（译注篇）注释拾补，《宗教学研究》2012 年第3 期。

④ "又按三君手书今既不摹，则混为无由分别，故备注条下，若有未见真手不知是何君书者注云某书，又有四五异手书未辨，为同时使写、为后人更写既无姓名，不证真伪，今并撰录注其条下以甲乙丙丁各甄别之"（《真诰》第 602 页）、"要宜全其本迹"、"今并从实缀录"（《真诰》第 603 页）。

⑤ 分别为："运象篇"（四卷）、"甄命授"（四卷）、"协昌期"（二卷）、"稽神枢"（四卷）、"阐幽微"（二卷）、"握真辅"（二卷）、"翼真检"（二卷）。

⑥ 陶弘景：《真诰》，《道藏》第 20 册，文物出版社、上海书店、天津古籍出版社 1988 年版，第 601 页。

时""四月九日戊寅夜鼓四"等具体到特定时刻的情况。梦中出现的人物基本上是神仙或者真人,有上清派第一代宗师南岳夫人魏华存、紫阳真人周义山、蓬莱仙公洛广休等。内容基本上是游仙或得到真人成仙的指导。

《周氏冥通记》与《真诰》情况相似,虽然撰者为陶弘景,但"梦记"实为陶弘景的弟子周子良的梦境记录。据《周氏冥通记》小记记载,该书是周子良于天监十五年(516)十月二十七日自杀后,陶弘景将在茅山燕口山洞中发现的周氏生前手稿按照时间顺序整理、批注而成,并非陶本人之作。在正文前,陶弘景记述了周子良的传记、自己整理后进献给梁武帝的过程、武帝的敕答书以及代呈该书的弟子所作的呈书小记。该书以府丞通知招周氏补录茅山保命府的仙官为开端,记录了周子良于天监十四年(515)五月二十三日到次年七月二十三日期间长达十六个月梦中与神灵相通的历程。全书以"梦"构筑全文,是中国古代罕见的"梦记"作品。

两书的文本主人问题。《真诰》和《周氏冥通记》比较特殊,文本背后还有收集整理者陶弘景。严格说来,存在两个文本主体。对此,学界普遍认为陶弘景是在原主体所作底稿的基础上进行整理、加注而成[1]。既肯定了底稿的真实性,也肯定了陶弘景的后期编撰之实。《周氏冥通记》中多处可见陶弘景加注的痕迹,如第三卷七月九日条,仙真告知周子良现已进入下仙之列,不久便可登中仙之上,"得游行太极,控驾龙鳞"。周顺势打听师父的情况,仙真答曰:"陶久入下仙之上,乃范幼冲等也"。后续的"一本作中仙之中,后浓墨点作下仙之上,未解所以。既云久入,今当由怠替致降二阶邪"显然为陶弘景的注释。从这个层面上可以说,《真诰》中的"梦记"为杨羲、许穆和许翙三人所记,《周氏冥通记》中的"梦记"为周子良所记。

关于两书的成书目的,陶弘景编撰《真诰》是为了以"神授天书"的形式"确立和巩固茅山为中心的上清派道教"[2]。"神授天书"是道教

---

① 参考许丽玲《〈周氏冥通记〉初探》,麦谷邦夫、吉川忠夫著、刘雄峰译《周氏冥通记研究·译注篇》,齐鲁书社 2010 年版,第 311 页。

② 郑在书:《〈周氏冥通记〉的小说原型与文化认识结构》,《武汉大学学报(人文科学版)》2014 年第 3 期,第 86 页。

常见的神秘化经典的形式。早在陶弘景之前已经存在，如葛洪《抱朴子》中就有"天书"的记载："吴王伐石以治宫室，而于合石之中，得紫文金简之书，不能读之，使使者持以问仲尼，……仲尼以视之，曰：'此乃灵宝之方，长生之法，禹之所服，隐在水邦，年齐天地，朝于紫庭者也。禹将仙化，封之于名山石函之中，乃今赤雀衔之，殆天授也。'"① 北魏寇谦之的《老君音诵诫经》也声称出自"神授"②，并且他也将自己的书进献给了皇帝而获得信任。"神授天书"保证了《真诰》的合理性和权威性。《周氏冥通记》的编撰目的是维持道教的发展。据《梁书》记载，梁武帝于天监十六年连续颁发了两次崇佛的举措，四月下令"去宗教牲"③，十月下令"去宗教荐修，始用蔬果"。陶弘景向梁武帝进呈《周氏冥通记》时正值武帝"崇佛废道"正盛之际④。在这种背景下，献上此书，维护道教之心昭然若揭。那么，作为《周氏冥通记》底稿主体的周子良记梦的目的又是什么呢？

（二）成仙之路与周子良"梦记"

《周氏冥通记》相关研究围绕体裁与内容两个方面展开⑤。体裁方面，前人充分肯定了此书的价值。詹石窗指出《周氏冥通记》是"记梦叙幻体"⑥ 文学成熟的标志⑦。刘雪梅指出该书"开创了记梦体的小说体裁"⑧。后人基本沿用了他们的说法⑨。内容方面，自詹石窗以来，一直被解读为"变态心理"题材之作。学界认为，梦中仙真许诺周死后能成

① 葛洪撰，王明著：《抱朴子内篇校译》，中华书局1980年版，第229页。

② "忽遇大神，乘云驾龙，导从百灵，仙人玉女，左右侍卫，集止山顶，称太山老君"，"吾故来观汝，授汝天师之位，赐汝《云中音诵新科之诫》二十卷。号曰《并进》。言：吾此经诫，自天地开辟已来，不传于世，今运数应出"，"其书多有禁密，非其徒也，不得辄观"，书中多载奇方妙术，"上云羽化飞天，次称消灾灭祸"。

③ 姚察、姚思廉：《梁书》，中华书局1973年版，第57页。

④ 丁红旗：《梁武帝天监三年"舍道归佛"辨》，《宗教学研究》2009年第1期。

⑤ 参考詹石窗《道教文学史》，上海文艺出版社1992年版，第174页；刘雪梅《论陶弘景的文学史地位》，《中国文学研究》1998年第3期，第43页；蒋艳萍、郑方超《〈周氏冥通记〉情感基调探析》，《求索》2004年第4期，第209页。

⑥ "以梦异为核心和结构杠杆，叙述感应幻觉故事"的形式。（詹石窗：《道教文学史》，上海文艺出版社1992年版，第145页）。

⑦ 詹石窗：《道教文学史》，上海文艺出版社1992年版，第168页。

⑧ 刘雪梅：《论陶弘景的文学史地位》，《中国文学研究》1998年第3期，第41页。

⑨ 如刘永霞：《陶弘景研究》，博士学位论文，四川大学，2006年，第142页；张兰花：《陶弘景道教文学论略》，《浙江社会科学》2008年第3期。

仙的诱惑和对尘世生活的留恋之间的矛盾，使周子良备受煎熬，最终以自杀的方式结束了生命。迄今为止的研究有两个问题被忽略，一是信奉"长生不老"追求长生的周子良为何会被来世成仙所诱惑，甚至为了成仙主动选择了自杀，二是虚幻的梦境何以能够左右周子良的现实举动。这是关系到如何定位《周氏冥通记》"梦记"性质的重要问题。

周子良的"梦记"始于天监十四年（515）五月二十三日。

夏至日未中少许天监十四年乙未岁五月二十三日乙丑也，在所住户南床眠。始觉，仍令善生下帘于时住在西阿姨母廨中。善生是两姨弟，本姓朱，七岁时在永嘉病十余日，正尔就尽，隐居若为救治，仍舍给为道子。又眠未熟，忽见一人长可七尺，面小，口鼻猛，眉多，少有髯，青白色，年可四十许，著朱衣，赤帻上戴蝉，垂缨极长，紫革带广七寸许，带鞶囊，鞶囊作龙头。足著两头，为紫色，行时有声索索然。从者十二人。……又语子良曰："……卿前身有福，得值正法。今生又不失人神之心，按录籍，卿大命乃犹余四十六年。夫生为人，实依依于世上，死为神，则恋恋於幽冥。实而论之，幽冥为胜。今府中阙一任，欲以卿补之。事目将定，莫复多言。来年十月当相召，可逆营办具，故来相告。若不从此命者，则三官符至，可不慎之。"子良便有惧色。此人曰："卿趣欲住世，种罪何为？得补吾洞中之职，面对天真，游行圣府，自计天下无胜此处。"子良乃曰："唯仰由耳。"①

当日夏至午前，周子良梦见府丞告曰来年十月招其为冥府仙官。对于这个梦境，以羽化升仙为终极目标的周子良本应高兴，但是，他却经历了复杂的内心斗争：子良面有惧色→茅山府丞劝道："得补吾洞中之职，面对天真，游行圣府，自计天下无胜此处"→子良勉强答应→茅山府丞见此劝诱道"方事犹疑，冀非远耳，卿勗吾言"→子良醒后与姨母商量后改变主意→晚上范帅入梦，又劝道："夫神圣有旨，岂是辞讼所说。兼向丞总领吴越，任大之者，自来宣谕，何得不从"→子良又问

① 陶弘景：《周氏冥通记》，《道藏》第5册，文物出版社、上海书店、天津古籍出版社1988年版，第520页。

"既灵圣垂旨，敢希久停，可得申延数年不"→范帅曰："向所言事不得尔，自己有定，兼复此职不可就空，所以勤勤重来者，正此耳"。周子良之所以拒绝赴任保命府仙官，是因为成仙等同于死亡，如若同意，来年十月将会成为他的忌日。

此后，诸位神仙开始在梦中授法周子良：中岳仙人洪子涓等指导修道之法；桐柏仙人邓灵期等来主动与他结为冥友；紫薇夫人等仙真来与他谈仙论道。周子良在梦中还有游览蓬莱仙境等游仙经历。在与这些神仙冥通期间，周子良心情转为愉悦。至天监十五年冬，周子良已经由最初的抗拒变为欣然而往仙界。面对成仙的梦告，他"言色平然，了无一异"，沐浴、更衣、烧香，为梦中被许诺的"成仙"做准备。发现状况有异的姨妈发出"悲叫"，他只是淡定地阻止道："莫声叫、莫声叫，误人事"①。此时的周子良对成仙的态度已经和一年前判若两人。

天监十四年夏天五月到十五年七月二十三日这十六个月期间的梦，可以说是神仙指导周子良成仙之道的"桥梁"。周子良对现世的留恋和对成仙的向往之间的矛盾，在天监十四年五月二十七日之后，转变为对梦中修道与游仙的心驰神往。最终，通过梦境中与神仙的"冥通"，周子良与此世的"生"告别，实现了仙界"永生"。可以说，整部作品呈现的并非"变态心理"，而是从最初的生与死的抉择矛盾，到在虔诚的信仰心的驱动下欣然求死得"永生"的记录册，是一个道教徒的宗教成长写真。

这次的宗教体验中出现了一个与传统道教信仰不同的现象。道教追求长生不老，注重"现世"利益，原本没有来世观。《周氏冥通记》中死后升仙却对周子良构成了强大吸引力。究其原因，与当时的时代背景有不可分割的关系。南北朝时期，道教与佛教开始融合，吸收了包括"三世轮回"在内的佛教教义②。原本只有现世的道教中开始有前世和来世的说法。上段引文中的"卿前身有福，得值正法。今生又不失人神之心，按录籍，卿大命乃犹余四十六年"的"前世""今生"表述就是例证。周子良相信死后能升仙，无疑是当时佛道融合的产物。佛教三世观

---

① 陶弘景：《周氏冥通记》，《道藏》第 5 册，文物出版社、上海书店、天津古籍出版社 1988 年版，第 518 页。

② 任继愈主编：《中国道教史》，上海人民出版社 1990 年版，第 190 页。

为修道成仙从追求肉体不死即世成仙转变为积功累德来世成仙提供了信仰根基。

梦境对周子良现实生活产生巨大影响，甚至导致他最终选择自杀的原因在于，在他生活的时代，梦中的告示是与现实等价的另外一种真实。《周氏冥通记》中有这样一条梦境：

> 十一日，见定录、保命、桐柏、周君。周君云："尔不复觌真道耶，吾将去尔。"子良未得答，定录乃云："其心不然，正是身废耳，紫阳试之邪。"保命云："尔何意顿取人三百斛谷。"子良答："不取。"又云："见取，何云不取已？尔别当埤之。"余别自语，所不能了。（其此数旬中，为起屋事恒惝惶不作。恐身既废，心亦是急，定录讶之耳。取谷之事，了不闻有此音迹。计三百斛谷，是百三十斛米，平人六年食，恐以为食师以此米者，其从来为师使，本是衣食弟子，不应以此为责。伊云不取，神证云取，两不应妄。又云："别当埤之。"思此答所不解。）①

天监十五（516）年正月十一日，周子良梦见定录君、保命君、桐柏真人和紫阳真人周义山等四位真人，紫阳真人说他没有好好修炼，定录君说子良身体状况不好，保命君责备子良为何向人索要三百斛稻谷。如引文括号内所示，对于保命君在梦中责备子良为何向人索要三百斛稻谷之事，陶弘景在这段"梦记"的注中竟然把它当作事实，为此申辩。这无疑是因为陶弘景将梦中和神仙、真人等相会视为和现实等价的另外一种真实。

第三节　佛教中的"梦记"

中国佛教中的"梦记"存在于僧人笔记。从体裁方面讲，中国的日记脱胎于编年纪事史，而笔记是介于编年体史书和日记之间的一种过渡

---

① 陶弘景：《周氏冥通记》，《道藏》第5册，文物出版社、上海书店、天津古籍出版社1988年版，第540页。

文体①。笔记的内容"无异于日记,只是不逐日安排"②。其特点之一是
"基于耳闻目睹的现实性"③。"中国古代的佛教笔记,最初是从经序和经
记发展起来的。"④ 经序和经记都是对汉译佛经的解释说明,目的是将译
经原委告知后人。经序一般置于开头,是对佛经主旨的概括,经记一般
在末尾,记述翻译的缘由。后来,佛教方面又开始编撰兼具故事情节的笔
记,即感应传、灵验记或志怪小说,以各种灵验故事来使世人对佛教生敬
畏之心。对于志怪小说和灵验记,朱光潜将其归于"笔记"⑤,《笔记小说
史》则归类于"笔记小说"⑥。众多的笔记中,"梦记"有齐王琰(生卒
不详⑦)的《冥祥记》和唐善导(613—681)的《观经疏》。两书"梦
记"部分均明确记录了做梦日期与梦境的详细内容。

一　王琰《冥祥记》中的"梦记"与"三宝感应"

中国自古以来就有"感应"思想。西汉董仲舒提出的"天人感应"
思想为典型代表。只是"天人感应"思想是将自然现象等的变化和国家
命运联系在一起,而本书所讲的佛教中的"感应"讲的是佛和众生的互
动关系。《佛学大辞典》有云:"众生有善根感动之机缘,佛应之而来,
谓之感应。感属于众生,应属于佛。"⑧ 可见佛教中的感应即佛陀对于众
生之"感"所"应",其感应的主体主要是佛、法、僧三宝。佛像等属
于佛宝、佛经等属于法宝、菩萨僧人等属于僧宝,故《三宝感应要略

---

① 朱光潜:《日记—小品文略谈之一》,《朱光潜全集》第九卷,安徽教育出版社 1993 年
版,第 358 页。

② 朱光潜:《日记—小品文略谈之一》,《朱光潜全集》第九卷,安徽教育出版社 1993 年
版,第 360 页。

③ 苗壮:《笔记小说史》,浙江古籍出版社 1998 年版,第 6 页。

④ 陈士强:《中国古代的佛教笔记》,《复旦学报(社会科学报)》1992 年第 3 期,第
108 页。

⑤ 陈士强认为佛教笔记是单记或综述佛教的人、事、物的记、传、志、录等,将其分为
了"感应传""造像记""舍身记"等十九种。陈士强:《中国古代的佛教笔记》,《复旦学报
(社会科学报)》1992 年第 3 期,第 110 页。

⑥ 苗壮:《笔记小说史》,浙江古籍出版社 1998 年版,第 114 页。作者将笔记小说分为了
"志怪小说"和"志人小说"两大类(第 10 页)。

⑦ 曹道衡推测王琰生卒为 456/457—518/519(曹道衡:《论王琰和他的"冥祥记"》,《文
学遗产》1992 年第 1 期)。

⑧ 丁福保编:《佛学大辞典》,上海书店 1991 年版,第 2350 页。

录》云:"灵像感应以为佛宝。尊经感应以为法宝。菩萨感应以为僧宝。"① 佛教传入中国的故事中"汉明帝梦金人"就是佛宝感应事例。《肇论》中记"感而后应。譬犹幽谷之响。明镜之像"②,认为感应就像是幽静山谷中的回响或者映在镜中的物象,是一种自然而然的现象,"应"的前提是"感",且精诚之"感"必有所"应"。感召佛陀的行动可以是撰书、诵经念佛、抄写佛经等。佛会根据众生所愿现出各种回应,如救病、显灵等。梦是实现佛感应众生的媒介之一。中国佛教"梦记"中记载的主题之一就是"三宝感应"。

《冥祥记》是南朝宋齐之际的王琰撰写的一部志怪小说集。原书共十卷,现已散佚。鲁迅搜集了王琰的自序及一百三十一条故事,辑录在《古小说钩沉》中,算是当今比较完备的记录。《冥祥记》中所载主要是佛教灵验传说故事。从《隋书·经籍志》并没有将其归纳到子部·小说家类,而是纳入了史部·杂传类来看,书中记载的很多故事并非完全虚构,真实性颇高。

关于《冥祥记》的研究目前主要集中于校勘文本和讨论其中的观音信仰及般若信仰等③,没有涉及"梦"方面的研究。至于王琰序文中所记的梦更是无人提及。下面将通过分析《冥祥记》序文中的"梦记"内容,分析王琰记录"梦记"的原因以及梦境中所体现出来的佛教信仰。

王琰在《冥祥记》序文讲述了一段灵异经历。这段经历以梦构建而成,内容如下:

> 琰稚年在交阯。彼土有贤法师者,道德僧也。见授五戒,以观世音金像一躯,见与供养;形制异今,又非甚古,类元嘉中作。镕镵殊工,似有真好。琰奉以还都。时年在龆龀,与二弟常尽勤至,专精不倦。后治改弊庐,无屋安设,寄京师南涧寺中。于时百姓竞铸钱,亦有盗毁金像以充铸者。时像在寺,已经数月。琰昼寝,梦

① 非濁集:『三寶感應要略録』、『大正藏』第 51 卷、第 826 頁。

② 僧肇作:《肇論》、『大正藏』第 45 卷、第 158 頁。

③ 参考朱成华《〈古小说钩沉·冥祥记〉校勘商榷七则》,《鲁迅研究月刊》2013 年第 5 期;熊娟《〈冥祥记〉校读札记》《西南交通大学学报(社会科学版)》2009 年第 5 期;曹道衡《论王琰和他的"冥祥记"》,《文学遗产》1992 年第 2 期;吴海勇《论〈冥祥记〉"晋司空庐江何充"条源出佛经》,《齐鲁学刊》1999 年第 1 期。

见立于座隅；意甚异之。时日已暮，即驰迎还。其夕，南涧十余躯像，悉遇盗亡。……宋升明末，游踬峡表，经过江陵，见此沙门，乃知像所。其年，琰还京师，即造多宝寺访焉。寺主爱公，云无此寄像。琰退，虑此僧孟浪，将遂失此像，深以惆怅。其夜，梦人见语云："像在多宝，爱公忘耳，当为得之。"见将至寺，与人手自开殿，见像在殿之东众小像中，的的分明。诘旦造寺，具以所梦请爱公。爱公乃为开殿，果见此像在殿之东，如梦所睹。遂得像还。时建元元年七月十三日也。像今常自供养，庶必永作津梁。循复其事，有感深怀；沿此征观，缀成斯记。①

　　王琰在序中记载了两个梦境。一个是感应到观音像被盗。王琰幼年在交趾（今越南北部一带）时师从"贤法师"、受五戒，并得到观世音金像一尊，将其带回都城诚心供养。后因修缮房屋，无处安放，遂将其寄放于南涧寺。数月后的一天，王琰梦见像立于座隅，觉得很诡异。于是飞奔过去接回了佛像。结果，当天傍晚就发生了南涧寺十几尊佛像被盗事件。第二个梦是南朝宋泰始（465—471）末年，王琰因迁居到乌衣巷，将像寄存在多宝寺，宋昇明（477—479）末年，回到京师的他向多宝寺寺主爱公索要观音像时，爱公云无此寄像。当晚，王琰梦中有人告知观音像确实在多宝寺，并指明了佛像具体位置。第二天去寺中寻找，果然如梦所示，观音像在殿之东。这种灵验的事情反复发生，令王琰甚是感动，产生了撰写《冥祥记》的动机。

　　从"梦记"内容本身而言，两个梦是佛像信仰的产物，呈现出浓厚的佛像崇拜色彩。《增一阿含经》记载了佛像的由来。佛因四部众不认真听法到忉利天为母亲摩耶夫人说法，久久不回，国王优填王因之忧愁成患，群臣见此商量，"我等宜作如来形像。""是时群臣白王言。我等欲作形像。亦可恭敬承事作礼。时王闻此语已。欢喜踊跃不能自胜。"②波斯匿王闻听后，也造了一尊佛像。"尔时阎浮里内始有此二如来形像。"这是资料上所载最早的佛像。这两尊佛像均按照生身释迦的样子

　　①　（齐）王琰：《冥祥记》，鲁迅：《古小说钩沉》，人民文学出版社1973年版，第563页。
　　②　瞿昙僧伽提婆譯：『增一阿含经』、『大正藏』第2卷、第6页。

制作，用意是保证佛像在释迦寂灭之后的权威性。《观佛三昧海经》曰："师尊而语像言：'汝于来世大作佛事，我灭度后，我诸弟子，以付嘱汝。'"① 宣扬佛像是佛寂灭后在世间的化身。佛像成为佛教徒缅怀释迦，领悟佛法，增强信仰心的具体形象。观看实物形态的佛像进行冥想、修行发展到更高境界，便是需要抽象思维的"定中见佛"和"梦中见佛"。由此，佛像具备了远超像本身的更深远意义，为佛像崇拜的产生奠定了基础。为了宣扬佛像信仰，佛经中记载了大量造像功德故事，如《佛说造立形象福报经》详尽列举了信仰佛像的十二种功德②。

佛像崇拜在中国的流行可追溯到佛教东渐之初。据《后汉书》"西域传"第七十八记载，"世传明帝梦见金人，长大，顶有光明，以问群臣。或曰："西方有神，名曰佛，其形长丈六尺而黄金色。帝于是遣使天竺问佛道法，遂于中国图画形象焉。"③ 这段"汉明帝梦金人"故事是现今公认的佛教东渐中国之始④。这段记载透露出来的另外一个重要信息是，首先传来中国的不是佛经，而是"金人"即佛像⑤。对于当时的中土人士来说，佛像是他们亲近与接受佛教的重要媒介。到了"东晋十六国时期，南北统治者提倡佛教，造寺立像作功德成为风气"⑥。这种风气的出现和佛经翻译不无关系，上文提到的《佛说造立形象福报经》和《增一阿含经》都是东晋时期翻译的。

王琰所在的南朝正值佛像崇拜盛行之际。几乎同时代的《高僧传》撰者慧皎在一系列的佛像感应故事之后，曰："圣人……借微言以津道，托形象以传真"⑦，认为佛像是佛陀传达"真理"的方式。南朝梁刘勰的"双树晦迹，形像代兴，固已理精无始，而道被无穷者矣"⑧ 阐述的也是同样的言论。

与佛像信仰相应，文学中出现了大量的佛像应验故事。佛像灵验体

---

① 佛陀跋陀羅譯：『佛説觀佛三昧海經』、『大正藏』第 15 卷、第 678 頁。
② 佚名：『佛説造立形像福報經』、『大正藏』第 16 卷、第 789 頁。
③ （南朝宋）范晔撰，（唐）李贤等注：《后汉书》，中华书局 1999 年版，第 1976 页。
④ 吕澂：《中国佛学源流略讲》，中华书局 1979 年版，第 20 页。
⑤ 吕澂：《中国佛学源流略讲》，中华书局 1979 年版，第 20 页。
⑥ 孙昌武：《佛教与中国文学》，上海人民出版社 2007 年版，第 262 页。
⑦ （梁）慧皎著，汤用彤校注：《高僧传》，中华书局 1992 年版，第 343 页。
⑧ 僧祐撰：『弘明集』、『大正藏』第 52 卷、第 50 頁。

现在很多方面，主要有神奇感应、诚心供养佛像会得到庇佑脱离苦难、侮辱毁坏佛像则会受到惩罚三个方面。梁宝唱法师的《经律异相》卷六"造佛形像第二十二"以及后来的（唐）《集神州三宝感通录》和（唐）《法苑珠林》中都有佛像感应故事。《高僧传》"慧远"条中，陶侃将阿育王像接到寒溪寺后，"寺主僧珍尝往夏口，夜梦寺遭火，而此像屋独有龙神围绕。珍觉驰还寺，寺既焚尽，唯像屋存焉"①。王琰二梦佛像便是这种情况。

王琰的佛像崇拜在《冥祥记》中也能找到痕迹。第一，开头和结尾首尾呼应，写的都是佛像感应故事。从这种文章结构中可以看出王琰的用意。首先，《冥祥记》序文后第一个故事就是"汉明帝梦金人"。王琰在这个故事之后继续写道："初使者蔡愔，将西域沙门迦叶摩腾等赍优填王画释迦佛像；帝重之，如梦所见也。乃遣画工图之数本，于南宫清凉台及高阳门显节寿陵上供养。又于白马寺壁，画千乘万骑绕塔三匝之像，如诸传备载。"②通过皇帝对佛像的重视彰显了佛像的重要地位。其次，结尾是三则佛像感应故事，两则为因造佛像产生积极感应，一则为因蔑视佛像脚挛后因造观音像痊愈。第二，佛像感应故事众多，为《冥祥记》之主体。南北朝时期盛行的佛像有观音想、普贤像、阿弥陀佛像、释迦像、弥勒像。在鲁迅所辑录的一百三十一则故事中，有十四则与佛像感应有关。这些故事中涉及南北朝时期盛行的所有佛像种类。王琰的梦无疑是当时佛像信仰的产物。

从记梦动机来看，将撰写书籍的契机归结于灵验事件的刺激是宗教徒常用的手段。《佛祖统纪》第四十六卷政和二年（1112）条，边知白因梦撰写《观音感应集》，"（政和）二年，侍郎边知白自京师至临川，触暑成病。忽梦白衣天人以水洒之，顶踵清寒，觉而顿爽。于是，集古今灵验，作观音感应集四卷行于世。"③边知白其人不可考，只知其字公式，历任南宋户部、吏部侍郎。他受梦启发而执笔《观音感应集》的行为和王琰因感于数次佛像感应而作《冥祥记》的行为如出一辙。标榜书籍撰写来自神谕，客观上在增强权威、宣传佛教方面起到了很大的作用。

---

① （梁）慧皎著，汤用彤校注：《高僧传》，中华书局 1992 年版，第 213—214 页。
② （齐）王琰：《冥祥记》，鲁迅：《古小说钩沉》，人民文学出版社 1973 年版，第 565 页。
③ 志磐撰：『佛祖统纪』、『大正藏』第 49 卷、第 419 頁。

二　善导《观经疏》中的"梦记"与"神授"

善导（613—681）是净土宗第三代祖师，中国净土宗的实际开创者，以继承了昙鸾、道绰之念佛思想提倡"称名念佛"而闻名。他的思想后来传入日本，被法然（1133—1212）和亲鸾（1173—1262）等继承，并被尊奉为"祖师"。

围绕善导的研究，目前主要集中在"净土思想"方面①。一般以《观无量寿经》（以下简称《观经》）为材料进行分析，认为善导净土思想的特色是"他力性"（佛本愿力）、"简易性"（称名念佛）、"平民性"（凡入报土）②。特别强调了善导的"称名念佛"。蒋维乔称"善导之念佛，遗后世以绝大影响"、"实可谓为后世念佛教之根本"③；高桥弘次指出，和慧远的"定中见佛"为目的的净土教不同，善导的特色是主张"称名念佛"之人可以往生净土。④ 关于书中的"梦记"鲜有人提及。实际上，善导的梦境也如实地折射了他的佛教思想。

《观经疏》记载了五个梦境，第一个内容如下：

> 敬白一切有缘知识等，余既是生死凡夫，智慧浅短，然佛教幽微，不敢辄生异解，遂即标心结愿，请求灵验，方可造心。南无归命尽虚空遍法界一切三宝、释迦牟尼佛、阿弥陀佛、观音、势至、彼土诸菩萨大海众及一切庄严相等，某今欲出此观经要义，楷定古今，若称三世诸佛释迦佛阿弥陀佛等大悲愿意者，愿于梦中得见如上所愿一切境界诸相。于佛像前结愿已。日别诵阿弥陀经三遍，念阿弥陀佛三万遍，至心发愿，即于当夜见西方空中如上诸相境界悉皆显现。杂色宝山百重千重，种种光明下照于地，地如金色，中有诸佛菩萨，或坐或立、或语或默、或动身手、或住不动者。既见此

---

① 参考《善导大师及其净土思想特色》（朱凤岚）、《善导的净土思想》（王公伟）、《善导净土思想之特色》（伍先林）、《试析善导念佛思想的基本内涵》（谢路军）等。
② 谢路军：《善导净土思想特点与称名念佛法门的流行》，《世界宗教研究》1998 年第 2 期；崔玉卿：《善导思想研究》，《五台山研究》2010 年第 3 期。
③ 蒋维乔：《中国佛教史》，岳麓书社 2009 年版，第 128 页。
④ 高桥弘次：《慧远与善导之念佛》，《佛学研究》1996 年第 3 期，第 16 页。

相，合掌立观，量久乃觉。觉已不胜欣喜，于即条录义门。①

　　善导表示自己是生死凡夫，智慧短浅，然佛教教义非常深邃，故不敢随便解释，祈求佛祖如果自己的解释符合释迦牟尼佛等三世诸佛的心意的话，希望佛能梦示净土诸相。祈求仪式过后，善导果然得梦，遂开始注释《观经》。之后记录了第二个梦，梦见"一僧而来指授玄义科文"②。善导强调注释《观经》是因为自己的解说符合佛祖心意，而证明是否合意的手段是梦。

　　善导之所以选择以"梦中见佛"作为判断注释是否符合"圣"意的标准，其理论依据来自佛经。按照《小品般若经》的说法，"梦中见佛"是"观想"成就的标志。③善导梦中所见的"西方空中如上诸相境界悉皆显现。杂色宝山百重千重，种种光明下照于地，地如金色，中有诸佛菩萨"诸相是典型的"梦中见佛"。第四个梦境中，善导再次提到"梦中见佛"，"见阿弥陀佛身真金色，在七宝树下金莲华上坐，十僧围绕亦各坐一宝树下。佛树上乃有天衣挂绕，正面向西，合掌坐观"，足见善导对它的重视程度。

　　善导对"梦中见佛"的重视主要受到了《般舟三昧经》的影响。善导与《般舟三昧经》有很深的渊源。首先，他著有《般舟赞》。《般舟赞》顾名思义是对"般舟三昧"的赞美。如善导所述，般舟三昧"梵语名般舟。此悉名常行道。……又言三昧者亦是西国语。此翻名为定。由前三业无间。心至所感。即佛境现前。……亦名立定见诸佛也"④，宣扬的是"见佛"之功德。其次，善导著《观念法门》中讲述了修行观佛和念佛两种修行方法，应该是熟悉并践行了"见佛"修行。此外，善导求梦的方式与《般舟三昧经》一致。《般舟三昧经》提倡的求梦方式为不断念诵阿弥陀佛。⑤善导的求梦方式为："日别诵阿弥陀经三遍，念阿弥

---

① 善导集记：『觀無量壽佛經疏』、『大正藏』第37卷、第278頁。
② 善导集记：『觀無量壽佛經疏』、『大正藏』第37卷、第278頁。
③ "若菩萨梦中见佛处在大众高座上坐。无数百千万比丘及无数百千万亿大众。恭敬围绕而为说法。须菩提当知。是阿毗跋致菩萨相。"详见第一章。
④ 善导撰：『依觀經等明般舟三昧行道往生讚』、『大正藏』第83卷、第448頁。
⑤ "若沙门白衣。所闻西方阿弥陀佛刹。当念彼方佛不得缺戒。一心念若一昼夜。若七日七夜。过七日以后。见阿弥陀佛。于觉不见。于梦中见之。"

陀佛三万遍"、"至心要期七日，日别诵阿弥陀经十遍，念阿弥陀佛三万遍"。学界历来强调善导对"称名念佛"的重视。从这几条梦境可知，"梦中见佛"对他来说同样意义重大。

《观经疏》完稿后，善导以七日为限，每天念十遍《阿弥陀经》、三万遍阿弥陀佛称号求梦，接连三天每日得一梦。

> 当夜即见三具碪轮道边独转，忽有一人乘白骆驼来前见劝，师当努力决定往生，莫作退转。此界秽恶多苦，不劳贪乐。答言，大蒙贤者好心视诲，某毕命为期，不敢生于懈慢之心（云云）。第二夜见阿弥陀佛身真金色，在七宝树下金莲华上坐，十僧围绕亦各坐一宝树下。佛树上乃有天衣挂绕，正面向西合掌坐观。第三夜见两幢杆极大高显，幢悬五色，道路纵横人观无碍。[1]

日本学者名岛润慈对梦中的数字意义进行了解读，指出"一人"代指"阿弥陀佛"，"三具碪轮"中的"三"代指善导所重视的"三心"（至诚心、深心、回向发愿心），"幢悬五色"中的"五色"分别指善导提出来的五种正行（读诵正行、观察正行、礼拜正行、称名正行、赞叹供养正行）[2]。从中可见善导的信仰与修行对其梦境的影响痕迹。

《观经疏》五条"梦记"分别涉及注疏前与注疏后。注释《观经》各条门义前，善导求梦的目的记载得很明确，是为了得到神佛的认可。至于撰写完《观经疏》后求梦的目的，善导没有明确记载。他在末尾写道："既蒙此相，不敢隐藏，谨以申呈义后，被闻于末代。愿使含灵闻之生信，有识觇者西归。"可见，善导的目的是借助感应梦加强《观经疏》的合理性，进而令有灵性之人生信心、有识之士往生净土。在对梦深信不疑的魏晋南北朝时期，《观经疏》中的"梦记"保证了善导注疏的权威性。

---

[1] 善导集记：『観無量壽佛經疏』、『大正蔵』第 37 卷、第 278 頁。
[2] 名岛润慈：「善導の夢——三夜の夢における数字の意味についての検討」、『心理臨床学研究』1999 年第 17 卷。

小 结

中国"梦记"总体分两类，一是以"梦记"命名的作品，二是笔记性质的"梦记"。道教方面，南朝齐梁陶弘景的《梦记》是中国最早的以"梦记"命名的作品，他所整理的《真诰》中所载杨羲、许穆和许翙的梦境记录应该是真正意义上的"梦记"开端，《周氏冥通记》中周子良的"梦记"是第一部长期记梦的案例。陶弘景非常关注梦，不仅沿用了前人的"梦咒"和"叩齿"等辟除恶梦的方法，还较早提出了麝香之法，对道教辟除恶梦法的成型功不可没。他还多次得到炼丹和成仙方面的梦告。他所整理的《真诰》是在"神授天书"思想的指导下完成的，梦境等神秘宗教体验为该书赋予了神格，成为上清派道教的经典著作。《周氏冥通记》记述了周子良在梦与现实的交织中，从最初的生与死的抉择矛盾到在虔诚的信仰心的驱动下欣然寻死求"永生"的过程。来世成仙言论，折射了南北朝时期道教对佛教"三世观"吸收和融合。陶弘景、杨羲、周子良等茅山派道士，以"梦"相承，共同构筑了一个"梦共同体"。梦既是他们与神灵相通的桥梁，也是支撑道教信仰的基础。

佛教方面，王琰的《冥祥记》中的"梦记"，从内容上来看呈现出浓厚的佛像崇拜色彩，是南北朝时期伴随着大量佛像感应、汉译佛经的翻译所大兴的佛像崇拜之风的产物；从记梦目的上看，梦是王琰执笔《冥祥记》的契机。善导《观经疏》中的"梦记"反映了他对"梦中见佛"的重视，客观上为其注释《观无量寿经》增加了权威性。

第三章 日本"梦记"

　　日本"梦记"的记主以僧人为主。由于道教对古代日本的影响并不大，古代的知识阶层在公开场合对道教和《老子》等道教书籍持否定态度，日本甚至没有道观、道士和女冠①，也未有道教徒的"梦记"存世。

　　日本存世的"梦记"最早可追溯到奈良末平安初成书的佛教故事集《日本灵异记》，撰者景戒在第三十八篇记载了两条自己的梦境。成寻的《参天台五台山记》、亲鸾的"三梦记"、明惠的《梦记》、睿尊教团的"瑞相日记"和英俊的《多闻院日记》中都有"梦记"出现。明惠的《梦记》是日本僧人"梦记"的顶峰。还有一些只见于文献著录的散逸"梦记"，如安然的《梦记》、最澄的《梦记》等。

　　日本的"梦记"研究目前还停留在某部"梦记"上的个案研究，除了荒木浩曾将"梦记"作为一种文体进行解读之外②，还没有整体性研究。本章将以贯穿自奈良时代到中世僧人们的"梦记"为对象，考察"梦记"的内容，解读其文化意义。

第一节 "梦信仰"与"梦记"

　　"梦信仰"一词是日本学者池见澄隆提出来的概念，指"将参笼或者睡眠中产生的心理现象＝梦视为来自神佛的信息，对之深信不疑，并

---

　　① 増尾伸一郎：「中国・朝鮮文化の伝来——儒教・仏教・道教の受容を中心として」、荒野泰典、石井正敏、村井章介編：『東アジア世界の成立』、吉川弘文館、2010、第186頁。
　　② 荒木浩：「明恵『夢記』再読——その表現のありかたとゆくえ——」、『仏教修法と文学的表現に関する文献学的考察』、大阪大学大学院文学研究科、2005。

将其作为行动的指南或依据的一种呪术、宗教性风俗"①。日本的"梦信仰"经历了一个很长的过程。上代至平安时代的人们由于认识的局限性，对梦确实深信不疑。《日本书纪》记载了高仓下的梦境，前来平定苇原中国的武瓮雷神告诉天照大神，横刀将代替自己降落在高仓下的仓库中，并命令高仓下将横刀献给神武天皇。② 高仓下按照梦示找到横刀，助力东征中遇到困难的神武天皇打破了困局。可见，人们将梦视为另外一种真实。到了平安末镰仓初，随着人们越来越清醒地意识到梦的不真实性，"梦信仰"开始减退。西乡信纲指出，《太平记》卷三十五"北野通夜物语事付青砥左卫门事"中所载的青砥左卫门拒绝梦告的故事是日本怀疑梦的真实性的开端。③

日本僧人在"梦信仰"的驱动下记梦的有景戒和成寻二人。本节将通过考察《日本灵异记》《参天台五台山记》中的"梦记"，分析"梦信仰"和"梦记"之间的关系。

一 景戒《日本灵异记》中的"梦记"

《日本灵异记》成书于奈良末平安初，是日本说话文学的滥觞之作。撰者景戒在该书下卷第三十八篇中记载了两条"梦记"，一个发生在延历六年，另外一个在延历七年。根据梦境内容，本书将前者称之为"沙弥梦"，后者称之为"火葬梦"。两条"梦记"的内容如下：

> 是延历六年丁卯秋九月朔四日甲寅日酉时，僧景戒发惭愧心，忧愁嗟言："呜呼耻哉希哉。生世命活、存身无便。……我先世不修布施行。鄙哉我心。微哉我行"。然而寝之子时梦见。……即景戒将炊白米半升许施彼乞者，彼乞者呪愿受之，立出书卷，授景戒言："此书写取。渡人胜书。"景戒见之，如言能书，诸教要集也。爰景戒愁，"何无纸"。乞者沙弥又出本垢，授景戒言："于斯写之哉。我往他处、乞食还来。"然置札并书而去。爰景戒言："斯沙弥常非乞食之人，何故乞食耶？"有人答言："子数多有。无养之物无，乞

---

① 池見澄雄：『中世の精神世界：死と救済』、人文書院、1997、第36頁。
② 小島憲之［ほか］校注・訳：『日本書紀』、小学館、1994—1998、第203頁。
③ 西郷信綱：『古代人と夢』、平凡社、1972、第25頁。

食养也。"梦答未详，唯疑圣示矣。

（中略）

又景戒梦见事：延历七年戊辰春三月十七日己丑之夜，梦见景戒身死之时，积薪烧死身。爰景戒之魂神，立于烧身之边而见之，如意不烧也。即自取梏，所烧己身荣棠，串梡返烧，云教先烧之他人言："如我能烧之。"己身之脚膝节骨、臂头、皆所烧断落也。爰景戒之魂识出声而叫。有侧人耳，当口而叫。教语遗言，彼语言音，空不所闻者。彼人不答。爰景戒惟忖：死人之神者无音，故我叫语之音不闻也。梦答未来，唯惟之者。若得长命矣，若得官位。自今己后，待梦答而知之耳。然延历十四年乙亥冬十二月卅日，景戒得传灯住位也。①

延历六年（787）景戒一边为自己过着世俗生活感到惭愧，一边进入了梦乡。午夜时分，他梦见一个乞丐沙弥出现在梦中，与自己进行各种问答、教化自己。翌年延历七年（788）景戒又做了一个死后自己火葬自己的奇梦。这两个"梦记"的记述有一个共同点，即景戒认为梦有"答（回应）"，即梦后肯定会有与之相应的事情发生。"沙弥梦"中，景戒对此梦的评价是"梦答未详，唯疑圣示矣"。他认为虽还不知道是何事，但此梦之后必定会发生与之相对应的事件，将此梦看作是来自佛、菩萨的启示。"火葬梦"中景戒自己解梦的结果为，"梦答未来。唯惟之者、若得长命矣、若得官位"。景戒对此梦有所期待，认为此梦预兆着将来某种事情的发生。不出所料，到延历十四年十二月三十日时，景戒得到了传灯住位的官职。虽然说得到官职已经是梦境七年后的事情，但从景戒将其直接置于梦境之后来看，无疑是将其作为了"火葬梦"的"答案"。

景戒的"梦必有答"的认识和佛教的"因必有果"是相通的。正如《日本灵异记》的全称《日本国现报善恶灵异记》所示，因果报应是贯穿全文的中心主题。景戒认为所有的事情都摆脱不了因果关系的掌握。即一个事件要么是某个原因导致的结果，要么是将会带来某种结果的原

---

① 中田祝夫校注・訳：『日本霊異記』、小学館、1995、第364—365页。

因。并且，恶行不会因为之后的善行而抵消不再受恶报，而是在恶行得
到恶报之时善行才发挥作用，或抵消或消除恶果。也就是说，这种因果
报应中的"因"不会被其他"因"所阻拦，一定会带来"果"。在这种
意识下，《日本灵异记》中的故事几乎全部严格遵循了现报善恶的因果
规律。

　　下卷第三十八篇也不例外。该篇的题名就是"灾与善表相先现而后
其灾善答被缘"，寓意着所有的灾难或者善报正式到来之前都是有前兆
的。关于"表相"一词，中村生雄指出，汉语和佛教中均无"前兆"之
意，反而记纪中有"表"这个概念和"前兆"的用法，景戒的用法应该
是承袭自记纪①。不论"表相"来源自何处，《日本灵异记》中"表相"
都确实为"前兆"之意。虽然"表相"一词只有单纯的"前兆"之意，
不带有法则性和伦理性，但《日本灵异记》中景戒通过援引"因果"理
论，在"表相"与"答案"之间可以说构架了一种"模拟因果"的关
系②。"答案"之前必有"表相"，"表相"出现之后必定有"答案"。下
卷第三十八篇"梦记"之前所记载的五个事件（"道祖王事件""道镜事
件""光仁即位""桓武即位""藤原种继事件"）就是很好的证明。道
祖王被杀、道镜和孝谦天皇通奸之前世间都有"童谣"相传。光仁天皇
和桓武天皇即位之前也同样有"童谣"。桓武天皇迁都前有流星出现，
藤原种继去世前有月食现象。在景戒的叙述中，"童谣"和天体现象都
是"表相"。

　　显然，继五个事件后的梦应该也是"表相"的一种。"火葬梦"中
景戒给出了明确的"梦答"——"得传灯住位"。但是，"沙弥梦"之后可
能没有相应的事件发生，景戒并没有明确记载"梦答"。为了与"模拟
因果"逻辑相符，景戒以解梦的形式为自己"沙弥梦"作"梦答"。景
戒自己解梦道：梦中的沙弥镜日是观音菩萨的化身。观音化身为沙弥的
样子是为了救济众生，化身为乞丐也是如此③。据《妙法莲华经》"观世
音菩萨普门品第二十五"记载，观世音菩萨可以自由变身，出现在需要

①　中村生雄：「景戒の回心と『日本霊異記』」、『文学』1980 年第 48 卷、第 74 頁。
②　中村生雄：「景戒の回心と『日本霊異記』」、『文学』1980 年第 48 卷、第 74 頁。
③　中田祝夫校注・訳：『日本霊異記』、小学館、1995、第 364 頁。

自己救助的人面前①。梦中木板的尺寸一丈七尺代表佛、菩萨的世界，一丈则代表脱离不了现世苦海。景戒身高只有五尺有余，"五尺"是因为他还是在五趣中不断轮回的人，"有余"说明自己的属性尚未定型。所以，如果自己能够回心皈依大乘佛教的话，是具备可以成佛的可能性的。梦中用白米供养沙弥寓意自己愿意造佛像、抄写大乘经典、专心修善。沙弥咒愿接受表示观音答应了自己。赐书寓意菩萨授予自己新的智慧。

关于"沙弥梦"的意义，出云路修指出该梦是景戒撰写《日本灵异记》的契机。因为景戒在下卷序中写道："从佛涅槃到现在延历六年丁卯岁已经一千七百二十二年"，也就是说"延历六年"是他写书的起点。而景戒得到观音启示的"沙弥梦"正是在延历六年。景戒很可能是受到梦的刺激开始编撰说话集的②。中村生雄和驹木敏则认为此梦是景戒回心的契机③，此梦之后景戒实现了从"生活者"到"佛教徒"的转变。如上，前人在解读"沙弥梦"的意义方面已经取得了很大的成果。但是，从贯彻全篇的主题思想来讲，因果报应才是景戒要主张的。与回心或执笔的契机相比，或许在"表相"和"答案"所形成的"因果"关系中更能寻找到贴近的解答。具体而言，"沙弥梦"中，梦是"表相"，解梦的内容是"答案"。景戒在解梦中提到自己的愿望有如下几次。"擎白米献乞者，为得大白牛车，发愿造佛，写改大乘，勤修善因也。……景戒所愿毕者，令得福德智慧也。……今应所愿，渐始福来也。"《法华经》喻品第三的"三车火宅喻"中，以羊车喻声闻乘，鹿车喻缘觉乘，牛车喻菩萨乘，以大白牛车喻佛乘。其中，前三乘都是权乘，大白牛车才是实乘。为了得到大白牛车，景戒发愿造佛写经。但景戒想得到大白牛车却是为了"得福德智慧"和"福"（渐始福来）。在景戒看来，什么是"福"呢？景戒在做梦前的忏悔中坦言道："生世活、存身无便。……无养物、无菜食无盐。无衣无薪。每万物之无、而思愁之、我心不安。昼复饥寒。夜复饥寒。"生活可谓是饥寒交迫。在景戒看来，能够从贫苦生活

① 鸠摩罗什译：『妙法蓮華經』、『大正藏』第 9 卷、第 57 页。

② 出雲路修：「日本霊異記」、本田义宪编：『説話集の世界』、勉诚社、1992、第 36 页。

③ 中村生雄：「景戒の回心と『日本霊異記』」、『文学』1980 年第 48 卷；驹木敏：「『日本霊異記』の自伝——二つの夢」、『日本文学』1981 年第 30 卷。

中得到解脱应该是他当时最基本的追求。

至于"火葬梦"的意义，有两种观点。一种是直接认可了景戒自己所给的"梦答"，将梦视为做高官或者长命的前兆。这些人研究的重点是景戒为何将两者联系起来。目前最权威的说法是在梦境和解梦之间介入道照和行基等人物。[①] 也就是说，将景戒的解梦过程解释为，"自己的火葬"→"道照和行基的火葬"→"道照、行基或得高官或长命"→"自己或得高官或长命"。另外一种是驹木敏提出来的，其指出"官位"和"长命"等词语背后还寄托了景戒的往生愿望[②]。虽然《日本灵异记》前文提及过道照往生的故事，但是从"表相"和"答案"所形成的"因果"关系来看，景戒最直接的"梦答"还是做"官位"或得"长命"。再联系前面的"沙弥梦"来看，景戒的当务之急是解决困苦，似乎还没有追求往生这种更大的格局。并且，两个"梦记"之后，景戒又记载了三种"表相"，分别预示了儿子的去世和两匹马的死亡。他的目光依旧停留在琐碎的日常生活上。

从根本上来说，景戒的"梦必有答"的认识和上代将梦视为前兆的观念是一脉相承的。"表相"和"答案"所形成的"因果"能够成立的前提是"表相"和"答案"的关系和"因果关系"一样，"表相"之后必有"答案"，"答案"之前必有"表相"，两者之间是一种牢不可破的关系。在景戒的眼中，梦是"表相"的一种。这背后所反映出来的是景戒对梦深信不疑的朴素"梦信仰"。如果不是坚信梦的预兆作用，"梦"和"梦答"之间的"因果"关系就不会成立。这种"梦信仰"是景戒记梦的根本动力。

二 成寻的"梦记"与预兆

成寻（1011—1081）是平安中期的天台宗僧人。其七岁出家，最初师从京都岩仓大云寺的文庆，之后又从悟円、行円、明尊那里学习了台

---

① 代表研究如下：福岛行一：「日本霊異記下卷第三十八縁に就て」、『芸文研究』1960年第10卷；藤森賢一：「焔に向って——霊異記下卷三十八縁考——」、『岡大国文論稿』1974年第2卷；原田行造「『日本霊異記』編纂者の周辺とその整理」、日本文学研究資料刊行会編『説話文学』、有精堂出版、1972。

② 駒木敏：「『日本霊異記』の自伝——二つの夢」、『日本文学』1981年第30卷、第61頁。

密。延久四年（1072）三月十五日成寻渡宋，到天台山、五台山巡礼圣迹、参拜寺院，且谒见了神宗。因为他求雨灵验被皇帝赐予"善慧大师"的称号。成寻曾将圆仁、奝然等人的旅行日记和惠心僧都源信的《往生要集》带到宋朝，同时将六百多卷中国佛教经典托人送回日本，为古代中日文化交流做出了巨大贡献。

　　"梦记"收录于其旅行日记《参天台五台山记》。该书共八卷，记载了1072年至1073年从日本出发参拜天台山五台山、谒见宋神宗等一年有余的情况。该书和圆仁的《入唐求法巡礼行记》同为了解中国古代佛教发展状况的重要资料。

　　《参天台五台山记》有十条涉梦，三条言及"梦记"，据此可以推测，成寻可能也有《梦记》。永井义宪在《〈更记日记〉与梦笔记》①首次提出了成寻记录《梦记》的可能性。但是，因为其主要研究对象为《更记日记》，所以并没有深入探讨。此后，伊井春树和水口干记进一步展开了研究伊井春树认为，《参天台五台山记》中重大事件之前都有梦示，从壁岛到杭州途中的多闻天之梦、往返五台山途中的文殊菩萨之梦、祈雨过程中的龙王之梦等都是如此，成寻最重视的是梦的预兆作用②。水口干记讨论了《参天台五台山记》中成寻做梦的时间和梦中出现的人物，指出书中记载的所有梦境皆为成寻佛教信仰的产物③。成寻的《梦记》还有进一步挖掘的空间，如透过《参天台五台山记》中的相关记载推测《梦记》的大体内容、辅以《成寻阿阇梨母集》等相关资料挖掘成寻记梦的原因及意义。有鉴于此，本小节将以《参天台五台山记》中的三处"梦记"为中心展开考察。

　　（1）今翻阅梦记，发现日本康平四年七月三十日时，我曾梦见一条大河。面前有一座白色石桥。小僧成寻渡过一桥，但与彼岸仍有距离，不能及。此时，一人拿来踏板，助我成功渡桥。我于梦中

　　①　永井義憲：「更級日記と夢ノート」、日本文学研究資料刊行会編『平安朝日記2：和泉式部日記，更級日記，讚岐典侍日記』、有精堂、1975、第233頁。
　　②　伊井春樹：「成尋阿闍梨の夢と『夢記』——『参天台五台山記』の世界」、『語文』62、1995、第14頁。
　　③　水口幹記：「成尋の見た夢——『参天台五台山記』理解へ向けての覚書」、小峯和明編：『〈予言文学〉の世界』、勉誠出版、2012、第119頁。

猜想，此桥为天台山石桥，不发菩提心之人渡不过石桥。适才渡过了此桥，心中喜悦。云云。我发现今天看到的石桥的样子和之前梦中见到的一样。①

引文出自《参天台五台山记》卷一延久四年（1072）五月十八日条。成寻和随行参拜完天台山、渡过石桥后，翻看《梦记》，发现康平四年（1061）七月三十日也记载了一个过石桥的梦境。梦中成寻渡桥困难之际，有人帮助其成功渡桥。他在梦中猜想，此桥为天台山石桥，只有发菩提心之人才能渡过去，为渡过了石桥而高兴。成寻继而解释到今日所渡石桥，样子与康平四年梦中的一样。从这段记述中，可以解读出以下几条信息。第一，成寻有专门记梦的笔记《梦记》，否则不会有"翻阅梦记"之说。而且，如果没有《梦记》的辅助，成寻不可能将十一年前的事情记得如此清楚。第二，成寻的《梦记》中记录了康平四年七月三十日的梦境。梦境的内容如上已经非常清楚，问题是成寻《梦记》中为何要记石桥呢？且看《参天台五台山记》中的记载。渡桥后，成寻引用了一段师父智证大师的话。"每当打开天台山图之际，常瞻仰华顶峰和石桥，但仍未逢良缘。思存良久，终得渡海。今我追随大师足迹，终遂宿愿，参拜石桥。感激涕零。"②智证大师一直有参拜天台山石桥的愿望。作为门徒，成寻对石桥充满了憧憬之情。正因为如此，康平四年尚未渡宋的成寻梦见石桥后果断将其记录在《梦记》。反之，可以推想成寻《梦记》的题材之一应该是这种有重大佛教寓意的梦境。

（2）今翻阅梦记，发现我曾于延久元年闰十月七日晚梦见自己在旅途中为旁（帝？）王献药后，获得赏赐粮食的圣旨。心中猜想，此梦可谓是能如愿到五台山修行的预兆。如今在海路途中确实得到了赏赐粮食的圣旨。和过去梦境甚符。③

引文出自《参天台五台山记》卷四延久四年十月二十九日条。此处

---

① 藤善眞澄訳注：『参天台五臺山記・上』、関西大学出版部、2007、第110頁。
② 藤善眞澄訳注：『参天台五臺山記・上』、関西大学出版部、2007、第110頁。
③ 藤善眞澄訳注：『参天台五臺山記・上』、関西大学出版部、2007、第504頁。

也印证了《梦记》的存在。据引文可知，延久元年（1069）闰十月七日
《梦记》的内容如下：成寻梦见自己在旅途中，给帝王上呈药物后，获
得了帝王赏赐粮食的圣旨。据《参天台五台山记》记载，成寻一行于延
久四年十月二十二日谒见神宗后开始朝拜各大寺院。他们二十四日得到
参拜五台山的通关文牒后，二十七日请旨和翻译一同前往。这次请旨时，
他们在文书中随附了药物。据二十九日条记载，对于成寻一行二十七日
的请求，皇帝不仅答应了，而且还赏赐了前往五台山的盘缠，并下旨吩
咐各州县提供马骑和士兵方面的必要帮助。这件事情勾起了成寻的记忆，
他翻阅《梦记》，发现延久元年闰十月七日所记的梦境与之极其相似。

那么，延久元年闰十月七日当时的情形如何呢？据《成寻阿阇梨母
集》记载，成寻在 1068 年时就已经有了渡宋的打算①。延久元年闰十月
七日距其一年左右，该梦境明显是渡宋意识的产物。成寻也理所当然地
将这个梦作为可以实现去五台山修行之愿的预兆。《梦记》中或许记载
了很多与此类似的将梦视作某种前兆的梦境。

> （3）于御前获赠紫袈裟、衫衣裙。对成寻而言实属过奖。延久
> 三年十二月十三日，曾在日本备中国新山梦见自己在皇宫获赠甲袈
> 裟。梦醒后心想此为自己将在大唐国被赐紫衣之兆。现今情形正如
> 去年所梦。

上文引自《参天台五台山记》第四卷延久四年十月二十二日条。当
日成寻一行初次入宫觐见宋神宗。仪式过后，神宗赏赐了成寻一件紫衣。
成寻继续记载到：延久三年（1071）梦到过被赐袈裟，当时在备中国新
山，醒后，成寻将其看作是在宋会被赐紫衣的预兆。成寻如此在意紫衣，
是由紫衣的特殊地位所决定的。僧人的袈裟通常分五衣、七衣和大衣三
种。其中，皇帝特赐的僧衣一般会加绯色或者紫色，以此来显示尊崇②。
由此，僧人被赐紫衣也被视为一种特殊优待。983 年入宋的东大寺僧人
奝然和 1003 年入宋的寂昭分别从宋太宗和宋真宗那里获赠过紫衣③。此

---

① 宮崎莊平訳注：『成尋阿闍梨母集：全訳注』、講談社、1979、第 26 頁。
② 董立功：《唐代僧人获赐紫衣考》，《世界宗教研究》2013 年第 3 期，第 45 页。
③ 木宮泰彦：『日華文化交流史』、冨山房、1955、第 267 頁。

处虽然没有明确记载延久三年的梦为翻阅《梦记》所得，但从成寻能够清楚地将做梦时间精确到"日"，且本身就有《梦记》来看，很有可能记录在《梦记》中。

延久三年十二月十三日距成寻入宋仅差三个月。据《成寻阿阇梨母集》记载，当年十月十四日，在外修行的成寻曾经回到母亲身边告诉母亲自己要到备中新山百日参笼，来年正月左右再去向天皇请旨入宋，如果获得批准则渡宋，不被批准则留在日本。成寻离开母亲之后，二十日便进新山开始了百日参笼。算下来，参笼结束的时间大约是翌年的一月末。回归成寻《梦记》，延久三年十二月十三日恰值此时间段成寻的梦肯定是参笼期间所得。从梦境反推，成寻参笼期间应该主要是为成功渡宋做祈求。所以，成寻理所当然地将在皇宫获赠甲袈裟的梦解释为会被宋朝皇帝赏赐紫衣的预兆。

如"今天看到的石桥的样子和之前梦中见到的一样"、"和过去梦境甚符"、"现今情形正如去年所梦"所示，以上《参天台五台山记》中涉及"梦记"的三处记录有一个共同之处，即成寻最后都在强调现在的处境和之前梦到过的一样。这反映出在成寻眼中梦是一种前兆。

成寻究竟是何时开始记录《梦记》已不得而知。根据《参天台五台山记》所能推测到的记梦最早的年份是康平四年（1061），文中的三处记载使人有充分的理由猜想他也有记梦的习惯，并且，内容大多数应该是有重大的佛教寓意的预兆梦。

第二节 "回心"与"梦记"

宗教意义上的"回心"一词指信仰上的转变，佛教中的"回心"指"回转心而由邪入正"①，即由不信佛到皈依佛道。《法苑珠林》卷十四记载凉州西番禾县人们由不信佛到信佛的经历。"菩萨扬威劝化，诸人便欻回心，信敬於佛。"② 佛教中的"回心戒"还指回转小乘而趣向大乘道之人所受者"③，由原来的信仰教派转变到其他教派，即教派上的转变也

---

① 丁福保编：《佛学大辞典》，上海书店 1991 年版，第 994 页。
② 道世撰：『法苑珠林』、『大正藏』第 53 卷、第 395 页。
③ 丁福保编：《佛学大辞典》，上海书店 1991 年版，第 994 页。

是"回心"。佛教徒"回心"的方式有很多种，梦示是其一。据亲鸾所著法然的言行录《西方指南抄》记载，本来在比叡山学习天台宗的法然回心"专修念佛"（1175）就是因为在黑谷报恩藏读《观经疏》时梦见善导称赞他一心念佛。[1] 本节主要以亲鸾"三梦记"和睿尊教团的"瑞相日记"为对象，考察梦在佛教徒"回心"历程中的重要作用。

一 亲鸾的"回心"与"三梦记"

《建长二年文书》为亲鸾写给女儿觉信尼的书信，现藏于高田专修寺，收录了"三梦记"，即亲鸾的三个梦境，分别为建久二年（1191）的"圣德太子梦"、正治二年（1200）的"如意轮观音梦"和建仁元年（1201）的"亲鸾梦记"。第三个梦最广为人知，又被称为"六角堂梦告"。

目前学界对"圣德太子梦"和"如意轮观音梦"的研究重点是辨别真伪。这两个梦原来被视为伪作，古田武彦[2]论证其为真作后开始出现真伪两种辩论。[3] 其实，不论真伪，既然"梦记"存在，并且冠以了"亲鸾"的名义，必定有其特殊的原因和意义。"亲鸾梦记"因为在亲鸾弟子真佛[4]的《经释文闻书》中被单独收录，现在普遍被认为是真作。该梦是历来研究的焦点，主要研究围绕"回心"和"妻带"两个方面展开。在和"回心"有关的研究中，此梦是亲鸾放弃比叡山的修行、投奔法然念佛门下的契机，这是学界的定论。这种说法最先由赤松俊秀提出，[5] 此后被继承下来。

据上可知，亲鸾的"三梦记"中只有"亲鸾梦记"被和"回心"联

---

① 佚名：『西方指南鈔』、『大正蔵』第 83 卷、第 867 页。

② 古田武彦：『親鸞思想：その史料批判』、明石書店、1996。

③ 比如，瓏弘信认为这两个梦为伪作（瓏弘信：「『三夢記』考」、『宗教研究』2010 年第 84 卷、第 71 页），安富信哉则支持真作说（安富信哉「夢告と回心——親鸞の夢体験」、見『親鸞・信の構造』、法蔵館、2004、第 125 页）。

④ 真佛（1209—1258），亲鸾弟子。镰仓时代中期净土宗僧人。1224 年开始师从亲鸾。1227 年，听从师父之命，担任兴正寺（佛光寺）寺主。

⑤ 赤松俊秀：「親鸞の妻帯について」、『続鎌倉仏教の研究』、平楽寺書店、1966、第 105 页。后世学者也基本继承了赤松俊秀的说法。瓏弘信：「「六角堂夢告」考（上）——親鸞の生涯を貫いた課題」『大谷学報』2011 年第 90 卷；仙海意之：「法然・親鸞の夢想——祖師伝絵が描く聖体示現」、『美術史論集』2008 年第 8 卷；安富信哉：「夢告と回心——親鸞の夢体験」、『季刊仏教』1993 年第 23 卷；清基秀纪：「真宗の土着（三）——親鸞と六角堂夢告——」、『印度学仏教学研究』1990 年第 38 卷、第 613 页等。

系在了一起。在笔者看来，这三个梦其实都和亲鸾的"回心"有关系。
以下就此观点展开具体讨论。

> 亲鸾梦记云
> 建久二年辛亥暮秋仲旬第四日夜、圣德太子善信告勅言
> 我三尊化尘沙界　　日域大乘相应地
> 谛听我教令　　汝命根应十余岁
> 命终速入清净土　　善信善信真菩萨
> 正治第二庚申十二月上旬、睿南无勤寺在大乘院、同月下旬终
> 日前夜四更、如意轮观音自在大士告命言
> 善哉善哉汝愿将满足　　善哉善哉我愿亦满足
> 建仁元岁辛酉四月五日夜寅时、六角堂救世大菩萨告命善信言
> 行者宿报设女犯　　我成玉女身被犯
> 一生之间能庄严　　临终引导生极乐①

　　建久二年十九岁的亲鸾在矶长的圣德太子庙里梦见了太子的告示。
三句偈文中，"汝命根应十余岁　命终速入清净土"颇有深意。"命根"
即寿命。《俱舍论颂疏》五曰："命根者何。颂曰'命根体即寿　能持煖
及识'……故对法言。云何命根。谓三界寿"②。从字面意思上看，这句
偈文应该是对亲鸾寿命的预告。但是，关于这句偈文还存在两个问题。
第一，"命终"的时间不好确定。"汝命根应十余岁"可能是指总共十余
岁，也可能指还剩下十几年。第二，"命终"这个词本身包含两种含义。
一是事实上的死亡。二是比喻某种事物的终结。一种事物的消亡往往也
孕育着新生。此句中的"命终"究竟是具体含义还是抽象含义有待确
认。在解明这两个问题之前，先看一下江户时代（1603—1868）高田专
修寺僧人五天良空所著的《高田正统传》对此梦的记载。
　　如书名所示，《高田正统传》是为了宣示高田派为亲鸾教学正统学
派。且不论高田派是否为正统，《高田正统传》对亲鸾建久二年"梦记"

---

①　多屋赖俊校注：「惠信尼の消息」、日本古典文学大系『親鸞集・日蓮集』、岩波书店、
1964、第219—222页。
②　圆晖述：『俱舍論頌疏』、『大正蔵』第41卷、第850页。

的解释很有启发性。据该书记载，这个梦是亲鸾十九岁那年初秋在法隆寺所得。当时亲鸾从十三日到十五日在此参笼三日①。第二晚得到了"圣德太子梦"。但是，上人想不通"汝命根应十余岁命终速入清净土"为何意。范宴今年十九岁。不知十余岁是指今年，还是十几年之后？上人不解也在情理之中。到二十九岁时，上人入净土真宗法门。方明白当初告命中的时间指此时。三十三岁以后，上人改名"善信"也是因本梦告而起。"②引文中的"范宴"为亲鸾治承五年（1181）出家后的法名。亲鸾得到梦告后对"十余岁"也是很不解。直到二十九岁投奔法然门下时，他才意识到"圣德太子梦"中的十余岁指十几年之后。

由此看来，"汝命根应十余岁命终速入清净土"中的"命终"仅仅是一种比喻义，寓意比叡山的修行生涯的终结。同时，其中暗含着新生，即进入净土宗法门。本小结开头提过，"亲鸾梦记"被普遍看作是亲鸾放弃在比叡山的修行、投奔法然念佛门下"回心"的契机。这一点毋庸置疑。但是，亲鸾的"回心"并不是仅"亲鸾梦记"一次便实现的。它有一个过程。在这个循序渐进的过程中，"圣德太子梦""如意轮观音梦"和"亲鸾梦记"在每个时刻都起到了重要的作用。它们或是预示了将来、或是赋予了亲鸾信心，构成了亲鸾"回心"的整个过程。其中，"圣德太子梦"是亲鸾"回心"过程的开端，"如意轮观音梦"是中间的承接，"亲鸾梦记"是"回心"过程的完结。

据《惠信尼书状》记载，亲鸾十九岁时为比叡山常行三昧堂的堂僧③。当时的比叡山已经和从前不同，充满了学阀和政派斗争，而且圣徒越来越世俗化、暴力化④。面对当时的状况，青年时期对佛教充满热情的亲鸾非常绝望，对未来更是迷茫。寻找能令自己信服的教派或许当时已经成了他的心愿。"圣德太子梦"之前，或许亲鸾曾多次到寺院中参笼求梦，直到梦见圣德太子告示他"汝命根应十余岁命终速入清净土"。虽

① 西乡信纲指出，古代文学作品中所记的梦并不是自然而然所得，而是通过一定的仪式、手续求来的。"参笼"是平安时代到中世时期人们普遍的求梦方式。所谓"参笼"就是到长谷寺或清水寺等灵验寺院中，待三天、七天、百天不等，进行礼拜、诵经等祈祷仪式的一种活动。

② 冈邦俊：「聖夢と宗教——宗教的聖者のみた夢」、『相愛女子短期大学研究論集』1958年第5卷、第15頁。

③ 多屋頼俊校注：『惠信尼の消息』、『親鸞集・日蓮宗』、岩波書店、1964、第220頁。

④ 多屋頼俊校注：『惠信尼の消息』、『親鸞集・日蓮宗』、岩波書店、1964、第83—84頁。

然亲鸾当时不知道"十余岁"是指当年还是十几年之后，但他觉得梦示很有意义，便记载下来。等到第二年二十岁时，他应该已经能清楚地意识到"十余岁"肯定不是指"十几岁"。在梦告的肯定下，亲鸾开始正式启动寻求理想宗派之旅。"圣德太子梦"过去九年之后，即将步入梦告中所说的"十余年"时间内之前，正治二年（1200）亲鸾求得了"如意轮观音梦"。梦中如意轮观音告示曰，"善哉善哉汝愿将满足，善哉善哉我愿亦满足"。从"汝愿将满足"可推测，亲鸾是带着"愿望"参笼求梦的。而这个"愿望"应该是当时已经基本成型的"投奔法然门下"之愿。法然开宗的时间是承安五年（1175），开宗之后延历寺的官僧证空、隆宽等人都皈依门下，势力迅速扩大。到亲鸾十九岁时"净土宗"已创建十六年。到了建久九年（1198）法然著书《选择本愿念佛集》，净土宗的影响进一步扩大。到正治二年（1200）时净土宗已成立二十五年，规模和影响力可想而知。可以说，从建久二年（1191）到正治二年（1200）的九年间，是净土宗不断壮大的过程，也是亲鸾寻求理想宗派的选择过程。经过九年对佛教界的观察，到"如意轮观音梦"之前，亲鸾已经有了投奔法然门下的意愿。但当时还没有下定决心，因为对于佛教徒来讲转投别门是大事。为了得到进一步的"圣示"，亲鸾第二年又到六角堂参笼，最终建仁元年的六角堂梦告促使亲鸾下定了转投法然门下的决心。建久二年"圣德太子梦"之后的第十年，菩萨所梦示的"命终"和"新生"得到了兑现。

二 "自誓受戒"与"梦记"

睿尊（1201—1290）是镰仓时代中期真言律宗僧人，以复兴戒律和律宗而闻名。以他为首的教团留下来一份非常有意思的资料——"瑞相日记"。因为记主本人以日记的形式明确记载了做梦的时间和内容，所以，"瑞相日记"称得上是名副其实的"梦记"。1992 年这些"瑞相日记"经神奈川县立金沢文库公开展示后，被收录在了《秘仪传授：金沢文库主题展图录》① 中。兹将其列表如下。

---

① 神奈川県立金沢文庫編：「神託と夢想」、『秘儀伝授：金沢文庫テ－マ展図録』、神奈川県立金沢文庫、1992、第 34 頁。

表 3 　　　　　　　　　　　　　"瑞相日记"

	记主	时间	内容
①	即如房	正和四年（1315）1 月 24 日	于地藏菩萨前梦到依止老僧赐自己良药。（沙弥戒好相日记）
②	良本房	元应元年（1319）7 月 11 日	于不动明王前梦到白衣赤裳童子赐自己白饭和阏伽器。（沙弥戒好相）
③	敬亲房	嘉历四年（1329）1 月 9 日	梦见从称名寺长老那里获赐金刚草履和袈裟等。（沙弥尼戒好相）
④	戬如房	永亨四年（1432）2 月 19 日	梦见从海岸寺本尊那里获赐锡杖、戒律书、莲花等。（受者好相事）
⑤	乘智	历应四年（1341）12 月 3 日	于极乐寺受戒后获赐舍利。（受戒好相日记）
⑥	湛仙	南北朝时代	于本尊前梦见获得五颗舍利。

　　从"瑞相日记"的内容来看，所有的"瑞相"都是梦中所得。并且，除了⑥之外，所有的日记都与受戒有关。其中，①、②、③和⑤都以"沙弥戒瑞相（日记）"或"沙弥尼戒瑞相"开头。④虽然没有明确记为"沙弥（尼）戒"，但"受者"即表示希望接受沙弥戒的人，也和受戒相关。因此，这些"瑞相日记"应该和受戒有关。那么，两者到底是什么关系呢？记主们为什么要记"瑞相日记"呢？

　　受戒是成为正式僧侣的必经环节。它有两种方式。一种是在精通戒律的戒师面前发誓受持戒律。这种方式需要"三师七证"即三位师父和七位作证僧人。受戒者站在戒坛上，由十位僧人授戒之后从沙弥成为比丘。另外一种方式为"自誓受戒"。即，在佛或者菩萨像前自己发誓受持戒律。"自誓受戒"的过程中，没有师父的监督，也没有实际的受戒仪式，所以在梦中获得瑞相成为判断受戒成功的标志。以睿尊为首的教团梦中求瑞相的原因就在这里。那么，睿尊是怎么将梦和"自誓受戒"联系起来的呢？松尾刚次指出，睿尊等人"自誓受戒"的根据是《占察经》和《梵网经》①。蓑轮显量也曾做考察②。下面在参考前人成果的同

---

　　① 松尾剛次：「夢記の一世界——好相日記と自誓受戒」、『日本仏教の史的展開』、塙書房、1999。
　　② 蓑輪顕量：「仏教者に見る夢論——法相と律宗を中心に」、『叢書想像する平安文学』2001 年第 5 卷。

时，考察梦和"自誓受戒"的关系。

> 自誓受戒必用好相。好相者，经云，若佛子佛灭度后欲好心受
> 菩萨佛菩萨形象前自誓受戒。乃至若不得好相，虽佛像前受戒不名
> 得戒，云云。法藏云：好相者佛来摩顶等，具如经文，云云。依此
> 等释校下经文，佛来顶、光华种种异相，而不明梦觉。法藏云：见
> 好相中、既不言梦见、觉见甚难，云云。法进注云，见相有二相，
> 一梦中见，二于觉悟时见，俱得灭罪。……方等经云：又文殊师利
> 何当知得（缺）梦中见摩头、若父母婆罗门者旧有德如是等人若与
> 饮食、衣服、具、汤药，当知是人住清净戒。若见如是，应向说法
> 如是罪咎，云云。①

上文出自睿尊的《自誓受戒记》，明确记载了"自誓受戒"的依据，分别为某经（经中云）、法藏和法进的注释书以及《方等经》。其中，"经云"中的"经"为《梵网经》。《梵网经》关于"自誓受戒"的论述如下："若佛子，佛灭度后欲心好心受菩萨戒时，于佛菩萨形象前自誓受戒，当七日佛前忏悔，得见好相便得戒。若不得好相，应二七三七乃至一年，要得好相。得好相已，便得佛菩萨形像前受戒。若不得好相，虽佛像前受戒不得戒……若千里内无能授戒师，得佛菩萨形像前自誓受戒，而要见妙相。"② 对照两文可知，除了缺字、部分省略和多了"乃至"二字之外，《自誓受戒记》中的文字全是从《梵网经》翻译而来。蓑轮显量指出"法藏云"部分出自法藏的《菩萨戒本疏》。③ 但是《菩萨戒本疏》并非法藏著作而是义寂口述而成，而且文中只有前一部分。正确的说法应该是"法藏云"部分出自法藏的《梵网经菩萨戒本疏》。该疏中原句分别为"好相者佛来摩顶等，具如经文"、"见好相中，既不言梦见，觉见甚难"④。《自誓受戒记》中的内容也完全是对它的翻译。

---

① 叡尊：「自誓受戒記」、奈良国立文化財研究所監修：『西大寺叡尊傳記集成』、法蔵館、2012、第 337 页。文中标点为笔者所加。

② 鳩摩羅什譯：『梵網經』、『大正藏』第 24 卷、第 1006 页。

③ 蓑輪顕量：「仏教者に見る夢論——法相と律宗を中心に」、『叢書想像する平安文学』2001 年第 5 卷、第 181 页。

④ 法藏撰：『梵網經菩薩戒本疏』、『大正藏』第 24 卷、第 645 页。

关于"法进注",蓑轮显量指出为法进的《注梵网经》①。其实,更准确地说应该是《梵网经注》。凝然在《梵网戒本疏日珠钞》卷一列举的众多的《梵网经》注释书中,著录有"东大寺法进大僧都经注六卷或为七轴"②。此处的法进和《自誓受戒记》中的法进为同一人。那么,法进的注释书到底是什么呢?《梵网戒本疏日珠钞》卷六还有引用的法进之言,"甘露是仙药等者进云:甘露梵音,此翻为不死药已上"③。法进所说的"甘露梵音"在《华严演义钞纂释》中也有引用,"法进梵网经注云:甘露梵音,此翻为不死药已上"④。所以,如《华严演义钞纂释》所示,"法进注"指法进的《梵网经注》。《梵网经注》现已散佚⑤,无法确认内容。但是,从《自誓受戒记》对其他经疏的引用方式来看,睿尊所引应该也为《梵网经注》。

据上可知,睿尊"自誓受戒"所依据的经典分别为《梵网经》、法藏的《梵网经菩萨戒本疏》、法进的《梵网经注》和《方等经》。只要在佛前内心发誓,忏悔冥想七日,在梦中求得瑞相,就算完成了受戒。关于"自誓受戒"成功了的证明方式,法藏认为梦中更易得瑞相,《方等经》则主张梦中和清醒时均可。清醒时所得的瑞相应该类似于现代意义上的"白日梦"。那么,什么样的算是瑞相呢?对照《方等经》可知,能够成为证据的瑞相有佛或师长摩顶、光或花等种种异相、父母婆罗门者旧有德人如是等人给予饮食、衣服、卧具、汤药等。《方等经》中这些本来是犯重戒的人经忏悔戒律复活的瑞相。这里被睿尊挪用到了表示"自誓受戒"成功的瑞相中。

回到开头的"瑞相日记"。日记中的"良药""白饭""金刚草履和袈裟"和"莲花"等均在《方等经》所举的瑞相之列。同时,通过以上分析,"瑞相日记"的性质也变得明朗起来。《秘仪传授》中指出"瑞相日记"是记主日后用来作为自己从佛或者祖师那里得到法器或舍利等的

---

① 蓑輪顯量:「仏教者に見る夢論―法相と律宗を中心に」、『叢書想像する平安文学』2001 年第 5 卷、第 182 頁。

② 凝然述:『梵網戒本疏日珠鈔』、『大正藏』第 62 卷、第 4 頁。

③ 凝然述:『梵網戒本疏日珠鈔』、『大正藏』第 62 卷、第 62 頁。

④ 湛叡撰:『華厳演義鈔纂釈』、『大正藏』第 38 卷、第 232 頁。

⑤ 伊吹敦:「法進撰『梵網經註』について:佚文より窺われる特徴と最澄への影響」、『印度學佛教學研究』2016 年第 65 卷、第 11 頁。

证明资料，是师父们判断弟子的修行程度的依据①。对此，松尾刚次提出质疑。他认为"瑞相日记"并非判断修行程度、而是师父判断弟子能否受沙弥戒或者沙弥尼戒的依据②。前者对"瑞相日记"的定位明显不对，而后者也不完全准确。按照松尾刚次的逻辑，先有瑞相后有"受戒"，记主拿着记有瑞相的"瑞相日记"去师父那里，师父以此为证据判断能否为他们受戒。但如上面所述，"得见瑞相便得戒"，"自誓受戒"中梦中得瑞相和受戒成功是同时发生的。"自誓受戒"全程没有师父的参与，是记主以梦为依据自行判断成功受戒的一个过程。所以，睿尊教团的"瑞相日记"应该是沙弥（或沙弥尼）梦中得到瑞相成功"自誓受戒"后所记，是昭示已经成功受戒的证据。

其实，睿尊最初受戒时采取的就是"自誓受戒"的方式。《感身学正记》是睿尊的自传，起笔于 1285 年（85 岁）。文章从出生写起，记载了他常年布教的活动，也记录了出家受戒的经历。

> 于是，予未企祈请好相，不能感之，悲叹尤切，仍以其夕诣东大寺大佛殿，通夜祈请。廿七日夜，于戒禅院有好相。不记之。廿八日巳时，于大佛殿有瑞相。记有别。同日夜，于戒禅院后年归知足院了。感好梦。又得好相。其后应受得戒旨止疑。同卅日与円晴尊胜房。有严长忍房。觉胜学律房参笼羂索院。七日每日三时行水。九月一日，各自誓成近事男。二日，成沙弥。予子时。三日，円晴、有严登菩萨大苾蒭位。四日，觉盛与予登菩萨大苾蒭位毕。予午初分，四人共受苾蒭戒。同七日夕归常喜院。③

据《感身学正记》记载，睿尊为了受菩萨戒，读了两遍《四分律行事抄》持犯方轨篇第十五部、背诵了《四分比丘戒本》，然后前往东大寺大佛殿通宵祈请，之后连续两天得到了瑞相和好梦。到此，对自己得

---

① 神奈川県立金沢文庫編：「神託と夢想」．見『秘儀伝授：金沢文庫テーマ展図録』、神奈川県立金沢文庫、1992、第 34 頁。
② 松尾剛次：「夢記の一世界——好相日記と自誓受戒」、『日本仏教の史的展開』、塙書房、1999、第 322 頁。
③ 叡尊：『感身学正記』、奈良国立文化財研究所監修：『西大寺叡尊傳記集成』、法藏館、2012、第 10 頁。

戒一事不再怀疑。八月三十日，睿尊和円晴等三人赴东大寺二月堂参笼七天。第一天九月一日自誓成为优婆塞，二日成为沙弥，三日円晴和有严成为菩萨僧即比丘，四日觉盛和睿尊也成为菩萨僧，四人同受菩萨戒。七日傍晚回到兴福寺常喜院。

但是，"自誓受戒"并非睿尊首创，早在弘仁二年（811），最澄就曾依《梵网经》制定四条式，唱导自誓受戒①。中国虽然没有以"梦记"的形式留存下来，但是也有"自誓受戒"的先例。据《高僧传》卷二昙无谶条载，中国的"自誓受戒"始于北凉（397—440）张掖（属今甘肃省）沙门道进。道进虽然是在定中得瑞相受戒的，但和他同时受戒的十余人的瑞相全是在梦中所得②。法藏在《梵网经菩萨戒本疏》中也记载了这个故事。"菩萨戒律汉土无缘，深可悲矣。又昙无谶三藏于西凉洲有沙门法进等求谶受菩萨戒……（谶）遂不与授，进等苦请不获，遂于佛像前立誓，邀期苦节求戒，七日才满梦见弥勒。亲与授戒并授戒本，并皆诵得后觉已见谶，谶睹其相异乃叹曰。汉土亦有人矣。"③ 定中见瑞相被改为了梦中。可见，他们并没有严格区分定中和梦中。虽然一个是清醒时，一个是睡眠中，但在宗教性证明方面是等价的。此外，据《太平御览》记载，陶弘景晚年出家也是通过"自誓受戒"完成的。"陶弘景曾梦佛，授其菩萨记，云名为胜力菩萨，乃诣郧县阿育王塔自誓，授五大戒。"④

第三节　"玉女梦"

女性问题向来是佛教研究的重要课题之一。虽然佛教宣扬众生平等，主张"一切众生悉有佛性"⑤，但是却建立了一系列歧视女性的言论，典型代表便是"五障三从"和"转身成佛"。"五障三从"即"女性所具有的五种障碍与三种忍从"⑥。"五障"指女人不能转生为梵天王、帝释

---

① 宽忍主编：《佛学辞典》，中国国际广播出版社、香港华文国际出版公司1993年版，第482页。

② 慧皎著，汤用彤校注：《高僧传》，中华书局1992年版，第79页。

③ 法藏撰：『梵網經菩薩戒本疏』、『大正藏』第40卷、第605页。

④ 李昉等编：《太平御览》卷六五八，中华书局1960年版，第2938页。

⑤ 昙无谶译：『大般涅槃經』、『大正藏』第12卷、第402页。

⑥ 宽忍主编：《佛学辞典》，中国国际广播出版社、香港华文国际出版公司1993年版。

天、魔王、转轮圣王和佛陀。这种说法在《增一阿含经》《法华经》和《中部经典》等经典中均能见到①。"三从"指女性幼年从亲、婚后从夫、年老后从子。比如，《大智度论》曰："一切女身无所系属则受恶名。女人之体，幼则从父母、少则从夫、老则从子。"②《玉耶女经》和《贤愚经》等佛典也载有这种说法。"转身成佛"即女性不能即身成佛，若想成佛须先转变为男身。这种思想的普及始于《法华经》卷四提婆达多品"龙女成佛"故事。八岁的龙女由于受持《法华经》之功德而得不退转。复以一宝珠献佛之功德愿力，"忽然之间，变成男子，具菩萨行。即往南方无垢世界，坐宝莲花，成等正觉"③。这种思想较之前女性不能成佛有了很大进步。但是，"转身成佛"背后隐含的还是女子劣机的不平等思想。同时，佛教的修行目的之一是永断生死轮回，为断生死轮回之因，远离女色成为教徒必须遵守的戒律。因为"爱缘取，取缘有，有缘生，生缘老死"④，只要有贪爱就会追求索取而产生生死之业，就难以摆脱生死轮回的痛苦。所以，概括来讲早期佛教对女性的认识有三个特点，即"解脱上的男女平等主义，制度上的男性优越主义和修行上的女性厌恶主义"⑤。

日本佛教在发展的过程中产生了很多有别于原始佛教的情况。比如，由于制度上的男性优越主义，佛教在诞生之初排斥女性出家。历史上最早出家的是瞿昙弥。在她最初请求出家之际遭到了释迦的种种拒绝，理由之一是"譬如族姓之家生子，多女少男，当知是家以为衰弱，不得大强盛也。今使女人入我法律者，必令佛清净梵行不得久住"⑥。即便最后在阿难的帮助下瞿昙弥成为比丘尼，却被释迦赋予了比比丘更严格的戒律。佛教传入日本之后，最早出家的却是女性⑦。据

---

① 如《法华经》提婆达多品曰："又女人身，犹有五障：一者不得作梵天王，二者帝释，三者魔王，四者转轮圣王，五者佛身"（鸠摩罗什譯：『妙法蓮華經』、『大正藏』第9卷、第35页）。

② 龍樹造、鳩摩羅什譯：『大智度論』、『大正藏』第25卷、第748页。

③ 鳩摩羅什譯：『妙法蓮華經』、『大正藏』第9册。

④ 佛教中所讲的"十二因缘"为"无明缘行，行缘识，识缘名色，名色缘六入，六入缘触，触缘受，受缘爱，爱缘取，取缘有，有缘生，生缘老死"。《杂阿含经》《缘起经》《大般若波罗蜜多经》《增一阿含经》《大宝积经》等佛典中都有论述。

⑤ 释恒清：《菩萨道上的善女人》，台北东大图书公司1995年版。

⑥ 曇果譯：『中本起經』、『大正藏』第4卷、第158页。

⑦ 据《日本书纪》记载，五八四年司马达等的女儿善信尼等三名女性是日本最早出家的人。

远藤元男考察，飞鸟奈良时代女性并没有被禁止参与宗教活动。进入平安时代之后，佛教界才开始出现以女性"五障"为由将其排除在佛教之外的倾向①。也就是说，日本佛教对女性的排斥到平安时代才凸显出来。

这种倾向的产生和 8 世纪中叶到 9 世纪初期儒家思想的流行和父系制度、家族长制的确立有很大的关系②。这段时期，天台宗总本山比叡山和真言宗总本山高野山等"圣地"设置了"女人结界"，禁止女性进入神社、灵验地和祭祀场所。此外，成书于宽治三年（1089）的空海传记《大师御行状集记》中有"女人不许进僧坊条"。"制文曰，女人为诸恶之根源、善法皆尽之根本。故六波罗蜜经曰，不可亲近女人；如若尤亲近，善法则尽。"③ 女性被视为诓惑男性、干扰男性修行的危险物。可以说几乎整个平安时代，女性都是佛教排斥的对象。

但是，到了镰仓时代，僧人"梦记"中开始出现梦见女性的记录。他们将梦中的女性记录下来，形成了独具特色的"女性梦"，为日本"梦记"增添了一个有趣的话题。那么，生长在排斥女性、严禁女色的平安时代的延长线上的他们为什么要记录这些"女性梦"呢？本节将以"亲鸾梦记"和《慈镇和尚梦想记》为中心，尝试解明日本僧人记录"女性梦"的原因，为考察镰仓时代僧人的女性认识研究提供一个新的视角。

日本净土真宗初祖亲鸾的"亲鸾梦记"最后一条梦境俗称"女犯偈"。除了《惠信尼书状》之外，亲鸾弟子真佛的《经释文闻书》（现藏于高田专修寺）中也载有此梦，真佛没于正嘉二年（1258），当时亲鸾还在世（时年 86 岁），因此，学界基本认定"亲鸾梦记"为真佛摘抄自师父的真实梦境④。

①　遠藤元男：「女人成仏思想序説」、西岡虎之助編：『日本思想史の研究』、章華社、1936。这种言论得到后世学者的支持。如牛山佳幸「古代における尼と尼寺の問題」、『民衆史研究』1984 年第 27 卷）。
②　牛山佳幸：「古代における尼と尼寺の問題」、『民衆史研究』1984 年第 27 卷。
③　長谷宝秀編：「大師御行状集記」、『弘法大師伝全集　第一』、ピカタ、1977、第 165 頁。
④　古田武彦：『親鸞思想——その史料批判』、明石書店、1996；籠弘信：「『三夢記』考」、『宗教研究』、『日本宗教学会』2010 年第 84 卷。

慈圆（1155—1225）为平安末镰仓初天台宗僧人，著有史书《愚管抄》。他的《慈镇和尚梦想记》是继"亲鸾梦记"之后又一个涉及"女性梦"的记录，也是镰仓时代祖师"梦记"的一个重要组成部分。

亲鸾和慈圆的"梦记"中的女性有一个共性，即皆以"玉女"之姿出现。下面将考察他们"玉女梦"的内容以及梦境对于他们的意义。

一 "亲鸾梦记"与"他力本愿"

建仁元年（1201）亲鸾从比叡山到京都六角堂进行百日参笼，祈祷了九十五日后梦见如意轮观音告示一段偈文。这便是"亲鸾梦记"。《惠信尼书状》和《经释文闻书》中所载偈文完全相同。两者的不同之处在于，后者将前者中的"建仁元年辛酉四月五日夜寅时、六角堂救世大菩萨告命善信言"记载为"亲鸾梦记云六角堂救世主大菩萨示现颜容端正之僧形令服著白衲御袈裟端坐广大白莲告命善信言"。此外，前者是以建长二年（1250）四月五日，七十八岁的亲鸾写给女儿的书信的形式记载的。后者则四句偈之后没有下文。为避免重复，《惠信尼书状》的内容从略《经释文闻书》的相关内容摘录如下：

> 亲鸾梦记云
>
> 六角堂救世主大菩萨示现　　颜容瑞政之僧形
>
> 令服著白衲御袈裟端座广大白莲告命善信言
>
> 　行者宿报设女犯　　　我成玉女身被犯
>
> 　一生之间能庄严　　　临终引导生极乐
>
> 救世菩萨诵此文言　　此文吾誓愿
>
> 一切群生可说闻告命
>
> 因斯告命　　数千万有情令闻之　　觉梦悟了①

六角堂位于今日本京都中京区，它的本尊为如意轮观音。亲鸾梦中的"救世主大菩萨"即如意轮观音。"女犯"指触犯不邪淫戒。亲鸾闭

---

① 真仏：「経釈文聞書」、平松令三責任編集：『高田本山の法義と歴史』、同朋舍出版、1991、第83頁。

居斋戒祈祷后所得到的如意轮观音偈文包含了以下三层意思：（1）修行者若因宿报犯了女戒，如意轮观音"我"会变成"玉女"代受侵犯；（2）"我"会一生照顾修行者；（3）"我"会引导修行者临终时往生极乐世界。关于此梦的解读，围绕两个方面展开。第一，偈文。赤松俊秀提出亲鸾通过梦中偈文将僧人娶妻正当化①，而且此梦为亲鸾放弃在比叡山的修行、投奔法然念佛门下的契机②。此后，赤松之说一直被沿用，基本成为学界的共识③。第二，结尾部分。胁本平也认为"亲鸾梦记"的主题并非偈文，而是最后亲鸾"利他众生"的使命感④。从行文结构上来看，该梦围绕四句偈文展开，所以偈文为重点的说法更为妥帖。且如惠信尼所写："蒙此示现，于黎明时分离开，为求后世救助之缘去见法然上人"⑤，此梦确实为亲鸾投奔法然门下的契机。

　　值得商榷的是，此梦将僧人娶妻合法化的说法。观音化身为"玉女"满足修行者，最多算是将"女犯"合理化。如果将之等同于将僧人娶妻正当化，或许有些过度解读。

　　如引言所述，平安时代女性被视为诓惑男性、干扰其修行的"罪恶"之物，是不能成佛的。虽然在《法华经》"提婆达多品"龙女成佛故事的影响下，女性最终可以成佛，但是，女子要想成佛必须先变为男身。这几乎是整个平安时代佛教界的共识。到了亲鸾时代，情况依然如是。

---

　　①　赤松俊秀：『親鸞』、吉川弘文館、1961、第 63 頁。后世很多学者都沿用了赤松的观点。比如，远藤一：「中世仏教における〈性〉——興福寺奏状「剰破戒為宗」を手掛かりとして——」、『歴史評論』1992 年第 512 卷）、松野纯孝：『親鸞——その行動と思想』、評論社、1971）等。

　　②　赤松俊秀：「親鸞の妻帯について」、『続鎌倉仏教の研究』、平楽寺書店、1966、第 105 頁。

　　③　主要有如下几位学者：（1）籠弘信：「「六角堂夢告」考（上）——親鸞の生涯を貫いた課題」、『大谷学報』2011 年第 90 卷；（2）仙海意之：「法然・親鸞の夢想——祖師伝絵が描く聖体示現」、『美術史論集』2008 年第 8 卷；（3）安富信哉：「夢告と回心——親鸞の夢体験」、『季刊仏教』1993 年第 23 卷；（4）清基秀纪：「真宗の土着（三）——親鸞と六角堂夢告——」、『印度学仏教学研究』1990 年第 38 卷。

　　④　脇本平也：「親鸞の夢をめぐって——一つのイマジネーションの試み」、『理想』1973 年第 485 卷、第 99 頁。

　　⑤　多屋頼俊校注：「恵信尼の消息」、『親鸞集・日蓮宗』、岩波書店、1964、第 219 頁。

　　且夫吾朝灵验胜地，皆悉嫌去。比叡山者传教大师之所建，桓武天皇之勅愿也。大师亲自羯磨结界、限谷画峰、不入女人。一乘之峰高峙，五障之云无碍。一味之谷深幽，三从之水绝流。药师医王灵像，耳闻而眼不视。大师创建妙境，徒望无由登临。高野山者弘法大师结界之峰，真言上乘弘通之地。三密之月轮普照，不破女人非器之暗；五瓶之智水等洽，不洒女人垢秽之质。于此等所尚有其障，何况于出过三界之净土乎。……或有道俗云女人不得生净土者。此是妄说，不可信也。①

　　引文是法然关于女性成佛的一番言论。从中可以看出，当时的佛教界以女性不成器、垢秽为由，将其排除在"圣地"之外，往生净土成佛更是不可能。比叡山是严格执行"女人结界"的典型代表。针对当时整个佛教界的情况，法然提出只要相信"本愿"，口唱"南无阿弥陀佛"，即使是女性，临终前也可实现往生②。同时，女戒也仍然是僧人必须遵守的戒律之一。关于戒律，法然在《无量寿经释》中说："然今念佛往生本颇不简有智无智持戒破戒多闻小见"、"不简多闻持净戒、不简破戒罪根深，但使回心多念佛能令瓦砾变成金"、"今时我等设不专持戒行。若能一心念弥陀佛何不遂往生，况又随分持一戒二戒者哉，然则今时浇季缁素持戒破戒及无戒者，但能一心念佛，皆当往生也"③。针对当时佛教界严格的持戒规定，法然提出不需要一心持戒、只要专心念佛就能往生。当然，法然并没有否定持戒。其在《无量寿经释》中曰："布施为库藏，收百福庄严之财，持戒为良田，下三菩提之种子"④，提出之所以不必严守戒律是因为和持戒相比一心念佛更重要。据上可知，法然和其他教派的观点不同，后者认为持戒是往生的必要条件，而前者提倡持戒仅是充分不必要条件。这样一来，遵守戒律不再是实现往生的必经之路。

　　不管是女人如何成佛问题还是持戒问题，归根到底是"自力"与

---

　　① 法然：『无量寿经释』、『大正藏』第 83 卷、第 109 页。
　　② 法然：『念仏往生要義抄』、黑田真洞、望月信亨共纂：『法然上人全集』、宗粹社、1906、第 44 页。
　　③ 源空撰、源空辑：『黒谷上人語燈録』、『大正藏』第 83 卷。
　　④ 源空撰、源空辑：『黒谷上人語燈録』、『大正藏』第 83 卷、第 109 页。

"他力"的问题。"自力"信仰认为能否最终成佛靠的是个人的力量，所以，有"五障"的女人不能依靠自己的力量成佛，违背佛教戒律也不能成佛。法然所提出的"他力"信仰中，"他"即"阿弥陀佛"，"力"即"如来的愿力"。所谓"如来的愿力"，即希望所有的人都能成佛的愿望。也就是说，一个人能不能成佛，关键是靠佛、菩萨等的愿力。只要当事人足够诚心、一心、专心念佛，就能得到菩萨的救济。

亲鸾记录"梦记"时佛教界存在上述"自力"和"他力"两大潮流。在如何选择两者的思想斗争中，梦无疑起到了关键作用。梦中观音的告示使亲鸾认识到，即使犯了女戒，菩萨也会保佑，以其愿力保证自己往生净土。这里菩萨的愿力也就是"他力"。由此，"女犯"和往生之间不再是不可调和的矛盾。所以，投奔法然门下不是单纯的圣道和净土、比叡山和吉水之间的选择，更主要的是"自力"和"他力"之间的选择。如果仅仅是为了寻求宗教上的开悟的话，亲鸾大可不必下山。因为单从佛教知识来讲，比叡山作为天台宗的总本山应该算是最好的选择。以"亲鸾梦记"为转折点，亲鸾从以禁忌淫欲为原则、严格执行持戒、将人类从俗性神圣化的"自力"圣道门中解放出来。

"建仁辛酉年弃杂行归本愿"[①] 后，亲鸾践行了一系列"他力"信仰的实践，其中和女性相关的主要是主张依"他力"得往生。他在《高僧和赞》（1248）中宣扬："不论行止坐卧、不论时机机缘，只要口称南无阿弥陀佛名号，男女贵贱皆无障碍成佛"[②]；在所著净土真宗根本经典《教行信证》（1224）曰："概推宏如大海之信仰心，实不挑贵贱僧俗、不谓男女老少、不问造福多寡……如同长生药可解百毒，如来之药可消除智者及愚者自力之毒"[③]。他以佛教信仰心为基准，强调只要口称念佛，则无男女差别，皆可成佛。这种对女性的救济明显是亲鸾"他力"信仰的产物。在这种教义之下，当事人本人的力量不再重要。男女之别更是微不足道。不论男性还是女性，最终决定他们成佛的是能否专心念佛，得到阿弥陀佛愿力的帮助。

亲鸾之所以开始救济女性，有两个方面的原因。第一，前代官僧的

① 親鸞：『教行証証』「化巻」、『真宗聖教全書・2』、大八木興文堂、1981 年。
② 親鸞：『高僧和讃』、『真宗聖教全書・2』、大八木興文堂，1981、第 512 頁
③ 親鸞：『教行信証』「信巻」、『真宗聖教全書・2』、大八木興文堂、1981、第 68 頁。

活动范围多局限于寺院，他们以清僧为楷模，很多佛教活动都是脱离民众的。作为新兴教派，祖师们走向大街小巷身体力行传教。当那些实实在在生活的、有着各种烦恼的男男女女出现在了他们的视野时，他们很难再像原来一样严格区分男女之别。被烦恼所困扰的女性自然而然被他们纳入了救济的范围之内。在这种对女性宽容并且予以救济的佛教环境中，"玉女"开始在佛教文献中大量出现。第二，教派发展的需要。亲鸾创建的净土真宗为镰仓时代的新兴宗教。为了将教义发扬光大，教团需要获得大量信徒的支持，之前被排斥在佛教之外的女性便成为他们能争取的最大潜在势力。为了吸引她们，否定"女性不净"观和提倡女性成佛成为他们的必然选择。

二 《慈镇和尚梦想记》中的"玉女"与"王权"

慈圆的《慈镇和尚梦想记》中记录了建仁三年（1203）六月二十二日拂晓时分的一个梦，后面附有解梦。慈圆亲笔的"梦记"已散佚，有镰仓时代的写本存世，现藏于青莲寺吉水，经赤松俊秀介绍为世人所知，内容如下：

> 建仁三年六月二十二日晓梦云：国王御宝物，神玺宝剑神玺玉女也。此玉女妻后之体也。王入自性清净玉女体，令交会给，能所共无罪钦。此故，神玺者，清净玉女也。梦想之中，觉知之讫。其后，此梦觉钦。未觉钦之间，此事样样思连也。不动刀鞘印，则是也，刀宝剑也，王体也。鞘，神玺也，后体也。以此交会之义，成就此印钦。不动尊可为王之本尊钦。又思惟云：神玺者，仏眼部母乃玉女也。金轮圣王者，一字金轮也。此金轮仏顶，又仏眼交会シタマウ义钦。此宝剑，即金轮圣王也。依之，仏眼法坛置智剑钦，轮八福剑入八出也。此剑玺天下一所成就也，仏法王法成就理国利民，王者宝物也。内侍所又神镜云：此两种中令生给。天子也，是则天照大神御体也，是则大日如来也。大日如来为利生，一字金轮形令现给。此金轮者，金界王以金轮王为本，依之，仏界借此义，此身现给也。……仍仏眼、金轮、不动三尊，令成就王位，令成就国王，本尊也。次第重々梦中觉前令相续案连讫。此次第，凡不虑不可

说奇特不可思议也,仍记置之讫。其后又重加案之所,胎藏大日是仏眼软,金界大日是金轮也,印相等全同也,内外之义皆外显内通也。秘教之宗义,以此梦想,可开悟。仍此后之觉知故,记之了。

　　前大僧正　　谨言也①

　　慈圆的梦境围绕三种神器"剑、玉、镜"展开。梦境内容比较简单,即国王的三种神器之中,"神玺"为"玉女","玉女"为妻子王后之体,因为王与"玉女"结合而无罪,所以,神玺为清净"玉女"。

　　围绕该文献,赤松对《慈镇和尚梦想记》写本进行了翻刻、校订,并对其进行了解释、解说,载于《镰仓佛教的研究》中,并率先对此展开了研究,提出了以下几个观点②:①慈圆对于神剑丢失的解释和其后来所著《愚管抄》史观中的重要部分说法一致,可以说《梦想记》奠定了慈圆日后所著《愚管抄》的基调③;②此文献为后醍醐天皇的推翻幕府运动提供了一个全新理论支撑。赤松氏之后,也有很多人继续解读《慈镇和尚梦想记》,间中富士子指出慈圆通过此梦对三种神器附加了密教的色彩并将其升华到了国家统治问题④,水上文义提出慈圆通过此梦实现了神道、佛法和王法的统一⑤。这些讨论都是围绕神器和王权以及《梦想记》与《愚管抄》的关系而展开。

　　关注到慈圆梦中的女性"玉女"的学者少之又少,仅有山本ひろ子与田中贵子二人。山本认为慈圆具有母性"性"原理支撑王权的观念,构建了玉女→女性"性"→王权的构图⑥。田中指出慈圆梦中女性的

　　①　赤松俊秀:「慈鎮和尚夢想記について」、『鎌倉仏教の研究』、平楽寺書店、1957、第318—319頁。

　　②　赤松俊秀:「南北朝内乱と未来記——四天王寺御手印縁起と慈鎮和尚夢想記」、『仏教史学』1956年第5巻第1期。

　　③　尾崎勇也提出了相同的观点(尾崎勇:「『慈鎮和尚夢想記』の方法」、『熊本学園大学文学・言語学論集』13,2006、第226頁),并进一步提出「『夢想記』と『愚管抄』とは、寿永の海戦での神器喪失ともなう武士将軍台頭の思念だけではなく語彙や筆致を含めて類似する箇所が他にも散見される」、「『夢想記』は、『愚管抄』という史論を形成させる下地を作っていた」。

　　④　間中富士子:「『慈鎮和尚夢想記』に就て」、『仏教文学』1979年第73巻,第39頁。

　　⑤　水上文義「慈円の『夢想記』と神祇思想」、『天台学報』2005年第47巻、第63頁。

　　⑥　山本ひろ子:「幼女と『玉女』——中世王権の暗闇から——」、『月刊百科』1988年第313巻。

"性"与"母性"是维护、巩固王权的保证，即玉女→母性＋女性"性"→王权的联想模式①。可见，两者均将"玉女"与"王权"的关系构建在了"女"字之上。但是，细究慈圆所阐释的"神玺＝玉女（王后）＝佛眼如来和剑＝王＝金轮佛顶尊"的对应关系，可以发现与"王"相对应的"玉女（王后）"部分，按照词语属性对应关系来讲，其实仅凭借"王后"一词就可对应，慈圆却特意在王后之前嫁接了"玉女"一词进行过度连接。而且，如果按照前人的解释，和王权联系起来的仅仅是女性的母性或者性的话，则"王后"一词完全可以胜任，且比"玉女"对应"王"更加对称。基于以上思考，笔者推测慈圆不直接用"王后"而是通过"玉女"转接到王后，显然还是因为王后本身是和"神玺"和"佛眼如来"无法直接对接的，唯独"玉女"可以。"玉女"在《慈镇和尚梦想记》中可谓起到了关键作用。

图一　木造不动明王立像（平安后期）美国大都会美术馆藏

慈圆醒后在似醒非醒之间，将梦中的三种神器和密教中的转轮圣王等一一对应，基于"刀入鞘"意象，指出刀、鞘与王、王后（"玉女"）同体，得出宝剑和神玺是王者维护统一天下的宝物、王法和佛法相依才能利国利民的结论。慈圆的整个推理过程如下：密教中不动明王的印相为手持刀鞘。"印相"，即诸尊所执之器物。不动明王的印相为不动剑印。如图一②所示，密教中的明王像

① 田中貴子：「〈玉女〉の成立と限界」、大隅和雄・西口順子編『巫と女神』、平凡社、1989。

② 出处：https://ja.wikipedia.org/wiki/%E4%B8%8D%E5%8B%95%E6%98%8E%E7%8E%8B。

基本上为一面二臂，右手持降魔的三钴剑，左手持羂索。慈圆提出不动明王印相中的刀即为此梦中的宝剑，呈国王之姿；鞘为神玺，呈王后之姿。刀和鞘即王和王后交合，成就"刀鞘"之印相。所以，持剑的不动明王对应现实中的国王、天皇。接着，慈圆开始将三种神器和佛眼佛母、转轮王结合在一起。他提出"神玺"对应着佛教中的佛眼佛母，为"玉女"。因为金轮王和一字金轮佛顶为同一人，金轮佛顶和佛眼佛母又有交会，所以宝剑和佛教中的金轮王相互对应。继而慈圆想到内侍所里安置的神镜。他提出宝剑和神玺之子就是天子＝天照大神，天照大神即大日如来。大日如来为了众生利益，有时会化身为一字金轮现世，而一字金轮在金界以金轮王为本，因此，神镜、天照大神、大日如来为一体。慈圆的上述解释可图示化如下：

三种神器	密教
刀＝宝剑＝王（不动明王）	＝金轮王＝一字金轮佛顶
鞘＝神玺＝"玉女"＝王后	＝佛眼佛母
神镜＝天照大神	＝大日如来

关于"玉女"和佛眼佛母同体的原因，慈圆没有给出具体的解释。推其原因，应该和佛眼佛母的三昧耶形如意宝珠有关。所谓"三昧耶形"，即密教诸尊手持的器物及手结的印契，是表示诸佛菩萨之本誓的形相。"如意宝珠"是一种能如随心所欲满足各种愿望的宝珠，另被译为"摩尼宝珠""如意摩尼"等。据《杂宝藏经》卷六载，如意宝珠出自摩竭鱼脑中[1]。《大智度论卷》曰如意宝珠或由龙王之脑中而出；或为帝释天所持之金刚破碎后掉落而得；或为佛舍利变化而成[2]。佛眼佛母所持的如意宝珠便有满足众生意愿之形相。从这种组合可知，佛教中如意宝珠和佛眼佛母如影随形。同时，如意宝珠在佛教中又常常与"玉女"同时出现。《观佛三昧海经》中记载了这样一个故事。须达长者家的老婢不信佛且到处谤佛。佛便派遣与老婢有佛缘的罗睺罗前往超度。值得注意的是，罗睺罗超度老婢时，先化身为转轮圣王，然后"以如意

---

① 吉迦夜、昙曜譯：『雜寶藏經』、『大正藏』第 4 卷、第 481 頁。
② 龍樹造、鳩摩羅什譯：『大智度論』、『大正藏』第 25 卷、第 478 頁。

珠照耀女面。令女自见如玉女宝"①。故事中佛在罗睺罗之前曾去超度老
婢，但因与之无缘，未能实现。之所以特意选派罗睺罗就是因为他和老
婢有缘。超度之前罗睺罗却先化身为转轮圣王，是因为他要以如意宝珠
将老婢化为"玉女"。佛典中"玉女"和转轮圣王相伴出现。所以，罗
睺罗先化身为转轮圣王是以转轮圣王与"玉女"这种关系为支撑的。此
外，罗睺罗的化身转轮圣王将老婢变为"玉女"的方式是用如意宝珠照
耀脸部。从老婢的变身过程可知，如意宝珠可以变幻出"玉女"，"玉
女"作为如意宝珠变现的珍宝之一，本来就和它同体。《观佛三昧海经》
中的这个故事后来被《诸经要集》②、《法苑珠林》③ 和《今昔物语集》
等转引，流传很广。很多佛教修行者应该都了解"玉女"和如意宝珠的
关系。慈圆提出的"玉女" ＝如意宝珠 ＝菩萨的结构应该是以此佛教知
识为基础的。

通过对三种神器附加密教色彩，慈圆将整个梦境升华到了国家统治
的高度。值得注意的是，在将梦境和国家统治相结合的过程中，慈圆思
考与推理的起点是"神玺玉女也"。他指出"玉女"等同于神玺、等同
于王后、等同于佛眼佛母。并且，他提出"此剑玺天下一所成就也"，
神玺（"玉女"）是王者维护统一天下的宝物。如此，"玉女"与鞘和佛
眼佛母一体化，成为维护王权的宝物。可以说，"玉女"在慈圆的逻辑
框架中起到了最关键的过渡作用。

三 "玉女梦"的渊源及其发展的环境因素

亲鸾的"亲鸾梦记"（1201）和慈圆的《慈镇和尚梦想记》（1203）
出现在同一时期，且两人的"梦记"中都出现了"玉女"。如果仅他们
二人的话，"玉女"的出现或许可归结为巧合。但是，镰仓初期真言密
教僧人觉禅（1143—1213？）的《觉禅抄》中也有"玉女"出现，"又
云，若发邪见心，淫欲炽盛可堕落于世，如意轮我成王玉女，为其人亲
妻妾共生爱，一期生间庄严以富贵，令造无边善事，西方极乐净土，令

① 佛陀跋陀羅譯：『佛説觀佛三昧海經』、『大正藏』第 15 卷、第 676 頁。
② 道世撰：『諸經要集』、『大正藏』第 54 卷、第 146 頁。
③ 道世撰：『法苑珠林』、『大正藏』第 53 卷、第 872 頁。

成佛道莫生疑。云云"①。可见，镰仓时代的僧人对"玉女"应该存在某种普遍认识。"玉女"并不仅仅是一个普通名词，而是具备特殊寓意。

众所周知，菩萨有三十二应化身，天人、罗汉、男女、童子等等，众生应以何身得度，菩萨则以何身为现而为说法，随缘救度。那么，为何镰仓初期的几位僧人的"梦记"中观音的变化身不约而同皆为"玉女"呢？"亲鸾梦记"和《觉禅抄》中照顾僧人并引导其临终往生极乐的"玉女"和《慈镇和尚梦想记》中维护王权的"玉女"的渊源在哪里呢？

田中贵子指出，镰仓时代之前"玉女"一词的俗传性很强，除了《三宝绘》之外，古代到平安时代的日本文献中见不到"玉女"一词。所以，很可能在此之前"玉女"一词仅是口传，镰仓时代之后才逐渐被文字化，开始频繁出现在密教类文献和阴阳师的书籍里②。关于"玉女"和王权的关系，山本ひろ子指出"玉女"的这种属性和阴阳道与修验道中的修法叱枳尼天、圣天、弁财天有共通性③，田中贵子则以《三宝绘词》为媒介寻求两者之间能够成立的原因④。

其实，镰仓时代以前，除了《三宝绘词》之外，《今昔物语集》第三卷第十九篇和第十卷第九篇都曾出现过"玉女"一词。值得注意的是，《今昔物语集》第三卷第十九篇的出典为《观佛三昧海经》，该经第六卷"观四威仪品"本来就有"玉女"一词。《今昔物语集》中的"玉女"很明显直接借用自佛典。而且，梦见"玉女"的亲鸾和慈圆皆为僧人。据此可以推测，"玉女"和佛典有很大关系。因此，应该从佛典中的玉女形象找寻镰仓时代僧人们的"玉女梦"的渊源。

佛典中大量存在"玉女"一词，如《大宝积经》《华严经》《虚空孕菩萨经》《大智度论》《增一阿含经》《菩萨本行经》《普曜经》等等。据《增一阿含经》记载，"五百玉女自相娱乐。纯有女人无有男子。尔时难陀遥见五百天女"。因此，佛教中"玉女"是"天女"的一种。而

---

① 仏书刊行会编：『觉禅钞3』、名著普及会、1978、第181—182页。

② 田中贵子：「〈玉女〉の成立と限界」、大隅和雄・西口顺子编：『巫と女神』、平凡社、1989。

③ 山本ひろ子：「幼女と『玉女』——中世王权の暗闇から——」、『月刊百科』313、平凡社、1988。

④ 田中贵子：「〈玉女〉の成立と限界」、大隅和雄・西口顺子编：『巫と女神』、平凡社、1989。

且，"玉女"最为清净，没有佛教所歧视的普通女子的秽垢之身。"七玉女宝。……无有女人瑕秽之垢"①、"端正天玉女 形体最清净"②。这种超脱了世俗女子秽垢之身的天女，"众生若闻者悉住于净戒……若有睹见者离害具慈心……远离贪欲心专求于正法"③，闻见玉女者可得清净戒、获不退转地、证得无上正等正觉。由上可知，佛典中的"玉女"为美艳、清净且具足德行的女子。

"玉女"在佛教中具备两种功能。第一，以满足男性欲望为手段引导众生出家或精进修行。《增一阿含经》中记载了佛引导难陀出家的故事。难陀为释尊的胞弟，在佛弟子中为"调和诸根第一人"。但是，难陀最初并不愿意出家，因为难陀已娶妻孙陀利。出家后他仍然留恋妻子，屡次回找妻子。后来，佛为断除难陀爱欲，依次带他观看瞎狝猴和五百"玉女"。她们告诉难陀："我等有五百人，悉皆清净无有夫主。……难陀是佛姨母儿，彼于如来所清净修梵行，命终之后当生此间，与我等作夫主共相娱乐。"④ 难陀见过"玉女"，始觉妻子美貌黯然失色，遂一心修行，最终证得阿罗汉果。这个故事中，"玉女"为诱导难陀出家的一种"方便"。而"玉女"能成为这种方便的前提是她为美艳清净女子，能满足修行者的爱欲。"亲鸾梦记"和《觉禅抄》中如意轮观音化身为"玉女"，与"玉女"的这种形象有不可分割的关系。

除了《增一阿含经》之外，《出曜经》《释迦谱》《经律异相》等佛典中也记载了难陀出家的故事，故事情节与之基本相同。此外，《今昔物语集》第一卷第十八篇以《释迦谱》为底本，也转引了这个故事。可见，"玉女"引导众生出家的故事在佛典中流传度很广，并且，流传到了日本。

"不邪淫戒"为佛教五戒之一。佛教以阻碍往生为由劝诫修行者远离女子。但是，欲望是人难以克服的天性。为了化解这种矛盾，佛教中创造出了"玉女"。这种"玉女"既没有秽垢，又能满足男性修行者的欲望。

第二，"玉女"是辅助转轮圣王教化百姓的珍宝。据《大宝积经》

---

① 瞿昙僧伽提婆譯：『增一阿含經』、『大正藏』第 2 卷、第 591 頁。
② 竺法護譯：『佛説普曜經』、『大正藏』第 3 卷、第 486 頁。
③ 佛馱跋陀羅譯：『大方廣佛華嚴經』、『大正藏』第 9 卷、第 758 頁。
④ 瞿昙僧伽提婆譯：『增一阿含經』、『大正藏』第 2 卷、第 591 頁。

记载，转轮圣王出世时自然会有七宝出现，辅助该王教化百姓，行菩萨道。转轮圣王为古印度具足德行及福报的理想国王，分金轮王、银轮王、铜轮王和铁轮王四王。转轮圣王的七宝之中，"六者玉女宝，形容端正微妙第一，不长不短，不白不黑，身诸毛孔出栴檀香，口气净洁如青莲花，其舌广大出能覆面，行色细薄如赤铜鍱，身体柔软犹如无骨，冬温夏凉，其心慈悲常出软语，以手触王，即知王心所念之处"①。《增一阿含经》对"玉女"的描述为："若转轮圣王出现世时，自然有此玉女宝现，颜貌端正面如桃花色，不长不短不白不黑，体性柔和不行卒暴，口气作优钵华香，身作栴檀香，恒侍从圣王左右不失时节。常以和颜悦色视王颜貌。如是比丘。转轮圣王成就此玉女之宝。"② 各个佛经中，"玉女"基本上都被描绘为容貌端正、面如桃花、微妙第一、和颜悦色、体态无双的绝妙女子形象。在"玉女"等七宝的辅助下，"转轮圣王，七宝具足王四天下如法化世，令四天下丰乐安稳人民炽盛，城邑聚落次第相近鸡飞相及。尔时大地一切无有沙砾荆棘，多饶众宝具足无量园林泉池，端严姝妙甚可爱乐"③，天下呈现出一片繁荣祥和、人民安居乐业的治世景象。

　　显然，"亲鸾梦记"中的"玉女梦"取用的是佛经中玉女的第一种功能，慈圆"梦记"取用的是第二种功能。附加说明的是《慈镇和尚梦想记》中的金轮王问题。慈圆只提到了金轮王，没有言及转轮圣王。实际上，金轮王等同于转轮圣王，因为佛教中一字金轮佛顶以金轮表其为转轮圣王中最胜之义，两者之间可以画等号。在慈圆构建的"宝剑＝王＝一字金轮佛顶＝金轮王"这个体系之下，本来为辅助转轮圣王统治的"玉女"自然也具备了维护王权的特质。

　　慈圆的"玉女梦"根植于佛典中的"玉女"形象之事，从他修行的内容中也能找到依据。首先，慈圆为后鸟羽院祈祷期间，修行最多的是金轮法和佛眼法。其次，就《门叶记》④来看，建久元年（1190）到承

① 菩提流志譯：『大寶積經』、『大正藏』第 11 卷、第 429 頁。
② 瞿曇僧伽提婆譯：『增一阿含經』、『大正藏』第 2 卷、第 732 頁。
③ 菩提流志譯：『大寶積經』、『大正藏』、第 430 頁。
④ 《门叶记》是 12 世纪前半到 15 世纪前半约 300 年间，延历寺青莲院记录的集大成。最初由南北朝时代的尊円亲王编撰，共 130 卷。江户时期曾两度被增补，分为"炽盛光法""五檀法""勤行""法会"等 20 多个项目。现存有关中世延历寺的资料很少，该书和《华顶要略》一起成为了解当时延历寺的重要史料。

图二　一字金轮曼陀罗

中央为大日如来，周边为佛眼佛母和转轮圣王的"七宝"。

元二年（1208）期间，慈圆共修行金轮法八次；从建仁三年（1203）到建保六年（1218）期间，共修行佛眼法九次。并且，兼实的女儿任子进宫后，慈圆曾于建久四年（1193）十二月二十日和建久五年（1194）正月二十日、十二月二十六日三次为任子修行佛眼法，为其祈求安产。和金轮法与佛眼法有关的另外一个现象是慈圆修行时悬挂着"一字金轮曼陀罗图"（图二①）。该图是修行"一字金轮法"时所用的本尊挂像。它以一字金轮佛顶为本尊，周围安置转轮圣王七宝及佛眼佛母。图中，中央是一字金轮王，右下是佛眼佛母，左下是玉女宝。"一字金轮曼陀罗"开始时只允许东大寺长者修行，从平安中期11世纪后半期开始成为仁和寺和圆宗寺的固定修行方式，台密中也开始修行此法。从图二中也可看

---

① 图片出处：https://ja.wikipedia.org/wiki/% E4% B8% 80% E5% AD% 97% E9% 87% 91% E8% BC% AA% E4% BB% 8F% E9% A0% 82

出，"玉女"和佛眼佛母处于对等的地位。所以，慈圆将两者等同也是理所当然。而且，由此图中佛眼佛母和"玉女"守卫转轮圣王的意象很容易将两者与王权联系起来。

综上所述，不论是"亲鸾梦记"和《觉禅抄》中照顾僧人并引导其临终往生极乐的"玉女"，还是《慈镇和尚梦想记》中维护王权的"玉女"，其形象均可在佛典中找到渊源。前者的根基为《增一阿含经》等佛典所塑造的引导加修行之"玉女"形象，后者根植于维护转轮圣王的统治的"玉女"形象。

小　结

本章主要以景戒《日本灵异记》中的"梦记"、成寻《参天台五台山记》中的"梦记"、亲鸾"梦记"、睿尊教团的"瑞相日记"、《慈镇和尚梦想记》为对象，考察了日本僧人"梦记"的内容以及他们记梦的原因及意义。

对梦的绝对信任是日本初期僧人记录"梦记"的原因之一。这种倾向在平安时代僧人景戒和成寻身上表现得尤其明显。景戒通过在"表相"和"答案"之间援引因果理论，在二者之间构成"因果"关系。他认为某种"表相"的出现必定会有与之对应的"答案"。按照这种逻辑，景戒将第一个梦视为菩萨救济自己摆脱贫困的前兆，将第二个梦视为自己升官或长命的前兆。而保证梦能成为"表相"的一种，和"梦答"构成"因果"关系的前提是梦的真实性。这种"梦信仰"是景戒记梦的根本动力。同样的情况也适用于成寻。但是，从《参天台五台山记》中的记载来看，成寻应该有一本专门的记梦笔记。从这一点推测，平安时代的僧人便已有记录"梦记"的习惯。总之，"梦信仰"是景戒和成寻记梦的根本原因。反过来，透过"梦记"又可以看到当时人们"梦信仰"的实态。

正如西乡信纲所指出的那样，镰仓初期是日本"梦信仰"的分水岭。这并不是说镰仓时代之后的人们彻底不信梦了，而是说此后的人们对梦开始有相对比较清醒的认识，"梦信仰"开始淡化。所以，亲鸾等后世僧人的"梦记"中虽然也会偶然出现预兆梦，但是，促使他们记梦的根本原因已经不是"梦信仰"，而是佛教信仰。

　　首先，从"圣德太子梦"到"如意轮观音梦"再到"亲鸾梦记"的十年，是亲鸾终结比叡山修行，转向念佛法门的"回心"过程。"回心"是亲鸾对之前修行的终结，也是新修行的开端。其次，睿尊教团以《梵网经》、法藏的《梵网经菩萨戒本疏》、法进的《梵网经注》和《方等经》等佛典为依据，以梦中求得瑞相作为成功受戒的标志。沙弥或沙弥尼记录"梦记"是因为梦中的瑞相是昭示他们"自誓受戒"成功的证据。

　　日本僧人记录"梦记"最初主要是因为"梦信仰"。后来随着"梦信仰"的淡薄，佛教信仰开始成为他们记梦的根本动力。他们心心念念要求得佛典中所记的瑞相梦，做完梦后再从佛典中为自己的梦境寻求依据。梦背后所蕴含的佛教深意成为他们真正的诉求。从这个意义上，"梦记"可以说是日本僧人的"佛教求道录"或"佛道修行录"。

　　此外，镰仓新佛教对女性的宽容态度，促使日本僧人"梦记"中出现了大量的"女性梦"。亲鸾的"亲鸾梦记"、慈圆的《慈镇和尚梦想记》均为该时期的作品。首先，"亲鸾梦记"和《慈镇和尚梦想记》中的女主人公皆以"玉女"之姿出现。"亲鸾梦记"中的"玉女"不仅能满足修行者的色欲，而且能一生照顾修行者，并且在其临终时引导往生极乐净土。因为"玉女"的这种功能，持戒成为往生净土的充分不必要条件，"女犯"和往生之间再也不是不可调和的矛盾。亲鸾因此将自己从以禁忌性欲为原则、严格执行禁欲持戒、将人类的俗性神圣化的"自力"圣道门中解放了出来。以"梦记"为契机，亲鸾彻底转向了"他力本愿"信仰。在慈圆的《慈镇和尚梦想记》中，"玉女"是王权的保证。在慈圆所构建的"宝剑＝转轮圣王＝王＝金轮佛顶"和"神玺＝玉女＝后＝佛眼佛母"的框架中，"玉女"的特质是这一体系能够成立的关键。而这种"玉女"的特质来自佛典。因为在《大宝积经》和《增一阿含经》等佛典中，"玉女"是转轮圣王出世时所带的七宝之一，是辅助他教化百姓的珍宝。而转轮圣王是佛教中最理想的国王。所以，"玉女"自然也成为维护与转轮圣王同体的"王"者权力的保障。

　　总之，镰仓时代的僧人们记录"女性梦"，是当时佛教界在"解脱上的平等主义"原则下，试图打破原始佛教"制度上的男性优越主义和修行上的女性厌恶主义"的思潮的产物。反过来，他们所记录的这些"女性梦"又对这个思潮起到了积极的推动作用。

中篇

明惠《梦记》专题研究

第四章　明惠《梦记》概述

　　《梦记》是日本镰仓初期僧人明惠从十九岁到入寂前一年的梦境记录。时间跨度四十余年。如此长久坚持记梦在文学史上非常罕见。正因为如此，奥田勋称其为"罕见的书籍"①。河合隼雄在论著《明惠：与梦共生》②中指出，除了弗洛伊德在《梦的解析》中曾提到十九世纪末法国心理学家圣但尼曾连续十多年记录自己的梦境之外，世界上再无它例，并进一步说明，圣但尼记梦是为了做研究，和明惠"与梦共生"而记梦有很大的差别③。这种稀有性成为学者关注《梦记》的原因之一。

第一节　明惠其人

　　明惠（1173—1232）法号高弁，又被称为"明惠上人"或"栂尾上人"，以华严宗中兴之祖著称。《元亨释书》赞曰："自中世以来贤首之宗不振，明惠以赤诚之心，立赞仰之志，最终复兴华严宗。"④明惠出生于纪伊国有田郡（今和歌山地区）石垣庄吉原村，幼名"药师丸"。父亲为高仓上皇（1161—1181）"武者所"⑤的武士平重国，母亲为纪伊国豪族汤浅宗忠之女。八岁父母相继去世后，他出家跟随高雄山神护寺

---

① 奥田勲：『明恵　遍歴と夢』、東京大学出版会、1978、第139頁。
② 河合隼雄：『明恵　夢を生きる』、講談社、1995。林暉鈞将其译为《高山寺的梦僧》（台湾心灵工坊2013年版）。
③ 河合隼雄：『明恵　夢を生きる』、講談社、1995、第22頁。白洲正子也提出了相同的观点。
④ 虎関師錬：『元亨釈書』、吉川弘文館、1965。
⑤ 建武新政时期（1333—1336）京都的警备机关。

图三　国宝"明惠上人树上坐禅
像"高山寺藏十三世纪

（位于今京都府京都市右京区）的伯父上觉学习《华严五教章》《俱舍颂》①，开启了佛教徒生涯。文治四年（1188）在东大寺受具足戒，法号成弁（1210 年改名高弁）。之后，在仁和寺师从实尊和兴然学习真言密教，在东大寺师从景雅和圣诠等人学习华严宗和俱舍宗的教义，师从尊印学习悉昙，师从荣西学习禅宗②。二十岁左右开始写一些佛教入门书。二十岁之后的明惠居无定所，辗转于白上山、栂尾和笈立之间。直到建永元年（1206），上皇后鸟羽院赐地栂尾山给明惠。明惠取《华严经》"日出先照高山之寺"一句，将之命名为"高山寺"。高山寺由此创建。此后，明惠才开始比较安定的修行，于高山寺全心钻研教义、说戒、坐禅修行。因明惠经常在高山寺后山的松树上坐禅修行，故弟子惠日坊成忍取此景象绘制了著名的"明惠上人树上坐禅像"（图三③）。此画像如今收藏于高山寺，是日本的国宝之一。

　　明惠因试图将华严教义与真言密教相统一，其教义被后世称为"华严密教"④。明惠的一生，与研习教义相比，更加重视实践躬行。据《传记》记载，明惠对当时佛教界重学问轻修行的情况曾感慨道："慧学之辈遍国、比肩接踵。然好定学之人，世间已绝。欠行解之识，失证道入门之据"⑤，批判了当时的僧人一心只钻研学问、懈怠修行禅定的现象，

　　① 圭室諦成：「明惠」、日本歴史大辞典編集委員会編：『日本歴史大辞典 9』、河出書房新社、1979、第 178 頁。
　　② 圭室諦成：「明惠」、日本歴史大辞典編集委員会編：『日本歴史大辞典 9』、河出書房新社、1979、第 120—121 頁。
　　③ 图片出处：http://www.kosanji.com/national_treasure.html。
　　④ 藤田経世：「明惠上人樹上坐禅僧像」、『日本文化史 3 鎌倉時代』、筑摩書房、1966、第 178 頁。
　　⑤ 久保田淳、山口明穂校注：『明惠上人集』、岩波書店、1994、第 142 頁。

质疑他们是否真的能彻悟佛道。

明惠一生的著作达七十余卷。建历二年（1212）他为批判法然的《选择本愿念佛集》著《摧邪轮》一书，翌年复著《摧邪轮庄严记》做进一步补充。除了《梦记》之外，明惠还著有《唯心观行式》《三时三宝礼释》《华严佛光三昧观秘宝藏》《华严唯心义》《四座讲式》《入解脱门义》《华严信种义》《光明真言句义释》等。

明惠还善作和歌尤其是咏月的和歌。川端康成在诺贝尔文学奖获奖演说中将明惠称为"月之歌人"。明惠还因将荣西从宋朝带回日本的茶种种植在栂尾山、普及茶文化而出名。他的品德受到上皇后鸟羽院、贵族公卿九条兼实、九条道家、西园寺公经，武家北条泰时、安达景盛以及中宫建礼门院等人的推崇。此外，山本七平还曾指出明惠对北条泰时制定《御成败式目》①产生了很大的影响②。关于明惠更详细的生平，详见附录"明惠上人年表"。

第二节 《梦记》其书

明惠自十九岁开始记梦，一直坚持到入寂前一年的五十九岁，时间长达四十年之久。据明惠徒孙仁真的《木秘本入目六》③记载，"右自建久二年至宽喜二年、都合四十年之御梦御日记、皆御自笔也"④。以下四图为明惠《梦记》的部分手写本⑤。

现存《梦记》大约一半收藏于高山寺⑥，统称为"高山寺本"，另外一半散落各处，统称为"山外本"。"山外本"被以各种形式收藏至今，相对完整的部分有上山本、阳明文库本、京都国立博物馆本和上山勘太郎本等，还有一小部分记录于《华严佛光三昧观冥感传》《后夜念诵作法》

---

① 贞永元年（1232）由执权北条泰时制定。这是第一部武家法典，共51条条文。

② 山本七平：『日本的革命的哲学：日本人を动かす原理』、PHP研究所、1982。

③ 收集整理了明惠生前著作及物品。

④ 高山寺典籍文书综合调查团编：『高山寺古文书』、东京大学出版会、1975、第53页。

⑤ 图片出处：http://www.emuseum.jp/detail/101061/000/000? mode = simple&d_lang = ja&s_lang = ja。

⑥ 高山寺《梦记》涉及的只是明惠二十四岁（1196）到入寂前一年（1230）之间大约三十五年间的梦境记录。

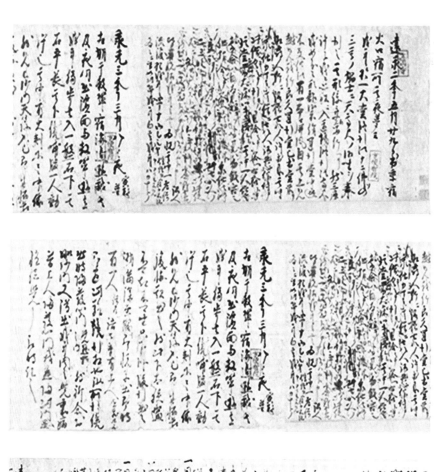

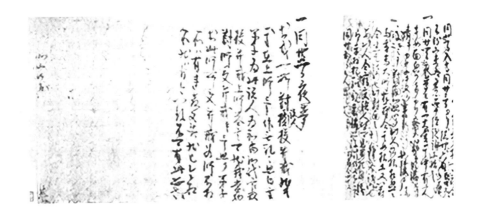

《随意别愿文》《冥观传》《五门禅经要用法》五部佛书的批注中。其余被个人收藏。

　　《梦记》采用日记体形式，共记录了二百二十六条梦境。其中，高山寺藏《梦记》十六篇中共计一百五十二条，"山外本"《梦记》共计七十四条。梦境的类型多种多样，大体可分为"宗教梦""日常生活梦"两大类。前者是和佛菩萨或者佛教修行等有关的梦，后者记录了日常琐事，如梦见小狗①、马②、虫子③等等。有些"日常生活梦"看似只是对日常生活的简单反映，实际上却暗含佛教深意，如承久二年（1220）七月二十八日，明惠梦见成为后鸟羽院之子。这个梦境似乎与佛教无关。但是，明惠醒后将此梦解释为将来能转生至如来家的前兆④。从中我们可以窥见明惠用佛教思维解读"日常生活梦"的姿态。《梦记》中所记录的梦境，或与佛教本身异常接近，或看似与佛教相去甚远，可以说大多数都是明惠佛教信仰的体现，是他表达佛教信仰的重要"场所"。

---

　　①　如：「同十五日の夜、夢に、乳一鉢を持てり。白き犬一疋有りて、之を食はむと欲す。即ち覚め了んぬ」（久保田淳、山口明穂校注：『明惠上人集』、岩波書店、1994、第63頁）。

　　②　如：「廿日の夜、夢に云はく、一疋の馬有りて、我に馴る。此の馬と覚ゆ少しも動かず。押し遣れば去り、引き寄すれば来る。やはやはとして麁からずと云々。」（久保田淳・山口明穂校注：『明惠上人集』、岩波書店、1994、第75頁）

　　③　如：「一、同廿七日の夜、夢に、自らの手より二分許り之虫、ふと虫の如し懇ろに之を出せりと云々。即ち懺悔の間也。」（久保田淳、山口明穂校注：『明惠上人集』、岩波書店、1994、第86頁）

　　④　久保田淳、山口明穂校注：『明惠上人集』、岩波書店、1994、第81頁。

第三节 《梦记》研究的问题点

日本"梦记"研究中,得到相对深入研究的仅有明惠的《梦记》。相关研究围绕两个方向展开。第一项是收集《梦记》全文。这经历了一个漫长的过程。首先,以奥田勋为首的"高山寺典籍文书综合调查团"对高山寺藏《梦记》进行了影印、翻字和解读,将其收录于《明惠上人资料第二》①。之后,久保田淳和山口明穗对《梦记》进行校注,出版了假名训读版的《明惠上人梦记》②,辑录成《明惠上人集》。由于久保田淳版更容易阅读,研究者多以之为底本。此外,研究者们继续致力于收集散落在外的《梦记》,组成了"梦记会",一起收集、翻字和注释新发现的《梦记》资料③。2015 年,《明惠上人梦记译注》④ 问世,宣示着"山外本"《梦记》的翻字和注释也全部完成。至此,通过收录在《明惠上人集》(或《明惠上人资料第二》)中的《明惠上人梦记》和《明惠上人梦记译注》可获取明惠《梦记》全貌。

第二个方面,学界以《明惠上人资料第二》和《明惠上人集》中的"梦记"为资料,对《梦记》中的内容也进行了研究。日本著名的临床心理学家河合隼雄著《明惠:与梦共生》⑤,从心理学角度分析了《梦记》,指出生活在梦中是明惠实现人生价值的重要手段。此书影响很大,甚至还被翻译成英文在欧美出版。其次,奥田勋在《明惠:遍历与梦》中部分提及了《梦记》⑥。他在此书中对《梦记》做了一些基础性的研究,对梦境内容进行了分类、介绍了求梦的方式,等等。此外的其它研究成果均为论文。山田昭全的论文是日本第一篇关于明惠《梦记》的正式研究⑦。后世,榎木久薫从语言学的角度分析了明惠《梦记》的表记

---

① 高山寺典籍文書綜合調查団編:『明惠上人資料第二』、東京大学出版会、1978。
② 久保田淳、山口明穂校注:『明惠上人集』、岩波書店、1994。
③ 小宮俊海:「明惠上人夢記の集成・注釈と密教学的視点からの分析研究」、『智山学報』2013 年第 62 巻。
④ 奥田勲、平野多恵、前川健一編:『明惠上人夢記訳注』、勉誠出版、2015。
⑤ 河合隼雄:『明惠 夢を生きる』、講談社、1995。
⑥ 奥田勲:『明惠 遍歴と夢』、東京大学出版会、1978。
⑦ 山田昭全:「明惠の夢と『夢之記』について」、『金沢文庫研究』1971 年第 17 巻。

特征①；中川真弓②和尾崎勇③两人则从历史学的角度，将《梦记》作为史料，分别分析了历史上的上觉和文觉以及九条家族等历史人物。

和本书相关的宗教视角方面的研究成果如下：河东仁以《明惠上人行状》中的梦为素材，分析了明惠的梦境和修行之间的关系④；前川健一考察了建久十年（1199）四月十八日条梦境与罗汉信仰的关系⑤；吉拉德分析了明惠的禅观念与《梦记》之间的关联⑥；野村卓美提出明惠频繁记梦是因为他所修行的佛光三昧观重视梦的作用⑦；柴崎照和指出《华严经传记》使明惠认识到了梦的重要性⑧；山田昭全和柴崎照和分别以《瑜祇经》和《梦经抄》为依据论述了明惠的求梦方式⑨。

《梦记》还记录了大量的"女性梦"（梦见女性的梦境），学者们也展开了考察。奥田勋将其一律归为猥亵下流之物⑩。山田昭全认为这些梦中的女性形象皆充满了肉欲，是明惠压抑的性心理的表现⑪。河合隼雄从心理学角度指出，梦中女性形象的变化是明惠内心逐渐成熟的过程⑫。

上述成果为《梦记》研究提供了坚实的基础，但是，关于《梦记》至今尚无系统的研究，并且仍然有以下诸多问题值得进一步探讨。

---

① 榎木久薫：「明恵上人夢記の表記様式における年代的変移について」、『鎌倉鎌倉時代語研究』1984 年第 7 卷。

② 中川真弓：「『明恵上人夢記』に見える上覚と文覚」、荒木浩編：『〈心〉と〈外部〉』、大阪大学大学院文学研究科広域文化表現講座、2002。

③ 尾崎勇：「明恵の夢にあらわれた九条家：『愚管抄』との交錯」、『熊本学園大学文学・言語学論集』2007 年第 14 卷。

④ 河東仁：『日本の夢信仰　宗教学から見た日本精神史』、玉川大学出版部、2001。

⑤ 前川健一：「明恵（高弁）の羅漢信仰について：新出『夢記』を中心として」、『智山学報』2011 年第 60 卷。

⑥ F・ジラール：「明恵上人の『夢の記』：解釈の試み」、『思想』1984 年第 721 卷。

⑦ 野村卓美：「明恵と夢」、『日本文学』1999 年第 48 卷、第 26 頁。

⑧ 柴崎照和：「明恵と夢想——夢解釈の一試論」、荒木浩編：『〈心〉と〈外部〉』、大阪大学大学院文学研究科広域文化表現講座、2002、第 205 頁。

⑨ 山田昭全：「明恵の夢と『夢之記』について」、『金沢文庫研究』1971 年第 17 卷、第 3 頁；柴崎照和：「明恵と夢想——夢解釈の一試論」、荒木浩編：『〈心〉と〈外部〉』、大阪大学大学院文学研究科広域文化表現論講座、2002、第 211 頁。

⑩ 奥田勲：『明恵　遍歴と夢』、東京大学出版会、1998、第 132 頁。

⑪ 山田昭全：「明恵の夢と「夢之記」について」、『金沢文庫研究』17、1971、第 3 頁。

⑫ 河合隼雄：『明恵　夢を生きる』、講談社、1995、第 290 頁。

第一，《梦记》相关研究停留在个案阶段，尚缺乏整体性和系统性的宏观研究。虽然荒木浩曾经将《梦记》作为一个整体进行考察，但他的角度为文学体裁。这种视角必然会造成对明惠的佛教信仰考察的缺失。而不联系佛教信仰的话，恐怕很难解明《梦记》的文化深意。此外，河东仁、柴崎照和虽然对明惠的梦境展开了考察，为间接了解他对梦的认识提供了帮助。令人遗憾的是，他们采用的文本为"行状"系列资料，文中几乎没有涉及《梦记》本身。若想了解明惠对梦的认识，《梦记》中的梦境记录应该更直接明了。

第二，部分学者从佛教与梦的关系出发，讨论了明惠的《梦记》与佛教之间的关系，但这些成果仍远远不够。首先，《梦记》中的"见佛梦""舍利梦""明神梦"等占有很大比例，至今尚无人探讨。以梦见春日明神的梦境即"明神梦"为例。春日明神为日本固有宗教神道中的神灵。明惠作为一名佛教徒，却也同时信仰春日明神。这从《梦记》中记录了许多"明神梦"便可知晓。但是，至今鲜有人考察《梦记》中的"明神梦"以及"明神梦"对于明惠的意义。其次，与佛典的对照问题。明惠在将近四十年间坚持记梦的最大原因在于梦所蕴含的佛教意义，而将梦境与佛典相对照是解读梦境之于明惠的意义的有效手段之一。关于这一点，柴崎照和列举了可能对明惠的梦境产生影响的密教经典，但是，没有将其与《梦记》进行一一对照，以致未能指出具体哪些梦境受到了这三部密教经典的影响。野村卓美曾将《梦记》与《白宝口抄》进行过对照[1]，但仅涉及三条梦境。其实，明惠《梦记》中的梦境所依据的其他佛典还有很多，如《宝楼阁经》和唐代华严学者李通玄的《新华严经论》，等等。

第三，关于明惠的求梦方式问题。日本从平安时代开始，求梦的普遍方式为"参笼"，即在寺院中昼夜闭居，向神佛等不断祈祷。关于明惠的求梦方式，山田昭全、柴崎照和分别给出了不同的答案，前者主张明惠仿照了《瑜祇经》、后者则主张仿照了《梦经抄》中的求梦方式。那么，这种差异是怎么产生的呢？明惠的求梦方式到底是怎样的呢？

第四，关于《梦记》中的"女性梦"，前人的研究奠定了比较扎实

---

① 野村卓美：「明恵と夢」、『日本文学』48、1999。

的基础，但是，也存在一些问题。首先，他们都是对梦境本身的分析，没有参照明惠的传记资料考察"女性梦"诞生的背景，也没有结合镰仓时代的佛教环境探讨这些梦境产生的社会环境因素。其次，《梦记》中的"女性梦"数量多、内容庞杂。他们仅从某一个角度进行了解读。关于"一生不犯女色"①、严守佛教戒律的"清僧"明惠毫无顾忌地将这些看似充满肉欲的梦记录下来的原因以及这些"女性梦"对于明惠的意义尚未得到全面和彻底的解答。

　　本书中篇将对《梦记》中的"修行梦""见佛梦""舍利梦""明神梦""女性梦"展开考察，在深入解读各个梦境的基础上，将明惠的《梦记》置于佛教语境中进行整体探讨，考察《梦记》所折射出来的明惠的内在精神世界与宗教求索历程，管窥日本"梦记"文化之一隅。

---

　　① 「一生不犯にて清浄ならん」（久保田淳、山口明穂校注：『明惠上人集』、岩波書店、1994、第155頁）。

第五章　"修行梦"

　　由于纪实性和隐私性，《梦记》非常难解。纪实性使《梦记》具备了史料价值的同时，也造成了其中的很多记述和梦本身一样天马行空，难以摸到头绪。隐私性是因为《梦记》是明惠的私人日记。明惠在记梦时将很多个人已知信息省略不记，使得一些重要信息被掩埋在了历史的长河中。另一方面，既然明惠极其重视梦境，梦对于他而言肯定有特殊意义。《梦记》中所记录的应该均为他认为有记载价值的梦境。那么，这些梦对他来说有什么价值呢？促使他一生记梦的动力是什么呢？

　　对此，学界有几种猜测。第一，对明惠来说，梦是来自神佛的启示[1]。第二，源于对梦的认识。山田昭全等人认为明惠对梦的绝对信仰使他坚持一生记梦[2]，而河合隼雄则认为正是因为明惠对梦保持了比较冷静的态度他才能得以长期记梦[3]。第三，明惠的特殊体质所致，如敏锐的观察力和天生的"梦幻型"人格等[4]。第四，和修行有关。田中久夫提出梦与佛教修行的密切关系是关键原因[5]。其后，柴崎照和提出明

---

[1]　奥田勲：「明恵上人夢記研究の現況と問題点」、『智山学報』2012 年第 61 卷、第 50 頁；本田和子：「『夢記』を読む——夢を紡ぐ人々：明恵とその高弟たち」、『国文学』1992 年第 37 卷、第 51 頁。

[2]　山田昭全：「明恵の夢と『夢之記』について」、『金沢文庫研究』1971 年第 17 卷、第 3 頁；立木宏哉：「明恵『夢記』高山寺本第八篇考—形態と構成から」、『国語と国文学』2011 年第 88 卷。

[3]　河合隼雄：『明恵　夢を生きる』、講談社、1995。

[4]　小田晋：『日本の狂気誌』、講談社，1998。河東仁重复了山田昭全的明惠求梦方法说（河東仁：『日本の夢信仰——宗教学から見た日本精神史』、玉川大学出版部、2002、第 356 頁）。

[5]　明恵は後に「夢中所作の学業」も、現実における学問と同じく見聞所作の業であるから、仏道に廻向して、金剛の種子とし、次の生に兜率天に上天したい、とのべている（『随意別願文』）。夢は、夢中所作の学業で、現実と切りはなせないものであると考えられたから、記録されたといえよう」（田中久夫：『明恵』新装版、吉川弘文館、1988、第 23 頁）。F・ジラール也和田中久夫持同样的观点：「明恵の夢は彼の宗教生活と切り離せない関係にある。彼が『夢の記』を書き続けた一つの重要な理由はここにある」（F・ジラール：「明恵上人の『夢の記』：解釈の試み」、『思想』1984 年第 721 卷、第 32 頁）。

惠是从《华严经传记》认识到了梦的重要性①。围绕着梦和修行的关系，衍生出一个新的问题，即明惠求梦的方式。山田昭全指出为《瑜祇经》中的"结印安于左肋。诵真言一百八遍。随印便睡。本尊阿尾奢。即于梦中一切吉凶之事"②。柴崎照和则提出明惠求梦的方式是《千手轨》（全称《金刚顶瑜伽千手千眼观自在菩萨修行仪轨经》）等佛经中的诵持真言陀罗尼法③。

关于记梦的原因，本书倾向于将梦和佛教修行联系在一起的说法。但是，《华严经传记》中的梦不仅仅是使明惠认识到了梦的重要性这么简单，它还具备远超这个层面的意义。同时，仅一言以蔽之梦对明惠的修行很重要远远不够，解明梦和修行具体是怎样的关系也是一个非常重要的课题，而考察明惠所阅读的佛典对他梦境的影响不失为解答这个问题的一个突破口。其次，求梦方式问题，山田昭全和柴崎照和的分析都有道理。那么，为什么明惠一个人会有多种求梦方式呢？山田和柴崎所指出的两种是否为明惠全部的求梦方式呢？以下将对这些问题一一进行解答，就明惠记梦和修行之间的关系提出新的观点和解读。

第一节 《梦记》的执笔契机

《梦记》的记录形式可细分为四个部分，①做梦时间→②记事→③梦境→④解梦。其中，①有些年份和日期没有明确标示。这是由于梦为前文的续写被省略。②记录了做梦背景。因为《梦记》为明惠的私人日记，这部分也常常被省略。③一般是以"梦"或者"梦云"为开端，以"云云"或"觉了"（梦醒）为结尾。梦境开头和结尾基本上都有固定的表达方式。④是对梦境的解释说明，内容多种多样，通常采用"案曰……云云"的形式。《梦记》中有解梦部分的较少。

《梦记》的记录结构中值得注意的是②记事→③梦境。因为两者之

---

① 柴崎照和：「明恵と夢想——夢解釈の一試論」，『〈心〉と〈外部〉』、大阪大学大学院文学研究科広域文化表現論講座、2002、第205頁。
② 山田昭全：「明恵の夢と『夢之記』について」、『金沢文庫研究』1971年第17卷、第3頁。
③ 柴崎照和：「明恵と夢想——夢解釈の一試論」，『〈心〉と〈外部〉』、大阪大学大学院文学研究科広域文化表現論講座、2002、第211頁。

间往往不是直接过度，而是详细描写了当日的"修行内容"，构成了"做梦时间 + 修行内容 + 梦境"的形式。

（1）（建久七年）同月二十七日晚，在释迦如来面前诵读《华严经》。其间睡熟。梦见……。

（2）建仁元年正月三日开始为人祈福，修行佛法。同月十日、十一日晚，梦见……。

（3）一梦。（元久元年）同月八日，已经做完六时修行中第一个时间段的修行。出佛堂后睡觉。梦见……。

（4）"元久二年在神护寺槙尾修行宝楼阁法，读《大佛顶陀罗尼》"→瑞梦（两个）→和丹波大人见面

（5）"建永元年五月二十日开始，为自己的家乡在田郡祈福，举行加持祈祷等。接着修行了宝楼阁法。（修行的效果此梦可证明）同时还开始修行《佛眼念诵》和《大佛顶陀罗尼》等。当时在神护寺。"→瑞梦（六个）

上面几条无一例外都采用了"修行内容 + 梦境"形式，这种结构可以追溯至中国的《华严经传记》。

自上代以来，梦被日本人视为与神灵沟通的渠道，成为祈求的对象。日本文学作品中梦境之前都会伴有某些求梦仪式[1]。记纪[2]中梦境的记述形式为"誓寝（「うけひ寝」）+ 梦境"。所谓"誓寝"就是睡前以自己祈求的事情为赌注，做两种假设，以梦境来判断正邪、凶吉、成否等[3]。到了平安时代和中世时期，"参笼 + 梦境"成为记录梦境的普遍方式[4]。虽然这其中也有像景戒那样以"忏悔 + 梦境"记梦的情况，但梦境前伴随具体修行内容的情况却很少见。

在明惠所熟读的佛典中有《华严经传记》一书。《华严经传记》是

---

[1] 这些仪式被西乡信纲称"求梦方式"。

[2] 《古事记》《日本书纪》的合称。

[3] 大野晋、佐竹昭广、前田金五：『岩波古語辞典』補訂版、岩波書店、1990、第156頁。

[4] 以《今昔物语集》（馬淵和夫、国東文麿、稲垣泰一校訂・訳：『今昔物語集』、小学館、2008）为例：「立山、白山ニ参テ祈請ス。亦、国々ノ霊驗所ニ参テ祈リ申スニ、尚不思エズ。而ル間に、海蓮夢ニ、菩薩ノ形ナル人来テ、海蓮ニ告テ云ク……」（巻一四・15）。「（第一ノ夢）稲荷ニ参テ、百日籠テ祈請ズルニ、其ノ驗無シ。長谷寺、金峰山ニ、各一夏ノ間籠テ祈請ズルニ、亦其驗無シ。熊野ニ参テ百日籠テ此ノ事ヲ祈請ズルニ、夢ニ示シテ宣ハク……」、「（第二ノ夢）住吉ニ参テ百日籠テ此ノ事ヲ祈請ズルニ、夢ニ明神告テ宣ハク…」、「（第三ノ夢）一夏ノ間、心ヲ至シテ此ノ事ヲ祈請ズルニ、夢ニ、大□菩薩告テ宣ハク……」（巻一四・18）

华严宗实际创始人法藏所结集的自《华严经》流传初期到撰者当时的《华严经》相关人物的事迹。据《高山寺圣教目录》第七甲著录,高山寺藏有"《华严传》一卷"①。《华严传》即《华严经传记》。另据柴崎照和考察,花园大学今津文库现存有明惠找人抄写并亲自一校的《华严经传记》②。而且,明惠在著作《华严佛光三昧观秘宝藏》上卷中引用了《华严经传记》第四卷部分内容。可以肯定,明惠熟读此书。《华严经传记》有五条关于修行得梦的记录。

(1)求那跋陀罗。……谯王欲请讲华严经,而跋陀自忖,未善宋言,有怀愧叹,则旦夕礼忏,请观世音,乞求冥应。遂梦有人,白服持剑,擎一人首,来至其前曰:"何故忧耶。"跋陀具以事对答曰:"无所多忧。"即以剑易首,更安新头。语令回转曰:"得无痛耶。"答曰:"不痛。"豁然便觉,心神喜悦,则备领宋言。于是远近道俗,服其精感,请令就讲,遂讲华严,数十余遍。

(2)释智炬。……先读华严经数十遍,至于义旨,转加昏瞑,常怀怏怏。晓夕增其恳到,遂梦。普贤菩萨,乘白象放光明来,语曰:"汝逐我向南方,当与汝药,令汝深解。"忽觉向同意说之,而恨不问南方处所。同意者曰:"圣指南方。但当依命,何忧其不至乎。"

(3)释智俨。……于焉大启,遂立教分宗,制此经疏。时年二十七。又七宵行道,祈请是非。爰梦神童深蒙印可,而栖遑草泽,不竞当代。及乎暮齿,方屈弘宣。

(4)释辨才,未详其氏。幼而出家,师事裕法师,咨承教义。以华严至典众称玄极,驰精挹玩,莫得其涯。慨障累萦缠。将加启忏,乃别护净,造香函盛经顶戴,旋绕历于三载,遂梦。普贤菩萨指授幽深。因忽诵得其文。始终如镜,才既感兹圣助,厉自其常。于是义理兼通。

---

① 奥田勲編:『高山寺聖教目録』,高山寺典籍文書綜合調査団編:『高山寺資料叢書』第14冊、東京大学出版会、1985、第9頁。
② 柴崎照和:「明惠と『華厳経伝記』、鎌田茂雄博士古稀記念会編:『華厳学論集』、大蔵出版、1997、第875頁。

（5）释弘宝……十八出家，住弘真寺小小患瘿。……年三十五，忽遇一僧，教读华严，除其宿障。宝乃精心恳志，晓夜披寻，忏洗六时，方祈百遍，至四十余遍，夜梦有人手执利刀割瘿将去。觉后数日瘿上生疮，疮作脓头，大如枣许，以手微按，出脓数合。日日如之。向经三月，自尔疮瘿渐消，卒就平服。

（1）—（5）中的"读华严经数十遍""七宵行道""造香函盛经顶戴，旋绕历于三载""精心恳志，晓夜披寻"等都是指和《华严经》有关的修行。关于上述《华严经传记》中的梦，柴崎照和指出明惠是通过它们认识到了梦在修行中的重要性①。其实，它还具有远远超过这个层面的意义，即明惠很可能是从《华严经传记》中修行之后见梦的僧人传记里找到依据开始执笔《梦记》。

向祖师学习是明惠一直的做法，中国的玄奘、道英、法藏等都是他模仿的对象。所以，效仿《华严经传记》所载僧人的做法或事迹也完全有可能。上面（3）智俨故事就是有力的证据。智俨二十七岁写完《华严经疏》后为了验证所作经疏的是非，"七宵行道"求梦，梦中得到神童的印可后开始为弘道奔波。明惠在《梦记》中也记载了一则类似的梦境②。撰写完《佛光观略次第》后，明惠想把它传给有佛心之人，于是到佛前祈请。二十九日晚，梦见一个人迹罕至的大门。然后来了一个人打开了大门，这里变得门庭若市。明惠将它作为得到了本尊许可的标志，开始宣讲《佛光观略次第》。确实，这种著书立说求梦验证以增加权威性的故事在佛教中有很多。但是，这个故事的独特之处在于，《梦记》中明惠在打开大门的那个人的下面以小注的形式将之认定为"童子"（「一人童子の心地す有りて、来りて此の大きなる門を開く」）。上述华严宗第二祖智俨的梦中授予印可的也是"神童"。很难说这纯属巧合。就验证著作的权威性而言，梦中有人打开荒无人烟的大门已经足够。开门人的身份本身并不影响验证的效果。但是，明惠却特意以小注的形式注明其为"童子"，效仿智俨的痕迹非常明显。

---

① 柴崎照和：「明恵と夢想——夢解釈の一試論」、『〈心〉と〈外部〉』、大阪大学大学院文学研究科広域文化表現論講座、2002、第205頁。

② 久保田淳、山口明穂校注：『明恵上人集』、岩波書店、1994、第82頁。

明惠开始接触华严宗书籍和法藏著作的时期非常早。他十岁师从上觉之后就已经阅读了法藏的《华严五教章》和玄奘译《俱舍论》等①，二十岁之前已经抄写了众多的佛教入门书②。此外，据上文柴崎照和所考证到的花园大学今津文库所藏明惠校注本《华严经传记》卷五批注记载，"以东大寺尊胜院御经藏本讬于他人书写并一校了见闻金刚种子沙门之成弁也建久六年五月七日巳克小宝螺遇逆缘灭亡云云十无尽院"③，明惠校注完《华严经传记》的时间为建久六年（1195）。其时，明惠二十三岁。虽然现在尚无文献可以将明惠开始读《华严经传记》的时间追溯到十九岁之前，但也不能否定明惠在校注之前曾经阅读过《华严经传记》的可能性。或许明惠就是十九岁那年读到了《华严经传记》，然后开始了记梦生涯。

第二节 "修行成就"与"梦记"

明惠惯常以佛教思维解读梦境。在他的佛教思维中，有一个引人注目的地方，即将梦和修行紧密地联系在一起。梦和修行的关系体现在许多方面。第一个方面是将梦作为判断修行能否得到成就的标志。

> 此船在前方行驶。上师的船随后。成弁非常后悔将经袋放在上师船上没有带过来，担心它们会沉入海中。也担心人会不会沉入海中。船非常狭长。最后安全着陆。④

引文是明惠建仁元年（1201）一月十一日的梦境。"成弁"为明惠的法讳。他梦见和师父一起乘船去播州，中途在海上时担心会沉入海中，最后成功到达陆地。和"海"有关的梦，《梦记》中共计出现

---

① 圭室谛成：「明惠」、日本歴史大辞典編集委員会編：『日本歴史大辞典』、河出書房新社、1979、第120—121頁。

② 藤田経世：「明惠上人樹上坐禅僧像」、『日本文化史 3 鎌倉時代』、筑摩書房、1966、第178頁。

③ 柴崎照和：「明惠と『華厳経伝記』」、鎌田茂雄博士古稀記念会編：『華厳学論集』、大蔵出版、1997、第876頁。

④ 久保田淳、山口明穂校注：『明惠上人集』、岩波書店、1994、第52頁。

了十一次①。可以说,"海"是明惠梦境的一个重要主题。十一条梦境中,九次是明惠眺望海或在海滨游玩,另外三次和渡海有关,分别为建仁元年二月梦("到海滨。成弁脱衣服打算入海沐浴"②)、元久二年(1205)十月十九日梦("靠岸时,桥很高,禅道够不到。于是拄着手杖顺势滑动,很快就安全靠岸"③)和承久二年(1220)二月梦("乘船渡大海"④)。这些梦很大程度上和他的修行环境有关系。明惠从二十三岁到三十三岁的十年间不断地在栂尾和纪州之间辗转,共来来往往了十四五次,平均每年一两次。直到建永元年(1206)后鸟羽院赐地栂尾之后才安定下来。这期间的很长一段时间明惠在纪州白上峰度过。据《传记》记载,明惠在白上峰建了一座草庵,"草庵前面是西海。从此处远望淡路岛、晴空万里、风平浪静、一望无边"⑤。可见,眺望海或者在海滨游玩的几个梦应该是对当时的修行环境的如实反映。那么,渡海梦是什么原因呢?

明惠一生严密兼修,被石井教道称为"严密教的始祖"⑥。他所修的密教以《金刚顶经》为经藏,《苏婆呼经》为律藏,《释摩诃衍论》为论藏。其中,律藏《苏婆呼经》的全称为《苏婆呼童子请问经》。宋代被重译为《妙臂菩萨所问经》。虽然现在无从判断明惠是否读过《妙臂菩萨所问经》,但从《高山寺经藏典籍文书目录》可以确定《苏婆呼童子请问经》当时已经在高山寺藏经中。据铭文记载,该经为平安时代的写本,于承安三年(1173)传入高山寺⑦。仅该经为密教代表性经典一条就可以判断明惠应该读过此书,更何况它确实收藏在高山寺。

据《苏婆呼童子请问经》记载:

---

① 分别为建仁元年2次(1月11日和2月某日)、元久二年2次(10月19日)、建永元年2次(11月14日和12月8日)、承久二年1次(2月)、承元三年1次(3月8日)、建历元年1次(12月16日)、承久二年1次(2月)、贞应二年1次(6月8日)。

② 久保田淳、山口明穂校注:『明惠上人集』、岩波書店、1994、第57頁。

③ 久保田淳、山口明穂校注:『明惠上人集』、岩波書店、1994、第59頁。

④ 久保田淳、山口明穂校注:『明惠上人集』、岩波書店、1994、第76頁。

⑤ 久保田淳、山口明穂校注:『明惠上人集』、岩波書店、1994、第113頁。

⑥ 石井教道:「厳密の始祖高弁」、明惠上人と高山寺編集委員会編:『明惠上人と高山寺』、同朋舎出版、1981、第20頁。

⑦ 高山寺典籍文書綜合調査団編:『高山寺経蔵典籍文書目録』第一、東京大学出版会、1973、第37頁。

复次苏婆呼童子，若持真言者，念诵数足，即知自身欲近悉地。何以得知？当于眠卧之时，梦中合有好相：或见自身登高楼阁、或升大树、或骑狮子、或乘白马……或得如来舍利、或得大乘经藏、或身处于大会共佛菩萨圣僧同座而食……或见自身泛过大海、或度江河龙池陂沼……或见自身堕于屎坑……复次苏婆呼童子，凡持真言者功行欲毕，见如是等殊特梦已，应知一月及半月当获大悉地。若论持诵真言梦相境界，不可说尽，略粗知耳，精进不退，即获如是上上境界。①

修持真言秘法者念经达到一定的数量后，修行便能接近"悉地"。"悉地"即"成就"之意，于密教而言，具体指以身、口、意三密相应而成就世间、出世间种种妙果。"世间"妙果即得财、得子、得升官、得名位等，"出世间"妙果即得解脱、了脱生死等，而判断修行是否"近悉地"的依据为梦。该经列举了六十六种瑞相，作为判断修行可得成就的前兆。"或见自身泛过大海，或度江河龙池陂沼"为众多瑞相之一。也就是说，渡海或者渡江河等都是修行即将成就的瑞相。之所以是瑞相，盖是因为渡海或江河等蕴含从此岸到彼岸之意，又或者因为江河、海洋等具有洗除污垢、洁净的作用。这种观念并不是《苏婆呼童子请问经》所特有的，《大方等陀罗尼经》"梦行品"第三卷也将梦见十二王作为判断能否教授修行方法的根据。其中，梦见自己乘象渡江等同于梦见乾基罗王，是能够传授修行方法的瑞相之一②。虽然现在无法查询到明惠建仁元年（1201）、元久二年（1205）和承久二年（1220）做梦时具体修行的内容，但可以推测，他之所以在《梦记》中记下三个"渡海"有关的梦，盖是因为这在佛典中是修行即将成就的标志。

无独有偶。《梦记》中一些读来略感奇怪的梦境在《苏婆呼童子请问经》都能找到依据。建永元年十二月七日，明惠"梦见与六七人同赴某地。既进家门，发现前面路上有二十米左右布满了粪秽。同行者把筷子浸泡在里面"③。这个梦境中"粪秽"非常有违和感，同行者的行为更

---

① 输波迦罗译：『苏婆呼童子请经』、『大正藏』第 18 卷、第 726 页。
② 法众译：『大方等陀罗尼经』、『大正藏』第 21 卷、第 652 页。
③ 久保田淳、山口明穗校注：『明惠上人集』、岩波书店、1994、第 65 页。

是令人如堕五里雾中。承久二年七月二十日，明惠再次梦见"粪秽"。回头看《苏婆呼童子请问经》可知，实际上，梦见"身堕于屎坑"也是修行即将得到成就的标志。于明惠而言，梦见"粪秽"实为瑞相。关于这一点，野村卓美推测明惠将"粪秽"梦视为瑞相依据的是《白宝口抄》①。但是，关于明惠是否读过《白宝口抄》，野村并没有找到确切证据，而且高山寺经藏目录中找不到此书。此处的佛典依据为《苏婆呼童子请问经》的可能性更大。而且，很多充满日常生活特色的梦境和《苏婆呼童子请问经》都能找到对应关系，如，在池中乘马②和见到火聚③等梦境。

明惠将梦和修行紧密联系在一起的思考方式从开始记录《梦记》的时期上就有所体现。明惠记梦始于建久二年（1191）。明惠于纪州白上峰开始艰苦的修行便始于这一年④。于这个时期开始记梦，可见梦之于修行的重要意义。此外，建永元年（1206）六月明惠曾述怀道："此间发生了不如意事，我为此内心慌乱。反而又造成诸事不顺。'相应等起'论说过，发生在自己身上的事情都是随机缘而起，所有的事情都是有意义的。相信这些梦都是修行能够得成就的预兆。"⑤ 那么，这期间明惠梦见了什么呢？"同十五日晚，梦见自己手持一钵乳。有一匹白犬要吃它。即从梦中醒来"⑥、"同十六日晚，梦见自己手持两桶糖。我告诉别人，'之前自性的一桶糖丢了，现在手里拿的是相应等起的两桶糖。'云云"⑦。这些梦有什么含义呢？据《梦记》记载，从当月十三日开始，明惠开始念诵宝楼阁小咒。这两个梦都是念咒所得。所以，梦境的含义或许在佛典中能找到依据。《宝楼阁经》"建立曼陀罗品第七"中记载了建造曼陀罗的具体做法及其功德。做法中以造坛为开端，列举了如何布置坛的四角、如何建小方坛、如何在小方坛的七宝楼阁上画佛像等。这些

---

① 野村卓美：「明惠と夢」、『日本文学』1999 年第 48 卷、第 25 頁。
② 久保田淳、山口明穂校注：『明惠上人集』、岩波書店、1994、第 85 頁。
③ 久保田淳、山口明穂校注：『明惠上人集』、岩波書店、1994、第 81 頁。
④ 高山寺典籍文書綜合調査団編：『明惠上人資料』第二、東京大学出版会、1982、第 22 頁。
⑤ 久保田淳、山口明穂校注：『明惠上人集』、岩波書店、1994、第 63 頁。
⑥ 久保田淳、山口明穂校注：『明惠上人集』、岩波書店、1994、第 57 頁。
⑦ 久保田淳、山口明穂校注：『明惠上人集』、岩波書店、1994、第 63 頁。

工序完毕后，需要在大坛外食界道上放置各种饮食。"次应献食饮乳酪砂糖水石蜜水，各盛八碗。"① 其中，乳酪和砂糖水是所供奉饮食的种类之一。如此建造完曼陀罗后，"诵此真言……先世一切罪障、一切业障悉得清净。……往诣菩提场获得如是等胜上功德，乃至获得不退转证无上正等菩提"②。也就是说，供奉乳酪和砂糖水等饮食是获得无上正等菩提的一环。明惠之所以在念诵宝楼阁小咒时梦见乳酪和糖很可能是受到了《宝楼阁经》的影响。这和他在《梦记》中所述"相信这些梦都是修行能够得成就的预兆"正好吻合。这样，很多看似平常的生活梦，其实很多都具备佛教意义，都是修行将要得到成就的预兆。这种坚信梦是修行得到成就的预兆的信念是明惠记梦的原因之一。

第三节　作为确认修行阶段的"梦记"

《梦记》中的梦和修行之间还存在另外一种关系。本小结将以承久二年（1220）的梦为素材阐明这种关系。之所以选取这两年是因为与其它时期相比，这段时间明惠所记梦境尤其多。一般一年只有一两个最多十几个，而承久二年竟多达六十个。并且，这段时间明惠解梦的情况也有所增加。岛地大等指出承久二年是明惠修行的鼎盛期③。实际上，承久二年也是明惠记梦的高峰期。

承久二年的梦境有一个特殊现象，即多次出现"好相"（瑞相）二字。经笔者查阅，"好相"一词在《梦记》中共出现过八次，且全部在承久二年，具体情况见下表。

表4　　　　　　　　　　　　承久二年的"好相"梦

时间		梦境
同十八日	道场观时得一好相	上师忽来。往竹筒中盛糖，曰："汝请利益八寒八热众生。是故与之也。"

① 不空訳：《大寶廣博樓閣善住祕密陀羅尼經》、『大正藏』第19卷、第628頁。
② 不空訳：《大寶廣博樓閣善住祕密陀羅尼經》、『大正藏』第19卷、第628頁。
③ 島地大等：『日本仏教教学史』、明治書院、1933。

续表

时间		梦境
同十二月三四	好相	坐禅之时上师从外面来，坐在绳床右角。明惠觉得他很无礼。但因在修行，不应计较，故前去拜见。
同六七日	一向三时坐禅。于绳床上所见好相	于持佛堂面向佛像流泪悲泣、忏悔罪障。
二十八日	末法尔观时，禅中好相	我成为后鸟羽院御子。此为生如来家也。
同二十九日	后夜坐禅。禅中好相	佛光观时右方有一个像松火的火聚。前方有一个如玉的微妙火聚。左边一尺二尺之内充满了光明。和本文相符。应秘之。
同八月三四日	禅中好相	有一佛。亲近、守护我。如乳母。
又	好相	梦见晴空中的星星。
同初夜坐禅时	祈请灭罪、求得了戒体。祈愿曰若能现好相便给众人授戒。	禅中，像六月时一样，身心凝然。（内容很长，概括而言为"五十二位"梦。正文中详述。）

　　虽然承久二年没有记载"坏相"梦，但从词语对应关系来看，应该也存在"坏相"梦。通过坐禅所得到的梦境有两种，修行好的话就会得到瑞相，不好的话则相反或者无梦。梦境是检验修行效果好坏的标尺。

　　承久二年明惠修行的内容如七月二十九日梦境所示为"佛光观"。所谓"佛光观"即"佛光三昧观"，指观想毗卢遮那佛光明三昧。"佛光观"是唐代华严学者李通玄（635—730）提出来的一种实践法门。六十华严中的如来光明觉品和八十华严中的光明觉品都提到过它。据明惠的《冥感传》记载："承久二年夏六月，依圆觉经普眼章坐禅，于其坐禅中得好相（中略）其后见出新渡通玄论中上所引佛光观文此论未广流布。依不虑因缘从大宋得之予见此文深生爱乐，并见论主事迹又生敬重心，即改前圆觉三昧修此佛光三昧。"[1] 承久二年明惠在高山寺宋版《大藏经》中发现了李通玄的《佛光三昧观》一文后，宗教实践的中心随之由圆觉三昧转向"佛光观"。

---

① 明惠：『日藏華厳宗章疏下』、第 141 頁。

《梦记》曰:"七月以后只修行佛光观。"① 所以,承久二年七月以后的所有"禅"或者"坐禅"均为"佛光观"坐禅修行。明惠一生所涉猎的修行范围非常广泛。而且,他每个时期修行的内容也不一样。四十岁前半期时他对"三宝礼"非常感兴趣,五十岁后半期时又开始钻研"光明真言土砂加持法"。承久二年明惠修行的中心便是上述"佛光观"。此间,明惠还著作了和"佛光观"有关的《佛光观略次第》《入解脱门义》《华严真种义》《华严佛光三昧观秘宝藏》《冥观传》等书籍,而且在其中频繁引用了李通玄的《十明论》《决议论》《华严合论》等。

首先,考察一下七月二十八日末法尔观②时得到的瑞相。这个梦境本身没有特别的意义。但是,明惠醒来后认为这是将来能够转生如来家的预兆,将其与佛教建立了关系。明惠为何如此解释呢?李通玄的《新华严经论》有云:"身心一性。无碍遍周。同佛境界。一一作意如是观察。然后以无作方便定印之。入十住初心生如来智慧家。为如来智慧法王之真子。一如光明所照如经具明。不可作佛光明自无其分。须当自以心光如佛光明开觉其心圆照法界。"③ 明惠在《华严佛光三昧观秘宝藏》中引用了此处④,可见他对此段的熟悉程度。李通玄说佛光和自心的光明是一致的,通过观察佛光遍照可以入十住初心,生如来智慧家,成为智慧法王的真子。所谓"十住",即修行大菩萨乘即由凡夫到成佛一共要经过的五十二个阶位中的第十一至第二十阶位。五十二个阶位分别为十信、十住、十行、十回向、十地、等觉和妙觉。"十住初心"即"十住"中的第一阶位"初发心住"。本来只有全部经历过五十二位之后才能成佛。但是,李通玄主张"是知见亡智应名初发心时便成正觉。成就慧身不由他悟"⑤、"于此佛界根本不动大智不思议法界乘而发心者……如初发菩提心菩萨。初生如来智慧种性家时。智慧所知不异佛故。……从初发心乘如来一切智乘。不出刹那际成等正觉。"⑥ 他认为和初发心菩

---

① 「同七月より、一向に仏光観を修す。」(久保田淳、山口明穂校注:『明恵上人集』、岩波書店、1994、第81頁)

② 意思不明。字典和《大藏经》中均查不到"末法尔观"一词。

③ 李通玄撰:『新華嚴經論』、『大正藏』第36卷、第808頁。

④ 高辨集:『華嚴佛光三昧觀祕寶藏』、『大正藏』第72卷、第90頁。

⑤ 李通玄撰:『新華嚴經論』、『大正藏』第36卷、第836頁。

⑥ 李通玄撰:『新華嚴經論』、『大正藏』第36卷、第836頁。

萨刚转生至如来家时就具备和佛一样的智慧同理，修行"佛光观"者在诸菩萨阶位中满十信位，即到达十住位初发心住时就可以成佛。明惠的《华严佛光三昧观秘宝藏》也引用了李通玄的上述言论，曰："经中所说初发心时便成正觉。即自开解。不由他悟者。即此观所得也。"① "此观"即"佛光观"。显然，明惠将成为后鸟羽院之子解释为转生如来家是受到了李通玄理论的影响。通过这个梦，他确认修行达到了十住初心阶段。与将梦视为修行得到成就的预兆不同，这里梦是明惠确认具体修行阶段的手段。

> 同初夜坐禅时，……转至他所。又待声告，即有声云，"诸佛悉入内。汝今得清净。其后身体变大，约三米之上有七宝璎珞庄严。"云云。即出观。又此前出真智慧门遍历五十二位。信位之发心为文殊也。佛智分十重，现此空智。一切理事摄十位中，诸法尽。文中所云，十方如来初发心皆为文书教化之力即是。因从文殊大智门生十位佛果故。所谓于真智生住果，即由佛果文殊生也。所谓于信位生初住一分，即文殊成为佛果之弟子也。即因果相即也。此下十行为普贤大行具足也。十回向为理智和合也。由此生十地，无作理智，证得冥合也。佛果此能生也。于定中忽得此意，即因果同时也。应思之。纸笔难记。云云。②

承久二年八月七日晚初夜坐禅时，明惠做了一个与出真智慧门遍历五十二阶位有关的梦。在这个梦境中，明惠从十方如来信位之发心为文殊功劳说起，阐述了"十信""十住""十行""十回向"和"十地"之间相入相即的关系。五十二位因果之间相即相入的关系在华严宗中早就有之。华严宗立了四个法界，其中第四法界为事事无碍。所谓"事事无碍法界"，指"诸法之体用虽各别缘起，各守其自性，然事事相望，多缘互应而成一缘，一缘亦普遍资应为多缘；力用交涉，互相并存而无碍自在，重重无尽"③。根据"事事无碍法界"，华严宗提出了两种修行阶

---

① 高辨集：『華嚴佛光三昧觀祕寶藏』、『大正藏』第 72 卷、第 93 頁。
② 久保田淳、山口明穗校注：『明惠上人集』、岩波書店、1994、第 84 頁。
③ 宽忍主编：《佛学辞典》，中国国际广播出版社、香港华文国际出版公司 1993 年版，第711 页。

位，分别为"行布"和"圆融相摄"。其中，"行布"为上文提到的五十二个阶位。"圆融相摄"指修得一位便能前后诸位相即相入，因果不二、始终无碍。李通玄在《新华严经论》中重点阐述过"圆融相摄"，指出五十二个阶位因果同时。"权教之中，……一一因果属对相似具足。仍对治种种法门。始得见性成佛。如法华经却不然。一念顿证法门。身心性相本唯法体。施为运用动寂任真无作智即是佛也。……即因即果。以此普门法界诸障自无。……不同此教因果同时。……因果同时无有障碍也。……若同时者如竖二指无前无后。谁为因果。亦皆不成。如此华严经因果同时。"[1] 明惠在《入解脱门义》对这一观点也进行过阐述，"于次位中立行布圆融二法门。以此善巧无不摄尽诸乘也。今广论等意于信位中起文殊大心。信不动智佛等即是我心自性。于地前三贤初发心住中即能顿证佛果法门。其后次位行相皆同。……第二出佛光表相劝因果同体者。前光明觉品时所放光明者。……其初信皆以文殊妙慧信毗卢果德故其义如下说二圣相从成立因果同体信法。……若因果道理不改此亦不可疑也"[2]。"行布圆融"即"事事无碍法界"中的两种修行阶位，"因果同体"即后者"圆融相摄"。回归梦境。明惠醒来后，总结到"于定中忽得此意，即因果同时也"。"因果同时"一词很可能是他受到了《新华严经论》的用词影响。通过七月二十八日的梦境，明惠确认自己的修行到达了五十二位"十住"中的"初发心住"。而通过十天后八月七日的梦境，明惠确认修行已经到达"因果同时""圆融相摄"的阶段。

　　需要强调的是，明惠将梦和修行联系起来的方式和第二小节不同。第二小节中，佛典中本来有既定的瑞相梦，如梦中"见乘白马""见自身泛过大海"等等，若梦见这些意象就可直接判定修行已经或即将得到成就。梦境和佛典中的瑞相梦建立的是直接联系。本小结中的梦境和佛典中的梦记录并没有直接联系。为了将梦和佛教修行联系起来，明惠以解梦的形式，通过在解梦部分援引经论将二者联系了起来，然后以梦作为判断修行阶段的标尺。承久二年间解梦增加的原因可能也在这里。像

---

① 李通玄撰：『新華嚴經論』、『大正藏』第 36 卷、第 740 頁。
② 高辨述：《華嚴修禪觀照入解脱門義》、『大正藏』第 72 卷、第 76 頁。

表格中"同二十九日"后夜坐禅所得的瑞相中，最后以小字标注的"和本文相符"明显是明惠将梦境和经论进行对照的表露。

第四节　作为求梦方式的修行

日本研究梦的权威专家西乡信纲指出，古代文学作品中所记的梦并不是自然而然所得，而是通过一定的仪式求来的①。从上代到中世，人们的求梦方式一直在变。记纪中求梦的方式为"誓寝（「うけひ寝」）"。《万叶集》中"偏向枕头一侧睡觉"（「枕片去る」②）"翻卷袖子"（「袖返し」③）等方式也都是求梦的手段。到了平安时代和中世时期，避居灵验寺院进行斋戒祈祷的"参笼"成为普遍的求梦方式。那么，明惠是怎么求梦的呢？

山田昭全根据明惠弟子隆弁的《真闻集》中的记录指出，明惠求梦方式的依据为《瑜祇经》，"结印安于左肋、诵真言一百八遍，随印便睡。本尊阿尾奢，即于梦中一切吉凶之事"④。柴崎照和提出，方式为诵持真言陀罗尼，因为这种方法被收录在了《梦经抄》⑤。所谓《梦经抄》是明惠建久年间将《迦叶赴佛涅槃经》《阿难七梦经》《舍卫国王梦见十事经》《大方等陀罗尼经》和《大方等菩萨藏文殊师利根本仪轨经》五部佛典中关于梦的故事摘抄出来合成的一个集子。其中，前三部摘录的是迦叶、阿难和波斯匿王的梦故事，后两部收录了求梦的方法以及梦的灵验效果⑥。河东仁认为明惠兼用了两种方式⑦。山田昭全和柴崎照和所

①　西郷信綱：『古代人と夢』、平凡社、1972、第20頁。

②　「ここだくに思ひけめかもしきたえの枕片去る夢に見え来し」（小島憲之、木下正俊、東野治之校訂・訳：『万葉集』卷四、小学館、2008、第633頁）。

③　「我妹に恋ひてすべなみ白たへのししは夢に見えきや」（小島憲之、木下正俊、東野治之校訂・訳：『万葉集』卷十一、小学館、2008、第2812頁）。

④　山田昭全：「明恵の夢と『夢之記』について」、『金沢文庫研究』1971年第17卷、第3頁。

⑤　柴崎照和：「明恵と夢想——夢解釈の一試論」、『〈心〉と〈外部〉』、大阪大学大学院文学研究科広域表現論講座、2002、第211頁。

⑥　山田昭全：「明恵の夢と『夢之記』について」、『金沢文庫研究』1971年第17卷、第4頁。

⑦　河東仁：『日本の夢信仰　宗教学から見た日本精神史』、玉川大学出版部、2001、第355頁。

依据的都是确实可考的材料，不可否认他们所指出的两种方式的可靠性。那么，这两种方式是明惠所有的求梦方式吗？

首先，看一下承久二年间《梦记》的记录形式："二十六日晚，三时坐禅，梦见……"①、"二十七日晚，和之前一样三时坐禅。（梦见）"②、"十一日晚坐禅后睡觉。梦见……"③，这一年基本上采用了"坐禅"＋"梦"的形式。即使有些地方没有写明是坐禅所得，从《梦记》中"七月开始一直只修行佛光观"④一句可知，明惠承久二年七月以后一直在坚持坐禅。因此，没有写明之处可默认为坐禅。从承久二年记梦的方式来看，"佛光观"坐禅无疑也是明惠求梦的方式之一。那么，该如何解释明惠一人为何有这么多种求梦方法呢？

明惠抄录《梦经抄》的时间为建久年间，即十八岁到二十六岁中的某一年。而隆弁在《真闻集》中坦言，文中所记的师父的求梦方法是根据自己十八岁到二十五岁跟随师父期间观察所得。隆弁出生于承元二年（1208）。算下来，他是在明惠五十三岁到六十岁（入灭）期间跟随在身边的。所以，上述求梦方法发生在不同时期。如前面所述，明惠的修行内容一直在变。随着修行内容的变化，所读的佛典、修行方法等自然也会变。那么，求梦的方式改变也是理所当然。比如，安贞元年（1227、55岁）曾为义林房讲解《光明真言加持土沙义》、安贞二年（1228、56岁）著作了《光明真言土砂劝信记》等，从五十岁后半期开始对"光明真言土砂加持法"展现出兴趣。他这段时间通过诵持真言陀罗尼求梦的方式和这种修行正好吻合。而"佛光观"坐禅便是明惠承久二年时的求梦方式。前文提过，在明惠的和"佛光观"有关的众多书籍中，有一本为《入解脱门义》。《入解脱门义听集记》是弟子高信听明惠讲解《入解脱门义》的讲义。书中写道："情识都灭云，因如此修禅方便，一念止凡心。凡心即断绝。安住无相故。过去未然等事亦不可思议而知。等闲时睡眠已可梦见过未之事。何况于如此甚深观智境地乎。云云。"⑤通过

① 久保田淳、山口明穗校注：『明惠上人集』、岩波書店、1994、第73頁。
② 久保田淳、山口明穗校注：『明惠上人集』、岩波書店、1994、第74頁。
③ 久保田淳、山口明穗校注：『明惠上人集』、岩波書店、1994、第84頁。
④ 久保田淳、山口明穗校注：『明惠上人集』、岩波書店、1994、第81頁。
⑤ 高信：「解脱門義聽集記」、『金沢文庫資料全書』、神奈川県立金沢文庫、1975、第211頁。

"佛光观"坐禅所求得的梦境比普通睡眠中的要更加殊妙。"佛光观"明显也是得梦的一种方式。根据上面内容可以推测,明惠求梦方式很可能随着修行时期推移不断变化。

三宅守常将明惠的一生划分为"学习时代""华严讲述时代""过渡时代""组织时代前半期"和"后半期"五个时期①。其中,"学习时代"为养和元年(1181 年、9 岁)—建久六年(1195 年、23 岁)、"华严讲述时代"为建久七年(1196 年、24 岁)—建历三年(1213 年、41 岁)、"过渡时代"为建保二年(1214 年、42 岁)—承久元年(1219 年、47 岁)、"组织时代前半期"为承久二年(1220 年、48 岁)—贞应二年(1223 年、51 岁)、"组织时代后半期"为元仁元年(1224 年、52 岁)—贞永元年(1232 年、60 岁)。

"学习时代"是明惠学习佛教知识的时期。他向仁和寺的实尊和兴然学习了真言密教、向东大寺尊胜院的景雅和圣诠学习了华严宗和俱舍宗、向尊印学习了悉昙。需要说明的是,明惠于建久二年(1191、19 岁)开始修行"佛眼法"。所谓"佛眼法",是一种将佛眼神格化的密教修行方法,以息灾和降伏为目的。这一时期是明惠佛教修行的萌芽时期,修行内容尚不完备。这一时期的"梦记"中共记载了三条梦境,时间皆为承久六年。其中有两条记载了求梦方式,分别为"在释迦像前修无想观"和"在释迦像前诵读华严经"。可见,这一时期的求梦方式和对释迦的感情有很大的关联。据《行传》记载,明惠十八岁独自在西山寂静的房间内闲居修行时,从几部古老的经典中发现了《遗教经》,认识到自己是释迦的遗子②。从此,八岁时父母便相继去世的明惠将佛眼佛母和释迦视为双亲,终其一生,如明惠曾在佛眼佛母像的边隅亲笔题字,文末标注"无耳法师之母御前也释迦如来灭后遗法御爱弟子成弁纪州山中乞者敬白"③。据上可以推测,明惠"学习时代"的求梦方式主要受到了对释迦和佛眼佛母感情的影响。

"华严讲述时代"是明惠中兴华严宗的时期。这段时期内,元久二

---

① 三宅守常:「明惠教学の時代区分について」、『宗教研究』1976 年第 49 卷、第 217 页。

② 高山寺典籍文書綜合調查団編:『高山寺明惠上人行状』、東京大学出版会、1982、第 200 页。

③ 田中久夫:『明惠』、吉川弘文館、1961。

年（1205）之前的《梦记》，多为"同十一日一时行法。同十二日晚梦见……"①、"同八日初夜行法毕。出佛堂睡觉后梦见……"② 等形式，一般没有记录明确的求梦方式。明惠这段时间求梦的方式应该是柴崎照和提出的"诵持真言陀罗尼"方式。元久二年之后，明惠开始修行宝楼阁法。此时《梦记》关于梦的记述为："建永元年五月二十日开始……朝夕二时修宝楼阁法。同时开始朝夕二时修持佛眼念诵和大佛顶等。于神护寺。同二十九日晚梦见……"③、"修行佛眼法，既是作为自己的修行，也是为女院祈祷。修持宝楼阁供为宗光和亲康等人祈祷云云……建永元年十一月……勤修七日宝楼阁供……同二十七日梦见……"④ 可知，这段时间的梦主要是通过修持宝楼阁法和佛眼法获得的。

　　"过渡时代"又被称为"圆觉三昧时代"。这个时期明惠主要是根据《圆觉经》第三章"普眼菩萨章"修行"圆觉三昧"。所谓"圆觉三昧"是在禅定中调和构成物质世界的地水火风，净化"心"（主体）和"尘"（对象物）的一种修行方法。这段时间内的《梦记》集中在建保六年和七年。"十三日行法后想求梦，梦见……"⑤。实际上，"圆觉三昧"禅观一直持续到"组织时代前半期"承久二年七月明惠开始修行"佛光观"时。据《梦记》记载，承久二年二月十四日明惠梦中看见一座水池。原本干枯的水池下雨后池水上涨。再继续降雨，小水池里面的水就会溢进旁边的大水池中。大水池里面的鱼和龟等就可以随之流入小水池。醒后明惠解梦道：梦中的每个意象都有深意：小水池象征自己的禅观修行；大水池象征诸佛菩萨等所证得的根本三昧；鱼等为圣人。水少表示尚未修行禅观时期，水溢暗示的是修行时期；开始池中无鱼是因为自己的修行尚在入门阶段；通过自己的禅观修行，大小水池中的水开始流通，表示自己的禅观修行开始和诸佛菩萨的修行互通有无⑥。通过这种解释，明惠将梦境和禅观修行完美地结合在一起。

---

① 久保田淳、山口明穂校注：『明惠上人集』、岩波書店、1994、第52頁。
② 久保田淳、山口明穂校注：『明惠上人集』、岩波書店、1994、第56頁。
③ 久保田淳、山口明穂校注：『明惠上人集』、岩波書店、1994、第61頁。
④ 久保田淳、山口明穂校注：『明惠上人集』、岩波書店、1994、第64頁。
⑤ 久保田淳、山口明穂校注：『明惠上人集』、岩波書店、1994、第71頁。
⑥ 久保田淳、山口明穂校注：『明惠上人集』、岩波書店、1994、第77頁。

　　"组织时代前半期"的梦集中在承久二年和贞应二年。其中，承久二年的修行内容为"佛光观"，这时候的求梦方式也是"佛光观"坐禅。贞应二年的梦实际上应划入"组织时代后半期"。因为"组织时代后半期"明惠主要的修行内容为"光明真言"。而明惠的"光明真言"修行始于贞应元年（1222）著作《光明真言句义释》。虽然据《梦记》记载，早在承久二年七月底明惠便发现了"光明真言"①，但真正将其作为修行的重心还是贞应元年以后。之后明惠元仁元年（1224）五月著书《光明真言功能》、安贞元年（1227）五月十六日著《光明真言加持土沙义》、安贞二年（1228）十一月九日著《光明真言土砂劝信记》、宽喜二年（1230）五月二十八日于禅河院传授定真《光明真言事》等等，进行了一系列和"光明真言"有关的活动。所谓"光明真言"即密教教主大日如来的真言②，诵持此真言者，可灭生死重罪，除宿业病障，而获得智慧辩才、长寿福乐。《梦记》"贞应二年二月二十日初夜修行此光明法……梦见"③中的"此光明法"和"同三月二十五日五付秘密法修行此法。当晚梦见……"④中的"此法"均应指"光明真言"修持法。山田昭全所指出的"结印安于左肋。诵真言一百八遍。随印便睡"⑤，并不是明惠一生的求梦方式，而是这个特定时期的求梦方式。

　　通过以上考察可知，明惠的求梦方式并不是一成不变的，而是随着修行时期的推移在不断变化。和一般僧人"参笼"求梦不同，明惠的求梦方式是由每个时期的修行内容所决定的。修持宝楼阁法、"圆觉三昧"、"佛光观"坐禅、诵持光明真言等修行内容既是他佛教求道的需要，也是他求梦的方式。

---

　　① 久保田淳、山口明穂校注：『明惠上人集』、岩波书店、1994、第 82 頁。
　　② 有贺要延编：『縮略版　ダラニ辞典』、国书刊行会、1997。光明真言内容如下："唵（om！，归命、三身具足、供养）阿漠伽（amogha，不空）尾卢左曩（vairucana，光明遍照）摩诃母捺啰（maha^mudra^，大印）么抳（man！i，如意宝）钵头么（padme，莲华）入缚罗（jvala，光明）钵啰袜哆野（pravardaya，发生、转）吽（hu^m！，菩提心）。"翻译过来就是，有大印者呀，大日如来呀，如意宝珠呀、莲华呀，请放光明。意思为以大威神力照破无明烦恼，转地狱之苦而令生于净土。
　　③ 久保田淳、山口明穂校注：『明惠上人集』、岩波书店、1994、第 89 頁。
　　④ 久保田淳、山口明穂校注：『明惠上人集』、岩波书店、1994、第 91 頁。
　　⑤ 山田昭全：「明惠の夢と『夢之記』について」、『金沢文庫研究』1971 年第 17 卷、第 3 頁。

小　结

本章主要以《梦记》中的"修行梦"为对象，考察了明惠的梦与修行的关系。两者的关系体现在两个方面。第一，梦是明惠现实修行的延续，是修行即将得到成就的标志。这方面主要包括梦见渡海/江、乘马、火聚、乳酪和糖等。第二，梦是明惠确认修行阶段的手段。这方面主要包括：将梦见成为后鸟羽院之子解释为转生如来家之预兆、遍历五十二位阶之梦等。明惠将梦和修行联系起来主要是通过两种方式实现的。一是直接从佛典中的吉梦中寻找依据。有些佛典中明确记录了何种梦境为修行即将成就之相。明惠做到相应的梦后，随手将其记下来，实现了梦与修行的直接对接。二是援引经论，通过释梦将梦境和佛教修行联系起来。一些梦境本身并不在佛典中所录的修行成就之梦相之列，明惠通过将梦境与佛典中的教义相联系，使之与修行联系起来。

同时，佛教修行又是明惠求梦的方式。与平安时代一般僧人"参笼"求梦的方式不同，佛教修行是明惠求梦的主要方式。而且，由于明惠的佛教关注点一生都在变化，其求梦的方式并不是一成不变的，而是随着修行时期的推移在不断变化，而其具体的求梦方式是由每个时期的修行内容所决定的。修持宝楼阁法、"圆觉三昧"、"佛光观"、"光明真言"等都是明惠求梦的手段。可以说，各个时期的修行既是明惠佛教求道的需要，也是他求梦的方式。

第六章　"见佛梦"

日本学者山田昭全指出："以佛教修行为日常功课的明惠按理说应该经常梦见佛菩萨等，但《梦记》中却很少，反而是日常生活中身边的人出现频率比较高。"[①] 确实，《梦记》中出现最多次数的是明惠的师父上觉等人。但是，《梦记》中出现的佛菩萨并不少。共计十七条，分别为：文殊菩萨、不空羂索观音、释迦、迦叶、毗卢舍那、大金刚吉祥尊、毗沙门天、制咤迦童子和弥勒菩萨。为方便论述，本书将梦见佛菩萨的梦境统称为"见佛梦"。毋庸置疑，"见佛梦"对于明惠而言有重要的意义。

第一节　第一梦：文殊菩萨梦

《梦记》十七条"见佛梦"之中，文殊菩萨出现的次数最多，共计三次。而且，现存《梦记》中第一条完整的记录就是文殊菩萨现身的梦境。

> 当月二十五日，于释迦大师像前修无想观。空中文殊大圣人现身。其身金色，坐狮子之上。其长三尺左右。[②]

明惠在父母相继去世之后，于九岁跟随伯父上觉进入神护寺，专心于学问和修行。建久四年（1193），二十一岁的明惠被东大寺请去讲法。在目睹了东大寺僧人之间的明争暗斗之后，他产生了隐居修行的想法。建久六年（1195）秋，明惠离开神护寺，于纪州汤浅白上峰建草庵开始

---

① 山田昭全：「明惠の夢と『夢之記』について」、『金沢文庫研究』17、1971、第 6 頁。
② 久保田淳、山口明穂校注：『明惠上人集』、岩波書店、1994、第 57 頁。

了隐居。翌年，为了进一步增强求道心，明惠在佛眼佛母像前切掉右耳。此事之后，明惠于建久六年某月二十五日修行"无想观"时梦见了乘坐狮子王的文殊菩萨。这便是引文的内容。因为其它文献中不见"无想观"相关的记述，因此无从推测此为何种修行。但据 Frédéric Girard 推测，"无想观"或为"无相观"的误写①。明惠在《解脱门义听集记》中言及，"无相观"为菩萨道第七阶段修行的内容②。

　　这个梦境对于明惠而言意义非常重大。据《却废忘记》记载，多年之后，明惠回顾建久年间的事情时，对弟子寂惠房长圆讲过这样一番话。"来至山中、海边建草庵，仅携带少许圣教书籍、本教典籍等隐居山中。一心向文殊菩萨祈祷，后来文殊果现于空中。云云。……空中光明万丈。光明之中大圣出现于面前，不胜欢喜。能像现在这样于众人面前说法，皆因文殊显现。"③《却废忘记》是明惠入寂后，弟子长圆根据回忆所整理的明惠生前的谈话记录，可信度比较高。所谓"文殊菩萨"就是站在"空"观思想上具备无上智慧的菩萨。它能为诸菩萨说法。在初期的般若系大乘经典中，其活跃程度甚至堪比释迦。明惠一直十分信仰文殊。据明惠弟子禅净房的《上人之事》记载，明惠为了求得大智慧，自十三岁到十九岁期间每天念诵一千遍赞扬文殊之真言④。

　　关于此次奇瑞，明惠本人和弟子都有过记载，现存的有弟子著《却废忘记》《上人之事》，明惠的生平记录"行状"系列资料⑤，《高山寺缘起》等。

第二节　"生身"佛菩萨梦与"生身信仰"

　　除了文殊菩萨的梦境之外，十七条"见佛梦"中，有七条中的佛菩萨以"生身"形象出现。

---

① ジラール：「明惠上人の『夢之記』について」、『明惠讃仰』、1981、第20頁。
② 高山寺典籍文書綜合調査団編：『明惠上人資料』2、東京大学出版会、1982、第44頁。
③ 鎌田茂雄、田中久夫校注：『鎌倉旧仏教』「却廃忘記」、岩波書店、1971、第117頁。
④ 高山寺典籍文書綜合調査団編：『明惠上人資料』3、東京大学出版会、1982、第598頁。
⑤ 高山寺典籍文書綜合調査団編：『明惠上人資料』1、東京大学出版会、1982、第26頁。

同年十月三日晚，梦见不空胃索观音的木像转眼变为生身，赐予我小卷《大般若经》。如法顶于头上，流下喜悦泪水。①

同年十月十七日晚，梦见我拜谒一丈六尺许生身释迦。云云。上师亦在侧。云云。②

承元三年三月二十六日夜梦云，于樋口有五六尊童子像。雕工极其精致。心想应将其常安置于我之住处。童子中有一尊为已安置之善财童子像。其变为生身。又有制咤迦童子。皆为生身也。成弁问其来世之事。善财童子答曰："处中。"然其言极臭。两手亦有此味。体尤然。此事也。云云。制咤迦童子又为我卜之。即谓我之自性，"如尊花海。又如池中莲花。"将养头。心中哀喜炙盛。又童子皆面露喜悦之色。欲恒安置之。无比喜悦。云云。③

除了上述三条梦境外，还有四条和生身有关的佛菩萨梦④，此处不

---

① 久保田淳、山口明穂校注：『明恵上人集』、岩波書店、1994、第 72 頁。
② 久保田淳、山口明穂校注：『明恵上人集』、岩波書店、1994、第 73 頁。
③ 奥田勲、平野多恵、前川健一：『明恵上人夢記訳注』、勉誠出版、2015、第 192 頁。
④ （1）「同八日、初夜の行法已る。出でて後、眠り入りたる夢に云はく、一つの野の如き処有り。……其の四方に大きたる獅子の行像有り。而るに、行動して生身の如く也。成弁、彼のひげなんどの整ほらざるを切りそろふ。……案じて曰はく、文殊、此の郡を守護し給ふ也。小さき犬は此の殿原也。（後略）」（久保田淳、山口明穂校注：『明恵上人集』、岩波書店、1994、第 56 頁）（2）「又、眠り入る。有る人云はく、「有る人、告げて言はく、『葉上僧正云はく、「生身の仏を礼せむと欲はば、御房を拝し奉るべし」』」と云々。（後略）」（奥田勲・平野多恵、前川健一：『明恵上人夢記訳注』、勉誠出版、2015、第 325 頁）（3）「同じき廿六日□夜、持経講式を書く。第二段に至るまで書き了んぬ。夜半に至り、熟眠す。夢に云はく、大伽藍有り。盧舎ナ三尊有り。左右の脇士、聖僧なり。右面の聖僧の御前にして合掌鵬跪し、礼して言はく、「南無釈迦如来遺法中大聖弟子」。聖僧、反じて生身と為り、種々誘引して云はく、「邪見の徒と同じからず。是れ汝の菩薩なり」。心地に、額高くして、一の横理有るなりと思ふ。聖僧、手を舒べて、額に付けて、種々に讃嘆す。即ち言はく、「善哉正見、善哉正見、心罪障皆消滅、身心安適」。即ち右手を舒べ、涙を垂れ、摩頂し給ふ。高弁、又、涙を流し、合掌頂礼す。」（奥田勲、平野多恵、前川健一：『明恵上人夢記訳注』、勉誠出版、2015、第 3504 頁）（4）「他処へ去り給ふ。諸人皆止まり、去らず。唯、高弁□。此のラ漢出で去る後には、此のラ漢生身なり。□長二丈許りなり。之を以て記とす。忽ち火起り、金際一尺許りを焼く。然るに木の枝の熊手の如くなるを以て、当時は之を取り下ぐ。傍に真乗房有りて、□を誂へ修造せしめむと欲（す）。心に思はく、指授あるべからず、無（後欠）」（奥田勲、平野多恵、前川健一：『明恵上人夢記訳注』、勉誠出版、2015、第 433 頁）。

再一一列举。诸佛菩萨有二身——"生身"和"法身"。所谓"生身"，"即托于父母所生而具足三十二相之佛身。……又作生身佛、父母生身、肉身、随世间身。又以神通之力一时化现之肉身，亦称生身；大乘佛教谓方便应化之化身为生身佛，例如生身之弥陀、生身之观音、生身之普贤、生身之弥勒等。一般生身亦可泛指凡夫及菩萨之肉身。"① "生身"所具备的最基本特征都是：活生生的、有生命的肉体。根据引文语境来看，与佛菩萨之化身相比，《梦记》中的"生身"应该是指活生生的、有生命的佛菩萨之肉体。这种对佛菩萨生身之尊崇是为"生身信仰"。

从《梦记》中的记述来看，在变身为生身佛菩萨前，这些对象本为木像或石制的佛像。这便牵扯到"佛像信仰"问题。

日本的"佛像信仰"由来已久。飞鸟天平（592—710）时代就已有对佛像的崇拜②，《日本灵异记》记载了诸多佛像灵验故事。该书中卷第三十六篇"观音木像示神力缘"中讲述了圣武天皇时代观音像头部断裂后自动修复的故事。对此，编者评论道："理智法身，常住非无。为令知于不信众生所示也。"③ 景戒指出，观音像显示此种灵验是为了令众生信奉佛法。下卷第七篇"被观音木像之助脱王难缘"讲述了观音木像帮助主人公大真山继免除杀头之罪的灵验故事。《今昔物语集》也载有佛像显灵之故事。第十二卷第十二篇记载了"游行僧"从泥沙中挖出药师佛像并进行修补供养的故事，结尾写道："这尊药师佛显示了无比的灵验，并且放出白光。当地的人们如有所求，只要躬身前往药师佛前祈求，就能满足意愿。因此，国里的僧俗男女，无不俯首前来，对药师佛表示无限的敬奉。"④ 至镰仓末期时，"佛像信仰"依然盛行。临济宗禅僧梦窗疏石（1275—1351）为武将足利直义所演说、由直义亲笔书写的《梦中问答集》（1344）中，上卷记载了"末法敬三宝之谓"，写道："佛在世时，称生身如来为佛宝、金口所说法为法宝、帮助教化之贤圣为僧宝。佛灭后末法时代，应敬木像、绘像为佛宝、文字所写经论为法

① 丁福保编：《佛学大辞典》，上海书店 1991 年版，第 243 页。
② 藤田寛海：「万葉集の歌と天平の仏像」，『国語と国文学』1978 年第 55 卷；山岡泰造：「飛鳥の仏像」，『講座 飛鳥の歴史と文学』通卷 3，1982。
③ 中田祝夫校注・訳：『日本霊異記』，小学館、1995、225 頁。
④ 张龙妹校注：《今昔物语集》上，人民文学出版社 2008 年版，第 99 页。

宝、剃发传袈裟者为僧宝。"① 该书指出，佛涅槃后的末法时代，应该将木像视为佛在世时之生身，进行礼拜供奉。可见"佛像信仰"在日本之盛行。

从平安末期到镰仓初期，在"佛像信仰"的基础上日本佛教界曾一度流行"生身信仰"。佛教徒将某些高僧或者佛像等看作生身佛，认为他们与佛菩萨具有同等的灵验，如将法然看作势至菩萨的化身、将亲鸾看作观音菩萨的化身、将日莲看作上行菩萨的化身，对其尊崇有加。在这种思潮下，佛像也成为"生身信仰"的对象。据奥健夫介绍，《园城寺传记》（1330—1340）中记载了"日本生身尊"——"三如来四菩萨"②。"三如来"分别为嵯峨的释迦如来、因幡堂的药师如来和善光寺的阿弥陀如来。以清凉寺的释迦如来像为首的三尊佛像被当时的人们视为"生身如来"。这点充分体现出了将佛像等同于佛菩萨本身的认识。与这种"生身信仰"相呼应，从平安末期到镰仓时代，日本出现了很多将佛像、佛画和其他佛教雕刻等生身化的艺术作品。佛像方面，为了使清凉寺的释迦如来像看起来像生身，造像时在佛像体内塞入了很多物体③，如在口微张的地方塞入佛牙、在体内塞入绢制的五脏六腑等。并且，从平安末期到镰仓时代还出现了裸体着装像，即将佛像或肖像塑造成裸形、或者下半身只穿裙袴、或者上半身只穿贴身衣物等④，以裸身彰显佛像之生命力。佛画方面，为了使罗汉图等看起来更像活人，作画者通常描摹祖师、画家或者现实中的僧人⑤。

明惠的梦境便是上述"生身信仰"的反映。梦见这些生身佛菩萨之后，明惠或者会流下喜悦的泪水，或者无比喜悦。对明惠而言，这些都是难得的好相。那么，梦见这些生身佛菩萨有何意义呢？

---

① 夢窓国師著、川瀬一馬校注・現代語訳：『夢中問答集』、講談社、2000、第128頁。
② 奥健夫：「生身仏像論」、長岡龍作編：『造形の場』、東京大学出版会、2005、第293頁。
③ 奥健夫：「生身仏像論」、長岡龍作編：『造形の場』、東京大学出版会、2005、第298頁。
④ 奥健夫：「仏像の生身化について——裸形着装像を中心に」、『説話文学研究』2008年第43巻。
⑤ 梅沢恵：「日本と『宋元』の邂逅——中世に押し寄せた新潮流　羅漢図における『生身』性とその受容」、『アジア遊学』通巻122、2009、第88頁。

第三节 "生身佛"与往生

在回答上述问题前，介绍一则短篇故事。大江匡房（1041—1111）的《续本朝往生传》中有下面这样一则故事：

> 真缘上人、住于爱宕山护山月轮寺、常起誓愿曰、法华经文、常在灵鹫山及余诸住所、日本国岂不入余所乎、然则面奉见生身之佛、为充此愿、专修法华、每字修礼拜参度、供于伽一前、差经多年、渐尽一部、敢无所示、到第八卷内题、行业已满、其夜梦曰、可参岩清水云云、（后略）。①

为避免冗长，在此只引用前半部分。引文中"常在灵鹫山及余诸住所"出自《法华经》"如来寿量品第十六"释迦所说偈文——"常在灵鹫山 及余诸住处"②。释迦告诉众生，自己并没有入寂，会常常留在灵鹫山，并且还会出现在别处救渡众生。真缘由此想到日本也属于释迦所说的"别处"。于是为见生身佛进行种种供养和修行。最终在梦示之下，真缘参拜石清水八幡宫，方知八幡菩萨像即为生身佛。该故事结尾写道："真缘已奉见生身之佛，岂非往生之人乎"，指出真缘因为见到生身佛一定会实现往生。

平安末期成书的《今昔物语集》中也有和"生身"有关的记载。第十七卷"某僧信奉地藏得遇到生身"，一心希望能见到生身地藏的信徒说道："愿我此肉体凡身可遇见生身地藏。望其能引导我往生极乐净土"③，可见，平安末期开始，见到生身佛已经被和往生联系在一起。见到生身佛成为了保证往生的证据。

《梦记》中明惠见到生身佛菩萨后无比喜悦的原因大致也在这里。离世后能往生极乐世界是每个僧人的理想。明惠亦然，其入寂之际，一

---

① 井上光貞、大曽根章介校注：『続本朝往生伝』、岩波書店、1974、第132頁。
② 鳩摩羅什譯：『妙法蓮華經』、『大正蔵』第9卷、第43頁。
③ 馬淵和夫、国東文麿、稲垣泰一校訂・訳：『今昔物語集』、小学館、2008、第295頁。

直念诵弥勒菩萨的尊号，祈愿能够往生弥勒菩萨兜率天①。于明惠而言，梦是见到生身佛的途径，同时，见到生身佛预示着将来能够往生极乐世界。

小　结

　　佛教的终极目标是成佛。对于佛教徒来说，亲自谒见佛陀、闻法修行、证得正果是最理想的方式。这在释迦在世时尚可，待其入灭后便成了奢求。于是，后世出现了种种"见佛"的方式。"梦中见佛"就是在这种希求下衍生出来的方式之一。而且，"梦中见佛"往往具有成佛之功德。

　　明惠在《梦记》中也记录了诸多梦见佛菩萨的梦境，其对象涉及文殊菩萨、不空羂索观音和释迦等。值得注意的是，《梦记》中明惠梦所见的诸佛菩萨等具有和前代的"见佛梦"不同的特征，即梦中多为具备了肉体和生命力的活佛、活菩萨。这种"生身信仰"是在"佛像信仰"的基础上升华而来的新的信仰形态。于明惠而言，梦见这些"生身"佛菩萨是能够往生的标志。

　　①　久保田淳、山口明穂校注：『明惠上人集』、岩波書店、1994、第196—197頁。

第七章　"舍利梦"

舍利的梵语为"SARIRA"，本意有体、身、身骨、遗骨之意，指人体被火葬后留下的所有骨头或粒状的骨片，它在汉字中最初表记为"舍利罗"，后来逐渐略化为"舍利"①。释迦被火葬后，人们出于尊崇将其遗骨、遗灰视为佛身的神圣代替品而进行礼拜，于是产生了"舍利信仰"。

日本现知最早的舍利是于538年经百济东传而至②，"舍利信仰"始见于《日本书纪》苏我马子传说③。历史上，天平胜宝六年（754）鉴真将三千颗舍利带到日本，开启了日本"舍利信仰"的序幕④。之后，平安时代的最澄、空海、圆仁等相继继承了这个传统。一般认为8世纪时奈良法华寺或圆仁在比叡山举行的"舍利会"是日本最早的舍利法会⑤。

明惠也是典型的舍利信仰者，在《梦记》中记录了梦见舍利的情形。为方便论述，本书将与舍利有关的梦境统称为"舍利梦"。那么，明惠记录此类梦境的诉求是什么呢？下面将在概括总结镰仓初期的僧人的"舍利信仰"状况的基础上，以《梦记》中的"舍利梦"为切入点，

---

① 景山春樹：『舍利信仰：その研究と史料』、東京美術、1986、第3頁。
② 奈良国立文化財研究所飛鳥資料館編集：『仏舍利埋納』、奈良国立文化財研究所飛鳥資料館、1989、第18頁。
③ 橋本初子：『中世東寺と弘法大師信仰』、思文閣史学叢書、1990、第119頁。大会の設斎しき。この時に達等、仏の舍利を斎食の上に得たり。すなはち舍利を馬子の宿禰に、試みに舍利を鉄質の中に置き、鉄の槌を振り打しに、その質と槌と悉に摧き壊えて、しかも舍利は摧き毀つべからざりき。また舍利を水に投れしに、舍利心の願へるまにまに水に浮き沈みき。（『日本書紀』推古天皇十四年夏五月）
④ 景山春樹：『舍利信仰：その研究と史料』、東京美術、1986、第77頁。
⑤ 乾仁志：「中世の密教儀礼と舍利信仰」、『印度學佛教學研究』2016年第64巻、第767頁。

结合《传记》《高山寺缘起》和"行状"系列资料，分析明惠的"舍利梦"。

第一节　镰仓初期的"舍利信仰"

镰仓初期，"舍利信仰"不分僧俗，据《小右记》万寿元年（1204）四月十七日条记载，"小女诣安养院，奉拜佛舍利，今日京中男女举首参拜云云，事依功德所令参也"①。天平胜宝六年鉴真带到日本的三千颗舍利，被时人供奉在了唐招提寺。比叡山设戒坛以后，南都北岭矛盾激化，而鉴真所带来的舍利便成为凝聚南都精神之物，使得舍利成为南都与法然等人的新兴佛教相对抗的利器。于是，南都佛教强力推进了"舍利信仰"②。当时的睿尊、重源、贞庆等人都是坚定的信仰者。

关于中世时期的"舍利信仰"的状况，景山春树③、桥本初子④、中村一基⑤等众多学者已进行过研究。具体到镰仓时代的情况，以关于个别僧人的"舍利信仰"的具体状况研究为主⑥。下面将在前人研究的基础之上，对镰仓初期的"舍利信仰"状况进行归纳总结。

首先，舍利是王权的保证。真言密教之中，以舍利为本尊进行修行的方法最著名的为"后七日御修法"。承和元年（824），空海向仁明天皇进言后得到敕许，于每年一月八日在宫中真言殿举行"后七日御修法"。有学者指出，"后七日御修法"促使舍利与王权结合在了一起⑦。镰仓时代，舍利依然是维护王权的保证，如后文将要提到的建保四年（1216）年东寺舍利被盗事件发生之际，下令寻找舍利的公文写道："舍

---

① 藤原実资：『小右記』三、臨川書店、1965、第18頁。

② 赤田光男：「中世後期南都の舎利信仰」、『帝塚山大学人文学部紀要』2010年第27卷、第1頁。

③ 景山春樹：『舎利信仰：その研究と史料』、東京美術、1986。

④ 橋本初子：『中世東寺と弘法大師信仰』、思文閣史学叢書、1990。

⑤ 中村一基：「日本〈仏舎利〉信仰史」、『岩大語文』2006年第11卷。

⑥ 如下面几人的研究：内藤栄：「叡尊の舎利信仰と宝珠法の美術」、松尾剛次編：『持戒の聖者　叡尊・忍性』、吉川弘文館、2004；納富常天：「鎌倉時代の舎利信仰——鎌倉を中心として」、『印度學佛教学研究』1985年第33卷。

⑦ 内藤栄：「叡尊の舎利信仰と宝珠法の美術」、松尾剛次編：『持戒の聖者　叡尊・忍性』、吉川弘文館、2004、第179頁。

利者一代教主之遗身"，因舍利被盗"佛法已衰微之期，王法又失镇护之力"①。可见，东寺的舍利乃是王权稳固的象征。另外，东寺的舍利还会增减，增则预示天下丰收、减则预示国土衰微。从这里也可以看出，舍利与王权安危紧密关联。

这一思想的代表性人物为睿尊。睿尊在传记《感身学正记》中有多处关于舍利的记载。文永六年（1269）条曰："十一月二六日夜，彼寺最初安置之佛舍利入御。廿七日朝，拜见之。渴仰之余，脱一衣供养。教兴寺之兴隆始也。去八月六日所感应招提佛舍利，发造立金铜三尺塔婆之愿。即琉璃宝瓶奉庄严之。"② 弘安二年（1279）九月条曰："三□日。净阿弥陀佛所持佛舍利奉仕持来，则奉开拜见，其后奉纳感应毕。"③ 可见，在"舍利信仰"的驱动下，睿尊常常供奉和感应舍利。供奉舍利是因为可获得功德，而能否感应舍利则可窥见一人信仰程度之深浅④。关于睿尊"舍利信仰"的特色，内藤荣指出："睿尊的舍利信仰……是为了镇护国家、救赎众生或者使国家免除灾难，是为了万民的普遍利益。"⑤

其次，"舍利信仰"与"生身信仰"相融合。这种信仰形态体现在两个方面。

第一，供奉舍利之功德被等同于"生身佛"之功德。

这种倾向在平安末期就已经出现，源为宪（？—1011）的《三宝绘》下卷有如下记载："供养佛舍利与供养生身佛之功德等同，果报无异。一拜舍利即可消罪生天。请造宝器纳之，立宝塔置之。"⑥《觉禅钞》"舍利"项写道："生身佛与舍利功德同。"⑦ 该书继而引用《涅槃经》

① 国史大系编修会编：『吾妻镜』、吉川弘文馆、1968。

② 奈良国立文化财研究所监修：『西大寺叡尊传记集成』、法藏馆、1977、第35页。

③ 奈良国立文化财研究所监修：『西大寺叡尊传记集成』、法藏馆、1977、第146页。

④ 比如《沙石集》卷第二十一篇"佛舍利感得人之事"中记载了入道感应舍利的故事。其中写道："入道虽为无智在家之人，然其有真实信仰心，故有感应。"（小岛孝之校注・訳：『沙石集』、小学馆、2001、第71页）

⑤ 内藤荣：「叡尊の舍利信仰と宝珠法の美術」、松尾剛次编：『持戒の聖者　叡尊・忍性』、吉川弘文馆、2004、第110页。

⑥ 源为宪著、马渊和夫、小泉弘校注：『三宝绘词』、岩波书店、1997、第178页。

⑦ 觉禅撰、仏书刊行会编：『觉禅钞』、大法轮阁、2007、第32页。

经文，曰："供养灭度舍利，与供养在世生身，如此人功德无别。"① 这种意识在贞庆身上亦有体现，其《誓愿舍利讲式》写道："世尊恩德、呜呼大哉。就中救度普毕。虽入涅槃，犹残分布舍利。即是量万德之所成就也。流失之舍利，若得一粒，深心供养，生身利益正等无异"②，提出释迦涅槃后将舍利留于世间，即使供养一颗，其供养之功德亦与供养"生身佛"无异。从这些记载来看，供养舍利被等同于供养"生身佛"之功德是当时的普遍认识。

第二，舍利是佛像生身化、使佛像具备生命力的媒介。

如前所述，镰仓时代出现了"生身信仰"。为使佛菩萨像等看起来更像具有生命的肉体，当时的人们采取了各种方法，在佛像中纳入舍利为途径之一。人们相信，纳入了作为遗骨的舍利之后，佛菩萨等便具备了生身的属性。

值得注意的是，虽然历史上最早将舍利纳入佛像者为空海③，但"生身"一词出现于平安后期④，"舍利信仰"与"生身信仰"结合并兴盛是在镰仓时代⑤。重源再建东大寺大佛时，在佛像内纳入了舍利⑥。关于此事，藤原亲经（1151—1210）在文治元年（1185）起草的"重源敬白文"中写道："以生身之舍利纳造佛之胎中，忽放光明，频现灵瑞"⑦，纳入了舍利的佛像马上绽放光明，显现各种灵验。这种绽放光明的现象一直持续到文治二年（1186）闰七月。据《玉叶》文治二年闰七月二十七日条记载："大佛眉间聊有光明，譬如星芒，若疑灯楼之高悬欤，将又眼精之眩转欤。"⑧ 另外，睿尊的"舍利信仰"也有和"生身信仰"相融合的色彩，如文永六年三月建造文殊菩萨像之际，睿尊在像内纳入了五十三

① 求那跋陀羅譯：『雜阿含經』、『大正蔵』第 2 卷、第 67 頁。

② 貞慶著、山田昭全、清水宥聖編：『貞慶講式集』、山喜房佛書林、2000、第 41 頁。

③ 藤田昭弘：「東寺の信仰と美術」、『講堂諸尊修理完成記念』、朝日新聞社、2000。

④ 生駒哲郎：「重源の勧進活動と生身の大仏——宗教的権威の継承」、『説話文学研究』2008 年第 3 卷、第 123 頁。

⑤ 中村一基：「日本〈仏舎利〉信仰史」、『岩大語文』2006 年第 1 卷、第 6 頁。

⑥ 奈良国立文化財研究所監修：『南無阿弥陀仏作善集』、真陽社、1955。

⑦ 筒井寛秀監修；東大寺統要録研究会編纂・校訂：『東大寺統要録』供養篇、国書刊行会、2013、第 56 頁。

⑧ 国書刊行会編：『玉葉』、名著刊行会、1971、第 12 頁。

颗佛舍利①。此后，纳入了佛舍利的文殊菩萨像作为生身佛得到众人的尊崇。

需指出的是，将佛菩萨纳入舍利的重源和睿尊二人在后世也被尊崇为生身佛。西大寺所藏的重源和睿尊像中被纳入了"法舍利（经典）"，以求实现其生身化。这种行为背后，乃是因为当时舍利的概念扩大，法舍利（经或塔）被认为和佛舍利同体，具备同样的功德②。由此可见当时的"舍利信仰"和"生身信仰"相互融合的盛况。

再次，对舍利之功德的崇拜。这是镰仓时代"舍利信仰"的另一个特点，也是自舍利诞生以来就有的信仰形态。

关于舍利之功德，佛典中很早就有记载。《大智度论》曰："供养舍利人常手天福，不堕三途，生天得果如无上尊。"③《作佛形象经》云："其有人见佛形像以慈心叉手。自归于佛塔舍利者。死后百劫不复入泥犁禽兽薜荔中。死即生天上。"④《法华经》云："诸佛灭度已，供养舍利者……如是诸人等，皆已成佛道。"⑤ 从这些记述可知，舍利大体有两种功用：现世减罪消灾和来世往生安乐。对于镰仓时代的僧人而言，舍利的效用也是如此，如贞庆在《佛舍利大师发愿文》中写道："伏愿佛子本尊遗骨舍利。南海圣众自在尊。照慧日光明。消六根罪暗。以大悲智力。灭三业过犯"⑥，指出舍利具有消灾灭罪之功德。此外，贞庆还曾在著作中主张信奉舍利之功德与供养生身佛无异，即信奉舍利也有远离灾难、不堕三途、往生极乐净土之功德。

由上可知，镰仓时代僧人的"舍利信仰"有三个基本特点：视舍利为维护王权的保证、与"生身信仰"相融合、崇拜舍利之功德。

第二节 "舍利梦"与减罪消灾

《梦记》中的"舍利梦"共计四条，前两条内容如下：

① 奈良国立博物館編：『仏舎利の荘厳』、同朋社、1983、第37頁。
② 藤井正雄：「舎利の習俗」、『骨のフォークロア』、弘文堂、1988、第167頁。
③ 龍樹造鳩摩羅什譯：『大智度論』、『大正蔵』第25卷、第156頁。
④ 『佛説作佛形像經』、『大正蔵』第16卷、第788頁。
⑤ 鳩摩羅什譯：『妙法蓮華經』、『大正蔵』第9卷、第8頁。
⑥ 日本大蔵経編纂会編：『法相宗章疏』2、日本大蔵経編纂会、1915、第33頁。

（1）建仁三年十月，梦见一只大木筏。其以白布为帆。此白布为圆法从舍取来所悬挂。很多高尾出身之人乘于木筏。前面有一个水流湍急大瀑布，迎着木筏，倾泻直下。成弁我竟也坐于木筏上。心想：我将舍利挂于脖颈。因为担心若木筏沉没，舍利也将沉入水中。即使不沉没，恐也将被水打湿。我欲将舍利送上岸，然无法使木筏停下。木筏如飞箭般疾驰，令我束手无策。瀑布如御船滝般湍急，然比御船滝更加险恶。木筏马上冲入瀑布之际，众人皆落水。诸人皆为高尾出身之老实人。不夹余人。我为守护舍利，双脚用力蹬住木筏。即使木筏翻倒后，亦不曾落水。仅我未落水，终到达浅滩。①

（2）当月十日晚，梦见一人，貌似为法性寺之子，亲手赐予我十六颗舍利。云云。②

建仁三年（1203）十月的梦境，情节类似历险记，叙述了明惠和高尾即高雄人乘筏过河的经历。故事的主线围绕守护舍利展开，梦中明惠一心想着如何保护舍利。关于此时明惠努力保护舍利的目的，因《传记》和"行状"系列资料中没有关于此事的记载，无从判断明确的原因。从文脉来看，舍利是守护明惠甚至高尾的珍奇物品。从建仁元年（1201）开始，明惠的母族汤浅家族就发生了"石垣地头职叛乱"③事件，直到建仁四年（1204）二月十三日，明惠的师父文觉再次被流放，这期间周边环境一直不稳定。明惠的这种担心亦显露在其《梦记》："同四年正月，梦见二条大路发大水。欲渡水之际，前山兵卫正好骑马而来。成弁欲与之共渡。前山谓曰：'请自一町许处渡水'。即以手指示之。成弁依之渡过。水位仅及马之膝部。心想：水面虽大，然水极浅。遂安全渡之，到达彼岸。"④从该梦境来看，明惠当时应该陷入了困境，而且这个困境不限于他一人。梦中的"前山兵卫"即崎山良贞，为明惠的姨父，也是明惠的养父。从"前山兵卫"等人的出场来看，这种困境应和

---

① 久保田淳、山口明穗校注：『明惠上人集』、岩波書店、1994、第53頁。
② 久保田淳、山口明穗校注：『明惠上人集』、岩波書店、1994、第62頁。
③ 高山寺典籍文書綜合調查団編：『明惠上人資料』1、東京大学出版会、1982、第111頁。
④ 久保田淳、山口明穗校注：『明惠上人集』、岩波書店、1994、第54頁。

汤浅家族有关。加之，建仁四年二月十三日文觉即被流放。所以，建仁三年十月的梦境或许和汤浅家族面临的政治危机有关。据此可推测，上述梦境中明惠努力守护舍利的原因，即他相信舍利有种种效用，可以消灾除厄，护佑家族平安。这种祈求平安之愿在下面两条梦境中表露得非常明显："有人于我周边堆积石头镇护。富贵之相也。大菩萨之护佑也"①、"梦极其可畏。定是如此。然此吉事乎。盖为吉庆之相也"②。

（2）为建永元年六月十日之梦境。此梦和建仁三年十月的梦境类似，舍利的主题也和守护有关。因文觉被流放而前往镰仓申诉的汤浅一族到元久二年（1205）时仍未返回纪州③，从五月开始，明惠便一直为家族祈祷。对明惠而言，六月十日的梦境中获赐舍利也应是家族能得到守护的象征。

　　（3）十二日初夜坐禅时，看见月亮、又看见灯火。当晚梦见开多年来所持之箱。之前从未开之。其中有一小壶，模样类似装舍利之瓶。里面装满东西。一大一小。……另有佛舍利一颗。已故良贞与另外一人亦在，共观之。④

　　（4）建历三年二月二十九日（自二十五日开始修彼岸），行法之间思考应跟随释迦、弥勒和文殊之中何尊修行。想到舍利之诸种利益，决定只随密法修行。其夜梦云，高弁依要事寻某物。善友系野夫人抱高弁举至一处，使之俯视下面。见架子上有一小书册。此女房唱云："舍利、塔、梵箧。"即思之，所唱为书册名也。案曰：书册即梵箧也。故应跟随文殊修行。然释迦（舍利）、弥勒（塔）和文殊（梵箧）应追随三尊一起修行。此梦或寓意应跟随文殊修行善知识法。虽说如此，二十睡眠时心无所想，便得此梦。云云。本打算临终前只修行某一特定行法。又，此善知识所言为圣意乎。虽难以知晓，仍思维之。⑤

---

① 久保田淳、山口明穂校注：『明惠上人集』、岩波書店、1994、第53頁。
② 久保田淳、山口明穂校注：『明惠上人集』、岩波書店、1994、第53頁。
③ 高山寺典籍文書綜合調査団編：『明惠上人資料』1、東京大学出版会、1982、第114頁。
④ 久保田淳、山口明穂校注：『明惠上人集』、岩波書店、1994、第87頁。
⑤ 奥田勲、平野多惠、前川健一：『明惠上人夢記訳注』、勉誠出版、2015、第234頁。

关于（3）承久二年（1220）九月十二日的梦境，因为《传记》和"行状"系列资料中都没有记载此间发生的事，所以无从考证明惠所祈求的具体的舍利利益。但是，（4）建历三年（1213）二月二十九日的梦境中，明惠明确写道："释迦（舍利）、弥勒（塔）和文殊（梵箧）。"可见，明惠和其他宗教徒一样，将释迦的遗骨舍利视为释迦的化身。并且，从引文"舍利之诸种利益"来看，获得信奉舍利之功德是明惠信奉舍利的原因之一。

明惠及其弟子在著作中多次提及舍利的功德利益。据明惠弟子喜海的《明惠上人神现传记》（以下简称《神现传记》）记载："如来舍利放光明，遍照十方诸刹土，一一众生随应机，利益微妙难思议。"① 明惠在著作《摧邪轮》中也提到了佛法消失后舍利的功能："皆依舍利劝化发菩提心。"② 即舍利能够促使众生产生菩提心。此外，明惠在《十无尽院舍利讲式》中记载到，舍利有利益末世边土众生之功德③。可见，于明惠而言，信奉舍利功德无限。

正是因为相信信奉舍利的种种功德，使得明惠一生和舍利均有紧密联系。据《汉文行状》记载，"元久元年二月十五日、于纪州汤浅石崎修涅槃会、上人自读舍利讲式（上人制作十无尽院舍利讲式是也）"、"建保三年（乙亥）春涅槃讲定其式法于梅尾被行之撰四卷式（涅槃讲遗迹讲十六罗汉讲舍利讲）行四座讲"④。在元久元年（1204）的释迦涅槃会上，明惠讲解了著作《十无尽院舍利讲式》，且建保三年（1215）又作《舍利讲式》。此外，据《高山寺缘起》记载，高山寺于宽喜年间（1229—1232）建造了供奉佛舍利的舍利殿"三重宝塔"。明惠去世翌年，即贞永二年（1233），其生前从贞庆处所得舍利被安置于"三重宝塔"⑤。

关于贞庆赐予明惠舍利一事，《汉文行状》《神现传记》和《大乘院寺社杂事记》均有记载。其中，《汉文行状》中的记载最为简单："便任

---

① 高山寺典籍文書綜合調査団編：『明惠上人資料』1、東京大学出版会、1982、第248頁。
② 鎌田茂雄、田中久夫校注：『鎌倉旧仏教』「摧邪輪」、岩波書店、1971、第346頁。
③ 高山寺典籍文書綜合調査団編：『明惠上人資料』1、東京大学出版会、1982、第92頁。
④ 高山寺典籍文書綜合調査団編：『明惠上人資料』1、東京大学出版会、1982、第115、130頁。
⑤ 高山寺典籍文書綜合調査団編：『明惠上人資料』1、東京大学出版会、1982、第638頁。

托宣参诣社坛，梦示白炼铁槌现感真舍利（委细之旨如别记）。"① 详细记载了此事的是《神现传记》②。据其记载，舍利的传递路径为：鉴真→（西龙寺）→九条兼实→贞庆→明惠。《大乘院寺社杂事记》中的记录和《神现传记》一致。其长禄二年（1458）十一月四日条记载："同御影堂佛舍利、建仁三年二月二十八日、自贞庆上人受于笠置寺明惠相传智、二粒在之、此舍利西龙寺之舍利、鉴真和尚传来云云、招提寺与同也、自月轮禅定殿下贞庆给之云云。"③

小 结

释迦被火葬后，人们出于尊崇将其遗骨、遗灰视为佛身之代替品而进行礼拜，于是产生了"舍利信仰"。明惠也是镰仓时代"舍利信仰"的典型代表之一。在其生涯中，不仅有感应舍利的经历，而且著有《十无尽院舍利讲式》《舍利讲式》等书。并且，其著作《摧邪轮》及弟子的《神现传记》也多次提及舍利的功德。此外，明惠从贞庆处获得舍利之事被《神现传记》《大乘院杂事记》和"行状"系列资料等记载下来，由此可见其"舍利信仰"的闻名程度。

《梦记》中虽然仅有四处关于舍利的记载，但从其内容可知明惠十分重视舍利。特别是建仁三年十月的梦境中，详细记录了明惠保护舍利的行动和心理。与同时期的僧人相比，明惠的"舍利信仰"具有如下特点。第一，明惠的"舍利信仰"与王权之间几乎没有关系，而且在现有的文献中暂未找到"舍利信仰"与"生身信仰"相融合的记录。第二，在明惠的"舍利信仰"中，其最看重的是信奉舍利之功德。换言之，明惠如此信奉舍利，与舍利本身所具备的作用密不可分。在舍利所具有的两种基本功用中，明惠最重视的是舍利能减罪消灾。

---

① 高山寺典籍文書綜合調查団編：『明惠上人資料』1、東京大学出版会、1982、第112頁。
② 高山寺典籍文書綜合調查団編：『明惠上人資料』1、東京大学出版会、1982、第247—248頁。
③ 続史料大成増補：『大乘院寺社雑事記』一、臨川書店、1978、第509頁。

第八章 "明神梦"

春日神社和兴福寺分别为藤原氏的氏族神社和氏族寺院。一般认为作为祭祀藤原氏的氏族神春日明神的春日神社成形于神护景云二年（768），兴福寺实际建立于和铜七年（714）①。兴福寺和春日神社本来相互独立。平安时代前期，随着神祇信仰的兴盛，对氏族神和守护神的信仰得到加强。藤原氏作为天皇家族外戚的地位得到巩固之后，春日神社随之得到大力发展。在这种形势之下，原本为藤原氏氏族寺院的兴福寺，也想努力参与到春日神社的管理之中，以增强势力。其手段便是通过主持春日神社祭祀活动逐渐渗透，如在春日神社"直会殿"举行法华八讲等活动。为了进一步掌握祭祀权，兴福寺于保延元年（1135）在春日神社境内新建立了"春日若宫"。由此，僧人开始可以直接参与祭祀活动。此后，兴福寺参与春日神社的事务越来越多②。到平安末期，春日神社和兴福寺基本实现了一体化③，神佛习合的倾向越来越明显。

在"神佛习合"思想的影响之下，日本产生了众多信奉春日明神的僧人。明惠为典型代表之一。《梦记》中多次记录了春日明神。为方便论述，本书将与春日神社或春日明神有关的梦境统称为"明神梦"。那么，佛教徒明惠为何在《梦记》中记录隶属日本神祇信仰体系中的春日明神？这些梦对他而言有何意义？

下面以《梦记》为出发点，以《传记》《神现传记》《秘密劝进帐》

---

① 高山有纪：『中世興福寺維摩会の研究』、勉誠出版、1997。

② 比如，据若宫神主中臣佑房的《中臣佑房春日御社缘起注进文》记载，从保延元年到保延三年（1137）之间，为庆祝若宫的建成，进献神宝的人为兴福寺别当和氏族长者。保延二年（1136）开始，在春日神社举行了"若宫祭"。而"若宫祭"最初举行时是由兴福寺的僧侣主持的。

③ 永島福太郎：「春日社興福寺の一体化」、『日本歴史』1958 年第 125 卷。

和"行状"系列资料等文献资料、《古今著闻集》《沙石集》等同时代的短篇故事集以及绘卷《春日权现验记》为参照,同时结合同时代僧人的"春日信仰"状况,解读《梦记》中的"明神梦"。

第一节 《梦记》中春日明神的作用

春日明神又被称为"春日神""春日大神""春日大明神"。明惠弟子高信的《高山寺缘起》是了解高山寺的由来和当时寺院内情况的重要资料。其中,该书共记载了四座镇护神坛,分别为:大白光神、春日大神、善妙神和住吉明神①。白光神位于中央,左边为善妙神,右边为春日大神②。从这些摆设可知,包括春日明神在内,日本的很多神祇都是明惠的信仰对象。春日明神对明惠而言尤其重要,如室町时代成书的《清凉寺缘起》记录了明惠为振兴嵯峨释迦堂所举行的募集活动:建保五年(1218),明惠为振兴被烧毁的释迦堂,面向所有人化缘,并说法七日,结果,"以伊势天照大神宫八幡大菩萨为首,大小神祇诸天善神皆于说法之时影向。特别是春日大明神,每晚都为明惠说法"③,文中特意强调了春日明神。

在《梦记》中,春日明神或春日神社出现的梦境共计二十六条。在总计二百二十六条的《梦记》中,占据了很大的比重。并且,在大部分梦境中,春日明神都起到了重要的作用。下面,将按主题对春日明神在《梦记》中的作用进行分类探讨。

一 护佑之神

《梦记》中的春日明神承担了三种角色。第一种角色为护佑之神。

> 同二十九日梦云,京都兵卫尉家主令我等离开。即时被驱赶出门。寄宿至别处。此家极其吵闹。正房里有似休息之处。本来只有

---

① 高山寺典籍文书综合调查团编:『明惠上人资料』1、東京大学出版会、1982、第642—643頁。
② 高山寺典籍文书综合调查团编:『明惠上人资料』1、東京大学出版会、1982、第643頁。
③ 『清凉寺縁起』、引自『大日本佛教全書』。

上人坐于此。其后，成弁与主人妻、上觉等亦至此。兵卫尉暂且蹲食。尔时，上人差里屋崎山小女会见兵卫尉。我想盖因上人极信赖之，故遣之也。上人马上举声称赞兵卫尉。此小女十二三岁左右。云云。

同月三十日，自京都传来上人将被流放之消息。同时亦流出种种处置纪州事务之传闻。案曰：此梦预示着将会得到春日明神之护佑。原寄宿处代表上度事件后稍许安稳之状态。其后所至新寄宿处极其喧闹，表示本已经稍微安定之际，不料发生上人之事。兵卫尉暂时蹲食，表示最终会平安无事，可摆脱此次骚乱所带来之恐慌。上人为三宝、小童子为大明神。梦见离开纪州旧居会有凶事，然梦见京都之寄宿处则无疑表示将恢复原本之平静。依大明神之御守护，不可有别事也。[1]

二十九日，明惠梦见自己从一处搬往另一处。三十日，从京都传来师父文觉将被流放的消息。于是，明惠将二十九日的梦境中搬家的场景和现实联系起来，对梦境中的每个场景进行了"合理"的解释。通过解梦，明惠最终得到的结论是：此次风波会平静下来，因为有春日明神的保佑。从这里可知，对明惠而言，春日明神是守护神，会在危难之际伸手救助。

实际上，在这次的文觉流放事件中，明惠还做过几个与文觉被流放有关的梦。在分析这个问题之前，首先明确一下引文梦境的日期。因为历史上文觉曾三次被流放，而引文中的梦境只写了"日"，并没有明确的年份。

关于此梦的年份，《明惠上人梦记译注》中推断为建仁四年（1204）。确实，根据前后文及史实来推测，年份应为建仁四年。《明惠上人梦记译注》判断的依据是文觉被流放的时间，即历史上文觉的三次流放事件分别为：明惠出生当年的承安三年（1173）的伊豆流放，建久十年（1199）二月—建仁二年（1202）十二月期间的佐渡（位于今新潟县西部）流放和始于建仁四年二月的对马（位于今九州北部玄界滩）流

---

① 奥田勲、平野多恵、前川健一：『明惠上人夢記訳注』、勉誠出版、2015、第296頁。

放。在三次流放日期中，首先可排除承安三年。因为当年明惠刚出生，
并未开始记录《梦记》。其次，文觉将被流放的消息传出的日期为正月
三十日。在建久十年二月—建仁二年十二月和建仁四年二月这两个时间
段中，符合该条件的时间只有建久十年、建仁三年和建仁四年三个时间。
但是，因为《明惠上人梦记译注》将引文前一条的梦境推测为建仁四
年，因此断定此梦也为建仁四年。论据并不是特别充分。下面将通过分
析《汉文行状》中所记录的这三年的事件，对此论断提供进一步的资料
补充。

次年（建久十年）春上洛、于高尾探玄记第三卷以下谈之、问
答讲等又始行之、其后文觉上文蒙敕勘、高尾荒废之间相伴十余辈
众、又栖筏立草庵、其间不知他事华严章疏谈之、华严大疏演义抄
等书写之。①

同三年（建仁三年）正月十九日、以后、彼家妻室橘氏女生年廿
九、明神降托、橘氏有所由欤、……同廿六日午时、春日大明神乔、
托凡身忽以降临、……唯愿莫去我国企远行固为制此事故以来临……②

同（建仁四年）正月廿九日、于系野迎春日大明神御降托日、
行大明神讲问答讲也、其后终夜诵五教章备法乐、彼家主女人闻听之
间殊起信心、……（女人）即语云、先此间御上洛努力努力不可
有、又始自兵卫尉宗光一郡之辈愁叹可出来也、能可有御祈请、上人
问云、此词非普通、若大明神御托宣欤、女答云、只我所申也、非大明
神仰、但大明神定如此思食欤云云、又当时兵卫尉造御庵室之间、……
其比文觉上人自佐渡国归洛之间。频可有上洛之由被申。……二月十三
日、文觉上人又蒙宣旨废流对马国、为免彼难大明神被示仰也、在田一
郡地头职悉以违乱、并驰下关东了……其后一郡不安堵之间移住神
谷山寺名也、为诸人祈祷……上人又修三时行法、又以大佛顶咒加持
香水、以其水向施主方洒之、又雄黄加持白芥子加持等作法修之、

① 高山寺典籍文書綜合調査団編：『明惠上人資料』1、東京大学出版会、1982、第104
頁。（）内为笔者注。

② 高山寺典籍文書綜合調査団編：『明惠上人資料』1、東京大学出版会、1982、第112
頁。（）内为笔者注。

　　彼祈祷之间、瑞梦灵验等不委之。①

　　首先，建久十年的《汉文行状》记载了明惠讲经、抄经以及搬回筏立的经过。虽然文中用一句话提及了文觉被流放佐渡之事，但丝毫未言春日明神。其次，建仁三年的《汉文行状》记录了正月十九至二十六日期间春日明神降神谕的经过。但是，这次的降神谕和文觉流放没有任何关系。如神谕所言，"唯愿莫去我国企远行固为制、此事故以来临"，春日降临的目的是阻止明惠渡天竺。只有建仁四年的记录与引文有明显的关联。其与引文二十九日的梦境有如下重合之处：第一，《汉文行状》中的"彼家主女人"和"兵卫尉"在二十九日梦境中也曾出场。这很难说是巧合。第二，从"当时兵卫尉造御庵室之间"一句可以看出，当时兵卫尉正在造草庵。虽然和《梦记》不是直接对应关系，但和搬家、住处等意象有一定的关联。能进一步佐证这种关联的是下面一句："自兵卫尉宗光一郡之辈愁叹可出来也。"这和二十九日梦境开头部分女主人劝告明惠从兵卫尉处搬离之描写正好吻合。第三，《汉文行状》建仁四年的记录中多次提及春日明神。除了开头的大明神讲习会之外，春日明神皆和文觉流放事件有关。特别是"为免彼难大明神被示仰也"一句，和《梦记》中的"会得到春日明神之护佑""依大明神之御守护"等异曲同工。基于以上推断，可以确定引文梦境时间为建仁四年正月二十九日。

　　建仁四年的《梦记》中，与文觉被流放有关的梦境有三条②。如"同月七日，自地藏堂还。月色黯淡，借宿泷四郎家。梦见欲参拜春日神社为今日也，将欲沐浴净身。云云"。③据《汉文行状》记载，正月二十九日明惠于纪州举办了春日明神讲习会，之后文觉邀请其赴京都。明

---

　　① 　高山寺典籍文书综合调查团编：『明惠上人资料』1、東京大学出版会、1982、第113—114頁。（ ）内为笔者注。

　　② 　除了下文中提到的两条之外，另外一条内容为：「一、二月十　日の夜、夢に云はく、此の郡の諸人、皆馬に乗りて猥雑す。糸野の護持僧と云ふ人二人馬より堕ち、倒れ堕ちてんぬ。余人もおちなむずと思ひて見れども、只護持僧二人許り堕ちて、余は堕ちず。心に思はく、護持僧の堕つるは不吉の事かと思ふ。然りといへども、余人は堕ちず。糸野の御前、上人の御房の居給ふを瞻る。上人の御房等も大路におはしますと見る。」（久保田淳、山口明穂校注：『明惠上人集』、岩波書店、1994、第57頁）

　　③ 　久保田淳、山口明穂校注：『明惠上人集』、岩波書店、1994、第56頁。

惠于二月五日从纪州打算出发之时，于雄山的地藏堂得梦，因梦放弃了去京都的计划。到了二月二十三日，文觉被流放的诏书颁发下来①。《梦记》中的"同月"即为《汉文行状》中的"二月"。明惠打算参拜春日神社，应该也是为了文觉之事，想寻求明神的护佑。

而且，从《梦记》来看，这段时间内的梦境几乎全与护佑有关。明惠于二月十九日梦见在田郡人们骑马，"系野夫人之护持僧两名坠马，坠倒于地。思维余人亦坠乎，见仅护持僧二人坠落。余人不坠。心想：护持僧坠落或为不吉之事。然余人不坠。我观系野夫人与师父上人之处，见上人等亦在大路"②。此段将明惠担心在田郡和师父文觉之安危的心情以及希望文觉等人能平安无事的期冀描写得淋漓尽致。可见，至少从正月二十九日至此二月十九日之间，明惠一直在为师父及在田郡之人担心。也正是因为这种担心和祈愿，促使明惠希望得到神佛的护佑，而春日明神成了祈求的重点对象。

春日明神的护佑作用的另外一个体现为护佑修行，如下面一条梦境：

> 同月十四日，决定以释迦如来为大佛顶法修行之本尊。其时，心想：如此只需每日两度各诵读大佛顶陀罗尼十四遍即可，欲废悬挂释迦像之修行。其夜梦云，盖为安田家前之大河涨势汹涌。且水自海中来，逆流而上。其水浑浊，波涛汹涌。浪上有诸多鹿，破浪而下。且有猪逐渐游离。……恍惚中意识到此为梦境，曰：呜呼。梦见此景象为大明神等御加护之兆。……此次梦见大小洪流自海流向河，是为暗示我应继续修行，如若不然，或不吉。于梦中深深感慨：本尊、明神等如此以种种方法劝诱我。实为御念护深重故。云云。③

建仁四年（1204）一月十四日，明惠将修行大佛顶法的本尊定为释迦如来后，决定不再悬挂释迦像进行修行。由此而引发了水由海流向河

---

① 高山寺典籍文书综合调查团编：『明惠上人资料』1、東京大学出版会、1982、第113—114頁。

② 久保田淳、山口明穂校注：『明惠上人集』、岩波書店、1994、第57頁。

③ 奥田勲、平野多恵、前川健一：『明惠上人夢記訳注』、勉誠出版、2015、第288頁。

之梦境。"大佛顶"即大佛顶陀罗尼，指歌颂大佛顶如来的陀罗尼。修行此法的功德主要是灭罪消灾、往生极乐①。明惠认为水由海流向河、很多动物游离大海之梦是释迦如来和春日明神在告诫自己不能放弃悬挂释迦像之修行。对此，明惠在《梦记》中两度感慨道："梦见此景象为大明神等御加护之兆"、"本尊、明神等如此以种种方法劝诱我。实为御念护深重故"。可见，在明惠心中，春日明神为危难与修行困惑之际的守护神。明惠相信，在春日明神的护佑之下，可以逢凶化吉、遇难成祥。同时，春日明神也可辅助、护佑修行。

二 建社造像之依据

元久二年（1205）十二月，明惠于纪州在田郡山中建造了伽蓝，并且建造了春日明神宝殿、安置了神像②。在此前后，明惠曾多次梦见春日明神。

> 同十九日夜梦云，将高尾准备建造御社之地铲平。道路铺得极其平整。道中有墙。推倒之。……道场中门有一头大鹿，头颈九寸许。携其子。散道场供米饲之。云云。又解脱房询问《华严经探玄记》等之意，成弁答之。③

建仁三年（1203）十一月十九日晚，明惠梦见了和建造神社有关的场景。引文中的"御社"即春日神社。据《梦记》记载，明惠于"十一月七日出京前往南京"④。"南京"即奈良，春日神社的所在地。引文中还出现了鹿。如本章第二节所述，鹿为春日明神的使者，可进一步佐证"御社"为春日神社。

据《汉文行状》记载，建仁三年一月十九日春日明神于星尾（位于今和歌山县有田市）降神谕，阻止明惠渡天竺。此次神谕之后，明惠于

---

① 『大佛頂廣聚陀羅尼經』、『大正藏』第 19 卷、第 158 頁。"此法须臾受持读诵。灭无数百千劫七遮八难五逆四重八重。无问轻重皆消灭。得清净光明无垢莲华宝藏之身。转此身后得生阿弥陀佛国极乐世界。所生之处常忆宿命。不处胞胎。莲华化生。自然种种庄严其身。"

② 高山寺典籍文書綜合調査団編：『明惠上人資料』1、東京大学出版会、1982。

③ 奥田勲、平野多恵、前川健一：『明惠上人夢記訳注』、勉誠出版、2015、第 134 頁。

④ 奥田勲、平野多恵、前川健一：『明惠上人夢記訳注』、勉誠出版、2015、第 130 頁。

二月二十八日参拜春日神社。其后，会见笠置寺（位于今京都府相乐笠置町）解脱上人贞庆。同年四月九日，明惠于星尾拜托画僧宅磨俊贺①描摹春日明神像，并在纪州举行了春日神像开眼供养。翌年（1204）正月在纪州举行了春日明神讲习会②。从《汉文行状》中的记录来看，建仁三年十一月十九日的梦境应该是继画像和开眼供养之后，明惠"春日信仰"的另外一个实践活动即建造春日明神宝殿的产物。虽然春日明神宝殿建造于元久二年十二月，但从上述梦境可知，早在建仁三年年底时，明惠就已经有了建寺计划。

此梦过后两个多月，明惠又做了一个和春日神社有关的梦。

建仁四年正月二十八日夜梦云，谓得业御房圣诠曰："可曾听闻御山岬角大明神所降之神谕乎？"圣诠即曰："明修房道，神谕曰将御山献于御房。且文觉来时已商量完毕。"成弁想道：如若如此，头弁殿藤原长房应会写信告知我。梦醒。③

建仁四年（1204）正月二十八日晚，明惠梦见圣诠转告他，明神降神谕打算将神社献给明惠。永岛福太郎指出，文中的"御间"指春日大社和若宫之间的岬角④，所以，"大明神"为春日明神。此外，据《汉文行状》记载，明惠于此梦境次日即二十九日在系野举行了大明神讲习会⑤。可见，这几日明惠与春日明神之间的关联非常紧密。

关于此梦的意义，前川健一认为春日明神将神社献给明惠的目的是阻止其隐居⑥。因为早在建仁三年二月二十九日降神谕时，明神就曾禁止明惠隐居。这种说法有待商榷。其实，与其说献神社的目的是阻止隐居，不如说是明惠借助这个梦来为元久二年在纪州在田郡建造春日神殿

---

① 镰仓时代的画僧。嘉禄元年（1225）年为高山寺罗汉堂作画"十六罗汉"。还曾为神护寺作画"真言八祖像"。

② 高山寺典籍文書綜合調查団編：『明惠上人資料』1、東京大学出版会、1982。

③ 奥田勲、平野多恵、前川健一：『明惠上人夢記訳注』、勉誠出版、2015、第163頁。

④ 永岛福太郎：「明惠上人と南都」、『日本歷史』596、1998。

⑤ 高山寺典籍文書綜合調查団編：『明惠上人資料』1、東京大学出版会、1982、第113頁。

⑥ 奥田勲、平野多恵、前川健一：『明惠上人夢記訳注』、勉誠出版、2015、第164頁。

寻求权威支持。因为引文中"神谕曰将御山献于御房"之句明显在为明惠建造神殿造势。

据《汉文行状》记载，元久二年春，明惠再次计划渡天竺时，因病终止。明惠认为这是春日明神之神意，更加深了其"春日信仰"。明惠于当年十二月完成了记有明神降神谕之事的《秘密劝进帐》。《秘密劝进帐》开头写道："沙门成弁胡跪合掌白一切有心知识，请殊蒙十方施主贵贱上下恩恤，卜纪州在田郡山中　建立一伽蓝并奉造春日住吉两大明神之御宝殿安置彼御形像状"①，明惠将建造春日明神宝殿一事付诸行动。

据上可知，虽然建造春日明神宝殿是在元久二年十二月，但早在建仁三年时明惠便已经产生了造殿想法。此后，明惠于建仁四年正月二十八日晚的梦境中再次得到春日明神的"许可"，进一步坚定了其决心。梦境中春日明神的使者鹿的到访以及明神所降将春日神社献与明惠之神谕，为明惠建造宝殿提供了精神支持，成为明惠建造春日神社或者安置神像的依据。

三　行动之指南

建仁三年（1203）十一月七日，明惠就回纪州居住之事欲征求明神的意见，打算翌日参拜春日神社。当晚的记录如下：

> 建仁三年十一月七日出京诣南京。为回纪州居住之事，欲明日参诣神社，报告此事。其时，梦云，成弁左肘坠落腋以下脱落。心想：明神不悦，故有此恶梦。定患中风等大病。纵有手臂，何喜之有？如此思维之际，梦醒。②

明惠梦见左肋脱落，认为这是春日明神反对之征兆。可见，除了危难之际护佑明惠及为建社造像提供依据之外，春日明神的意志还是明惠行动的重要依据。实际上，明惠的行动经常受到春日明神的影响。如建

---

① 高山寺典籍文书综合调查团编：『明惠上人资料』1、東京大学出版会、1982。
② 奥田勋、平野多惠、前川健一：『明惠上人夢記訳注』、勉诚出版、2015、第130頁。

仁三年（1203）春日明神降神谕时，曾劝明惠留在与之有佛缘的众生所在的"王城"附近，并说道："我等不赞成汝笼居。"①

明惠的两次渡天竺行动中，春日明神的意志也都起到了决定性的作用。建仁二年（1202）冬，明惠第一次讲明了打算渡天竺的想法。《汉文行状》卷中写道："建仁二年冬比、殊恋慕西天遗迹、深恶土旧居、依有本山牢笼事、暂寄宿纪州在田郡保田庄亲族边（宗光宅也）、对数辈同法、谈话西天云游。"② 但是，明惠很快就放弃了这种想法。因为建仁三年时，春日明神附身于明惠伯父汤浅宗光之妻，降神谕阻止。

> 同三年正月十九日、以后、彼家妻室橘氏女生年十九、明神降托、橘氏有所由欤忽断饮食、水浆不通、殆疑病恼、至同廿六日午时、春日明神忝托凡身、忽以降临、托宣仪式严重揭焉、窃依圣教之说、（中略）御托宣词云、我深思念汝。知识愍善财是故、显现我真相、降临此室内、我昔未显如此灵应向后亦复然、宜得此意、诸神皆虽作守护、我并住吉大神殊不相离也、唯愿莫去我国企远行、固为制此事故来临也云々。此间前后词并问答首尾繁多欤、今取要一二载之。上人申云、随御教训、早可思留也云々。③

引文是《汉文行状》中关于正月二十六日中午春日明神降神谕的描写。据《传记》记载，此时，橘氏女身上出现了种种异象，浑身散发香气、声音变得特别美妙、手足亦发出甘甜味道，周围舔舐橘氏女手足之人，口留余香数日，家中连续几天充满香气。如此显现各种灵异的春日明神降神谕道：自己像这样在明惠面前显灵是空前绝后的事件，其对明惠有特殊的守护之情，希望莫远渡天竺。在春日明神的此番劝导下，明惠的第一次渡天竺计划终止。

明惠的渡天竺之心并没有因此终止。元久二年（1205）春，明惠再

---

① 《明惠上人资料》第一：高山寺典籍文书综合调查团编：『明惠上人資料』1、東京大学出版会、1982、第239頁。

② 高山寺典籍文书综合调查团编：『明惠上人資料』1、東京大学出版会、1982、第111—112頁。

③ 高山寺典籍文书综合调查团编：『明惠上人資料』1、東京大学出版会、1982、第112頁。

度提出了渡天竺计划。

　　　然间西天修行又思企之、五六人同行同以出立、或图绘本尊、
或书写持经、又从大唐长安城、至中天王舍城、路次里数勘注之
（彼里数记文入经袋、犹被持之云云）数日之间经营评定、……
　　　纵虽舍身命、此心不可退转、其次种々述怀云、我从幼稚之昔、
学显密圣教本意者于尺尊御事、凝殷勤恋慕、望西天遗迹、为遂云
游之志也、誓愿之趣三宝诸天定垂照览、有何本意可留此所乎云
云、……仍为决实否欲取孔子赋、本尊尺迦、善逝、善财五十五善
知识、春日大明神御形象、于三所御前、书二筊（一者可渡西天哉
一者不可渡哉）、可取之、此三所中虽一所得渡筊者、虽舍身命、可
遂其志、若三所皆为不可渡之筊、可思止云云、即致精诚祈请之、
善知识大明神两筊令他人取之、于本尊御前上人自取之、写二筊于
坛上至处、一筊运转坠坛下、求之不得、遂不知所去、取所残筊见
之不可渡筊也、余二所筊皆同前也、仍彼修行思止了、其后所劳气
即时平复、可谓不思议①

　　《传记》中也有和上文《汉文行状》中类似的记载。两者内容基本
相同，只是《传记》中缺少了叙怀部分。这次明惠的决心比第一次要强
烈，他决定即使舍弃性命，也要实现渡天竺之愿。而且，这次的计划比
第一次要周密很多。明惠为了此次西行，专门制作了《大唐天竺旅程
计》，可谓志在必行。但是，最终此次计划还是以"思止了"告终。这
次放弃的原因也和上次一样为天意。虽然这次的天意不仅出自春日明神，
还有释迦和五十五善知识等，但明惠行动时向春日明神询问神意的本质
并没有改变。

　　此外，居住或修行地点改变之时，明惠也会询问春日明神的意见。
《梦记》中有这样一条梦境：

---

　　① 高山寺典籍文书综合调查团编：『明惠上人资料』1、东京大学出版会、1982、第123—
124页。

> 建保六年六月十一日夜梦云，神主于一院旁，谓我曰："手拿宝树，将其移至明神前。" 说罢离开。①

建保六年（1218）六月十一日，明惠梦见神主命其将宝树移至明神神像前。关于此梦，立木宏哉认为这是明惠将离开明神、移居别处②。因为"一院"、神主和"宝树"三者在建保七年（1219）二月十九日的梦境中也出现过。在二月十九日梦境中，"宝树"和《摧邪轮》有关。《摧邪轮》是明惠的佛教著作，专门用来驳斥法然的理论。所以，他推测六月十一日梦境中的"宝树"应该也和《摧邪轮》有关，指出虽然《摧邪轮》中没有出现"宝树"一词，但树都是用来比喻菩提心。

实际上与其说是实现行为的正当化，不如说是菩提心作为自己的化身留在春日明神身边以取得其宽宥。因为在明惠的意识中，违背神意会受到惩罚。如本小节开头所示，建仁三年十一月七日的梦境中，明惠认为明神若不悦自己定会患中风之类的大病。这是违背神意会受到惩罚的最直接的表现。《传记》中也有违背神意受到惩罚的相关记载。元久二年，明惠第二次计划渡天竺时，因为违背了春日明神的意志而患重病，"然上人忽患重病。其与普通病状不同。饮食等如常、起居亦无碍。仅谈及渡天竺之事时身心痛苦。有时左腹如撕裂般疼痛，有时为右腹。心中渡天竺意念强烈时，腹背刺痛而昏厥"③。因为建仁三年明惠第一次计划渡天竺时，春日明神曾降神谕明确禁止远行，所以，喜海认为师父明惠这次的患病是因为又计划渡天竺，违背了春日明神的神谕。神意惩罚之严厉自古就有，和佛的慈悲构成鲜明的对比。

如前所述，元久二年（1205）时明惠于纪州在田郡山中安置了春日明神宝殿。本来应该时常供奉。但是，明惠两个月后将要远去的贺茂（京都）远离纪州（和歌山县）。这与春日明神不允许离开其左右的神意相背。这种对神意的敬畏从下面一条梦境中也有体现。"同年四月五日下南都。同十日夜梦云，民部卿御前与我亲近。其至成弁处，愿。取其

---

① 奥田勲、平野多恵、前川健一：『明惠上人夢記訳注』、勉誠出版、2015、第238頁。
② 奥田勲、平野多恵、前川健一：『明惠上人夢記訳注』、勉誠出版、2015、第241頁。
③ 久保田淳、山口明穂校注：『明惠上人集』、岩波書店、1994、第135頁。

手。事后心想：是为大明神。我不顺其意，违背之。故手中所持念珠线断。云云。"① 承元三年（1221）四月五日梦境中，因违背明神的意志，明惠的念珠断开。由于相关史料和记载的欠缺，此时明惠具体违背了明神的何种意志已不得而知。但是，从引文可明显读出明惠对春日明神的敬畏。正是这种敬畏之情，使得春日明神具备了左右明惠行动的功能。

第二节　《梦记》中的童子与鹿

《梦记》中"春日"出场时，除了独自出现之外，还有很多和"童子""鹿"组合出现的情况②，如建仁四年正月二十九日梦境中，"上人为三宝、小童子为大明神"，明惠将小童子视为大明神的化身。

《梦记》中"童子"作为春日明神的化身共计出现过五次。这是童子为春日明神化身之时代背景的反映。很多学者都曾指出，中世时期童子被神圣化③。童子的基本特征为垂发或角发。到了平安末镰仓初，作为连接现世和异界的媒介，童子在短篇故事集中经常出现，如《今昔物语集》中传达佛祖声音的经常为童子④。

"春日信仰"对童子的崇拜可追溯到 12 世纪春日若宫神社创建之

---

① 久保田淳、山口明穂校注：『明惠上人集』、岩波書店、1994、第 70 頁。

② 比如：(1)「一、同十六日の夜、夢に、弁の殿之御前にして春山此の間に御社に参籠せる也より消息を賜はる。」其の状に云はく、「京上之次でに必ず必ず此の御社へ寄り参らしめ給ふべく候。」其の後、一人の童子有り。名づけて文殊殿本、高尾に住みて、已に遊び去れりと云々と曰ふ。我が前に来る。成弁思はく、此の童子いはむ事は、決定の占法なるべし。誤たずして実の義を表すべしと思ふ。即ち、指せる事にあらず。所以を説かず。又、我が心にも何事を思ふとも覚えずして、只此の童子に語りて云はく、「公、成弁之思へる事を実の如く之を示すべし。」童子答へて曰はく、「春日に詣でしめ給ふべし」と云々。成弁思はく、不可思議也。春日之御事も見聞せざるらむ。少児之此の如く言ひつる、不可思議也不可思議也と云々。覚め了んぬ。(久保田淳、山口明穂校注：『明惠上人集』、岩波書店、1994、第 99 頁)

③ 参考：黒田日出男：「『童』と『翁』」、『境界の中世　象徴の中世』、東京大学出版会、1986；網野善彦：「童形・鹿杖・門前」、『異形の王権』、平凡社、1993；田辺美和子：「中世の『童子』について」、『年報中世史研究』1984 年第 9 巻。

④ 比如：「葛木ノ峰ニ入テ、食ヲ絶テ、二七日ノ間法華経ヲ誦ス。夢ニ（後略）八人の童子が「奉仕修行者　猶如薄伽録　得上三摩地　与諸菩薩倶」ト誦シテ、法華経ヲ誦スルヲ聞ク、ト見」た（巻一三・21）、「一人ノ童子来テ、「…」ト云テ、其ノ道ヲ教フ。」（巻一三・21）、童「…悩スラム所ノ悪鬼ヲ揮ヒ去ケル也…」ト（巻一四・35）。

时①。春日若宫为春日神社的"摄社",位于春日神社以南约一百米处,所祭祀的神明为本社第三殿天儿屋根命之子天押云根命,"本地佛"为文殊菩萨。13 世纪末 14 世纪初的《古社记断简》记载了春日诸神的"本地佛","若宫圣观音_{或文殊}　垂迹童子形……"②。众所周知,文殊菩萨的代表形象为童子。于是,若宫的形象自然也成了童子。同时,如前所述,春日若宫的建造是在兴福寺的推动下完成的。它自建立之初就受到了兴福寺的巨大影响。兴福寺作为寺院,本来就有将童子神圣化的传统。兴福寺里有很多侍童③为这一现象的有力证据。这种传统也为春日若宫的童子崇拜奠定了基础。

这种对童子的崇拜不仅仅局限于春日若宫,若宫之外的其他神殿诸神的化身也时常为童子。据学者考察,宫内厅三丸尚藏馆所藏的《春日权现验记绘》中有六条涉及春日明神的童子形象④。《春日权现验记绘》是延庆二年(1309)奉施给春日神社的绘卷,共计二十卷,绘制了自承平年间(931—938)至嘉元年间(1303—1306)约三百七十年间的春日灵验故事,是了解"春日信仰"的重要文献。这六卷涉及童子形象的绘卷分别为:第四卷第二段"永久春日诣时神托事"、第七卷第三、四段"近实陵王事"、第九卷第一二三段"祈亲持经事"、第十三卷第四段"胜诠僧都事"、第十三卷第五、六段"增庆事"和第十四卷第五段"顿觉房事"。通过这些绘卷可知,童子形象不仅局限于若宫,也见于春日神社中的第三神和第四神。

除了童子之外,鹿也是春日明神的化身和使者。关于鹿成为春日明神使者的原因,一般认为和神武瓮槌命从鹿岛神宫影向春日御盖山⑤的方式有关。神武瓮槌命是春日神社第一殿祭祀的祖神。据说鹿是其影向

---

① 田边美和子:「中世の『童子』について」、『年報中世史研究』1984 年第 9 卷。

② 『古社記断簡』、『神道大系　春日』神社編 13、神道大系編纂会、1985。

③ 《大乘院寺社杂事记》和《多闻院日记》中有很多关于侍童的描写。《春日权现验记绘》"慕归绘"中就有兴福寺的侍童,《慕归绘》中还有这样一段描写:一乘院前大僧正将自己挂念的十四岁的少年宗昭拉近房间。《天狗草纸》兴福寺卷中也描写了数名寺院"侍童"。

④ 福地佳代子:「春日信仰における童形神の成立と展開」、『女子美術大学研究紀要』2005 年第 35 卷。

⑤ 即三笠山、御笠山。位于奈良县奈良市东部,为春日神社背后之山。因山形状似斗笠,故有此称。

春日山时的坐骑。至于鹿和神武瓮槌命联系在一起的原因，仓野宪司以《古事记》中"天孙降临"中的记载为依据，指出神武瓮槌命本来是刀剑冶炼之神，同时也是雷神。《古事记》中陪同神武瓮槌命下去平定天下的"天迦久神"中的"迦久"即为鹿，盖为神鹿。神武瓮槌命的父亲用于堵道的水即为冷却加热的刀剑之水，而用于冶炼的"鞴"是用鹿皮制作而成，所以后世鹿才成为神武瓮槌命的使者①。

比起上述神话起源说，自然神信仰演化角度更能解释鹿成为春日明神使者的原因②。远古时代，人们认为天体（天、日、月等）、自然现象（风、雨、雷等）、无生物（山、土地、水等）和生物（熊、鸟、树等）等自然界的万物皆有灵魂，将其视为神灵加以崇拜。与之相呼应，日本很多神社的祭祀神灵的使者都属鸟兽虫类，如八幡神社的鸠、稻荷神社的狐和天满宫的牛等。这些鸟兽虫类和祭祀神灵联系到一起的重要原因之一是特定的神灵成为祭祀对象之前，当地存在自然神信仰。鹿之所以能成为春日明神的使者，和当地原本崇拜栖息在这里的鹿有密切关系。

随着"春日信仰"的加深，作为春日明神使者的鹿也开始成为信仰的重要一部分。据宫地直一考察，自延喜年间（901—923）开始，鹿便一直被尊崇为春日使者③。从平安中期开始，"春日信仰"逐渐隆盛。与之相应，作为使者的鹿也得到大力推崇。到了平安末期，参拜春日神社时，公家在遇见第一头鹿时要下车参拜。同时，人们将遇见鹿视为吉祥之事，将梦见鹿视为春日明神护佑之相。上述情形通过《权记》《玉叶》《台记》等公家日记可以了解。《权记》宽弘三年（1006）正月十六日条记载道："十六日，己未，晓更沐，聊书所思参社头，到被户柱雉骚鸣，奉币读祝之间，第三神殿上有鸟，罢出之间逢鹿，皆吉祥也。"④《台记》久安四年（1148）九月二十五日条载，"廿五日，庚戌，（中略）今夜梦见鹿，余以为吉祥，又春日加护也。"⑤《玉叶》安元三年（1177）二月二十六日条载："廿六日，〈丙申〉天晴，午后阴，雨不降，

---

① 倉野憲司校注：『古事記』、岩波書店、1984、第29頁。
② 赤田光男：「春日社神鹿考」、『日本文化史研究』2003年第35卷。
③ 宮地直一：「神社の崇敬」、『宮地直一論集』第5卷、蒼洋社、1985、第295頁。
④ 藤原行成：『權記』二・増補史料大成4、臨川書店、1965、第49頁。
⑤ 藤原頼長：『台記』一・増補史料大成23、臨川書店、1965、第265頁。

戌刻，姬君归来，今晓，〈寅刻〉先参社头，前驱如昨，侍等又同，（中略）巳刻出奈良路之间，下向无违乱事，就中，一昨日雨下，昨日今日天晴风静，又参社之间，虽夜中鹿太多出来，是皆神明感应，最吉之祥也，逢最初之鹿，人必下车奉拜之云云。"[1]

并且，与这种对鹿的尊崇相呼应，镰仓时代还出现了"春日鹿曼陀罗"。"春日鹿曼陀罗"为"春日曼陀罗"的一种。所谓"春日曼陀罗"，是以春日明神或神社为主题的所有绘画的总称。根据其主题，可分为春日宫曼陀罗、春日社曼陀罗、春日鹿曼陀罗和春日本迹曼陀罗等。关于"春日鹿曼陀罗"，据《春日权现验记绘》第四卷"普贤寺摄政事"记载，"殿下之所为盖皆合乎神意之故，鹿于春日神前舔舐其脸。此外，据说世间流传的垂迹御体曼陀罗也于梦中跪拜之"[2]。这说明普贤寺摄政藤原基实（1143—1166）时期，也就是平安末期就已经有"春日鹿曼陀罗"。但是，平安末期并没有"春日鹿曼陀罗"流传下来。一般认为，现存最早的是镰仓时代的阳明文库本"春日鹿曼陀罗"[3]。

《梦记》中鹿也是春日明神的使者。"某年五月、六月梦记"中，春日明神和鹿同时出现[4]。明惠在梦境中由明神之梦联想到之前所做的与鹿有关的梦境。这很可能是因为梦见了春日明神，刺激明惠想起"之前梦见手物喂鹿。鹿很顺从，安心食之"[5]的梦境。鹿和春日之间的关系是如此密切，以至于明惠梦见明神便会自然联想到鹿。

"鹿"在《梦记》中共计出现了十八次，其中六次和春日明神同时现身，而鹿单独出现时，其身份也是春日使者。一般情况下，明惠也是将梦见鹿视为吉相。在众多的梦境之中，下面两条十分引人注目。

> 同月十四日早，上皇颁布栂尾院宣。其夜梦云，有鹿一匹。成弁剥此鹿皮。颈以下皆剥之。抱此鹿颈拖至栂尾堂前。……次日

---

① 国書刊行会編：『玉葉』、名著刊行会、1971、第78頁。
② 群書類従：『春日権現験記』、続群書類従完成会、1977、第12頁。
③ 重富滋子：「春日信仰における神鹿とその造形」、『美学・美術史学科報』、1988、第22頁。
④ 奥田勲、平野多恵、前川健一：『明恵上人夢記訳注』、勉誠出版、2015、第368頁。
⑤ 奥田勲、平野多恵、前川健一：『明恵上人夢記訳注』、勉誠出版、2015、第368頁。

（十五日）记之。①

　　同月十一日夜梦云，成弁住处有一士兵，前来鹿子，数度射之。其后有人云："此前曾砍春日鹿，其颈脱落。"有一头鹿，能作人语，种种交谈。后小鹿变身为童子。云云。②

　　第一条的时间为建永元年（1206）十一月十四日，第二条为承元三年（1209）四月十一日。两条梦境的共同点是都出现了"迫害"鹿的场景。如前所述，明惠是春日明神的信仰者，鹿为春日使者。明惠所在的时代也普遍尊崇鹿。那么，为何会在《梦记》中两次出现上述场景呢？

　　这种鹿受到迫害的梦境乍看为不吉之相，实际上并非如此。这从梦境内容本身便可知晓。在建永元年十一月十四日条梦境中，明惠将鹿颈部以下的皮全部剥掉，之后将鹿头带至栂尾佛堂。明惠没有明确写明这个梦是吉梦。但是，从该梦境中的内容和前后文来看，此梦为吉梦无疑。首先，除了此梦，十四日条中还记录了另外两条梦境。一条是后鸟羽院和宰相藤原长房（1170—1243）宿于明惠房间③。另外一条是从明惠房间远眺看见海，景色非常优美④。如前所述，梦见海等在佛教中为吉梦。其次，明惠在这三条梦境之后写道："当晚，上皇正式颁发诏书。次日（十五日）记之。"所谓诏书，即将栂尾赐予明惠作为修行地的书文。获赐栂尾对明惠来说意义重大。因为在此之前明惠一直辗转各地，在神护寺、纪州白上峰和高雄等地往返。所以，此诏书使明惠从此有了固定的修行场所。从文脉来看，明惠显然将包括"迫害"鹿在内的三条梦境视为上皇颁发诏书的吉兆。

　　剥鹿皮的梦会成为吉梦是因为这些看似"迫害"的行为带来的最终结果是施害者获得了鹿。占有鹿身体的一部分意味着获得春日明神的支持。这种情况和中世时期出现盗取舍利的情况极为相似。如前所述，释迦入灭后舍利作为其遗骨，被视为佛身的神圣代替品礼拜，从而产生了"舍利信仰"。舍利作为释迦崇拜物之一极为珍贵。佛教徒亦对其珍重有

---

①　奥田勲、平野多惠、前川健一：『明惠上人夢記訳注』、勉誠出版、2015、第181頁。
②　奥田勲、平野多惠、前川健一：『明惠上人夢記訳注』、勉誠出版、2015、第197頁。
③　奥田勲、平野多惠、前川健一：『明惠上人夢記訳注』、勉誠出版、2015、第181頁。
④　奥田勲、平野多惠、前川健一：『明惠上人夢記訳注』、勉誠出版、2015、第181頁。

加。但是，日本却有很多盗取舍利的事件发生。僧人之所以去盗取遗骨，是因为他们相信以舍利为媒介，可以实现与神佛结缘①。对于当时的僧人来说，舍利是值得"破戒"去偷盗的宝物。同样，明惠《梦记》中"迫害"鹿的情形也是如此。出于"春日信仰"，人们十分尊崇鹿。同样也是因为"春日信仰"，人们为了得到鹿的护佑，反而出现了将鹿身体的一部分占为己有的行为。《梦记》中这些"迫害"鹿的行为既是当时环境影响的产物，也是对当时社会现状的反映。透过明惠的"明神梦"能观察到中世"春日信仰"的一个侧面。

第三节 "明神梦"与"释迦信仰"

明惠的"春日信仰"在当时闻名于世。历史上最著名的是建仁三年（1203）春日明神降神谕阻止明惠西行的故事。明惠本人在《十无尽院舍利讲式》《秘密劝进帐》中记录了此事。弟子作《传记》《神现传记》和"行状"系列资料中也有记录。该故事在后世主要见于：《春日权现验记绘》第十七、十八卷、《古今著闻集》第二卷释教六四、《沙石集》第一卷第五篇和谣曲《春日龙神》等。虽然各个文献中具体情节有异，但春日明神在明惠的渡天竺计划中均起到至关重要的作用。

那么，明惠的"春日信仰"是如何产生的呢？关于这个问题目前主要有以下几种说法：仲村研从明惠和汤浅家族的关系出发，指出"从系谱上来看，汤浅家族为藤原镰足的后裔，将春日明神作为氏神，汤浅宗光之子曾将父亲保田庄星尾的旧宅作为大明神降临之地，在此建造了伽蓝"②，因此，明惠的"春日信仰"是在家族传统的影响之下产生的；田中久夫③和野村卓美④也是持类似的观点；此外，因为明惠和贞庆的关系非常密切，而且贞庆也是虔诚的"舍利信仰"者，因此藤井教公以此为

① 老沼九象：「中世における聖徳太子舎利信仰の成立——特に太子廟盗掘事件を契機として——」、日野照正編：『歴史と仏教の論集』、自照社出版、2000、第281頁。
② 仲村研：「神護寺上覚房行慈とその周辺——寺院と武士団」、『荘園支配構造の研究』、吉川弘文館、1978、第46頁。
③ 田中久夫：『明恵』、吉川弘文館、1961、第68頁。
④ 野村卓美：『明恵上人の研究』、和泉書店、2002、第130頁。

依据，指出明惠的"春日信仰"是在贞庆的影响下产生的①。

汤浅家族和贞庆的影响或许也是明惠"春日信仰"成因的一部分。但是，除了上述两点之外，结合明惠的"释迦信仰"和中世时的神佛习合影响两方面来分析，或许能够获得更大的解释空间。

一 "明神梦"的思想根基之本地垂迹思想

佛教于 6 世纪传入日本之后，和日本固有的诸神一边摩擦一边融合。奈良时代时产生了"护法善神说"和"脱离神身说"等神佛习合思想。所谓"护法善神说"，指日本固有的神为佛教之守护神；"脱离神身说"指神也处于无明世间，需要通过皈依佛法脱离神身，方能实现解脱。到了平安初期，出现了"本地垂迹说"。所谓"本地垂迹说"，即日本诸神是佛教中的佛菩萨（"本地"）暂时借助神身出现在日本（"垂迹"）救赎世人的说法。"本地垂迹说"强调佛和神在本质上一致。随着佛教对神道的影响的逐渐加深②，本地垂迹思想逐渐扩大。到 12 世纪时，日本全国主要的神祇都有了与之相对应的"本地佛"③。可见，到明惠所生活的时代，神祇的"本地佛"基本确定下来。

春日神社也和这种时代潮流一致，随着"神佛习合"思想的发展，其佛教氛围越来越浓厚。日本从 9 世纪后半期开始为了借助神灵的灵验祈雨、除灾，会在包括春日神社在内的诸神社神祇前诵读《金刚般若经》《仁王经》等佛典④。即所谓的"神前读经"。其中，春日神社还特意建造了"三廊"作为"神前读经"的场所⑤。从平安后期开始，盛行在春日神社神祇前诵读《大般若经》，而"三廊"也成为安置、书写和校订《大般若经》底本的场所⑥。并且，据《类聚世要抄》《兴福寺年中行事》《寻尊御记》等所记载的兴福寺每年的定例活动来看，春日神社从宽仁元年（1017）开始举行供养佛经等法会，即所谓的"神

---

① 藤井教公：「明惠における神と仏」、『宗教研究』2005 年第 79 卷、第 545 页。
② 比如，从平安中期到院政期，贵族们每月向神社进贡奉币时的使者为僧人，此外，到神社参拜时，也委托僧人代己临时祈愿。
③ 村山修一：『本地垂迹』、吉川弘文館、1995、第 169—170 页。
④ 出渕知信：「神前読経の成立背景」、『神道宗教』2010 年第 181 卷。
⑤ 黒田昇義：『春日大社建築史論』、綜芸舎、1978。
⑥ 増補続史料大成：『春日社記録』、臨川書店、1993。

前法会"①。

从平安末期开始，春日神社和兴福寺基本实现了一体化。在本地垂迹思想的影响之下，诸神明也分别有了相对应的"本地佛"。据承安五年（1174）的"春日大明神本地注进文"条记载，春日五神的"本地佛"分别为：一宫不空胃索观音、二宫药师如来、三宫地藏菩萨、四宫十一面观音菩萨、若宫文殊菩萨②。此外，也有少数将春日明神的"本地佛"视为卢舍那的说法。比如，前面提到的镰仓时代成立的阳明文库本"春日鹿曼陀罗"的赞词中称春日明神的"本地佛"为卢舍那。但是，平安末期，第一宫的"本地佛"为不空胃索观音之说居多。进入镰仓时代之后，又诞生了释迦如来之说③。比如，文历元年（1234）左右的《古社记》和永仁二年（1294）的《春日社私记》中，一宫的"本地佛"处，并列了不空胃索观音和释迦如来。虽然释迦说和不空胃索观音说之间存在很大的论争，但现存的和春日有关的作品中，第一宫的"本地佛"为释迦者居多。比如，镰仓时代流行在礼拜春日明神的场所宣读"春日讲式"。"春日讲式"有各种版本，但它们普遍将一宫的"本地佛"记为释迦④。

明惠的本地垂迹思想在《梦记》及其弟子所作的《传记》《神现传记》和"行状"系列资料中均有体现。

首先，据《传记》记载，元久二年（1205）明惠再次计划渡天竺时，在释迦佛像等面前抽签询问神意，结果都是不让前行。此时，明惠收到了南都僧侣焚贤的书信，内容如下：

> 其时，南都僧侣焚贤特遣使者送来书信。信中写道：我于二十四日参诣春日神社，念诵之际，碰巧赶上神乐表演。舞巫中忽然有一人被附身，说道：'我自无量劫以来，发誓守护一切佛法、救渡一切众生。……'⑤

---

① 高山有紀：「興福寺の創建」、『中世興福寺維摩会の研究』、勉誠出版、1997。

② 永島福太郎：『神道大系神社編 13　春日』、神道大系編纂会、1985。

③ 生井真理子：「春日明神本地諸説と『春日権現験記』」、『日本文学』2003 年第 52 卷、第 101 頁。

④ 行德真一郎：「陽明文庫蔵『春日権現講私記』」、『MUSEUIM』1999 年第 558 卷。

⑤ 久保田淳、山口明穂校注：『明惠上人集』、岩波書店、1994、第 136 頁。

　　"无量劫""守护佛法""救渡众生"等本来均为佛教中的概念，而"守护佛法"和"救渡众生"更是释迦的功能。这里，春日明神降神谕时将其归于自己的功能。当时的人们将春日明神视为释迦的"垂迹神"的意识不言而喻。从这句话出自南都僧侣焚贤之书信，而且被明惠弟子收录来看，春日明神与释迦一体的认识应该是他们的共识。

　　《汉文行状》中关于春日明神为释迦的"垂迹神"的记载更为明确。建仁三年（1204）春日明神降神谕之后，明惠依神谕去参拜春日神社。其时，"彼熟眠间社坛忽变成灵鹫山、本师尺尊并诸眷属炳然而现梦中……传闻此明神者是五浊恶世之教主、释迦如来垂迹也、诚一一行仪皆示释尊权现之缘"①。不仅春日神社变成了释迦说法的灵鹫山，而且释迦入梦，亲口告诉明惠，明神为"五浊恶世之教主、释迦如来垂迹"。这些文字明显是本地垂迹思想的产物。

　　此外，前文提到过的《神现传记》中也有本地垂迹思想的体现。《神现传记》从一月二十九日神谕前后的情形写起，一直记录到四月十九日在埼山邸宅举行的开眼供养。其中，一月二十九日的神谕内容具体有以下几点：（1）应放弃渡天竺的想法；（2）停止隐居，到王城附近或者"南京"奈良居住；（3）明惠还未出生时春日明神便已开始守护之；（4）勤修佛道；（5）将春日明神当作思慕释迦之念想；（6）来世定能往生兜率天。第三点的具体内容如下："我自御房入胎之时便守护汝。此翁于御房而言为养育之父。"② "佛爱众生如独子"是佛教徒的共识。明惠一生尊释迦为父，尊佛眼佛母为母。《汉文行状》曰："我等本师慈父释尊者，于三世诸佛摈舍众生垂摄取以五浊恶世重障辈为所化，一化为我等，殊为有缘，上人常语曰。"③ 但是，《神现传记》中春日明神宣称自己为明惠之父，明显是当时释迦明神一体论之认识的反映。之后，明惠继而提出将春日明神的画像作为讲法时的本尊。春日明神拒绝道："我等之类为侍奉三世诸佛之物。不可将我作为讲法时悬挂之本尊。此事不便"④、"御房恋慕释迦如来之事着实令人感到敬重。我亦十分尊崇

---

① 高山寺典籍文书綜合調査団編：『明惠上人資料』1、東京大学出版会、1982、第113頁。
② 高山寺典籍文書綜合調査団編：『明惠上人資料』1、東京大学出版会、1982、第239頁。
③ 高山寺典籍文書綜合調査団編：『明惠上人資料』1、東京大学出版会、1982、第115頁。
④ 高山寺典籍文書綜合調査団編：『明惠上人資料』1、東京大学出版会、1982、第240頁。

释迦如来。而且愿意成为御房在日本国的志同道合之人，御房可将我当作思慕释迦之念想"①。由此可以看出两点：第一，春日明神是守护明惠的善法神，侍奉三世诸佛；第二，虽然春日明神为释迦的垂迹神，但是其地位低于释迦。

《梦记》中也多处体现出了春日明神的"本地佛"为释迦的本地垂迹思想。前文提到的建仁四年正月二十九日的梦境中，以下几句话值得注意："因上人极信赖之，故遣之也"、"上人为三宝、小童子为大明神"。当时的情形是上人派遣崎山小女去见兵卫尉。明惠对此解释到，小女为大明神，上人为佛法僧之三宝。上人之所以派遣小女前往，是因为非常信赖她。也就是说，小女＝大明神、上人＝佛法僧三宝⇒派遣小女＝佛法僧三宝派遣大明神。明惠认为大明神是受三宝的派遣而来。释迦选择春日明神作为"垂迹神"也是因为对春日的充分信赖。其次，《梦记》中有一条年月日皆不明的梦境："修行顶峰之际，于系野梦见大明神着白衣至我住处，面露喜悦之色。此外有两名使者（二六），头上戴鸥，为僧人模样。面露喜色而来，讲述喜悦之事。明神之使者皆极其优待成弁。成弁亦极其欣喜。彼二人留下欢喜泪水。云云。"② 这段记录中值得注意的是：第一，明神的使者为僧人模样。头上戴鸥的形象为天龙八部众中的迦楼罗；第二，明惠佛教修行得非常满意时，前来表示认可的不是佛菩萨，而是明神及其使者。本来检阅佛教徒修行程度的应为佛菩萨，然而此处明神及其使者可以代其执行此功能，可见明惠视释迦与春日明神为一体的本地垂迹意识。

据上可知，在本地垂迹思想的影响之下，明惠将春日明神视为释迦的"垂迹神"，对其极其尊崇，而释迦的"垂迹神"能够成为明惠的信仰对象的根源在于其"释迦信仰"。

二 "明神梦"的根源之"释迦信仰"

进入镰仓之后，日本僧人中间开始盛行"释迦信仰"。其诞生有两个原因。第一，镰仓初期，以法然和亲鸾等为代表的祖师们大力提倡阿

---

① 高山寺典籍文书综合调查团编：『明惠上人资料』1、東京大学出版会、1982、第241頁。
② 奥田勲、平野多恵、前川健一：『明惠上人夢記訳注』、勉誠出版、2015、第432頁。

弥陀佛信仰，以京都为据点的新兴佛教呈现出一派兴盛之象。受此刺激，南都佛教开始反省并尝试进行改革，企图以释迦之名对抗以净土宗为代表的阿弥陀佛信仰，促使了"释迦信仰"的诞生。第二，末法思想的影响。旧佛教的僧人们在末法的危机感刺激下，企图以回归"原典"克服末法。奝然、贞庆和睿尊等是代表人物。他们主张回归释迦本尊，复兴戒律，并为之进行了造寺、造塔、讲会等各种宗教实践活动。

关于明惠对释迦的恋慕之情的已有研究如下：坂东性纯和榎克朗主要以明惠所作的《四座讲式》① 为依据阐释了其释迦恋慕观②。西山厚指出明惠的思想复杂多样，没有一个统一的体系，但在其丰富多彩的思想中有一个不可动摇的核心部分，这便是对释迦的思慕之情③。《传记》和"行状"系列资料也充分体现了明惠的"释迦信仰"。

明惠对释迦的思慕之情可追溯到其十八岁时。明惠独自在西山寂静的房间内闭居修行，从几部古老的经典中发现了《遗教经》，认识到自己为释迦遗子④。

> 此遗教经者，上人幼年之昔，自古本一切经中求得之。上人所持经本奥日记云，此经成辨上人本名生年十八之岁，独笼居西山之闲室之间，从数部古经中求得此经。于灭后二千之末，始开遗教妙典之题，悲喜相交感泪难抑。其后恒持诵之。⑤

《遗教经》描绘的是释迦入寂时给弟子们最后说法的场景。该经性质类似释迦遗言。明惠在释迦入寂两千年后遇见此书，感动不已，仅是看到《遗教经》几个字时便觉得此题目为"妙典之题"，此后将此经置

---

① 即明惠于建保三年（1215）所著的《涅槃讲式》《遗迹讲式》《十六罗汉讲式》《舍利讲式》四部著作。

② 榎克朗：「明惠上人と『四座講式』——想仏恋の文学——」、『日本仏教文学と歌謡』、笠間書院、1994；坂東性純：「明惠上人の釈尊観」、『大谷学報』1978 年第 58 卷。

③ 西山厚：「明惠の思想構造——釈迦への思慕を核として——」、『仏教史学研究』1981年第 24 卷、第 24 頁。

④ 小松庸祐：「明惠と遺教経」、『大法輪』2010 年第 77 卷、第 100 頁。

⑤ 高山寺典籍文書綜合調査団編：『高山寺経蔵典籍文書目録』3、東京大学出版会、1979、第 200 頁。

于经袋，时刻不离左右。明惠所得《遗教经》里面的文字已经很难辨读，但在数年后回想起此事时，他还是感慨此经为出生以来得到的最宝贵的经文①。此外，高山寺现存的《遗教经》的批注中有一段引自《孝子传》的文字，为明惠亲笔。历来在论述明惠对释迦的思慕之情时都会提到此段文字。

孝子传中有这样一则故事。过去有一个名叫张敷的人，婴儿时期便没了母亲，一直对其思念不已。十岁时，他得到了母亲遗留下来的扇子。于是将扇子放在玉盒中，每当思念母亲时便拿出来端看。《遗教经》对自己的意义就像扇子对张敷的意义一样。②

明惠八岁时父母便相继去世。发现《遗教经》后，明惠将对父母的思念之情转移到了释迦身上，如在佛眼佛母像的边隅有明惠的亲笔题字，文末标注为"无耳法师之母御前也 释迦如来入灭后遗法御爱弟子成弁纪州山中乞者敬白"③。明惠的这种情感在《梦记》中也有体现。

鸟说罢偈文之时，成弁手持两卷经书。一卷外标题为佛眼如来，一卷外标题为释迦如来。经书应为（前面的）孔雀所赐。成弁听偈之际，喜不自胜。即出声唱道："南无阿弥陀佛、南无阿弥陀佛"，流下感动泪水。（成弁）手持两卷经书，极其欢喜。梦醒后枕头上沾满泪水。云云。④

梦中明惠手中的两卷经分别为"佛眼如来"和"释迦如来"。可以说，这个梦中，明惠将父性和母性两种次元同时握在了一个手里⑤。在

---

① "虽文字为极恶，最初所得本故，奉纳于经袋中处也。"（同上。原文为繁体字，笔者在此改为了简体）

② 高山寺典籍文書綜合調査団編：『高山寺経蔵典籍文書目録』2、東京大学出版会、1975、第206頁。

③ 田中久夫：『明恵』、吉川弘文館、1961。

④ 久保田淳、山口明穂校注：『明恵上人集』、岩波書店、1994、第52頁。

⑤ 河合隼雄：「ここで明恵は、父性と母性という二元的な態度を一手に受けているのである」。

遇见《遗教经》之后的日子里，明惠开始视释迦为父、视佛眼佛母为母。特别是对释迦的崇拜贯穿了他的一生，以至于在讲到"如来恋慕涅槃门"时流泪窒息："元久元年二月十五日于纪州汤浅石崎修涅槃会、上人自读舍利讲式、（中略）第二段者恋慕如来涅槃门也、当此时上人面显忧愁之色、眼浮悲恋之泪、励音读之、（中略）说法之声绝出入息止。"①

在"释迦信仰"的驱动之下，明惠常常将身边的事物与释迦联系起来。据《汉文行状》记载，建久（1190—1198）年末，身赴纪州的明惠望见汤浅海上浮着两座小岛，勾起了他对天竺的念想："建久末比下向纪州、汤浅海中有二岛（名曰苅磨）、……正望西方海畔与大虚相连、西天境无隔、有便于通恋慕之思……"②。《传记》中也有类似的记载，大致内容如下③：华阳殿东边的高栏上有一块石头。这块石头的来历和明惠早年出行纪州有关。明惠赴纪州时，望见西方海面漂浮的"苅磨岛"和"鹰岛"两座岛屿，将其比作天竺，口中更是念唱到"南无五天诸国处处遗迹"，并礼拜之。明惠继而说到，天竺有释迦如来所履千辐轮足迹，特别是北天竺苏婆河（今印度河）河边的如来遗迹居多。苏婆河河水肯定也会汇入此海。所以这块石头同样也是经苏婆河的盐水浸染而形成。于是，明惠取了海边一块石头，为其取名"苏婆石"，当作如来遗迹。后来将这块石头带在身边、不离左右。从这段记述中能清晰感受到明惠对释迦的思慕之情。即使是些许能与释迦产生联系的地方，明惠都会联想到释迦，并非常珍视与之相关联的物品，即使是上述常人看来非常普通的石头。

和上述"苏婆石"的情况一样，明惠还将高山寺后面的山命名为"楞伽山"，将山上的两座草庵，一个命名为"华宫殿"，一个命名为"罗婆坊"。这些事物的名字皆与释迦有着不可分割的关系。据《传记》记载④，上述后山和两个草庵都是明惠仿照《楞伽经》中的故事命名的。虽然释迦说法的地方很多，但明惠对楞伽山情有独钟。因为一般佛经的序品都是讲如来说法的仪式，不能解开明惠因生于佛入寂后而产生的悔

① 高山寺典籍文书综合调查团编：『明惠上人资料』1、东京大学出版会、1982、第115页。
② 高山寺典籍文书综合调查团编：『明惠上人资料』1、东京大学出版会、1982、第119页。
③ 久保田淳、山口明穗校注：『明惠上人集』、岩波书店、1994、第148页。
④ 久保田淳、山口明穗校注：『明惠上人集』、岩波书店、1994、第145页。

恨之情。但明惠一打开《楞伽经》序品就仿佛感觉到释迦就在眼前，可以缓解悔恨之情。《楞伽经》之所以具备这种功能是因为楞伽山本身比较特殊。楞伽山是南海孤岛上的一座山，为罗婆那夜叉王的住处。没有神通的人难登此山。如来结束在龙宫的七日说法后，会停留在楞伽山山麓。罗婆那夜叉王此时会带领众多部下在音乐声中乘坐华宫殿下山迎接如来上山讲法。如来登上华宫殿后，众人也随之升空，景象十分壮观。明惠读之非常舒心。于是，他将高山寺后面的山命名为"楞伽山"。又在此山上结了两处草庵。于是有了"华宫殿""罗婆坊"。华宫殿是坐禅的地方，罗婆坊则是进行一日三时修行的场所。这样，明惠看到华宫殿时就会想起装饰佛像、佛堂之种种功德，听见罗婆坊的名字就能感念见佛闻法之机缘。

要之，明惠将修行地高山寺模拟为天竺模样，将释迦在世时的天竺再现于高山寺，以表示对释迦的无比尊崇之情。这种炙热的"释迦信仰"是对释迦的"垂迹神"春日明神产生崇拜的根本原因。

小　结

明惠和春日明神的故事在后世广为流传。最著名的故事是建仁三年春日明神降神谕阻止明惠渡天竺，《十无尽院舍利讲式》《秘密劝进帐》《神现传记》等均记载了此事，可见这个故事在当时的流传程度之广以及对后世的影响之大。《梦记》中春日明神或春日神社出现的梦境共计二十四处，占据了较大比重。从这些梦境可知，春日明神为明惠的护佑之神、是建社造像之依据、也是行动之指南。在决定人生的重要时刻，春日明神都发挥了至关重要的作用。明惠之所以如此信仰春日明神，其根源在于他的"释迦信仰"。从《传记》和"行状"系列资料可知，明惠将自己所在的高山寺模拟为天竺模样，表现出了对释迦强烈的思慕之情。而到了镰仓时代，在本地垂迹的神佛习合思想的影响下，春日明神成了释迦的"垂迹神"。从《梦记》和"行状"系列资料也能看出，明惠也确实将春日明神的"本地佛"视为释迦。出于对释迦的思慕之情，释迦的"垂迹神"春日明神自然成为明惠的信仰对象，也成为《梦记》记录的重要对象之一。

第九章　　"女性梦"

　　《梦记》中记录了很多"女性梦"。奥田勋将此一律归为猥亵下流之物①。山田昭全认为这些梦中的女性形象皆充满了肉欲，是明惠压抑的性心理的表现②。河合隼雄从心理学角度指出，梦中女性形象的变化是明惠内心逐渐成熟的过程③。前人的研究是解读《梦记》中的"女性梦"的基础，但仍存在一些问题没有得到解决。第一，它们都是对梦境本身的分析，就梦而言梦，没有将其与明惠的宗教信仰联系起来。第二，《梦记》中"女性梦"数量多、内容庞杂，他们仅从某一个角度进行了解读。第三，没有参照佛典和明惠的女性观。在性被作为五戒之一严格限制的佛教中，明惠作为"一生不犯女色"④、严守佛教戒律的高僧，为何会毫无顾忌地将这些梦境记录下来？本节将聚焦春华门院和善妙等女性，考察《梦记》中的"女性梦"。同时，结合明惠的女性认识和所读佛典，分析其记录"女性梦"的原因。

第一节　"镇魂"与"女性梦"

　　《梦记》中出现女性的梦境共计四十余处，且基本上为主人公。这

---

　　① 奥田勲：『明恵　遍歴と夢』、東京大学出版会、1998、第 132 頁。
　　② 山田昭全：「明恵の夢と『夢之記』について」、『金沢文庫研究』1971 年第 17 巻、第 7 頁。
　　③ 河合隼雄：『明恵　夢を生きる』、講談社、1995、第 290 頁。
　　④ 《明惠上人传记》中将其记载为"上人常に語り給ひしは、「幼少の時より貴き僧に成らん事をこひ願ひしかば、一生不犯にて清浄ならん事を思ひき。然るに何なる魔の託するにか有りけん、度々に既に婬事を犯さんとする便りありしに、不思議の妨げありて、打ちさましうちさまして終に志を遂げざりきと云々」"（久保田淳、山口明穂校注：『明恵上人集』、岩波書店、1994、第 155 頁）

些"女性梦"共可分为三类，第一类与"镇魂"有关。

> 建历元年十二月廿五日六日晚，梦见一名端庄秀丽的贵女子。有两名侍女跟从。贵女子年轻貌美。高弁谒见之。云云。此月廿六日八日到京城。九日谒见民部卿入道大人时，获赠故女院的念珠。十日，还获赠了故女院习字纸张等。入寺。初夜修法时，把这些东西带到道场。于圣众诸菩萨前，边流泪边为故女院祈求菩提。当夜，做了四个梦。
>
> 一、梦见故女院住处的寝具和吃穿用度物品如故。见此心痛。云云。
>
> 一、梦见一名十七八岁的女子，在稻草似的地方。其对面一尺左右处，设有座位，但是看不见那个人的脸。这时从梦中醒来。
>
> 一、见方才的女子面露疲惫之色。鼻高、脸长、面白。谒见此人。云云。①

引文出自建历元年（1211、39 岁）十二月十日条。从明惠将二十五日和二十六日分别划掉，代之以六日和八日，可以推测这些梦或许是他二十六日以后统一所记。关于梦的个数，明惠说是四个，实际上只有三个。十二月十日之后，明惠又连续记了两条梦境，分别为当月十六日和十八日之梦。从这几条梦境都有"贵女"出现且均和法事有关来看，它们应该属于一个整体。

后续的十八日条中，明惠梦见空中有一个弓形物体闪闪发光，询问旁边的人为何物，答曰为春华门院的灵魂②。从这里可知，引文中的"故女院"指春华门院升子内亲王（1195—1211.11.8）。春华门院为后鸟羽院第一皇女，母亲为九条兼实女儿任子，承元三年（1209）被赐院号"春华门院"。建历元年六月继承了八条院领地后，当年十一月八日去世③。年仅十七岁。从时间上可以进一步断定，十日条第二个梦境中十七八岁的女子为春华门院无疑。十六日条记录的是一名"贵女"向明

---

① 奥田勲、平野多恵、前川健一：『明恵上人夢記訳注』、勉誠出版、2015、第 201 页。
② 奥田勲、平野多恵、前川健一：『明恵上人夢記訳注』、勉誠出版、2015、第 210 页。
③ 服藤早苗：『歴史のなかの皇女たち』、小学館、2002、第 134 页。

惠征求所写愿文的意见的经过，此处的"贵女"也为春华门院。因此，上述五条梦均与春华门院有关。

关于明惠这个时期频繁梦见"贵女"的原因，河合隼雄指出是明惠作为高山寺的寺主，和宫廷女性的交往突然增多所致①。由于河合没有察明梦境中的"故女院"的具体身份，所以，没有将原因锁定到春华门院身上，只是做了笼统的推测。实际上，这些梦应该是明惠在为春华门院做法事的过程中，对她的印象逐渐加深形成的。十日条中，明惠先是梦见了故女院的物品，然后才见到故女院本人，再由看不清她的脸逐渐到清晰看清她的面容，是一个对春华门院的印象越来越清晰的过程。

春华门院去世的时间是十一月八日，十二月八日恰好为"初月祭"。这时明惠对她的缅怀逐渐加深。引文中的十日初夜的修法，应该是明惠在私下为春华门院追善供养，因为明惠特意强调去道场时带了春华门院的遗物。从《梦记》来看，各种法事一直持续到十二月二十七日四十九日祭之前，"廿一日入寺。廿三日至廿六日〈四十九日祭故〉不断念诵宝楼阁陀罗尼和四十经"②。宝楼阁陀罗尼和四十经③均为用于追善供养的经典。据上可知，最起码从十二月六日到二十六日期间，明惠一直在为春华门院的追善供养奔波。所以，六日条梦境、十日条的三个梦境和十六日条、十八日条中的两个梦境，应该都是明惠对故人的缅怀加深所生。

《梦记》中的"女性梦"共计四十余处，此处仅和春华门院有关的梦便占了六条，明惠将它们一一记录下来必定有某些深意。从日期集中在"初月祭"和四十九日祭之间可以推测，这些梦与"镇魂"有关。

日本自古以来就有"镇魂"信仰。《广雅·释诂一》载，"镇，安也"④。"镇魂"顾名思义，指安定或安抚灵魂。其作用是镇亡者之魂，安生者之心。据《古事记》记载，天若日子去世后，伤心的父亲和妻子从天上降临，在苇原中国造丧屋，令河雁携食物，令鹭打扫房间，令翠

---

① 河合隼雄：『明恵　夢を生きる』、講談社、1995、第283頁。

② 奥田勲、平野多恵、前川健一：『明恵上人夢記訳注』、勉誠出版、2015、第210頁。

③ 《明惠上人梦记译注》将其注释为"昙无谶译《大般若涅槃经（北本）》"（奥田勲、平野多恵、前川健一：『明恵上人夢記訳注』、勉誠出版、2015、第212頁）。

④ 罗竹风主编，汉语大词典编纂处编纂：《汉语大词典》，汉语大词典出版社1997年版，第4564页。

鸟做饭，令雀春米，令雉鸡哭丧，又表演了八日八夜歌舞①。这段文字描写了天若日子的殡礼场面，其中的表演歌舞便是为了给天若日子"镇魂"②。古代人认为，人死后灵魂会留在现世，只有将他们的灵魂安定下来，才能将他们送往来世。平安时代开始，人们认为那些死于政治斗争或者战乱的人含恨而死，会变成"怨灵"作祟③。为了安抚这些"怨灵"，胜利者通过为其复位或追封官位和谥号为其"镇魂"。从而形成了"御灵信仰"。为"怨灵""镇魂"的仪式被称为"御灵会"。一般认为，日本《三代实录》中贞观五年（863）年五月二十日在神泉苑举行的"镇魂"仪式是最早的"御灵会"。

藤井贞和指出，作为文学术语的"镇魂"指为安定亡者灵魂而做的一系列悼念活动④。其中文学作品所能做的"镇魂"主要是用文字描写抒发对亡者的缅怀和追悼之情。山口昌男以《土佐日记》结尾的"有很多难忘和令人遗憾之事，言之不尽"⑤ 一句为出发点，分析了纪贯之有关旅途中对女儿的种种思念的描写，指出《土佐日记》是他对爱女的"镇魂"之作⑥。《曾我物语》也被称为"镇魂的文学"。山下宏明指出，曾我兄弟作为秩序的叛逆者，虽然为父报仇成功，最终却难免死亡的结局，物语通过叙述两兄弟的苦难经历的方式，实现了对他们的"镇魂"活动，使得作品成为"镇魂"之作⑦。《源氏物语》虽然不是以"镇魂"为主题的作品，但文中随处可见"镇魂"的痕迹。比如，仅对桐壶更衣的去世就有几处"镇魂"的描写。首先，桐壶更衣去世后，物语用大量文字描写了桐壶帝的悲伤之情。虽然因失去爱人而悲伤是理所当然的，但是，对桐壶帝绵延不断的悲伤的描写是物语对桐壶更衣的一种"镇

---

① 山口佳紀、神野志隆光校訂・訳：『古事記』、小学館、2007、第104頁。
② 山口佳紀、神野志隆光校訂・訳：『古事記』、小学館、2007、第104頁。
③ 坂本要：「『鎮魂』語の近代——『鎮魂』語疑義考（その1）」、2011、第44頁。
④ 藤井貞和：「鎮魂」、『国文学』1985年第30巻、第34頁。
⑤ 菊地靖彦校訂・訳：『土佐日記』、小学館、2008、第56頁。
⑥ 山口昌男：「『土左日記』の文芸構造：異様なる旅立ち・愛娘への鎮魂」、『活水論文集・日本文学科編』1983年第26巻、第149頁。
⑦ 山下宏明：「鎮魂の物語としての『曾我物語』」、『名古屋大学文学部研究論集』1984年第88巻。会田実也提出過《曾我物語》成立的底流为"镇魂"（「鎮魂の位相——曾我物語の基底から」、『国文学研究』1990年第102巻）。

魂"。作为加强"镇魂"仪式感的手段,紫式部还引用了《长恨歌》①。其次,桐壶更衣的命妇②从更衣母亲那里回来后,桐壶帝陷入沉思,做了一首和歌,"愿君化作鸿都客,探得香魂住处来"③。这首和歌和《古事记》中的歌舞一样,也是对桐壶更衣"镇魂"的一种方式。④《平家物语》也被称为"镇魂的文学"⑤。概言之,上述文学作品都具有"镇魂"之功用。

明惠在《梦记》中记录了如此多有关春华门院的梦,应该也是为其"镇魂"。在距春华门院四十九日祭十天前的十二月十八日,明惠梦见空中有一个闪闪发光的弓形物体,身边的人表示那是春华门院的灵魂⑥。可见,对明惠而言,此时春华门院的灵魂还浮游在人间尚未转生。基于三界六道思想,佛教认为包括人在内的一切生物从死后到转生需要一定的时间。日本一般认为是四十九天⑦。在这四十九天中,每七天要为亡者追善供养一次。因为这期间,亡者每七日会受一次审判,审判的结果会决定其来世。为了更好的来世,期满前要举行七次法事。到十二月十八日时,春华门院已经去世四十天,但她的灵魂依然飘浮在空中。而且,明惠还梦见春华门院"面露疲惫之色"。面对这种情况,明惠内心不安,于是,他在《梦记》中记录了追善供养的具体情节,并对梦中女子的样态进行了细致的描写。这一系列绵延不断的描写都是在追悼春华门院。如果说《古事记》中的歌舞表演是在为天若日子"镇魂",《源氏物语》

---

① 藤井贞和:「鎮魂」、『国文学』1985 年第 30 卷、第 35 頁。

② 平安时代中期以后,对侍奉后宫中级女官的女子的总称。前面多冠以丈夫或父亲的官名。

③ 阿部秋生など校注・訳:『源氏物語』、小学館、1998、第 35 頁。译文出自丰子恺译《源氏物语》(丰子恺译:《源氏物语》,人民文学出版社 1980 年版,第 10 页)。

④ 藤井贞和:「鎮魂」、『国文学』1985 年第 30 卷、第 35 頁。

⑤ 源健一郎:「『平家物語』の〈涙〉:法悦、執着と鎮魂」、今関敏子編『涙の文化学』、青簡舎、2009;砂川博:「赤間神宮(阿弥陀寺)——安徳・平家鎮魂の風景」、『国文学』2002 年第 47 卷;山下宏明:「怨霊と鎮魂——いくさ物語論のために」、『愛知淑徳大学論集』2004 年第 29 卷;松尾葦江:「平家物語の死生観——覚一本の構想と鎮魂」、佐藤泰正編:『文学における死生観』、笠間書院、1996;服部幸造:「語り物と鎮魂——『保元物語』から」、『散文文学〈物語〉の世界』1995 年第 3 卷;清水真澄:「『平家物語』人物考(4)——平宗盛像の造型・鎮魂の捨石として」、『青山語文』1990 年第 20 卷;渡辺貞麿:「『平家』成立の背景——歴史語りと鎮魂——」、『文芸論叢(大谷大学)』1978 年第 10 卷。

⑥ 奥田勲、平野多恵、前川健一:『明恵上人夢記訳注』、勉誠出版、2015、第 210 頁。

⑦ 諏訪春雄:『日本の幽霊』、岩波書店、1988、第 163—164 頁。

中桐壶帝所作的和歌是在为桐壶更衣"镇魂",那么,明惠在《梦记》中记录上述五条梦境,也可以说是为春华门院"镇魂"的一种仪式。

第二节 修行与"女性梦"

第二类"女性梦"与修行有关。

(1)(建永元年六月)一、同十三日开始念诵十万遍宝楼阁小咒。同十四日,白天修法时,如梦如幻,见到一户殊胜人家。抬起门帘,看见一名十五六岁左右的美女,身着白服,望着成弁。云云。①

(2)(建永元年)一、十一月四日,(从高尾)进京。当晚,参拜了摩利支天像。后来,梦见自己来到一座佛堂。里面有一尊天女木像,面带微笑走向成弁。成弁抱住女子,两人相怜相惜。此外,还看见好多天女像。大约有七八人左右。云云。②

(3)(建永元年十二月四日)一、……与盖为贵族之女子共处。成弁与之异常亲昵。将其横抱于怀中,二人一同乘车而去。云云。……③

(4)(承久二年七月二十一日)一、晚上梦见五六名女子亲近我、敬重我。这样的梦境很多。④

四个梦境中,女性与明惠均异常亲近暧昧。建永元年(1206)六月十四日,梦见一名穿白衣的美女凝望明惠;同年十一月四日,梦见与摩利支天像亲昵;同年十二月四日,梦见拥抱"姬君御前";承久二年(1220)七月二十一日,梦见五六名女子亲近明惠。这些梦究竟应该解读为奥田勋所说的猥亵下流之梦,还是有其他深意呢?

梦境所在的建永元年正值明惠的"华严讲述时代"(1196—1213)。

① 久保田淳、山口明穗校注:『明惠上人集』、岩波書店、1994、第63頁。
② 奥田勲、平野多恵、前川健一:『明惠上人夢記訳注』、勉誠出版、2015、第179頁。
③ 久保田淳、山口明穗校注:『明惠上人集』、岩波書店、1994、第66頁。
④ 久保田淳、山口明穗校注:『明惠上人集』、岩波書店、1994、第80頁。

这段时期内，明惠的主要修行内容为《华严经》，同时兼修宝楼阁法和佛眼法。可以想见，这些"女性梦"或许和上述修行内容有关。以第一个梦为例。这个梦之前，明惠写道："同十三日开始念诵十万遍宝楼阁小咒。同十四日，白天修法时，如梦如幻……"。这个梦明显是念诵宝楼阁小咒所得，与宝楼阁修法有关系。《宝楼阁经》"画像品第八"记载了画佛像的方法及在画像前持诵宝楼阁咒的功德。据该经记载，画佛像时，画完金刚手菩萨和宝金刚菩萨后，在宝金刚菩萨座下画饷弃尼天女①，再在饷弃尼天女身后画花齿天女②。花齿天女的模样为"身着素服，以手持花瞻仰如来"③。明惠梦中持花瞻仰如来的天女形象与《宝楼阁经》中的描写无异。并且，六月十四日梦中身穿白服望着明惠的美女样态和《宝楼阁经》中的花齿天女如出一辙。关于持诵宝楼阁咒的功德，《宝楼阁经》曰："在如来前如法念诵，至十五日令满十万遍"之后，"其像动摇及见自身炽然光明，获得无障碍眼，证清净摩尼行三摩地"④。与此相呼应，明惠在这个梦境后写道："相信这些梦都是修行能够得成就的预兆。"⑤ 于明惠而言，女性痴望自己的梦境，是修行获得成就的标志。

承久二年七月二十一日的梦境也和佛教有关。如前所述，明惠承久二年邂逅李通玄的理论之后开始专心修行"佛光观"，阅读了大量的李通玄的理论书。李通玄的著作中有一本名为《新华严经论》。前文讨论到的承久二年七月二十八日条梦境中，明惠将梦解释为转生如来家之相就是受到了此书的影响。该书对于女性持积极态度。关于"转身成佛"问题，明惠同时代的法然和亲鸾所提倡的女性成佛的前提仍然是女身要转变为男身，但是，李通玄在《新华严经论》中写道："七龙女转身成佛别者，如法华经，龙女于刹那之际，即转女身具菩萨行，南方成佛。如华严经，即不然，但使自无情见大智逾明，即万法体真无转变相。"

---

① 具体为何天女不详。除《宝楼阁经》外，仅见于静然的《行林抄》和元海的《厚造纸》。后两者的用法和前者相同。

② 具体为何天女不详。除《宝楼阁经》外，见于不空译《菩提场庄严陀罗尼经》、静然的《行林抄》、守觉的《异尊抄》、成贤的《薄双纸》、赖瑜的《薄草子口诀》和《秘抄问答》。

③ 不空訳：《大寶廣博樓閣善住祕密陀羅尼經》、《大正藏》第19卷、第628頁。

④ 不空訳：《大寶廣博樓閣善住祕密陀羅尼經》、《大正藏》第19卷、第628頁。

⑤ 久保田淳、山口明穂校注：『明惠上人集』、岩波書店、1994、第63頁。

可见，李通玄提倡女性即身成佛。关于与女性的亲昵行为，他将之解释为修行之功德利益，"婆须蜜女者，此云世友，能与世人为师友故，亦曰天友，能与诸天作师友，或曰易宝。以此女善巧方便易取众生一切智宝。此女身金色目发绀青，若闻说法、若暂见、若执手、若坐座、总得三昧，为明禅体遍周与智会故"①，即和婆须蜜女这种女性亲近的话，不仅不会成为罪业，反而可以获得三昧。

　　除了上述四个梦境之外，《梦记》中还记载了诸多与女性亲近的梦境。这些梦虽然没有明确使用"亲昵"一类的词语，但行动上无一不是在和女子亲近的行为。元久元年（1204）凭大磐石渡海的梦中，"义林房等人在前面先过，成弁我随后。尔时，系野夫人和成弁身体靠在一起，手凭同一块石头，脚也同踩一块石板，一起渡过。成弁本来觉得这样做很危险，但内心还是很高兴"②。系野夫人为明惠舅父汤浅宗光的妻子。梦中明惠和她两人紧靠一起渡海，关系非常亲密。像这种梦在佛典中找不到一一对应的记载。可以推测，这或许和明惠对与女性亲近的积极认识有关。又如前文确认过的那样，《苏婆呼童子请问经》也是明惠阅读的经典之一。该经中列举了六十六种修行即将得到成就的好相。其中，有三种和女性有关，分别为"或得端正美女""或见端正妇人"和"或见女人隐入己身"③。这种将与女性亲近视为好相的记载使明惠心理上并不排斥记录"女性梦"。可以说，正是因为佛典中将梦见女性甚至是与女性亲近视为积极意象，赋予了修行方面的意义，明惠才会将这些女性与己亲近的梦毫无保留地记录下来。

　　可能是受到了这种认识的影响，现实中明惠也积极接纳女性。据《行状》记载，明惠从嘉禄元年（1225）六月十五日开始，每月十五日和月末定期在高山寺举行两次法会，讲说《梵网经》戒律④。从宽喜年间（1229）开始，很多在家修行的信者也来参加。关于法会的情况，《明月记》中有如下记载：

---

　　①　李通玄撰：《新華嚴經論》、《大正藏》、第 36 卷、第 861 頁。
　　②　久保田淳・山口明穗校注：『明恵上人集』、岩波書店、1994、第 57 頁。
　　③　輸波迦羅譯：『蘇婆呼童子請經』、『大正藏』第 18 卷、第 726 頁。
　　④　高山寺典籍文書綜合調査団編：『高山寺明恵上人行状』、『明恵上人資料』1、東京大学出版会、1982、第 58 頁。

禅尼、女子等皆欣然前往栂尾参拜。明惠于每月十五日和月底在此授戒。天下之人，不分道俗，皆列席其场。场面之宏大，如佛在世时一般。①

有位下人说，昨天的集会，栂尾众人云集，比肩接踵。因过于熙熙攘攘，众人未及听法，圣人便离去。云云。②

上述两段文字向我们传达了宽喜元年（1229）五月举行的两次法会的盛况。特别是五月底的法会，因为参加人数过多，导致无法正常讲解戒律，明惠只得未说法便离开。从上面的记载，一方面可以看出当时人们对明惠的尊崇，另一方面能看出参加法会的主体是禅尼和世俗女子。女性成为明惠积极吸引的信徒。

第三节　救赎与"女性梦"

在《梦记》女性群像中，有一个特别引人注目的梦境，即承久二年（1220）五月二十日的"善妙梦"。首先，《梦记》中虽然记载了很多"女性梦"，但有解梦的仅几例。一般来说，有解梦的梦境对明惠来说具有特殊的意义。此梦便是少有的几例之一。其次，其他"女性梦"中，都是女性主动接近，明惠或是接受或是拒绝。然而"善妙梦"中却是明惠主动苦口婆心地劝导善妙跟随自己。除了上述两点之外，"善妙梦"之所以重要还因为明惠建有一座名为"善妙寺"的寺院。明惠建它的目的是收留承久之乱后的战争遗孀。可见，善妙这位女性在明惠心中有重要地位。"善妙梦"是解明《梦记》"女性梦"特色的重要一环。该梦内容如下：

一、当月二十日晚，梦见十藏房手里拿着一个香炉茶碗也。我心想，此应为崎山三郎贞重从中国带来送给他的。只见香炉里面有间隔，放着各种中国舶来品。大约有二十多种。比如，有一个两只

---

① 藤原定家：『明月記』三、国文名著刊行会、1935、第99頁。
② 藤原定家：『明月記』三、国文名著刊行会、1935、第102頁。

乌龟交合样子的物件。我想此应属人类崇拜物。还有一个五寸左右的唐人女偶，同为茶碗。有人说："此女偶一直在为被带到日本叹息。"我便对人偶说道："我会好好待你。不要叹气。"人偶立即摇头。少许，我把它取出来，只见它正流泪、哭泣。眼泪溢满了眼眶，打湿了肩膀。它还在为被带到日本叹息。它发话道："你非圣人，所说无益。"我答道："如果我仅是你口中所说的普通僧人的话，你说的自然有道理。但你不知道，我在该国是很了不起的圣人，大家都很崇敬我。我会善待你。"人偶听后，露出非常高兴的神情，点头道："既然如此，你应该会善待我。"人偶归我之后，立刻化身为活人。于是，我心想，明天正好要去一个地方举行佛事。去那里是为了与佛道结缘。到时候可以把人偶也一同带去。女子非常高兴，欲与我同去。我说道："彼处有一人与你有渊源。"明天，为了听法会，崎山尼公也会去那里。她是三郎的母亲。而此女子是三郎带到日本来的。故有上面的说法。即与女子同赴法会。十藏房告诉我："此女子与蛇私通。"我听后心想：其并非与蛇私通，而是她本身便为蛇身。正思忖之际，十藏房道："此女子兼具蛇身。"云云。从梦中醒来。

　　案曰：此女子为善妙。善妙既为龙身，又兼具蛇体。茶碗即石身。[1]

　　崎山三郎送给十藏房一个从中国舶来的香炉，香炉里放着很多中国物品。其中，有一个女偶形状的瓷器。听别人说这个女偶因为来了日本而叹气。明惠见此情形，说会善待它，劝它不要叹气。女偶反而更加悲伤，开始哭泣。明惠告诉女偶，自己是日本的大圣人，备受尊崇，许诺一定会善待她。两人互相约定好后，女偶突然活起来，成为有肉体的女性。明惠为了让女偶和佛道结缘，翌日带它去参加法会。这时，十藏房出来告诉明惠，女偶和蛇通奸。明惠听后想到，女偶并非和蛇通奸，只是兼具蛇身而已。与此同时，十藏房也说这个女人兼具蛇身。梦醒之后，明惠想到女偶是善妙，因为她既是龙也是蛇，且梦中的"茶碗"也是

---

[1]　久保田淳、山口明穂校注：『明惠上人集』、岩波書店、1994、第78頁。

石身。

关于此梦，河合隼雄认为梦中女偶叹息是明惠潜意识中认为佛教的精髓传入日本之后失去了生机的反映①。明惠以佛教徒身份为骄傲，所以才有了"我在该国是很了不起的圣人，大家都很崇敬我"这样的自评②。确实，一些词语的细微之处能反映做梦者的心理和潜意识。但是，对梦境的整体把握同样重要，而整体解读这个梦境的关键在于明惠为何要将女偶等同于善妙。

明惠将女偶认定为善妙的原因需要从善妙故事说起。善妙的故事载于《宋高僧传》"唐新罗国义湘传"。新罗国僧人义湘和元晓两人结伴去唐朝学习佛法。不料途中碰上大雨，于是到山洞避雨。第二天惊愕发现他们所住的洞窟原来是墓地。由于次日雨仍然很大，两人不得不继续留宿。当晚他们都梦见了鬼。但是，元晓梦醒后悟到，世间之事皆因心而起，当以心为师。于是放弃了唐朝求学。义湘则决定继续留学。于是，独自赴唐。到达唐土后，义湘到一户人家乞讨时遇见善妙。美丽的善妙迷恋上义湘。义湘告诉她自己心坚如石，不会动情。善妙听到后即发道心，发誓要帮助义湘兴隆佛法。义湘学完佛法回国之际，善妙本打算到渡口给义湘送行李，却发现义湘的船已经出发。伤心的善妙边祈求行李能送到义湘船上边将箱子抛向大海。不曾想箱子竟到了义湘那里。善妙见此备受鼓舞，发愿要保护义湘，遂投身海中。霎时，善妙化成一条龙驮着义湘的大船平安到达新罗。义湘回国后，打算传教，却发现所选的山寺里住的五百多个僧人都在修小乘杂学。这时，善妙又变身为一块巨石，在寺院上面上上下下跳动。寺中僧人见此情形惊慌而逃。于是，义湘开始在这个寺院弘扬华严宗，并被称为"浮石大师"。

镰仓初期，以明惠为首的僧人以上述《宋高僧传》中的元晓和义湘的故事为蓝本制成了《华严宗祖师绘传》③。该绘卷的目的是以简易的方式将教义传达给大众。如果仅从宣传效果来考虑的话，绘卷的主人公选择印度或中国的名僧更合适。明惠之所以选择元晓和义湘，应该是因为

---

① 河合隼雄：『明惠　夢を生きる』、講談社、第 303 頁。
② 河合隼雄：『明惠　夢を生きる』、講談社、第 303 頁。
③ 约成立于 1229—1233 年。（小松茂美［ほか］執筆：『華厳宗祖師絵伝（華厳縁起）』、中央公論社、1978、第 89 頁）

对两人抱有极强的认同感。该绘传由"义湘绘卷"（四卷）和"元晓绘卷"（三卷）两部分组成。善妙的故事载于"义湘绘卷"。从明惠等人制作了《华严宗祖师绘传》来看，他们非常熟悉义湘和元晓的故事。在义湘故事中，善妙共有两次化身：一次是护送义湘回新罗时化身为龙，另外一次是帮助义湘布教时化身为巨石。如"善妙既为龙身，又兼具蛇体。茶碗即石身"所述，在明惠断定女偶为善妙的逻辑关系中，义湘故事明显起到了桥梁作用。

关于明惠将梦中的女偶比作善妙的意图，梅津次郎曾指出，明惠是为了自比义湘①。确实，在义湘故事中，善妙和义湘成对出现。既然梦中的女偶被比作了善妙，梦中带善妙与佛道结缘的大圣人明惠自然可被比作义湘。女偶和善妙、明惠和义湘之间形成了一种比拟等同关系。

除此之外，还有更深一层的用意。"义湘绘卷"的蓝本虽然是《宋高僧传》"唐新罗国义湘传"，但该绘卷的主题却由义湘传记被改为了善妙献身谭②。"义湘绘卷"被改编为善妙通过宗教性变身援助义湘弘扬华严宗的故事。虽然开始时义湘是令善妙转道心的契机，但是，后来绘画的内容和解说词全部围绕善妙帮助义湘展开。如果前半部分是义湘救济善妙的话，后半部分则可以说完全是善妙救济义湘。善妙的救济功能在《梦记》中也得到体现。"善妙梦"中，与义湘救济善妙相比，明惠最重视的是善妙救济义湘。这一点从明惠解梦内容可以看出，他特意强调了善妙的两点特质，一是蛇身，二是石身，这两点特质都是善妙救济义湘时所为。

明惠作为中兴华严宗的高僧，当时的任务之重和祖师义湘不相上下。在他心目中，或许也企盼能有个"善妙"这样的人物出现。所以，梦中明惠为了接近善妙可谓是煞费苦心。先是劝慰她不要悲叹。此招无效之后，又靠自夸是日本的大圣人"利诱"善妙。等到善妙高兴起来，明惠还自愿带善妙参加法会。促使明惠这么做的最大动力应该就是善妙的救

---

① 梅津次郎：『華厳縁起——二人の新羅僧の恋と修行の物語』、平凡社、1957、第 4 頁。白洲正子指出，明惠在《华严宗祖师绘传》中自比义湘和元晓（『明惠上人』、新潮社、1999、第 148 頁）。

② 小松茂美［ほか］執筆：『華厳宗祖師絵伝（華厳縁起）』、中央公論社、1978、第 92 頁。

济功能。这也解释了为什么《梦记》其他"女性梦"里都是女性主动接近明惠，只有"善妙梦"中是明惠主动引导为被带到日本而叹息的善妙跟随自己。

"善妙梦"过后一年左右，日本发生了史上著名的"承久之乱"。此次战乱始于承久三年五月份后鸟羽院起兵，以当年七月三位上皇的流放落下帷幕。这次战乱直接导致了公家政权的急速衰退和庄园制的崩塌，成为公家政权和武家政权更替的契机。当时身在京都的明惠应该也是目睹了战乱。"承久之乱"后，他于贞应二年（1223）在高山寺附近的平冈建立了善妙寺，用于收留战乱中阵亡的朝廷公卿的遗孀。值得注意的是，善妙寺虽然是明惠发起创建的，但实际上却是通过几名女子之力完成的。据《高山寺缘起》记载，善妙寺的本堂是承久之乱后被幕府斩首的后鸟羽院宠臣藤原宗行之妻戒光发愿所造。戒光为丈夫祈求菩提，将从西园寺公经所赐的古堂挪到栂尾，这便是善妙寺的本堂来历。此外，寺中的释迦佛是督三位局发愿所建、善妙女神的供养品、灯油等则是飞鸟井雅经的遗孀出资提供[1]。她们都是丈夫死后跟随明惠出家的女性。可以说，没有她们的经济支持，就没有善妙寺。并且，据奥田勋考察，明惠入寂后"善妙寺"的尼僧聚集在一起共同抄写《华严经》为明惠追善供养，特别是明达，在完成负责的部分之后投水自杀，为明惠殉葬[2]。对明惠来说，收留在善妙寺中的遗孀们，就像《华严宗祖师绘传》中援助义湘的善妙一样，也是在援助中兴华严宗的"救济者"。

之所以将"善妙梦"的主题解读为救济，从明惠在《梦记》中还记录了很多女性帮助自己的梦境中也能找到佐证。

　　（1）一、当月三十日晚，梦见一女子，将白粥盛入钵中，和合白芥子，用筷子喂食成弁。云云。此前，梦见到幽野参拜时，在田郡的众人皆在等待成弁。云云。[3]

---

①　高信:『高山寺縁起』,『大日本仏教全書』第83卷（寺誌部1）、講談社、1972、第200頁。

②　奥田勳:「明恵と女性——華厳縁起・善妙・善妙寺」、『聖心女子大学論叢』1997年第89集、第40頁。

③　久保田淳、山口明穂校注:『明恵上人集』、岩波書店、1994、第61頁。

（2）一、同年七月……二十日晚梦见把清净的丝绵搭在兜裆布上。此外，有一名女子守护我，靠近与我交谈。①

（3）宽喜二年七月底晚上梦见自己在高数十丈的地方立了两块宽一尺左右的木板。我向上爬，有种行走在前往天竺国道路上的感觉。木板上有一人拉我上去。木板下方有两名女子向上托我。于是，我很轻松地爬了上去。心想，今天我终于登上了数年来不能攀登的地方。可见，我诵经念佛等已经做得很好。云云。②

（4）同十三日晚在学问所入睡。梦见一名疑似皇族的高雅女子守护服侍高弁。两人非常亲近。明惠外出时，她将丝绵清洗干净，然后把丝绵收纳进白绫。这些女子应该是在我外出时清洗的。想来此为还净之相。当作如是思。③

前三个梦分别发生在建永元年（1206）五月三十日、承久二年（1220）七月二十日和宽喜二年（1230）七月底，第四个梦年月不详。其中，第二个梦发生在"善妙梦"两个月之后。从"善妙梦"到此梦之间，明惠仅记录了四条梦境。四条梦境中便有两条和女性（明惠的妹妹"常圆房尼"和汤浅宗重的次女明惠的姨母"南尼御前"）有关。其中，见到常圆房尼的梦紧接在"善妙梦"之后，梦中她告诉明惠，南都的人对他非常敬重。接下来，南尼御前在梦中劝明惠造佛像。她们所传达的全是和佛教有关的正面积极信息。或许可以说，常圆房尼和南尼御前是善妙的分身，继续承担了帮助明惠的角色。第三个梦中辅助明惠向上爬的两名女子明显也起到了类似守护的作用。并且，如（2）和（4）所示，这两条梦境中明惠都明确使用了"守护"一词，可见，女性对于明惠的重要性。

与上述几条梦境不同，第一条建永元年（1206）五月三十日的梦境描写，没有直接言明女性的"守护"作用。但是，从佛教典籍可知，此梦也暗含了这层寓意。此梦内容非常简单，一名女子将白粥盛入钵中，混合白芥子喂食明惠。为方便叙述，以下称之为"喂食梦"。上述情境

① 久保田淳、山口明穗校注：『明惠上人集』、岩波書店、1994、第80页。
② 久保田淳、山口明穗校注：『明惠上人集』、岩波書店、1994、第93页。
③ 奥田勲、平野多恵、前川健一：『明惠上人夢記訳注』、勉誠出版、2015、第342页。

中，最惹人注目的是白芥子。白芥子即白色的芥子。因为它性辛坚，所以并非能食用之物。但也正因为其性辛坚，密教中常将其用作降伏之物。据《金刚顶经义诀》记载，密教初传之际，《大日经》被藏于南天竺界铁塔，龙猛菩萨"以白芥子七粒打此塔门乃开"[1]，而得受密教。打开塔门寓意降伏。同时，白芥子也是密教行护摩时的重要供物。所谓"护摩"，即焚烧，是"于火中投入供物以作为供养之一种祭法。亦为密教一般修法中之重要行事，用以譬喻以智慧火焚烧迷心之意"[2]。基于白芥子的重要地位，密教将白芥子置于火中燃烧一事称为"芥子烧"，其作用是辟邪除病。可见，白芥子在密教传说和行法中都非常重要。

明惠与白芥子的关系也非常密切。梦境中出现了白芥子自不待言，他做梦前所修行的内容也和白芥子密切相关。据《梦记》记载，明惠"建永元年五月二十日开始，为在田郡的人们祈福修法。朝夕二时修宝楼阁法"[3]。"喂食梦"便发生在这段修行期间。所以，"喂食梦"无疑是修行宝楼阁法的产物。而《宝楼阁经》中关于白芥子的记载随处可见，"若患一切病，取水一瓶……白芥子……取此香水淋灌于顶，一切大重病人皆得除差，及灭一切罪障"[4]、"烧安悉香和白芥子，若诵六万遍得无垢三摩地"[5]、"以此真言加持油麻白芥子，和酥一遍一烧满一百八遍，能令一切真言法速得成就，除遣一切障者毘那夜迦，一切罪一切烦恼一切冤家恶友皆得摧伏禁止，令其迷惑一切恶梦灾怪不祥之事自然消散"[6]。在两万字左右的经文中，白芥子共出现了十九次。而且，它是《宝楼阁经》中祈福消灾加持法中常用之物。因此，"喂食梦"蕴含了明惠企盼得到守护的心情。

结合当时的史料，更加可以确定此梦的"守护"寓意。如（1）所示，明惠在"喂食梦"之前，梦见祈福的对象即在田郡的众人在等待他。这个梦和《梦记》前面的"从建永元年五月二十日开始立即为在田

①　不空撰：《金刚顶大瑜伽祕密心地法門義訣》、《大正藏》第 39 卷、第 808 页。

②　宽忍主编：《佛学辞典》，中国国际广播出版社、香港华文国际出版公司 1993 年版，第 699 页。

③　久保田淳、山口明穂校注：『明惠上人集』、岩波书店、1994、第 61 页。

④　不空訳：《大寶廣博樓閣善住祕密陀羅尼經》、《大正藏》第 19 卷、第 625 页。

⑤　不空訳：《大寶廣博樓閣善住祕密陀羅尼經》、《大正藏》第 19 卷、第 626 页。

⑥　不空訳：《大寶廣博樓閣善住祕密陀羅尼經》、《大正藏》第 19 卷、第 629 页。

郡祈祷修法。朝夕二时修宝楼阁法"① 一句相呼应。明惠为在田郡祈祷时，这里正身处困境。纪伊国的在田郡石垣庄吉原村为明惠的出生地。八岁时父母相继去世后，明惠便由姨母抚养成人。其母系一族为汤浅氏。所以，明惠一生都和在田郡汤浅氏有很深的联系。汤浅一族本来投靠的是平家。平家没落后，在文觉的斡旋之下，又得到赖朝的重用。但是，随着幕府和朝廷对立的加深，正治元年（1199），文觉被流放佐渡。建仁元年（1201）汤浅宗光在阿弖川庄园的代官职也被停止。宗光却不执行命令继续行使职权。于是，庄园领主藤原隆房打算批文阻止宗光。这段纷争便是所谓的"石垣地头职叛乱"。到了元久元年（1204）二月十三日，文觉再次被流放。汤浅一族非常气愤院厅对文觉的单方面处置，整个郡的地头（庄园的领主为管理土地在当地设置的官职）一齐到镰仓申诉他们的暴行。到元久二年（1205），前一年前往镰仓申诉的汤浅一族尚未返回纪州。庄园里的人们很害怕②。虽然不知道建永元年（1206）五月二十日发生了何事，从明惠为其祈祷来看，当时汤浅一族可能又遭遇灾难。明惠之所以在五月三十日条中把这个梦和"喂食梦"记在一起，而且紧接在"喂食梦"之后，是因为在明惠看来"喂食梦"是对等待自己祈福的人们的一个回应。

白芥子是《宝楼阁经》中提到的用于祈福消灾的常用物品。梦见白芥子说明祈祷得到了神佛的感应，预示着能为在田郡的汤浅一族消灾。"喂食梦"中，虽然白芥子不能食用，但梦中女子以之喂食明惠的举动无疑对他的祈福起到了积极的作用，也是对明惠的一种"守护"。这个梦和建永元年五月三十日条梦境、"善妙梦"等一同，展现了明惠对于"女性"救赎功能的肯定。

小 结

明惠《梦记》中的"女性梦"比亲鸾和慈圆的更复杂和庞大。整体

---

① 久保田淳、山口明穂校注：『明惠上人集』、岩波書店、1994、第61頁。
② 高山寺典籍文書綜合調査団編：『高山寺明惠上人行状』，『明惠上人資料』1、東京大学出版会、1982、第102頁。『伝記』：「元久二年の秋比、紀州の庵所、地頭職掠め申す人在りて他領に成りしかば、むづかしき事ありて又、栂尾に還住す。」

上来说，这些"女性梦"可分为三大类。第一类是以"镇魂"为目的的"女性梦"。《梦记》中与春华门院有关的六条记载，应该和《古事记》中的歌舞表演以及《源氏物语》中桐壶帝为悼念桐壶更衣所作的和歌一样，是对春华门院的一种"镇魂"。第二类是预示修行即将得到成就的"女性梦"。《宝楼阁经》《新华严经论》等佛典将梦见女性甚至是与女性亲近视为积极意象，赋予了修行方面的意义。这是明惠将与女性亲近的梦毫无保留地记载下来的主要原因。第三类是以"善妙梦"为代表的具有救济意义的"女性梦"。如果说从唐到新罗的善妙救济了义湘，那么，从唐到日本的女偶则救济了明惠。对明惠来说，收留在善妙寺中的遗孀们，就像《宋高僧传》中援助义湘的善妙一样，是援助其中兴华严宗的"救济者"。

下篇

中日「梦记」关系探讨

第十章　中国"梦记"影响
日本的可能性

　　强调日本"梦记"特别是明惠《梦记》的独特性是日本学界一直乐此不疲的事情。确实，长期坚持记梦这种行为非常罕见。但是，"梦记"为日本的原文化这一点令人存疑。众所周知，日本和中国佛教的渊源很深。6 世纪初，佛教由中国传入日本。而且，日本僧人学习佛教知识也是通过汉译佛典实现的。比如，历史上日本曾派大量的遣隋使和遣唐使来华学习中土文化。据木宫泰彦考察，僧侣是遣唐使中人数最多的群体①。当时，日本高僧络绎不绝地前往中国学习佛法。在这个过程中，他们的很多行为习惯都受到了中国僧人的影响。比如，作诗歌的行为。当时的学问僧"来唐后，他们受到诗僧文化的濡染，把诗文当作必备的文化修养，仰慕并效仿唐代诗僧吟诵诗文"②。鉴于此，本章将采用史料考证与文本分析相结合的方法，从"道教'梦记'影响日本的可能性""宋朝文人'梦记'影响日本的可能性"两个角度，阐释日本"梦记"受到了中国影响的可能性。

第一节　道教"梦记"影响日本的可能性

　　虽然道教未能像佛教那样在日本建立起众多寺庙和独立的教团组织，也未能像儒学那样渗透到日本社会生活和意识形态的方方面面，但是道教书籍却以各种不同的形式传到了日本。道教书籍在日本的传播始于 4 世纪后叶至 5 世纪，奈良时代在日本上层阶级推崇与反对的论争夹缝中

---

① 木宫泰彦：『日華文化交流史』、冨山房、1955、第 74—81 页。
② 徐臻：《日本早期诗僧的文化解读》，《外国问题研究》2012 年第 2 期，第 51 页。

继续得以传播。最早的和歌总集《万叶集》便引用了《抱朴子》，镰仓室町时代主导日本文化的阶层由贵族文人转向禅僧，入宋僧将大量佛教典籍带回日本的过程中，也夹杂了一些道教典籍，如《老子》《庄子》《太上老君枕中经》等①。书籍的传播，为道教的思想与生命哲学影响日本提供了可能性，也为道教"梦记"影响日本创造了条件。本节将聚焦中国最典型的"梦记"主体茅山派道士陶弘景，分析其人与明惠产生交集以及其书籍影响《梦记》的可能性。

一　明惠与道教

明惠一生显密兼修，是忠实的佛教信徒。另一方面，其涉猎极广，对道家学说也了然于心。这从其弟子喜海的《栂尾明惠上人传记》可略窥一斑。

> 乃至孔子、老子教义、大易自然之道，还有自性、大我慢、五唯量、五大等等数论外道二十五谛，甚至连实、德、业、有、同异、和合等六意的胜论外道等，无所不知。②

喜海对明惠一生的学识进行了总结。从他的论述可知，明惠的学识兼容性很强，儒释道三教皆通，对道教持积极吸纳态度。引文中喜海重点提及了老子及其自然之道的哲学思想，这种倾向性如实地反映了日本对道教的接受情况。道教诸多著作中，在日本传播最广、最有影响力为《老子》《庄子》。平安末镰仓初时，情况依然如此③。明惠同时代的公卿藤原赖长（1120—1156）的日记《台记》中记载了自己的阅读书目，其中就包括《老子》。据《台记》记载，为赖长为首的贵族文人经常讲读《老子》。康治二年（1143）九月二十九日条："老子二卷、抄、保延六年（1140）、受夫子说、十二月十二日始之、同十二月六日终之"④，久安二

---

① 孙亦平：《以道书为线索看道教在日本的传播》，《南京大学学报》2015 年第 1 期。
② 久保田淳、山口明穗校注：『明惠上人集』、岩波书店、1994、第 199 页。
③ 据李威周介绍，平安时代至镰仓前后阅读最广泛的版本为河上公注本《老子》（李威周：《老庄思想与日本》，《东方文化集刊》1，商务印书馆 1989 年版，第 172 页）。
④ 藤原赖长著：『増補史料大成　台記一』、臨川书店、1965、第 98 页。（）内为笔者注。

年（1146）六月二十二日条："入夜，讲老子，依庚申也。但讲了就寝，讲师俊通，问者孝善、成佐"①。从后者可知，时人对道教教规非常清楚。道教重视庚申日，甚至有"守庚申"的仪式，"常以庚申日，彻夕不眠，下尸交对，斩死不还，复庚申日，彻夕不眠，中尸交对，斩死不还。复庚申日，彻夕不眠，上尸交对，斩死不还。三尸皆尽，司命削去死籍，著长生录上，与天人游"②。赖长在《台记》中明确交代之所以讲读《老子》是因为当日为庚申日。可见，他们对道教教义、仪式绝不是仅仅略知一二的程度。

明惠与道教的关系密切的另外一个证明材料为《梦记》，其中的多处梦境受到了道教信仰的影响。

> 九月二十日夜，梦见一望无际的天空中有一物似羊，形状变化无穷。一会儿发光，一会儿变成人形，顶戴衣冠，似贵人模样，忽然又变身为下人，降落至地面。义林房见之，厌弃无比。星宿似乎想对我说些什么。我心想：此为星宿的变身。我对它非常仰慕，希望它能解开我心中的疑惑。星宿对我说："不可多收信徒的布施。"我答应了。我问："我来世将身处何处？"答曰："忉利天也。"我又问："生彼天便可脱离五欲，修行佛道了吗？"答曰："是。"上天问我："你不能烧掉头颅吧？"我回答："是"。我心想：上天是在告诉我，我来生一定能实现愿望，以及为了实现愿望现世应该如何自处。我继续说道："请永远保佑我。"答曰："会"。于是从梦中醒来。③
>
> 梦见一个星星，如同巨大的陶器一般。记得之前它说会保佑我。④
>
> 梦见一个瑞相，晴朗的天空中挂着星星。⑤

承久二年秋，明惠梦见羊形物体悬挂在空中，待其变成人形降落地面以后，向其询问自己的来世，并祈求星宿的保佑。入寂后能转生弥勒

---

① 藤原赖长著：『増補史料大成　台記一』、臨川書店、1965、第181頁。

② 张君房：《云笈七签》卷八十二"庚申部"，《道藏》第22册，文物出版社、上海书店、天津古籍出版社1988年版，第583页。

③ 久保田淳、山口明穂校注：『明恵上人集』、岩波書店、1994、第72頁。

④ 久保田淳、山口明穂校注：『明恵上人集』、岩波書店、1994、第74頁。

⑤ 久保田淳、山口明穂校注：『明恵上人集』、岩波書店、1994、第83頁。

都率天一直是明惠的愿望，为此，他临终前还做了种种准备。因此，这个梦对于明惠来说有非同寻常的意义，故而被记录下来。

这个梦境的特殊之处在于星宿的无穷变化，一会儿像羊，一会儿像戴冠的贵人。这两种形状很容易令人联想起道教中的三尸图。如上所述，道教"守庚申"的习俗流传到了日本，平安末镰仓初时依然盛行。11 世纪左右，日本僧人为了解中国三尸信仰和三尸驱除法重新编撰了《长生经》。可见当时佛教界对道教的关心。《老子守庚申求长生经》《太上除三尸九虫保生经》等道教典籍宣扬庚申日时人体的上、中、下三尸虫会在人睡眠中升天向司命天神即北斗报告此人的过错，当天不睡觉才能安然过关，是为"守庚申"。值得注意的是三尸图中的上尸和下尸，上尸是头顶戴冠的道士，下尸是牛头人足物。虽然《梦记》言羊形而非牛形，但不可否认道教中的下尸图像非常像羊。

另外一个值得注意的现象是，三处梦境皆将星宿视为吉兆、守护星。中国自古以来就有星宿崇拜。先民以天象变化，预测凶吉。特别是北斗星和北极星，群星以其为中心环绕旋转，被认为是天地造化的枢纽和万物的主宰。随着北斗信仰的发展，自秦汉时期开始，北斗逐渐被神格化。道教方面，张道陵创立道教以后，以《北斗星君赐福真经》为依据推行北斗信仰，北斗成为道教中最重要的星辰，具有延生、保命的积极作用。

日本的北斗信仰可追溯至推古天皇十九年（611），北辰祭成为宫中正式仪式始于延历十五年（795），镰仓时代作为守护神受到敬祀①。明惠的三个梦境明显是北斗信仰的产物。其对北斗七星的信奉从传记资料中也能找到佐证。

> 建久年间，上人诚心修行此法。初夜丑刻，出佛堂。其夜，僧人排成一列绕廊念诵经文，只见台阶下有六七只猪自西向东而去，第一只猪的背上有五六颗星星，星星直径约三四寸，光芒耀眼。是夜，天空非常暗，僧房中又没有点蜡烛，猪身上的星星显得格外明亮。真是令人不可思议的瑞兽。这应该是七星降临现象，是修行成就的瑞相。②

> （建永元年）丙寅十一月，后鸟羽院下赐高尾梅尾作为上人修行之地。上人请来占卜师占卜此处，为了兴旺华严宗，取名"高山寺"。十二月，上人遵照月轮禅定殿下的请求，为其修行星供七日。最开始的两三次，上人亲自修行，灵典在佛堂外侍奉。蜡烛燃尽，灵典刚要进道场添灯之时，见自北方天际来贵客十余人，戴宝冠、着白衣，亲临道场。事后，取来北斗图像查看，发现贵客的模样与北斗七星降临无异，真是甚为灵验。③

两段文字均呈现了明惠的北斗信仰。建久年间（1190—1198）的记载，虽然在作者言明"七星降临"之前，相关描写比较隐晦，但字里行间露出来的信息均与北斗七星有关。特别是猪背星星一段，是典型的北斗信仰的体现。中国上古时代猪是北方方位的代表。唐徐坚《初学记》中有"斗星时散精为彘"的记载，将猪象征北斗。唐郑处海《明皇杂录》甚至记载了猪与北斗七星的故事，明确将猪说成是北斗七星的化身④。明惠传记中的该处记载与中国古代以猪喻北斗的说法暗合。建永元年（1206）十一月的记载中，北斗星"戴宝冠、着白衣"的说法见于《太上北斗二

---

① 麦谷邦夫：《道教与日本古代的北辰北斗信仰》，《宗教学研究》2000 年第 3 期，第 35 页。

② 高山寺典籍文書綜合調査団編：『明惠上人資料』1、東京大学出版会、1982、第43页。

③ 高山寺典籍文書綜合調査団編：『明惠上人資料』1、東京大学出版会、1982、第62页。

④ 牟海芳：《中国古代北斗信仰与猪神崇拜之关系论考》，《西南民族大学学报（人文社科版）》2005 年第 2 期。

十八章经》，"九月初七日夜半子时，朝拜北斗第七宫破军星君，注籍人间伤暴诛斩凶徒，案内管三百六十星官、三百六十司、三千六百曹官，身披白衣，头戴素冠"。引文特意点明"戴宝冠、着白衣"是为了明确该星为破军星，而非"身披青衣，头戴青冠"的贪狼星君或"头戴黄冠，身披黄衣"的巨门星君等其他星宿。其用意与镰仓时代的社会背景有关。镰仓时代是武士掌权的时代，在这个特殊的历史时期，七星之中破军星一跃成为最尊贵的星君。

以上种种迹象均表明，明惠与道教有密切关系，特别是对道教的庚申信仰与北斗信仰表现出深切观照。

二　明惠与陶弘景交集的可能性

虽然目前找不到陶弘景和明惠有直接关联的史料，但是，可以确定的是陶弘景其人为中世文人特别是僧人所知晓。

遣唐使因菅原道真的一纸谏文被暂停以后，中日官方往来中断，但是，这反而刺激了民间交往的兴盛。宋朝时期，中日商人往来频繁，特别是平清盛（1118—1181）大力提倡中日贸易，大量中国书籍通过商人被源源不断地运到日本。北宋"四大类书"之一的《太平御览》便是在这个时期传入日本的①。该书"道部（卷 659—卷 679）"部共提及《真诰》三十一次，并涉及许穆等人的成仙故事。陶弘景和《真诰》因此被日本中世知识分子所熟知。

另外一条线索是陶弘景与日本镰仓时代医学的关系。除了道教外，陶弘景的医学造诣也极高。其最主要的贡献是为《神农本草经》做了翔实的注释，编成了《神农本草经集注》（以下简称《本草集注》）。唐苏敬的《新修本草》（659）问世之前，该书一直是权威之作。即便是问世之后，《本草集注》也一直作为各个增补注释本的底本发挥了重大作用。唐朝政府命令苏敬等人增补的《新修本草》，是在《本草集注》的基础上追加、增补新药物而成。以宋代的《开宝本草》（973）为开端，后世的《开宝重定本草》（974）、《太宗重修广韵》（1008）、《大观本草》

---

① 陈翀：「平清盛の開国と『太平御覧』の渡来——東アジア漢籍交流史に関する一考察」、『厳島研究』2013 年第 9 巻。

（1108）等各种本草书都是在《新修本草》基础上增补、加注而成。这种滚雪球式的增补叠加方式，保证了陶弘景《本草集注》在后世的流传。

中国医药与医药学于日本有重要的意义，向来是日本学习的对象。即便是在日本国家意识兴起、以各种方式主张对华优越性的平安末镰仓初期，医药仍然是日本无法与中国抗衡的领域。如吉田兼好在《徒然草》第 120 段"唐物"部分曾经批评日本对中国器物的狂热追求，"唐物之中，除了药类外，虽缺亦无碍。唐土书籍等已在我国广泛流布，不需输入亦能抄写"[1]，对过度推崇唐物现象提出了警戒。但是，他却唯独将药物排除在外。这正是因为中国医药对于日本来说不可或缺。医药书方面，1179 年—1189 年间，日本宫廷流行抄写《大观本草》并据其编书的现象。这些以《大观本草》为基础成书的日本本草书基本上都标注了陶弘景的贡献。

僧人莲基编《长生疗养方》（1184）中就有摘抄《大观本草》的部分。此书在"水冰霜雪效能"（卷一第 16）、"诸药效能"（卷二 13）的按文中注明："墨點ハ名醫別録ニ後注ナリ…無點ハ證類本草ノ新補ナリ"[2]（黑点，表示引自名医陶弘景集注中的注……无标志，表示引自证类本草增补内容）、"墨點ハ名醫ノ後ニ所注ノ藥ナリ…無點ハ證類本草ノ藥種ナリ"[3]（黑点，为名医陶弘景集注中的药物……无标志，为证类本草中的药品），明确指出药剂名前附黑点的内容出自陶弘景的《本草集注》。

两度入宋[4]的荣西所作《吃茶养生记》（1211）、信瑞的《净土三部经音意集》（1236）等作品中也都引用了《大观本草》[5]，而《大观本草》开篇就引用了陶弘景的序，介绍各种药物时，先列药名，然后以"陶隐居云……唐本云……臣禹锡等谨按吴氏……药性论云……日华子云……"的形式分列各家之说。

尤其值得一提的是《香字抄》（1047）。该书摘抄《开宝重定本草》

① 吉田兼好：『徒然草』、小学館、1995、第 174 頁。
② 蓮基：『長生療養方』、オリエント出版社、1998、第 410 頁。
③ 蓮基：『長生療養方』、オリエント出版社、1998、第 469 頁。
④ 分别为 1168 年 4 月—1168 年 9 月和 1187—1191 年。
⑤ 真柳誠：「中国本草と日本の受容」、『中国本草図録』卷 9、中央公論社、1993、第 218—229 頁。

(974)、《太宗重修广韵》（1008）而成，共三卷。而明惠的修行地高山寺中便有《香字抄》藏本。现存上、下二卷。该本《香字抄》跋语中写着："1166 年 9 月摘抄自丹波抄五卷。""丹波抄"，即当时的医药世家丹波氏各代家学的抄本。可见，高山寺本《香字抄》在明惠时期已经收藏在高山寺，明惠接触过此书。

上述抄写《大观本草》或据其编书工作的主体有一个共同点，即都是密教僧人。这是因为平安末期之后，日本收集编撰本草书的目的是整理与修行修法有关的香药。实际上，随着政权由天皇转移到幕府，这个时期的大部分文化工作也由贵族文人转移到了僧人手中。汉文学等其他文艺一样都是由僧人完成的。密教僧人与本草书的密切关系，已经为明惠熟知陶弘景提供了充分的可能性，高山寺藏《香字抄》则为两者的交集提供了更多的证据。

三 明惠《梦记》与陶弘景"梦记"对比

《真诰》《周氏冥通记》都曾流传到日本。被誉为"道教研究第一人"的日本学者福永光司指出，葛洪的《抱朴子》、陶弘景的《真诰》和北周的《无上秘要》等道书也分别以不同途径传到日本，对日本的八色姓①、天皇年号②、剑与镜两种神器③等产生了影响④。《周氏冥通记》在《隋书·经籍志》等史籍中有著录，而日本最早的汉籍著录书《日本国见在书目录》（891）有载："《隋书》八十五卷　颜师古撰"⑤，可见，平安初期时《隋书·经籍志》已传入日本。伴随着该书的传入，当时的知识分子理所当然也会知道《周氏冥通记》的存在。下面将通过明惠《梦记》和陶弘景的《真诰》《周氏冥通记》之间的文本对比，分析陶作影响明惠的可能性。

第一，梦境内容。明惠《梦记》和《真诰》《周氏冥通记》"梦记"有诸多相似之处，如梦中被赠书籍（道书或佛经）是共有内容。

---

① 以道教中神仙最早神的名称"真人"作为日本最高姓，也是唯一的皇族姓。
② 天武天皇于生病之际将年号定为"朱鸟"。"朱鸟"一词源于《周易参同契》。
③ 镜子，追溯源泉出自《庄子》"至人之用心若镜"、《春秋孔录法》"有人卯金刀，握天镜"的哲学思想。
④ 福永光司：『道教と古代日本』、人文書院、1987、第 77—96 頁。
⑤ 藤原佐世：『日本国見在書目録』写本、古典保存研究会、1925。

梦见一人似女子，着鸟毛衣，赍此二短折封书来。发读，觉见忆昔有此语，而犹多有所忘，又梦后烧香当进前室。（此并记梦见张天师书信，云张生者即应是讳，今疏示长史，故不欲显之。又见系师注《老子内解》，皆称臣生稽首，恐此亦可是系师书耳。）《真诰》卷十七①

梦见金色大孔雀王。它有两张翅膀，身比人高，头尾皆以各种宝石、璎珞装饰。香气充满全身，遍布各个角落。二鸟各自在空中飞翔、嬉戏。……鸟说偈方毕，成弁手中便有两卷经书。一卷名"佛眼如来"，一卷名"释迦如来"。此经应为方才孔雀所授。……梦醒后枕头上沾满眼泪。

《明惠上人集》②

两段记述的都是梦中被赐予书籍的情形。杨羲梦中的张天师即张道陵，为道教三祖之一。明惠梦中的"孔雀明王"即乘着孔雀的明王，是密教特有的信仰对象之一。普通明王面部表情多呈愤怒状，"孔雀明王"是唯一面部慈悲的明王，在密教中广受尊崇。明惠作为密教修行者，梦见被孔雀明王授书也在情理之中。就宗教宣传来讲，梦中被赐予书籍是宗教中常能见到的梦境类型。两书中出现类似的梦境似乎不足为奇。

但是，如果从细节来看的话，梦中赐书的主体以及主体所具有的特征却颇有意味。佛典之中，梦中授书者一般为释迦或菩萨，如《日本灵异记》下卷第三十九篇记录了编者景戒的两个梦境，第一个梦便是赐书梦。"即景戒将炊白米半升许施彼乞者。彼乞者呪愿受之，立出书卷，授景戒言：'此书写取，渡人胜书'。景戒见之，如言能书，诸教要集也。"③景戒在记梦部分将乞者视为观音菩萨的化身。此处明惠为何选择具有鸟形象的孔雀明王呢？这不得不让人想起《真诰》中塑造的"人鸟"赐书。杨羲梦中张天师所着的"鸟毛衣"为道教中的"鹤氅"，通

---

① 陶弘景：《真诰》，《道藏》第 20 册，文物出版社、上海书店、天津古籍出版社 1988 年版，第 589 页。
② 久保田淳、山口明穂校注：『明惠上人集』、岩波書店、1994、第 49 頁。
③ 中田祝夫校注・訳：『日本霊異記』、小学館、1995、第 364 頁。

常为羽化升仙之人所穿。《晋书·谢万传》云："著白纶巾，鹤氅裘。"[1]在普遍为释迦或者菩萨赐书的佛教大环境中，明惠梦中出现的不是释迦或者菩萨而是带有飞翔形象的孔雀明王，无形中可能还是受到了《真诰》中"着鸟毛衣"言辞的影响。

第二，梦境叙述形式。明惠《梦记》的记梦基本格式为：做梦时间 + 梦境内容 + 云云。这种记录形式可追溯至《真诰》《周氏冥通记》中的"梦记"。中国方面，宋代苏轼之前，"梦记"或是省略做梦时间直接叙梦，或是将时间置于文末，只有《真诰》《周氏冥通记》中的"梦记"采用了日记形式。日本方面，明惠之前尚无以日记体记梦的先例。从现存资料来看，明惠《梦记》的记梦形式受到《真诰》《周氏冥通记》中的"梦记"的启发性之可能性是最大的。

第三，人称方面，都采用了第三人称。明惠《梦记》虽然也有使用"余"等第一人称代词的情况，但大多数情况下都是用"成弁""高弁"等自称。对比日本同为逐日记载的"日记文学"可知，这种情况比较特殊。与《梦记》同时代成书的日记《台记》，作者藤原赖长通篇都是以"予""余"等第一人称自称[2]。《梦记》记录的分明是自己的梦境，为何舍弃第一人称叙事呢？这与《真诰》《周氏冥通记》"梦记"颇有渊源。《真诰》中杨羲和许翙的"梦记"分别采用的是第三人称"杨君"和"玉斧"（许翙的小名），《周氏冥通记》以"子良"自称。

第三，"梦"与"见"的混合使用。《周氏冥通记》的梦可分为"梦"和"见"两种类型。陶弘景在整理周子良笔记时已经注意到了这一点，在后文每条注中都特意将"梦"和"见"进行了分类："右七条，十二月中事，五条云见，二条云梦"[3]，"右四条，七月中事。三条云见，一条云梦，从六月初来，共纸一大度白栈纸也。右从丙申年正月初至七月末，计七月，中合二十八条，十八条云见，十条云梦"[4]，等等。按照

---

① 房玄龄：《晋书》卷七十九，中华书局 1974 年版，第 2086 页。

② "予乘御车"（"保延二年十月六日"条）、"白河上皇即还御三条，余及朱雀相公不供奉"（"久安三年六月二十三日"条）。

③ 陶弘景：《周氏冥通记》，《道藏》第 5 册，文物出版社、上海书店、天津古籍出版社 1988 年版，第 539 页。

④ 陶弘景：《周氏冥通记》，《道藏》第 5 册，文物出版社、上海书店、天津古籍出版社 1988 年版，第 541 页。

陶弘景的统计计算下来，从天监十四年（515）夏至日到次年（516）七月二十三日共计 109 条"梦记"中，以"梦"的形式记述的有 46 条，以"见"的形式记述的有 63 条。对于"梦"和"见"之分别，陶弘景进行了如下阐述：

> 按寻记，凡标前云梦者，是眠中所见，其有直云某日见某事者，皆是正耳觉时其见，但未知为坐为卧耳。从乙未年八月以后，游行诸处，此皆是神去而身实不动也。又诸记中往往有黯易字，当是受旨时匆匆，后更思忆改之，昔杨君迩中多如此。①

陶弘景认为，言"梦"者为周子良睡眠中所见，言"见"者为半睡半醒时所见。值得注意的是，对于两种情形，陶弘景均用了"见"字。这显露出陶弘景朴素的"梦魂"观。后文"此皆是神去而身实不动也"一句，意思是说周子良之所以身在原地而梦中却能到各地游行是灵魂离身的结果，这句话更加印证了上述陶弘景的梦信仰。在这种观念之下，"梦"与"见"的混合使用是必然。

明惠《梦记》中也存在"梦"与"见"两种类型的梦境。高山寺本《梦记》每个梦境的开头可分为以下五种形式：

A "其夜梦"（101 例）　　B "行法休息时眠入梦"（15 例）
C "禅中好相"（13 例）　　D "幻"（5 例）　　E "思"（1 例）

五类之中，A、B 为"处于睡眠中的无意识状态"，C、D、E 为"有意识的幻觉状态"。从两种形式并存于《梦记》来看，显然明惠将半睡半醒状态中虚幻出来的景象也归为了梦境。这种观念与当时社会对梦的普遍认识相违。

日语中"梦"的语源为"寝目"（いめ）。"寝"即睡觉，所以，"梦"即是睡觉时眼睛（"目"）所见到的情景②。"梦"最初的含义中就

---

① 陶弘景：《周氏冥通记》，《道藏》第 5 册，文物出版社、上海书店、天津古籍出版社 1988 年版，第 523 页。

② 西鄉信綱：『古代人と夢』、平凡社、1972、第 179 頁。

包含了"见"之内涵，被赋予了与眼睛所"见"同等的价值。因此，上古时代的日本人认为梦和现实中的所"见"在真实性上没有差别。因此，如果是上古时代的"梦记"，"梦"与"见"混合使用并不奇怪。但是，《梦记》成书时的镰仓时代初期，日本人对梦的认识逐渐趋于理性，梦与现实逐渐被区别对待，梦与幻也被严格区分。因此，《梦记》中"梦"与"见"的混合使用与当时的环境相背。明惠如此处理《梦记》，与《周氏冥通记》"梦记"脱不了关系。

第二节　宋朝文人"梦记"影响日本的可能性

宋朝文人"梦记"可能影响了日本的依据有三点。第一，日本"梦记"高峰紧随中国之后出现。中国进入宋朝之后，"梦记"激增，出现了史上的高峰期。这些作品中，有的已散逸，如《徐氏红雨楼书目》卷三·子部所载"《郭孝廉梦记》一卷、《异梦记》、《蝴蝶梦记》"、龙泉的《梦记》、穆度的《异梦记》。有些虽已散逸，但可以通过其他文献判断"梦记"的内容，如李彦弼的《庐陵李氏梦记》。有些则流传千古，如黄庭坚的《记梦》、杨万里的《记梦三首》、赵蕃的《十八日记梦》等。日本的"梦记"到达顶峰是在中世，特别是镰仓时代，顶点为明惠的《梦记》。亲鸾的"三梦记"、慈圆的《慈镇和尚梦想记》等也出现于这个时期。日本镰仓时代值中国宋朝（960—1279），更确切地说为南宋（1127—1279）。严绍璗指出中国古代文学不同发展阶段上的某些特质被日本文学消融大约需要 200 年的时间[1]。如 4、5 世纪的六朝文学，为 7、8 世纪的奈良文学所融合，8、9 世纪盛唐的诗歌，为 9 至 11 世纪平安文学所融合，11 世纪的宋代文学，为 13 世纪的五山文学所融合，14、15 世纪的明代话本，为 17、18 世纪的江户小说所吸收。日本"梦记"高峰与中国的时间差如此吻合，不能说是纯属偶然。

第二，中日"梦记"内容的一致性变化。宋朝时期，"梦记"的生活性增强，所记录的内容与日常生活有关的越来越多。除了传统的梦仙、梦乡、梦见亲人、故友等内容之外，寻梅之雅事、种菜与饭食之俗事也被写

---

① 严绍璗：《中日古代文学交流史稿》，福建教育出版社 2016 年版，第 66 页。

入"梦记"。杨万里《梦种菜》:"予三月一日之夜,梦游故园,课仆夫种菜,若秋冬之交者。尚有菊也,梦中得菜子菊花一联,觉而足之。"[①] 张扩有一诗,诗题为《建炎辛亥八月二十六日夜,梦舣舟江岸,与梅和胜论诗,梅出古诗示予,极壮丽,复为予作汤饼,方就席,视梅手中器已十裂,汤饼淋漓,觉而怅然,作此篇》。"梦记"生活化、趣味性越来越浓。

日本"梦记"也出现了同样的趋势。以明惠《梦记》为例,其梦境内容可分为"宗教梦"和"日常生活梦"两大类,且后者所占比重并不小。梦见犬、马、钱等等都被明惠写入了《梦记》。

> 梦见到了真慧僧都那里。真慧僧都设宴款待成弁与义林房。[②]
>
> 十五日夜,梦见手里拿着一钵牛乳。有一只白犬,欲饮之。梦到这里,从梦中醒来。[③]
>
> 十八日晚,梦见两只幼犬。一只为白色,一只为深黄色。这两只颜色不同的犬,非常可爱。欲以之为餐具盛饭。其它人皆以小器物口嘴为食器。白犬跳入火中,火不能烧之。[④]
>
> 梦见自己赚了两百文钱,一百给了萨摩公佛师,一百自己留着。将已经掉了漆的金银珠等十颗左右串起来,和钱放在了一起。[⑤]

梦为个人产物,记主是否确实做了梦,梦境是否确实如其所说,外人难以判断。而且,梦本天马行空。所以,记主所记之梦是否属实比较难以判断。由于这种特殊性,"梦记"的叙事性形成两种情形,一种为虚构,一种为纪实。虚构的情况下,一般都带有明确的目的和功利性。中国文学史上,以虚构之梦境抒发个人情感的文人比比皆是。但是,上文中提到的几例"梦记",既非感怀之辞,也非传教之用,带有明显的纪实性。宋代"梦记"的纪实性,是当时文学日常生活化的社会环境的产物。明惠乃至中世文人的"梦记",步宋代之后尘,也开始记录生活

---

① 杨万里:《杨万里集笺校》卷 24,中华书局 2007 年版,第 1226 页。
② 久保田淳、山口明穂校注:『明恵上人集』、岩波書店、1994、第 61 頁。
③ 久保田淳、山口明穂校注:『明恵上人集』、岩波書店、1994、第 63 頁。
④ 久保田淳、山口明穂校注:『明恵上人集』、岩波書店、1994、第 64 頁。
⑤ 久保田淳、山口明穂校注:『明恵上人集』、岩波書店、1994、第 64 頁。

诸事，应该也是受到了中国的影响。

第三，苏轼作品在中世日本广为流传，且产生了巨大影响。宋朝作品中，苏轼的"梦记"比较特殊。从记载年份来看，他所记的梦虽然是断断续续的，但前后持续了十年之久。从内容上看，生活化的梦境是他"梦记"的一大特色。如《石芝》序写道："元丰三年五月十一日癸酉，夜梦游何人家，开堂西门有小园古井，井上皆苍石，石上生紫藤如龙蛇，枝叶如赤箭。主人言，此石芝也。余率尔折食一枝，众皆惊笑，其味如鸡苏而甘，明日作此诗。"可以说，苏轼的"梦记"是继《真诰》《周氏冥通记》之后的又一典型，也是考察宋代"梦记"的重要素材。兹将苏轼"梦记"整理如下：

表 5   苏轼"梦记"

记主	标题	时间	内容
苏轼	"记梦参寥茶诗"	"昨夜"	梦见参寥梦中赋《饮茶诗》一首
	"记梦赋诗"	宋·元丰五年 1082 年	梦中受明皇之令赋《太真妃裙带词》一首
	"记子由梦"	宋·元丰八年 1085 年	正月旦日，子由梦中赠诗给李士宁
	"记子由梦塔"	"昨夜"	梦中与弟弟和僧人共分舍利吞食
	"梦中作祭春牛文"	宋·元丰六年 1083 年	梦中作《祭春牛文》
	"梦中论左传"	宋·元祐六年 1091 年	梦中与几个人论《左传》中的《祈招》诗
	"梦中作靴铭"	"轼倅武林日"	梦中被神宗召入禁中为一只红靴做铭
苏轼	"记梦"	四则	①梦有客人携诗而过，并附内容。②梦至西湖，湖上三重大殿中东殿上有苏轼以前所题的"弥勒下生"四字。梦中大多数是自己认识的僧众。③德公丧母后欲诵读《金光明经》，但是世间只有咸平六年本最为善本，一日，德公外甥梦见有人告知相国寺东门有此善本，事实果然如梦中所见。④梦中苏轼与人就"如真飨佛寿，识妄吃天厨"展开讨论，苏轼的分析甚得那人之心
	"梦南轩"	宋·元祐八年 1093 年	梦见自己回道谷行宅坐在南轩做文章

注：本表所用文本为中华书局 1981 年版《东坡志林》。

　　关于苏轼作品的东传，学界最初将时间推定到了日本室町时代（1333—1573）。池泽滋子考察指出，苏词传入日本的最早记录，见于日本东福寺的大道一以于1353年整理编撰的《普门院经论章疏语录儒书等目录》，其中收录了苏轼的《东坡词》二册和《东坡长短句》一册，而苏轼的著作最早传入日本的时间，"目前无法证明苏轼生前著述是否流传到日本，可以肯定的是南宋年间肯定已经传入"①。吉井和夫在《两足院本〈东坡集〉初探》中考证了建仁寺塔头两足院藏《东坡集》，指出该藏本是东坡全集本②系统中唯一的宋版，可能是五山僧人或者商人带到日本的。关于该书传入日本的时期，他没有给出确切的时间，只是将时间界定在了南宋③。王水照的《苏轼作品初传日本考略》一文重点介绍了日本五山文学对苏轼的受容，他将苏轼著作初传日本的时间前推至平安末期的1150年左右④。此点对于笔者来说具有重要的意义。王水照提出此判断的依据是在藤原赖长的《宇槐记抄》仁平元年（1151）九月二十四日条中有1150年刘文冲把《东坡先生指掌图》等书籍赠送给藤原赖长的记录。笔者查阅了《宇槐记抄》，其内容如下：

　　　　去年（笔者注：1150）宋国商客刘文冲与史书等、副名籍。勘先例，万寿三年（笔者注：1026）六月二十四日，资房记云，今日关白殿谴唐人返事，先是大内记孝信，承仰作之件。唐人献名籍于相府，申请当朝之爵。（中略）任彼例，令文章博士茂明朝臣作返礼，令前宫内大辅定信清书载亲隆朝臣名其名同定信书之以沙金卅两报之，书要书目录，赐文冲。此书之中，若有所得，必可付李便进送之旨。仰含了，件目录，先年为召他宋人成佐书之

　　　　捡领　　大宋国客刘文冲进送书籍事
　　　　东坡先生指掌图　二帖

　　①　曾枣庄、池泽滋子：《"屈于生而伸于死"——中日苏轼研究比较的对话》，《文艺研究》2011年第1期，第83—84页。
　　②　吉井和夫将《东坡集》按照体例分为了"东坡七集"和"全集（大全集）"两大系统。
　　③　吉井和夫：「両足院本『東坡集』初探」、『神田喜一郎博士追悼中国学論集』、二玄社、1986。
　　④　王水照：《苏轼作品初传日本考略》，《湘潭师范学院学报》1998年第2期。

　　五代史记　十帖

　　唐书　九帖①

　　确如王水照所说，1150 年时苏轼的名字已传到日本。此处有疑问的是，《东坡先生指掌图》一书到底为何书的问题。学界众说纷纭。新潮日本古典集成本《古今著闻集》第四卷文学第五"宋朝商客刘文冲赠左府赖长典籍事"中，"东坡先生指掌图"旁注为"蘇軾の切韻の指南書"（苏轼所作《切韵》指南书）②。长泽规矩也在《和汉书的印刷及历史》中将刘文冲所献书籍记载为"历代地理指掌图，五代史记，唐书"③，即将《东坡先生指掌图》直接认定为《历代地理指掌图》。王水照指出苏轼著作中没有《东坡先生指掌图》一书，"刘氏所赠，或为伪书，或真一佚书"④。不论《宇槐记抄》中所载的《东坡先生指掌图》一书是否为苏轼著作，可以肯定的是，苏轼其名此时已传入日本。其著作很可能在这个时期也已经传入了日本。

　　苏轼作品在中世影响力很大，不仅其作品成为文人争相模仿的对象，甚至周边人、事也因其影响力在中世受到好评，如雕刻了苏轼之铭的铜雀砚是当时统治阶层钟爱的"唐物"藏品之一；因苏轼诗歌中提到了郭熙，故虽然郭熙的画作并没有传到日本，仍然受到文人的喜爱，《君台观左右帐记》"画人录"将郭熙记录在册，中世禅僧将"郭熙秋山平远"作为诗题。在苏轼热潮中，其"梦记"必定随着诗集的传播进入中世文化主导者僧人们的视野。

小　结

　　本章以陶弘景撰《真诰》《周氏冥通记》中的"梦记"影响明惠《梦记》的可能性为切入点，考察了中国"梦记"影响日本的可能性。

---

① 藤原頼長著、增補史料大成刊行会編：『台記別記・宇槐記抄』、臨川書店、1965、第 200 頁。

② 橘成季著、西尾光一，小林保治校注：『古今著聞集・上』、新潮社、1983、第 177 頁。

③ 長沢規矩也：『和漢書の印刷とその歴史』、吉川弘文館、1956、第 109 頁。

④ 王水照：《苏轼作品初传日本考略》，《湘潭师范学院学报》1998 年第 2 期，第 6 页。

通过调查发现，由于《太平御览》的东传和中国本草书在日本盛行等原因，平安末期、镰仓初期的密教僧人对陶弘景并不陌生，其名在当时的医药书中随处可见。从《台记》等的记述可知，镰仓初期的贵族们经常涉猎、讲读《老子》等道教书籍，道家学说在平安末期、镰仓初期这段时期受到了广泛关注。

明惠虽然兼修显、密二宗，但对道教也多有涉猎，对老子学说、道教星宿信仰等颇为熟悉，并于《梦记》中记载了数例梦见北斗星君的梦境。同时，明惠的《梦记》与《真诰》《周氏冥通记》中的"梦记"有诸多相似之处。首先，梦中被赠经书是共有内容。虽然这是宗教文学中常见的梦境类型，但是，两者的特殊之处在于授书者皆为有羽翼的飞鸟形象。其次，明惠《梦记》的记梦形式、第三人称的叙述方式、"梦"与"见"的混合使用等均可追溯至《真诰》《周氏冥通记》中的"梦记"。

此外，明惠的《梦记》、亲鸾的"三梦记"、慈圆的《慈镇和尚梦想记》等接连出现于日本镰仓时代，时间上紧随中国"梦记"之顶峰宋朝。明惠《梦记》中梦境的日常化，如梦见犬、马、钱等，与宋朝"梦记"内容生活化相一致。这些现象很难说是纯属巧合。而且，宋代"梦记"之集大成者苏轼的作品早在1150年左右便已东传日本，并对中世文学产生了巨大影响。基本上可以断定，无论是"梦记"文学的产生，还是"梦记"的记事性质，日本"梦记"都受到了中国的影响。

第十一章　中国鲜见僧人"梦记"
之原因辨析

记录"梦记"是奈良至中世日本僧人的一贯行为，但是，在目前所能查到的范围内，古代中国佛教中的"梦记"仅见于王琰和善导两人。中国"梦记"的数量与日本相比，可谓凤毛麟角。王琰和善导之后，古代中国佛教鲜见记录"梦记"之僧人，更不必说像明惠那样长期记梦的僧人。那么，构成两者数量差的原因是什么呢？

第一节　中日"梦记"僧人身份考

首先，看一下中日两国记录"梦记"的僧人身份所属。日本方面，将僧人按照宗派分类的话，最澄、圆珍、安然、圆智、慈圆、庆政、证真和荣西等人属于天台（宗）系；胜贤、觉钁、证印、宽信、守觉法亲王、睿尊、赖瑜和荣海等人属于真言（宗）系；亲鸾属于净土（宗）系。

其中，天台宗原本是中国汉地佛教创立的最早的一个宗派。它起源于北齐、南陈，创建于隋，盛于唐。它的教义"以智顗的宗教哲学为主要内容，其核心是止观学说"[1]。早在奈良时期，鉴真和法进等人已经在日本传播过天台宗，行贺僧都也到唐朝学习过理论知识。但是，天台宗在日本作为一个独立的宗派兴盛起来始于最澄。值得注意的是，日本天台宗虽然源于中国，但它自创建之初就产生了诸多和中国不同的特点。

---

① 任继愈总主编，杜继文本书主编：《佛教史》，中国社会科学出版社 1991 年版，第262 页。

其中最主要的就是它是天台和密教的结合。比如，最澄于延历二十四年（805）七月回国后，九月便为在神护寺举行了密教灌顶仪式。此外，延历二十五年（806）正月三日最澄上表《请续将觉诸宗更加法华宗表》，奏请在南朝六都之外添加天台宗，当月二十六日便得到了批准。但是，敕令规定每年所度的两名僧人中，一名修习止观（天台教义），另一名修习遮那业（密教）①。为什么天台宗中会加入密教呢？这是因为当时日本天皇和贵族风闻唐土密教的盛况，对密教中的"即身成佛"教义非常向往。最澄本来在唐土主要是师从道邃和行满学习天台教义，同时从顺晓那里学过一些密教知识。他从大唐回国发现上述倾向后，为了获得朝廷的支持，向和他同时入唐的空海借阅大量的密教典籍进一步研习密教。所以，最澄在创建天台宗时便对二宗并重，并将《大日经》《孔雀王经》等密教经典作为本宗必读经典②。后来经过圆仁和安然等人的努力，发展为"台密"。

其次是真言宗。在空海之前，玄昉和道慈等人也将一些相关典籍带到过日本。但真正建教则始于空海。他以入唐从惠果那里学到的密教为基础，于弘仁七年（816）以高野山金刚峰寺为修道场建宗。弘仁十四年（823）时，空海将嵯峨天皇所赐东寺作为密教中心道场，设立真言宗总本山。空海所创建的真言宗被称为"东密"。可以说，无论是天台宗还是真言宗，都承袭了密教教义。

此外，亲鸾虽然以创建和发扬净土宗而出名，但他在建仁元年（1201）皈依法然之前的二十年间一直在比叡山学习佛法。密教对他的影响不言而喻。而且，亲鸾的三条梦境分别记于建久二年（1191）、正治二年（1200）和建仁元年（1201），全部在创教之前。可见，他的"梦记"全是在密教修法时期完成的。还有一位比较特殊的僧人是明惠。他虽以中兴华严宗而出名，但在宗教实践上实际是严密（华严＋真言密教）兼修。他于文治四年（1188）十六岁出家后，便前往仁和寺向实尊和兴然学习了真言密教③。此后，密教一直是他修行的重要内容之一。

---

① 魏道儒主编，王颂著：《日本佛教》，中国社会科学出版社2015年版，第204页。

② 任继愈总主编，杜继文本书主编：《佛教史》，中国社会科学出版社1991年版，第390页。

③ 日本歴史大辞典編集委員会編：『日本歴史大辞典』、河出書房新社、1979、第120页。

可以说，日本记录"梦记"的僧人整体上都和密教有着千丝万缕的
联系。

事实上，密教是对古代日本影响最大的宗派。虽然奈良时期三论宗
和法相宗曾一度兴盛，但从平安初到源赖朝在镰仓建立幕府之间的四百
多年期间，密教一直长盛不衰。因此，村上专精将这段时期称为"天台
和真言两宗的时期"①，"密教的事相极盛时代"②。他进而指出，"此后
（平安时代之后）日本的佛教，几乎全根据密教加以改革"③。

第二节　密教影响之下的"梦记"

从论述梦的佛典来看，宣扬梦的作用的佛典主要有《大智度论》④
《苏悉地经》《大日经疏》《大方等陀罗尼经》⑤《净居天子会》《苏婆呼
童子请问经》《般舟三昧经》《小品般若经》等。除了后两者为净土系之
外，其他全部为密教系典籍。据此可推测，日本僧人记录"梦记"应该
是受到了密教佛典的影响。而且，日本的"梦记"始于密教。从绪论中
日本学者所调查的"梦记"资料来看，目前可考的日本最早的僧人"梦
记"出自最澄之手。最澄自创建天台宗之初就是天台与密教兼重。他所
规定的必读经典《大日经》中关于梦有如下论述，"汝等于明日当得大
乘生如是教授已或于梦寐中睹见僧住处园林悉严好……如是等好相宜应
谛分别与此相违者当知非善梦"⑥。虽然他的《梦记》仅见于著录，原文
已不存⑦，但是，从他所倡导的《大日经》中的记述来推测，其所记内

---

①　村上专精：《日本佛教史纲》，杨曾文译，商务印书馆 1981 年版，第 6 页。

②　村上专精：《日本佛教史纲》，杨曾文译，商务印书馆 1981 年版，第 6 页。

③　村上专精：《日本佛教史纲》，杨曾文译，商务印书馆 1981 年版，第 47 页。（）为
笔者注。

④　"为当时之佛教百科全书。……本书中之佛身观与法身观，是密教思想之先驱，且为真
言陀罗尼之根源。"（宽忍主编：《佛学辞典》，中国国际广播出版社、香港华文国际出版公司
1993 年版）

⑤　"以坛法尊重，故归密部。"（蕅益智旭撰，明学整理：《阅藏知津》，巴蜀书社 2017 年
版）

⑥　善無畏、一行譯：『大日経』，第 6 頁。

⑦　《传教大师撰集录》《传教大师转述目录》和《山家祖德撰目集》等均有著录。荒木
浩：「宗教の体験としてのテクスト——夢記・冥途蘇生記・託宣記の存立と周辺」，阿倍泰郎
編：『中世文学と寺院資料・聖教』，竹林舎、2010、第 160 頁。

容或许也和修行有关。从这个层面上来说，日本的"梦记"始于密教。而且，如前文提到的柴崎照和的考察所示，安然（841—915）也有《梦记》一帖。安然以继最澄与圆仁之后发展"台密"而留名，一生致力于积极发展密教①。综上，可以说日本僧人记录"梦记"是在密教传入和发展的过程中逐渐兴起的。

和日本不同，中土的密教基本上在 8 世纪的惠果以后就消亡了。虽然善无畏（637—735）、金刚智（669—741）和不空（705—774）等"开元三大师"曾到中国传播密教，但是，"中国密宗的命运不长，……，儒家的伦理观念与佛教禅宗化的倾向，使它缺乏在中土发展的适宜气候"②。从日本"梦记"和密教的密切关系来看，中土记录"梦记"的僧人少之又少是密教的不发达所致。

值得注意的是，和中土的情况不同，西藏的"藏密"和云南大理地区的"滇密"得到了很大的发展。基于上文推断的"梦记"与密教的密切关系，"藏密"和"滇密"修行者应该也有"梦记"。事实上他们确实非常重视梦，并且也记录"梦记"。备受藏人尊崇的瑜伽修行者、噶举派祖师米拉日巴（1040—1123）的弟子桑杰坚赞所写的《米拉日巴传》③中就记载了很多梦境。一般传记都是以第三者的口吻来叙述传主的生平。但是，《米拉日巴传》很特别，它是以米拉日巴的第一人称"我"的口吻叙述的。这和噶举派的教法传授方法有关。"噶举"中的"噶"在藏语中为"佛语"之意，"举"为"传承"之意。所谓"噶举"即"佛语传承"。该派的教义就是以师徒口耳相传的方式实现的。"噶举派"这个名字也是以上述传授方法而命名。所以，《米拉日巴传》是弟子对米拉日巴口传内容的如实记载。它虽然出自弟子之手，实际相当于米拉日巴亲笔。

该传记中"梦"字共出现八十五次，涉及二十五个梦境，内容多彩多样。如"当我要出发到卓阿隆的头天夜间，马尔巴上师在梦中见到班

---

① 末木文美士：『平安初期仏教思想の研究：安然の思想形成を中心として』、春秋社、1995、第 42 页。

② 任继愈总主编，杜继文本书主编：《佛教史》，中国社会科学出版社 1991 年版，第 250 页。

③ 桑杰坚赞：《米拉日巴传》，刘立千译，民族出版社 2000 年版。

勒那若巴走来给他灌顶"①，梦是祖师灌顶的途径。其中，马尔巴上师（1012—1097）是米拉日巴的师父，那诺巴上师（1016—1100）是马尔巴的师父。此外，噶举派中重要的"夺舍法"② 也是通过梦兆完成的。在该传专门设置的"梦兆与授记"篇中，米拉日巴在修行中梦见空行母③授记④要他求取"夺舍法"。米拉日巴的这个梦直接促成了马尔巴第二次赴印度求法。而且，梦境还是判断能否为弟子口传教法的依据。年老的马尔巴面对诸弟子提出的"此后口授传承的教法如何弘扬，我们弟子的弘法度生事业将会怎样"的问题，说道"你们先回去祈梦，明天再来告诉我你们的梦兆"。翌日，因"我"米拉日巴的梦兆和太师那诺巴的授记完全相符，马尔巴方开秘密口诀藏。梦境在噶举派重大事件或仪式中都扮演了重要角色。

其次，当代著名藏学家南开诺布仁波切（1938—）著有《梦的修行》一书。可见他对梦在修行中的作用的重视程度。该书的指导思想是将梦中修行作为正式修行的一部分。为了实现梦中修行，南开诺布还提出了自然光大圆满修持法。正如他本人所说，这种思想在密教中有很深的历史渊源⑤。将梦和修行联系在一起是他受密教传统影响而产生的思想认识。上面提到的噶举派也非常重视梦在修行中的作用。该派修行的内容为"那洛六法"。六法之中，"梦瑜伽"是很重要的修法之一⑥。所谓"梦瑜伽"就是控制梦境并在梦中修行。此外，"藏密"中还有依梦修持的法门，名曰"梦观成就法"⑦。如上，"藏密"修行者也有"梦记"一事可以从反面证明"梦记"与密教的密切关联。

---

① 桑杰坚赞：《米拉日巴传》，刘立千译，民族出版社 2000 年版，第 45 页。
② 得心气自在之行者，依此口诀能以神识转入他人的已死或未死之身体，故有"夺舍法"之称。
③ "空行母"是女性神祇的一种。她有大力，可于空中飞行。在藏传佛教的密宗中，"空行母"是代表智慧与慈悲的女神。
④ "佛对发心之众生授与当来必当作佛之记别。"（丁福保《佛学大词典》）
⑤ ナムカイ・ノルブ：『夢の修行：チベット密教の叡智』，永沢哲訳，法蔵館、2000、第 139 页。
⑥ "那洛六法"分别为"拙火瑜伽、幻身瑜伽、光明瑜伽、梦瑜伽、中阴瑜伽和迁识瑜伽"。
⑦ 张伟杰：《藏密梦观成就法：藏密睡功》，《气功与科学》1995 年第 6 期。

小　结

记录"梦记"主要是密教僧人的行为。因为密教重视所谓"剋期取证"或"即身成佛",跟中土主流的"三大阿僧祇劫"成佛思想在"成佛"的条件的理解上、对于神灵介入俗人修行的方法以及身体观等方面都有根本性的差异。它体现在宗教实践与仪式上的特点是透过"三密加持"快速得到与神灵感应道交的结果。所以密教非常重视验证,也因此更重视梦的作用。古代中土记录自己梦境的僧人之所以少之又少,是因为密教在中土并未发展起来。日本的佛教虽然传自中国、佛教知识也是通过汉译佛经学习的,但是在受容的过程中,密教发展成为最重视的宗教,从而促生了大量的记录"梦记"的僧人。

结　　语

　　在自然科学思想模式占据主导的现代，梦多被视为头脑活动的产物。但是，在原始思考方式中，特别是于宗教徒而言，梦常常被看作是来自神佛的启示。于是，在过去悠久的历史中，产生了一个有趣的现象，文人、宗教徒等将个人梦境记录了下来，形成了一种独具特色的梦文化。"梦记"作为日记本梦境记录，既是了解古代人梦信仰的一面镜子，也是了解记主思想活动或宗教信仰的重要材料。

　　作为中日共有的现象，"梦记"在两国源远流长。中国方面，诗中言梦的作品最早可追溯到《诗经》，第一篇专门写梦的作品为东汉王延寿（约140—约165）的《梦赋》，宋代是"梦记"的高峰期，涌现出了大量以"记梦"或"纪梦"为题的诗作，甚至出现了记梦诗的集大成者苏轼。道教中的"梦记"，见于以陶弘景为中心的茅山派道士，上至杨羲下至周子良，他们以"梦"相承，共同构筑了一个"梦共同体"。梦既是他们与神灵相通的桥梁，也是支撑他们道教信仰的基础。佛教中的"梦记"见于王琰和善导著作中的序文或末尾。这些梦既是他们佛教信仰的体现，更是宣传佛教的重要手段。无论是茅山派道士还是王琰或善导，他们记录"梦记"的原因，与信仰本身相比，更主要的是为著作寻找权威以达到宣扬宗教的目的。"梦记"的这种特性与中国文学偏重功用性的大传统暗合。

　　日本记录"梦记"的初期僧人，主要是因为"梦信仰"。随着"梦信仰"的淡薄，佛教信仰开始成为他们记梦的根本动力。他们心心念念希望求得瑞相梦，做完梦后再从佛典中为梦境寻求依据。梦背后所蕴含的佛教深意成为他们真正的诉求。从这个意义上来看，"梦记"可以说是日本僧人的"佛教求道录"或"佛道修行录"，是他们表达宗教信仰的重要场所。特别是明惠，他的一生既生活在清醒的现实中，又生活在梦幻的微光里。对他而言，梦不是虚妄，而是另外一个宗教人生。可以说，日本僧人记录"梦记"的原因，与宗教宣传相比，更主要的原因是梦信仰与佛教信仰。

与以单一主题为主的景戒、成寻和亲鸾等日本僧人的"梦记"相比，明惠的《梦记》篇幅长、时间跨度大，内容丰富多彩、主题复杂多样、所涉及的佛教思想也非常广泛。从整体上看，其梦境内容涉及"修行梦""见佛梦""舍利梦""明神梦""女性梦"。

首先，关于"修行梦"，明惠的梦与修行的关系体现在两个方面。第一，梦是明惠现实修行的延续，是他的修行即将得到成就的标志。这方面主要包括梦见渡海/江、乘马、火聚、乳酪和糖等情景。第二，梦是明惠确认修行阶段的手段。这方面主要包括：将梦见成为后鸟羽院之子解释为转生如来家之预兆、遍历五十二位阶之梦等。而明惠将梦和修行联系起来主要是通过两种方式实现的。一是直接从佛典中的吉梦中寻找依据。有些佛典中明确记录了何种梦境为修行即将成就之相。明惠做到相应的梦后，随手将其记下来，实现了梦与修行的直接对接。二是援引经论，通过释梦将梦境和佛教修行联系起来。一些梦境本身并不在佛典中所录的修行成就之梦相之列，明惠通过将梦境与佛典中的教义相联系，使之与修行联系起来。同时，和平安时代一般僧人"参笼"求梦的方式不同，修行是他求梦的主要方式。而且，由于明惠的佛教关注点一生都在变化，其求梦方式也随着修行时期的推移不断变化。从"学习时代"到晚年，明惠的求梦方式经历的变化如下：在释迦或佛眼佛母像前坐禅或者诵读《华严经》→修持宝楼阁法和佛眼法→修持"圆觉三昧"→修持"佛光观"→修持"光明真言"。这些修行既是明惠佛教求道的需要，也是他求梦的方式。

其次，明惠在《梦记》中也记录了诸多梦见佛菩萨的梦境，其对象涉及文殊菩萨、不空胃索观音和释迦等。这些梦具有与前代的"见佛梦"具有不同的特征。明惠梦见的佛菩萨多为"生身"，是具备了肉体和生命力的活佛、活菩萨。这种"生身信仰"是在"佛像信仰"的基础上升华而来的新的信仰形态。于明惠而言，梦见这些"生身"佛或者菩萨是能够往生的标志。

第三，释迦被火葬后，人们出于尊崇将其遗骨、遗灰视为佛身代替品进行礼拜，于是产生了"舍利信仰"。明惠是镰仓时代"舍利信仰"的典型代表之一。在其生涯中，不仅有感应舍利的经历，而且著有《十无尽院舍利讲式》和《舍利讲式》等书，其著作《摧邪轮》及弟子的《神现传记》还多次提及舍利的功德。盖因其"舍利信仰"非常强烈而被时人所知，明惠从贞庆那里获得舍利之事被《神现传记》《大乘院杂事记》和"行状"系列资料记载了下来。虽然《梦记》中仅有四处关于舍利的记录，但从其内容可知明惠十分重视舍利。特别是1203年十月的梦境中，详细记录了明惠保护舍利的行动及其心理活动。与同时期的僧人相比，明惠的"舍利梦"具有如下特点。第一，明惠的"舍利梦"与王权之间几乎没有关系。第二，舍利具备两种基本功用，而明惠最看重的是其减罪消灾之现世功德。

第四，《梦记》中关于春日明神或春日神社的记录共计二十四处，占据了较大比重。从这些梦境可知，春日明神为明惠的护佑之神、它的指示是明惠建社造像之依据、也是行动的指南。在决定明惠人生的重要时刻，春日明神都发挥了至关重要的作用。明惠之所以如此信奉春日明神，其根源在于"释迦信仰"。从《传记》和"行状"系列资料可知，明惠将修行地高山寺比拟为天竺，到处表现出对释迦强烈的思慕之情。加之，在镰仓时代的本地垂迹之神佛习合思想的影响之下，春日明神往往被视为释迦的"垂迹神"。从《梦记》和"行状"系列资料也能看出，明惠也将春日明神的"本地佛"视为释迦。释迦的"垂迹神"春日明神自然成为明惠的信仰对象，成为《梦记》的记录的重要对象之一。明惠和春日明神的故事在后世广为流传。最著名的是1203年春日明神降神谕阻止明惠渡天竺的故事。首先，明惠本人在《十无尽院舍利讲式》和《秘密劝进帐》等著作中记录过此事。其次，《神现传记》、弟子喜海的《假名行状》、后世的短篇故事集《古今著闻集》和《沙石集》、绘卷《春日权现验记绘》、谣曲《春日龙神》等作品中也收录了这个故事。可见，这个故事在当时的流传程度之广以及对后世的影响之大。

第五，《梦记》中的"女性梦"可分三大类。第一类是以"镇魂"为目的的"女性梦"。《梦记》中与春华门院有关的六条记录，应该与《古事记》中的歌舞表演以及《源氏物语》中桐壶帝为悼念桐壶更衣所作的和歌一样，是对春华门院的一种"镇魂"。第二类是以"善妙梦"为代表的具有救赎意义的"女性梦"。如果说从唐来到新罗的善妙本人救赎了义湘，那么，从唐到日本的女偶善妙则有救赎明惠之功能。于明惠而言，收留在善妙寺中的遗孀们，就像《宋高僧传》中援助义湘的善妙一样，是援助他中兴华严宗的"救赎者"。第三类是预示修行即将得到成就的"女性梦"。《宝楼阁经》和《新华严经论》等佛典将梦见女性甚至是与女性亲近视为积极意象，赋予了修行方面的意义。这是明惠将与女性亲近的梦毫无保留地记载下来的主要原因。《梦记》所展现出来的丰富的信仰形态，是我们了解日本"梦记"文化的一面镜子。

从比较文化的视角来看，中日两国的"梦记"文化关系密切。虽然日本学界一直强调"梦记"特别是明惠《梦记》的独特性，但是，种种迹象均表明日本"梦记"受到了中国的影响。以医学造诣见长的陶弘景在中世广为人知，加之中世收集编撰本草书的目的是整理与修行修法有关的香药，承担抄写与整理本草书职责的为僧人，因此，明惠非常有可能熟知陶弘景其人。《真诰》《周氏冥通记》也都流传到了日本。明惠《梦记》的叙述形式、第三人称的使用、"梦"与"见"的混合等可能都是《真诰》《周氏冥通记》"梦记"影响的产物。此外，日本"梦记"高峰紧随中国之后出现、中日"梦记"内容在宋代前后一致出现生活化倾向、苏轼作品东传日本等等，也佐证了中国"梦记"影响日本的可能性。

另一方面，古代中国佛教中虽然也有"梦记"，但数量较少。王琰和善导之后，鲜见记录"梦记"之僧人。这种现象的产生与密教有关。与密教在中土没有得到长足发展相对，其在日本成为最受重视的宗教。就像日本的日记根源于中国，但发展到后来形成了独具日本特色的"日记文学"一样，"梦记"是伴随着密教的发展所形成的独具特色的一种记梦形式。

由于时间和精力所限，本书主要考察和分析了宗教语境中的"梦记"，有些问题未能涉及。今后将围绕以下几个问题展开进一步的考察与研究。

第一，中日"梦记"研究的延伸。除了佛教和道教之外，中国文人和日本日记中也有"梦记"文献存世。中国古代"梦记"曾出现过三个兴盛时期。首先是以王延寿的《梦赋》为代表的汉代，其次是以诗词中的"梦记"为代表的唐朝，至以苏轼、陆游的记梦诗为代表的宋代到达顶峰。日本方面，汉文日记中的梦境记录也算"梦记"的一种。藤原实资在日记《小右记》中记载了一百五十多条梦境，藤原行成在日记《权记》中记载了约二十条梦境。他们的"梦记"也是了解古代梦信仰和文人精神世界的重要资料。

第二，东亚汉字文化圈"梦记"研究问题。梦是人类的共有体验。这种体验超越民族性和空间性。"梦记"文献不仅仅存在于中国和日本，同属东亚汉字文化圈的朝鲜亦有，如李氏朝鲜时代著名的文人和思想家许筠（1569—1618）的"梦记"。其"梦记"见于《惺所覆瓿稿》第六卷"记"篇和第十九卷"杂记"篇。越南也有记录"梦记"的文人、宗教徒。各国文人或宗教徒在"梦记"中分别展现了怎样的精神世界？东亚汉字文化圈内的"梦记"有何异同？造成这种异同的原因是什么？这些都是以后需要继续研究的课题。

第三，明惠《梦记》中的插图问题。《梦记》中共有二十二处插图。其中，"高山寺本"中有三处，"山外本"中有十九处。插图的内容不一。目前暂未究明其佛教深意，故未在正文中进行讨论。为方便查看，兹将插图详情列表如下。

表6　　　　　　　　　　　　　《梦记》插图一览表

	年份	插图内容
高山寺	建永元年十二月二十八日	
	承久二年八月十一日	"菩提"二字的梵语写法
	承久二年十一月三日	毗卢遮那佛
山外本	建仁三年三月十一日	两人坐在海中巨岩上、小注二人为"尺王""明惠"
	建历二年八月十一日	法师坐禅图
	建历二年十一月十九日	花瓶中插有两支花
	建保六年六月十一日	柳树状树木、树干上有藤蔓缠绕
	承久三年十二月七日	三聚火焰、上一下二、整体呈三角形
	嘉禄二年六月二日	中文小写数字"一"的上面有三个粗点、盖为龟

续表

	年份	插图内容
山外本	宽喜元年十月二十五日	一瓶、瓶中发出"白光"
	"某年三月二十八日"	竹垣
	"某年七月十一日"	三重塔
	"某年十月二十六日"	（1）穿着狩衣的公卿（2）装护身符的袋子
	"某年十二月十五日"	最下面：河流？ 中间：云　最上面：约七个屋顶
	"去年冬季"	拿着手杖的僧人站在三块木板上
	"某年月七日"	（1）"血围围"（2）似卷帘之物
	"某年月二十一日"	用五道曲线描绘出来的山的形状 + 草
	"某年月二十二日"	流水 + 开了花的树（梅花树？）
	"某年月二十二日"	松树 + 僧人 + 岩石
	"某年月二十三日"	五颗水晶念珠（左三右二）
	"梦记"	供奉于佛前的花瓶、花瓶里有插花
	"梦记"	花瓶

注：具体图画意象如下。

建永元年十二月二十八日：

承久二年八月十一日：ㄥ⼕〔菩提〕

建仁三年三月十一日：〔图〕　建仁三年三月十一日

承久二年十一月三日：

建历二年八月十一日：〔图〕　道円法师坐禅之形也　于时小僧依所望遣之

建历二年十一月十九日：

建保六年六月十一日：

承久三年十二月七日：

嘉禄二年六月二日：

宽喜元年十月二十五日：

某年三月二十八日：

某年七月十一日：

某年十月二十六日：

然依予之沙汰紀洲ニミス
［図］

某年十二月十五日：

案日明日将修法
［図］

去年冬季：

某年月七日：

此之字躰也為今日之ラレタリ其并殿巴具セラレ其圖タリ

形量

某年月二十一日：

某年月二十二日：

日朝ヨリ也
此日不合
［図］

某年月二十二日：　　某年月二十三日：

"梦记"：　　　　"梦记"：

第四，以"案（曰、云）"（「案じて曰はく」「案じて云はく」「案ずれば」「案ずるに」）的形式解梦的问题。《梦记》通常采用的记述结构为"做梦时间＋记事＋梦境内容"，少有解梦的地方。但是，有些情况下明惠还是以"案（曰、云）"的形式附加了对梦的解释。考察明惠在何种情况下释梦也是解明《梦记》特色的途径之一。正文中因无合宜之处进行总结，故没有涉及。在此对其进行归纳总结。

《梦记》中共有三十处附有解梦。其中，"高山寺本"有十二处，"山外本"有十八处。明惠以"案（曰、云）"的形式解梦，大致有以下几种情形：

（1）认为梦中所见为佛菩萨、春日明神，共计十五处。其中，七处为佛菩萨，比如，"案云：女子为毗卢遮那也"①、"案曰：此为文殊也。犬为狮子也"②、"案云，是亦为善知识也"③。八处为春日明神，比如，"案曰：大明神并贺茂事也"④、"案曰：此为大明神也。囊为其形象也"⑤。

（2）认为梦中所见为佛教修行相关之物，共计五处。比如，"案曰：

① 久保田淳、山口明穗校注：『明惠上人集』、岩波書店、1994、第89頁。
② 奥田勲、平野多惠、前川健一：『明惠上人夢記訳注』、勉誠出版、2015、第405頁。
③ 奥田勲、平野多惠、前川健一：『明惠上人夢記訳注』、勉誠出版、2015、第423頁。
④ 久保田淳、山口明穗校注：『明惠上人集』、岩波書店、1994、第69頁。
⑤ 奥田勲、平野多惠、前川健一：『明惠上人夢記訳注』、勉誠出版、2015、第280頁。

梦中所见为五秘密、光明真言二法之中的三摩耶。当作如是思"①、"案曰：此竹垣为精进屋也"②。

（3）认为梦中所见为守护之相，共计四处，比如，"高弁案曰：此文字为蒙华严众会三宝御恩之相也。切々当作如是思。云云"③、"案曰：将蒙明神之恩也。云云"④、"案曰：明日欲修法，故二梦中见弥勒加被之相"⑤。

（4）认为梦中所见为神佛的指示，共计两处，分别如下："案曰：书册即梵箧也。故应跟随文殊修行。然释迦舍利、弥勒塔和文殊梵箧应追随三尊一起修行。此梦或寓意应跟随文殊修行善知识法。"⑥、"案：此梦即为弥勒认可之相也"⑦。

此外，有两处将水池解释为禅观，有一处将梦中人物认定为善妙，有一处含糊不清："案曰：当知之。"⑧

以上三十处以"案（曰、云）"的形式附加了释梦的地方，包括（1）—（4）所涉及的梦境、将水池解释为禅观的梦境、"善妙梦"等基本上在正文相关章节中已经进行了解读。此处不再一一论述。无论是以释迦、文殊为代表的佛菩萨还是春日明神，都是明惠极其恋慕、信仰的对象。附有解梦之处皆为明惠非常重视的梦境。

① 奥田勲、平野多恵、前川健一：『明恵上人夢記訳注』、勉誠出版、2015、第 255 頁。
② 奥田勲、平野多恵、前川健一：『明恵上人夢記訳注』、勉誠出版、2015、第 357 頁。
③ 奥田勲、平野多恵、前川健一：『明恵上人夢記訳注』、勉誠出版、2015、第 231 頁。
④ 奥田勲、平野多恵、前川健一：『明恵上人夢記訳注』、勉誠出版、2015、第 302 頁。
⑤ 奥田勲、平野多恵、前川健一：『明恵上人夢記訳注』、勉誠出版、2015、第 387 頁。
⑥ 奥田勲、平野多恵、前川健一：『明恵上人夢記訳注』、勉誠出版、2015、第 234 頁。
⑦ 久保田淳、山口明穂校注：『明恵上人集』、岩波書店、1994、第 81 頁。
⑧ 久保田淳、山口明穂校注：『明恵上人集』、岩波書店、1994、第 68 頁。

附录一 日本"梦记"在后世的发展

继明惠之后,后世的多闻院英俊(1518—1596,以下简称"英俊")也记录了大量的"梦记"。英俊十一岁进兴福寺,十六岁出家,六十三岁成为权大僧都①,七十一岁成为法印②,是兴福寺的核心人物。他的"梦记"收录于《多闻院日记》。该日记是以英俊为首的兴福寺三代人所记载的从文明十年(1478)到元和四年(1618)长达一百四十年的日记。英俊执笔的部分为天文三年(1534)至文禄五年(1596),是《多闻院日记》的主要记录者。

英俊共记载了五百六十余条梦境,内容涉及宗教、动植物、政治和社会动向等各个方面。具体而言,宗教相关的计二百三十六条、和动物相关的计三十三条、和友人相关的计四十九条、和财务相关的计四十二条、和政治社会动向相关的计三十六条、拔牙梦三十二条、天文现象梦计二十五条、文艺方面的梦二十三条、和植物相关的梦计二十一条、和自己运势相关的计十一条。

梦对于英俊有特殊的价值,这从《多闻院日记》中多次用到不可思议、奇梦等词修饰梦境可管窥一二。元龟二年四月八日条中,多闻院先是梦见飞驮公送自己太刀,继而又梦到辻源左卫门也送来太刀,因感到梦境"不可思议"遂记录下来③,天正二年十二月廿一日条中,多闻院

---

① 僧纲分为僧正、僧都、律师三个官阶,最早是三阶五级,即大僧正、僧正、大僧都、少僧都、律师;后来发展为三阶九级,即大僧正、僧正、权僧正、大僧都、权大僧都、少僧都、权少僧都、律师、权律师。

② 日本的僧纲制度中,最高的僧位。

③ 辻善之助编:『多聞院日記』二、临川书店、1978、第232頁。

梦见到慈明房处参拜天女像，翌日早上发现僧坊附近竟然有一座天女像，感慨道："奇特第一、正梦也。"①

　　英俊"梦记"的相关研究围绕三个方面展开。第一，梦和白狐信仰。岛田成矩指出，英俊梦中的白狐具备善恶两种形象，善的一面是古代白狐信仰和舍利信仰共同作用的产物，而"狐凭""狐持"等可怕的狐狸附身梦境，则是由于上述信仰在意识中逐渐远去所导致②。第二，对英俊"梦记"的评价。芳贺幸四郎指出英俊的梦很世俗，梦境是他想却不敢明目张胆地追求的岁福禄寿欲望的发泄渠道，他批评英俊身为权大僧都，内心追求的却是和俗人无异的物质，有失身份③。芳贺幸四郎的观点奠定了后世评价英俊梦的基调。河合隼雄指出英俊难得一生都在记梦，记的内容却让人索然无味④。直到近年才出现了相反论调，多川俊映提出，如果从"神佛习合"和唯识论方面来看的话，不应过低评价英俊的梦⑤。第三，英俊记梦的原因。芳贺幸四郎认为英俊记梦源于自古以来的梦信仰⑥。

　　其实，对英俊的梦仅赋予世俗、无趣的评价是不恰当的。从日记中的一些记载来看，"梦记"在一定程度上反而是英俊个人品格修行的反映。据天正八年（1580）二月二十八日条记载，英俊梦见晚上有人敲门，从旁门出去一看，好多人站在那里。人群中忍禅房告诉他兴善院去世，要将坊主之职托付给他，英俊听后很高兴。这段文字之后，英俊反省到：坊主虽然是本职，但是自己却为兴善院去世被传授职位而高兴，实在是可耻、可悲⑦。而且，作为多闻院院主，英俊勤于修行，有高于普通僧人的使命感，他修行的内容在日记中有明确的记载，"毘沙门咒

　　① 辻善之助编：『多聞院日記』二、臨川書店、1978、第347頁。
　　② 島田成矩：「多聞院日記に見えたる夢と信仰──白狐と舍利と人狐をめぐりて──」、『国学院雑誌』1957年第58卷、第42頁。
　　③ 芳賀幸四郎：「非合理の世界と中世人の意識──多聞院英俊の夢」、『東京教育大学文学部紀要』1962年第36卷、第492頁。
　　④ 河合隼雄：「明恵　夢を生きる」、講談社、1995、第53頁。
　　⑤ 多川俊映：「『多聞院日記』にみえる夢」、『いのちと仏教』、日本経済新聞社、2005、第252頁。
　　⑥ 芳賀幸四郎：「非合理の世界と中世人の意識──多聞院英俊の夢」、『東京教育大学文学部紀要』1962年第36卷、第455頁。
　　⑦ 辻善之助编：『多聞院日記』二、臨川書店、1978、第97頁。

十万遍今日唱满"①、"弁财天咒从今日又始"②、"御咒二万六千遍了"③
等等。此外,《多闻院日记》具有公开性,英俊在记述梦境时有充分的
"读者意识"。他记载梦境的初衷不可能仅仅是为了向别人宣扬世俗的一
面。下面尝试探讨英俊记梦过程中宗教信仰的驱使作用。

一　"见佛梦"

据《多闻院日记》记载,英俊一生诵读的佛经有《仁王经》《大般
若经》《金刚经》《梵网经》《观音经》《心经》《劝发菩提心集》和
《一乘义私记》等。有些为阶段性读物,有些为终生所读。《大般若经》
为后者,"(永禄十年二月)二十九日。大般若子刻过后校对完毕"④、
"(天正九年六月)十三日……大般若转读助读完毕"⑤、"(文禄三年正
月)二十一日祈祷事、转读大般若、仁王经、五重讲问修之"⑥,据此可
知,诵读《大般若经》贯穿了英俊的一生。

《大般若经》在第五五一卷"第四分觉魔事品第二十一"和第五六
三卷"第五分梦行品第十九"中都讲述了"梦中见佛",两卷所记内容
基本相同,此处仅列举第五五一卷的内容。

> 若诸菩萨乃至梦中。亦不爱乐三界诸法。亦不称赞一切声闻独
> 觉地法。虽观诸法如梦所见。而于实际不证不取。当知是为不退转
> 地。诸菩萨相。复次善现。若诸菩萨梦见如来应正等觉坐子座。有
> 无数量百千俱胝苾刍众等恭敬围绕而为说法。或见自身有如是事。
> 当知是为不退转地诸菩萨相。复次善现。若诸菩萨梦见如来应正等
> 觉三十二相八十随好圆满庄严。常光一寻周匝照曜。与无量众踊在
> 虚空。现大神通说正法要。化作化士令往他方无边佛土施作佛事。

---

① 辻善之助编:『多聞院日記』一、臨川書店、1978、第214頁。
② 辻善之助编:『多聞院日記』一、臨川書店、1978、第214頁。
③ 辻善之助编:『多聞院日記』一、臨川書店、1978、第217頁。
④ 辻善之助编:『多聞院日記』二、臨川書店、1978、第4頁。
⑤ 辻善之助编:『多聞院日記』三、臨川書店、1978、第165頁。
⑥ 辻善之助编:『多聞院日記』四、臨川書店、1978、第437頁。

或见自身有如是事。当知是为不退转地诸菩萨相。①

《大般若经》将梦见如来的三十二相八十随好圆满庄严等诸相解释为证得"不退转地"境界的菩萨相，强调了"梦中见佛"的功德。英俊在《多闻院日记》中多处记载了他与《大般若经》的细节。

> 师父英繁转读大般若为予祈祷，并赠送书卷及赤童子像莲成院所持木尊。昏昏沉沉，入夜恍惚之中见赤童子告曰：汝若望学问，请至一切经廊。后赤童子呵斥前后男女鬼、以杖驱之。鬼遂合手道歉，赤童子曰'今后不许再做乱'，请求饶恕，说罢离开。伯父坊主弘教阿阇梨大病初愈时也梦见眼前有很多鬼怪离去。②

天文三年（1534）二月三日，十七岁的英俊遭遇母亲离世。服丧期间的英俊到了三月左右患上了疫病，几近死亡。师父英繁为了给英俊祈福不断念诵《大般若经》，并送给英俊几卷经书和赤童子像。昏睡之际，英俊梦见赤童子告诉他，如果他想学佛教学问的话，要到一切经廊学。并且用棍子驱走了英俊周围的男鬼和女鬼。这个梦之后，英俊从死亡的深渊中脱离。从这时起，英俊就和《大般若经》产生了不解之缘。到天文十五年（1546、29岁）因为道俗两方面的烦恼打算离开寺院时，英俊从三月到五月进行了长达两个月的参笼修行。参笼期间，他慰藉自己的方式是细读《大般若经》和抄写此经"理趣分"③。《大般若经》的影响可以说已经渗透到了英俊生活的方方面面。

在《大般若经》的影响之下，"梦中见佛"成了英俊"梦记"最主要的内容：天正四年（1576）三月十九日，英俊"昨夜梦中奉拜了毘沙门和地藏菩萨"④。在英俊所见到的佛菩萨中，最多的是弁财天，其次还有毘沙门天、大黑天和地藏菩萨。在此仅列举一例。

---

① 玄奘譯：《大般若波羅蜜多經》、第836頁。
② 辻善之助編：『多聞院日記』五、臨川書店、1978、第39頁。
③ 辻善之助編：『多聞院日記』五、臨川書店、1978、第40頁。
④ 辻善之助編：『多聞院日記』二、臨川書店、1978、第406頁。

　　昨晚梦见大乘院佛殿天井上有很多圣教、所有的日记、印鉴渡
日记、东院家的二阶上有种种圣教日记、类似弁财天的黑色大坐像、
坐东向西，七八尺左右的黑色药师如来在橱柜里。还有各位本尊、
圣教、旧记等等。盖善心坚固故。难得难得。①

　　天正十二年（1584）四月二十八日，英俊梦见大乘院佛殿内外有佛、
圣教、日记等物品，认为这是自己佛心坚固所得。芳贺指出英俊经常梦见
弁财天，是向往金钱的反映，梦中的佛菩萨等过于偶像化和感官化是他对
教义的理解过于低级卑俗的表现②。确实，原本被认为是象征辩才的女神
"弁才天"到了室町时期写法变为"弁财天"，成了财宝神③。但是，弁财
天并不是英俊唯一梦见的佛菩萨。除了他之外，释迦、阿弥陀、文殊、
观音和天女等也常出现。这些梦境实际上充分展示了英俊的佛教信仰。
如第一章所述，大乘佛教本来就倡导"梦中见佛"。"梦中见佛"思想在
日本始于圆仁。据《三宝绘词》记载，念佛传自慈觉大师（即圆仁），
始于贞观七年（865），被命名为"常行三昧"④。后来随着净土思想的传
播，"梦中见佛"开始被普遍视为吉事。很多佛教故事中都有"梦中见
佛"的事例。《今昔物语集》佛法部中梦见观音菩萨或者地藏菩萨等的
梦境占到了81%。"观音来到梦中"⑤、"到立山、白山参拜，到各地灵
验之地祈求……梦中有菩萨模样的人出现"⑥ 等等。"梦中见佛"能对现
实中的修行产生积极的作用，是保证能够往生净土的重要一环。
　　为了确定梦境与修行功德之间的关系，英俊常常将梦境与《大般若
经》中的记载进行对比。"《大般若经》五百六十七卷云，'梦中见莲花
皆为吉相'"⑦、"大般若经中有云若梦见毘沙门天等皆为吉相，极其可喜

---

　　① 辻善之助编：『多闻院日记』三、临川书店、1978、第342页。
　　② 芳贺幸四郎：「非合理の世界と中世人の意識——多闻院英俊の夢」、『東京教育大学文
学部紀要』1962年第36卷、第470页。
　　③ 芳贺幸四郎：「非合理の世界と中世人の意識——多闻院英俊の夢」、『東京教育大学文
学部紀要』1962年第36卷、第471页。
　　④ 今野達校注：『三宝絵・注好選』、岩波书店、1997、第206页。
　　⑤ 馬淵和夫、国東文麿、稲垣泰一校訂・訳：『今昔物語集』、小学館、2008、第242页。
　　⑥ 馬淵和夫、国東文麿、稲垣泰一校訂・訳：『今昔物語集』、小学館、2008、第447页。
　　⑦ 辻善之助编：『多闻院日记』二、临川书店、1978、第112页。

可贺"①。英俊所提到的这些内容在《大般若经》中确实都有记载。前者在《大般若经》中为"又如莲花梦中见者亦是吉相"②。正因为《大般若经》将梦见莲花视为瑞相，英俊在《多闻院日记》中记载了很多莲花梦③。后者在《大般若经》中找不到原文，或为英俊将"佛"义扩大所做出的判断。

英俊梦中的佛像大多数和《大般若经》所塑造的一样，为"庄严殊胜"的木佛或金佛，他们或光照四周或为英俊、众生说法。对于英俊来讲，这些都是"梦中见佛"的一环。因此，将英俊所有的"梦记"均以过于低俗为由而贬低并不合适，像因受《大般若经》"梦中见佛"言论的影响所记录的见到弁财天、文殊、观音等的梦境，均为英俊佛教信仰的体现。

二 "舍利梦"

英俊在《多闻院日记》中记录了五十余处"舍利梦"。举其数条如下：

（1）见约五六寸的四方袈裟中有很多白色舍利。……细小。另外还有七八颗大舍利。实在妙不可言。终将其放入怀中。梦醒。④

（2）梦见炭火中有大舍利与小舍利。将其捡入左袖。

（3）参拜北向荒神，见神前黑柿木香箱中舍利殿……、有五色舍利，其中有半数妙不可言，遂取之放入怀中。

（4）梦见自己盗取了数百颗舍利。将其与原有舍利放在一起。

（5）今日午睡时梦见于妙德院化缘时，碗中有四五颗金舍利，将其放入手中。梦见佛舍利预示着能起善心。

从上述例子能看出，英俊梦中的舍利色彩非常丰富，有白舍利、金

---

① 「如毘沙門夢中見者、皆是吉相卜大般若ニアリ、尤祝著々々」。
② 玄奘譯：《大般若波羅蜜多經》，第927頁。
③ 辻善之助編：『多聞院日記』二、臨川書店、1978、第86、139頁。
④ 辻善之助編：『多聞院日記』二、臨川書店、1978、第34頁。

舍利和"五色舍利"等。五色即青、黄、赤、白、黑①。此外,还有紫色舍利②。英俊的"舍利梦"中,舍利最主要的颜色为白色。这与佛典中的舍利颜色以白色为主有关。《法苑珠林》第四十卷中记载的舍利有三种颜色,骨舍利为白色、鬓舍利为黑色、肉舍利为赤色③。曹洞宗鼻祖道元在《舍利相传记》中记载了镰仓时代前期临济宗僧人明全(1184—1225)的舍利。明全被火葬时有五种颜色的舍利出现,其中有三颗为白色④。较之头发与肉身,以骨身留世的舍利更多,故而,英俊的梦中亦以白色舍利居多。

还有一个值得注意的现象,即梦里英俊为了得到舍利而偷盗。并且,英俊还会将辛苦偷来的舍利再分给他人。

> 今早六时过后,梦见概在常如院,其处有弁财天宝殿。自后面打开宝殿门,见里面有天女神像。……晃动神像,遥见里面有舍利,圆五寸长三寸,像水晶筒模样。我靠近神像座、晃动神像,欲盗取之。此时,想到偷盗不好。但转念一想,所盗之物为舍利,并无大碍。遂用薄纸取出五十颗白色小舍利,剩余的原样放回。以厚纸将舍利包裹起来。发现其中十五颗舍利变大,成为淡墨色与深蓝色。将其好生包裹放入怀中。身旁之实贤房僧都与另外一人曰欲感应舍利。我方欲将舍利分给他们之际,见院专贤房僧都自西桥而来。欲将舍利藏起来之际,梦醒。无可伦比之好梦也。⑤

据天正十三年四月二十九日条记载,梦中英俊虽然意识到不应偷盗,但转念一想,偷盗之物若为舍利则应无大碍⑥,于是,盗取了五十颗舍利。梦醒之后,英俊认为此梦为无可伦比之吉梦,非常高兴。除了偷盗

---

① 宽忍主编:《佛学辞典》,中国国际广播出版社、香港华文国际出版公司1993年版。
② 辻善之助编:『多闻院日记』一、临川书店、1978、第417页。
③ 道世撰:『法苑珠林』、『大正藏』第53卷、第598页。
④ 堀辺阿伊子:「禅宗寺院における舎利信仰と空間認識」、『駒沢女子大学研究紀要』17、2010。
⑤ 辻善之助编:『多闻院日记』、临川書店、1978、第417頁。
⑥ 辻善之助编:『多闻院日记』、临川書店、1978、第417頁。

舍利之梦外，还有舍利被盗的梦①。按照佛教五戒，偷盗是严格违反戒律的。但是，英俊认为偷盗和佛教五戒之一的"不偷盗"并不违背，甚至以此为功德。

关于英俊梦中偷盗舍利之事，有观点指出：偷舍利无关紧要，此为英俊个人的想法，而且是他梦中之幻想，并非普通人的共识②。但需要指出的是，偷舍利并非个别现象，当时社会发生了很多舍利被盗事件。比如，建仁三年（1203）五月发生了著名的盗窃舍利事件。两名僧人闯入矶长圣德太子庙，窃取了太子的遗骨牙齿。僧人之所以去盗取遗骨，是因为他们相信借助圣德太子遗骨可以与神佛结缘③。建保四年（1216）东寺的佛舍利曾经被盗④；此后的嘉历四年（1329）六月二十五日，舍利再次被盗⑤；延文四年（1359）涌泉寺也发生了舍利被盗事件⑥。对于当时的僧人来说，舍利是值得他们"破戒"去偷盗的宝物。这些盗取舍利与舍利被盗的梦既是当时环境影响之产物，反之也可从中窥探当时社会之现状。

关于分发舍利之事，如天正十三年（1585）四月二十九日条梦境所述，实贤房僧都（1490—1523）和另外一个人打算感应舍利之际，英俊欲将所盗舍利与之分享。不难推想，英俊之所以这么做，是因为分发舍利也可以得到福报。据桥本初子考察，文献上所能见到的分发舍利的行为最早见于康平五年（1062）十月二十二日，皇宫下旨分发三颗佛舍利⑦。中世时期，大多数僧侣既收集舍利又分发舍利。睿尊就积极收集舍利，并举行各种有关舍利的法会，其人生充满了感应舍利和舍利数量变多变少的奇迹⑧。兴福寺大乘院主寻尊（1430—1508）为了宣扬"舍

---

① 如永禄十二年正月十四日条。

② 岩崎雅彦：「舍利の夢——『多闻院日記』から」、『鍊仙』494、2001、第 5 頁。

③ 老沼九象：「中世における聖德太子舍利信仰の成立——特に太子廟盗掘事件を契機として——」、日野照正編『歴史と仏教の論集』、自照社出版、2000、第 281 頁。

④ 橋本初子：『中世東寺と弘法大師信仰』、思文閣史学叢書、1990、第 121 頁。

⑤ 橋本初子：『中世東寺と弘法大師信仰』、思文閣史学叢書、1990、第 156 頁。

⑥ 熱田公：「泉涌寺と『舍利』」、『観世』1981 年第 48 卷。

⑦ 橋本初子：「『仏舍利勘計記』解題：東寺伝来の仏舍利関係史料」、景山春樹著『舍利信仰：その研究と史料』、東京美術、1986、第 206 頁。

⑧ 内藤栄：「叡尊の舍利信仰と宝珠法の美術」、松尾剛次編『持戒の聖者　叡尊・忍性』、吉川弘文館、2004、第 74 頁。

利信仰",四处搜集各个寺院的舍利,并将其分给舍利祈求者①。

英俊在"梦记"中记录了五十余处"舍利梦"。为了获得舍利的庇佑,英俊多次梦见偷盗、收集与分发舍利。于他而言,这些"舍利梦"是因为信仰心之深厚所得,是能够"减罪生善"的预兆。他曾经描述舍利贵如生命,"舍利梦"对他来说极其珍贵。在记录了偷盗舍利这一点上,英俊的"舍利梦"在内容上有别于明惠的《梦记》。但是,在对信奉舍利之功德的诉求方面,两人相同,最重视的都是舍利灭罪消灾之现世功用。

余论

英俊执笔《多闻院日记》的前半期,即天文八年(1584)之前的六十年间的记录中很少能看到梦境记录,从永禄十年(1567 年,英俊 51 岁)开始,梦境开始增多,尤其集中在六十岁之后。为什么到了后半期增多起来了呢?芳贺幸四郎认为是因为青年时期的英俊对梦还能保持理性和客观性,但到了晚年身体和思维衰退所导致无法保持梦中理性②。实际上,这和英俊四十九岁到五十一岁期间的社会环境有不可分割的关系。

永禄十年发生了著名的"东大寺佛殿之战"(1567.4.18—10.11)。争战据点有两个,一是东大寺念佛堂、二月堂、大佛殿周边,二是戒坛院和兴福寺周边。兴福寺也卷进了这场争战。《多闻院日记》记录了相关情况。

> 天满山、大乘院山方向三人众并筒井被寄陈了,寺内塔并南大门上放铁炮,两陈巷昼夜只如雷电、片时无安堵之思、呜呼々々。
> 猛火耀天、鲸波大地动、忉生逢浅猿时分、悲叹无是非者也。

---

① 赤田光男:「中世後期南都の舎利信仰」、『帝塚山大学人文学部紀要』27、2010、第 15 頁。

② 芳賀幸四郎:「非合理の世界と中世人の意識——多聞院英俊の夢」、『東京教育大学文学部紀要』1962 年第 36 巻、第 490 頁。

　　从永禄十年四月二十四日条和五月十八日条的记载可知，受此争战的影响，兴福寺无片刻安宁。寺院里的僧人为躲避战争，纷纷离寺。对此，英俊感慨万千。从这些表述中，我们可以看到一位僧人面对世间混乱和寺院荒废的绝望之情。在现实压力和未来的不安面前，梦是唯一能够给英俊带来安慰和快乐的媒介，是英俊寻求"救济"的场所。梦中"好相"还会给他带去新的希望，让他对未来再存一些幻想。可以说，当时的社会动荡给英俊所带来的不安感是导致英俊记梦突然增多的客观原因。

　　中世之后，江户时代初期的僧人袋中良定在《寝寤集》中也记载了三十多条梦境①，所记多为启示梦，传教色彩浓重。

---

　　① 《寝寤集》收录于《琉球神道记》。

附录二　中国典籍对明惠《梦记》的影响

　　《梦记》因其特殊性获得了广泛关注，明惠其人以及他的其他作品也成为近年来日本学界的研究热点。其中，部分学者聚焦明惠作品与中国典籍的关系，取得了如下研究成果：山崎淳指出明惠的著作《金文玉轴集》虽已失传，但是从其传记等相关记录来看，该书内容盖与释迦遗迹有关，而明惠整理这些遗迹的根据便是中国的《大唐西域记》和《大慈恩寺三藏法师传》（以下简称《慈恩传》）①；八百谷孝保将最早记载了义湘、元晓传说的《宋高僧传》与明惠的《华严缘起》中的"绘词"（对画进行说明、解释的文字）对比，指出《华严缘起》的出典为《宋高僧传》②。此外，一般认为明惠参与绘制的《玄奘三藏绘》中的解说词也受到了《慈恩传》的影响③。据上可知，前人关于明惠和中国典籍的关系方面已有很多研究。但是，他们所涉及的范围鲜少涉及明惠的《梦记》一书。下文将通过考察明惠《梦记》对《大唐西域记》《华严经探玄记》和《法住记》等中国典籍的利用情况管窥中日古代文学交涉的一隅。

一　《大唐西域记》对《梦记》的影响

　　《梦记》中共记载了 226 条梦境，内容多种多样，大体上可分为

---

　　①　山崎淳：「『金文玉軸集』とその端に記された和歌——『明恵上人行状』の一記事から」、『古代中世文学研究論集』2001 年第 3 卷、第 351 頁。

　　②　八百谷孝保：「華厳縁起絵詞とその錯簡に就いて」、『画説』1938 年第 16 卷、第 317 頁。

　　③　中野玄三：『玄奘三藏絵下』、中央公論社、1982、第 135 頁。

"宗教梦"和"日常生活梦"两大类。"宗教梦"为与佛、菩萨或者佛教
修行有关的梦境。比如，建久七年（1196），24 岁的明惠梦见了文殊菩
萨："当月二十五日，于释迦大师像前修无想观。空中文殊大圣人现身。
其身金色，坐狮子之上。高三尺左右。"① "日常生活梦"则是和周边事
物有关的梦。比如，梦见犬、马、虫子等等。在诸多事物中，有一个令
人印象特别深刻的现象，即明惠经常梦见"磐石"。

（1）同年二月，听闻此事之后，觉得此郡之人非常可怜。我梦
到自己行走在像屏风一样的大磐石上。我抱住石头，渡过了大磐石
狭窄的顶端。义林房等人在前面先过。成弁随后。……成弁本来觉
得这样做很危险，但内心还是很高兴。安全渡过之后，来到海边。②

（2）元久二年十二月十四日晚，于一条讲堂祈求大愿能得成
就。当晚梦见有一个极其危险的地方。有心想爬上去。原来是一块
笔直的磐石。成弁从下面开始攀登。镜智房、禅房两人在下面推我，
帮扶攀登。我看到磐石上面布满了石板。石板上面竟然还写着帝释
天、梵王及诸神祇的名字。我在上面匍匐前行。③

（3）有一大磐石，峰高无限。海水倾上而下，宛如瀑布。此为
值得庆幸的殊胜之相。我为之欢喜。云云。④

（4）有一大磐石，底部有一小穴。成弁入磐石内，然无法从中
出来。⑤

（5）有一大磐石。与前面梦到的童子共攀爬之。我担心会滑
倒。然并非想象得那么危险。……石面光滑，走在上面非常舒服。
足踏其上游玩。云云。⑥

"磐石"本身并无特殊含义，仅仅是厚而大的石头。但是，据笔者

① 高田时雄：《京都兴圣寺现存最早的〈大唐西域记〉抄本》，高启安译，《敦煌研究》
2008 年第 2 期，第 47 页。
② 久保田淳、山口明穗校注：『明惠上人集』、岩波书店、1994、第 57 页。
③ 久保田淳、山口明穗校注：『明惠上人集』、岩波书店、1994、第 60 页。
④ 久保田淳、山口明穗校注：『明惠上人集』、岩波书店、1994、第 60 页。
⑤ 久保田淳、山口明穗校注：『明惠上人集』、岩波书店、1994、第 94 页。
⑥ 久保田淳、山口明穗校注：『明惠上人集』、岩波书店、1994、第 95 页。

统计，明惠在《梦记》中记录了五条梦见磐石的梦境。与绝大多数事物仅出现一次相比，可谓比较频繁。可见，磐石在他心中占有重要而特殊的地位。那么，明惠的这些梦境因何而成，他又为何将它们一一记录下来呢？

解明这个问题的突破口在引文（2）。如划线部分所示，明惠梦见磐石上的石板上面写了帝释、梵王以及诸神祇的名字。帝释天与梵天作为佛教中的护法主神，经常出现在佛经以及各类佛教类书中，两人同时出现的例子也比比皆是。但是，"帝释、梵王"与"磐石"组合在一起出现的情况甚是罕见。笔者查询《大藏经》发现，三者同时出现的现象仅见于《大唐西域记》。如下面引文中双重横线部分所示。

> 鸡足山东北行百余里，至佛陀伐那山，峰崖崇峻，巘崿隐嶙。岩间石室，佛尝降止。傍有磐石，帝释、梵天摩牛头栴檀涂饰如来，今其石上余香郁烈。五百罗汉潜灵于此，诸有感遇，或得睹见，时作沙弥之形，入里乞食。隐显灵奇之迹，差难以述。
>
> 孤山东北四五里，有小孤山，山壁石室，广袤可坐千余人矣。如来在昔于此三月说法。石室上有大磐石，帝释、梵天摩牛头栴檀涂饰佛身，石上余香，于今郁烈。①

《大唐西域记》中"磐石"共计出现了八次，此处仅列举与引文（2）有关的两个例子。第一个例子中的佛陀伐那山即今佛陀因山，牛头栴檀即旃檀香树，因其产地之山峰形状若牛头，故有此称。《大唐西域记》在此描述了佛陀伐那山周边的释迦遗迹：佛祖曾降临此山石室，石室旁有块磐石，帝释与梵天曾在上面磨牛头旃檀，用来涂饰如来，至今石上还有浓烈的余香。第二个例子中，帝释与梵王出场的情景与前者非常接近——佛于石室说法时，两位天神在磐石上摩牛头栴檀为佛陀涂抹装饰。在上述两个例子中，磐石与帝释、梵天紧密地联系在了一起。反观《梦记》中磐石板面上写着帝释、梵王名字的梦境，其与《大唐西域记》中"石室上有大磐石，帝释、梵天摩牛头栴檀涂饰佛身"之记录中

---

① 玄奘、弁机著，季羡林等校注：《大唐西域记校注》，中华书局1985年版，第53页。

均同时出现了磐石、帝释与梵天。这种现象绝非偶然。从两者在内容方面的相似性以及下文将要分析到的明惠对《大唐西域记》的熟悉情况来看，这个梦很可能是明惠阅读《大唐西域记》时，对此段印象深刻，磐石、帝释与梵天之组合留在了潜意识之中，迸发出来而折射形成的。

《大唐西域记》为记载了唐代著名僧人玄奘（602—664）去往西天取经时在天竺的所见所闻的重要史料。该书不仅对中国产生了巨大的影响，而且很早流传到了日本并得到了广泛传播。据高田时雄考证，《大唐西域记》现存最早的抄本（785）藏于京都兴圣寺①。但其在日本的传播可追溯到奈良时代。早在正仓院文书天平十一年（739）七月十七日的"写经请来注文"中便已有《大唐西域记》的记述②。之后，《大唐西域记》不断地被抄写和再创作。特别是镰仓时代，出现了众多以《大唐西域记》为底本所改编的作品。比如，现在称名寺所藏的《西域记传抄》和东大寺尊胜院学僧弁晓的《弁晓说草》等。其中，《西域记传抄》为《大唐西域记》的摘抄本③；《弁晓说草》引用了很多《大唐西域记》中的故事④。

从众多资料来看，明惠亦阅读过《大唐西域记》。因为据明惠入寂十八年后（1250）弟子义渊房灵典依后嵯峨院（1220—1272）之命整理上报的高山寺藏书目录《高山寺圣教目录》第五十四卷甲开头记载，"西域传二部各十二卷"⑤。"西域传"即《大唐西域记》。此外，《高山寺明惠上人行状》（以下简称《行状》）是弟子所记录的关于明惠的生平传记。据《行状》记载，明惠曾经著作《金文玉轴集》一书。

因生于佛灭迹后边隅之地，与西天遗迹相隔万里，甚是悔恨。故或以西域、慈恩传等传记检处处遗迹，或按寻求法高僧巡礼之足迹遥想西天。然遗迹本为释迦灭迹后为众生所留，而今只我一人得

---

① 久保田淳、山口明穗校注：『明惠上人集』、岩波書店、1994、第 49 頁。
② 石田茂作：『写経より見たる奈良朝仏教の研究』、東洋文庫、1930、第 144 頁。
③ 高陽：「悪龍伝説の旅：『大唐西域記』と『弁暁説草』」、『アジア遊学』（182）、勉誠出版、2015、第 38 頁。
④ 小峯和明：「弁暁草の特色と意義」、神奈川県立金沢文庫編集：『称名寺聖教尊勝院弁暁説草：翻刻と解題』、勉誠出版、2013、第 381 頁。
⑤ 奥田勲：『高山寺聖教目録』、東京大学出版会、1985、第 29 頁。

见西天遗迹。……只我一人独处深山、海边品读此等著弥纶五天圣迹之书。无可互相谈论之人。遂决定记下这些遗迹，留与有心之人。为解心中之遗憾，下笔整理、标注前人书中之圣迹，以假名著《金文玉轴集》一书。(笔者译)①

　　明惠十分憧憬西天遗迹，但苦于无人分享，故想著书传播，让更多的人了解圣迹，于是著作了《金文玉轴集》。值得注意的是引文中提到的明惠了解西天遗迹的手段。"或以西域、慈恩传等传记检处处遗迹，或按寻求法高僧巡礼之足迹。"其中，"西域、慈恩传"即《大唐西域记》与《慈恩传》。据上可知，明惠读过《大唐西域记》。而且，从其查阅《大唐西域记》中的西天遗迹，并根据书中内容将遗迹整理成书来看，明惠对《大唐西域记》中的内容特别是其中关于西天遗迹方面的记载可谓非常熟悉。这为《梦记》引文（2）中的梦境受到《大唐西域记》的影响提供了充分的条件。

　　除了像引文（2）一样直接在《大唐西域记》的具体内容影响之下产生的梦境之外，明惠频繁地梦见磐石并将它们记录下来，也与《大唐西域记》的影响有关。从上述《行状》中关于《金文玉轴集》成书的经过可知明惠非常尊崇西天释迦之遗迹。这种尊崇在明惠的传记资料中随处可见。比如，《明惠上人传记》（以下简称《传记》）为明惠弟子所写的另外一部有关师父的生平记录。据《传记》记载，明惠早年赴纪州时，望见西方海面上漂着的"苅磨岛"和"鹰岛"两座岛屿，遂将岛屿比作天竺，口中更是念唱到"南无五天诸国处处遗迹"而礼拜之。他继而说道，如来遗迹尤以北天竺苏婆河河边的居多，苏婆河河水也会汇入此海，所以这块石头同样也被苏婆河的盐水浸染过。于是，明惠取了海边的一块石头，取名"苏婆石"，当作如来遗迹。后来他将这块石头带在身边、不离左右。从这段记述中，能清晰感受到明惠对释迦和西天的思慕之情。即使是一点点能和释迦、西天产生联系的地方，明惠都会联想到西天与释迦，并非常珍视与之相关联的物品。

---

　　① 高山寺典籍文書綜合調查團編：『明惠上人資料第一』、東京大學出版會、1982、第28頁。

而磐石是《大唐西域记》中经常提及的释迦遗迹之一。据《大唐西域记》记载，释迦常于磐石上说法，并且，天竺现存的许多大磐石上有如来足所履迹，即所谓的"佛足石"。关于佛在大磐石上留下足迹的"佛足石"记录在《大唐西域记》中共计八处，"东昭怙厘佛堂中有玉石，面广二尺余，色带黄白，状如海蛤。其上有佛足履之迹"；"阿波逻罗龙泉西南三十余里，水北岸大磐石上，有如来足所履迹"；"有窣堵波，高百余尺。其侧大方石上，有如来足蹈之迹"，等等，此处不再一一列举。值得注意的是，明惠对磐石也抱有特殊的感情。比如，他将高山寺"华宫殿"西边山谷中的一块磐石取名为"定心石"。此"定心石"旁边复有磐石一块，明惠在石面上雕刻了佛足迹进行供养，并为之取名"遗迹窟"。从明惠与《大唐西域记》的关系来看，他对磐石的特殊情结盖亦与该书有关。当然，有关"佛足石"的记载不限于《大唐西域记》。《释迦方志》《法苑珠林》和《北山录》等书中皆可见之。但它们成书均晚于《大唐西域记》，且《高山寺圣教目录》中没有著录此类书籍。

正是因为对磐石的特殊的感情，奔波于各个地方的明惠每次皆选择面朝大海、有磐石的高山作为自己的修行之地。

> 离开高雄，辞别众人，来到纪州。……于汤浅栖原村白上峰上建了一宇草庵作住处。山峰左右耸立着大磐石，前后有小河流淌。两间草庵就建在高岩上面。草庵前面是西海。从此处远望淡路岛，晴空万里、风平浪静、一望无边。北面是山谷，名号曰"鼓谷"。山谷中溪流发出的响声绵延到岩洞。草庵边缘生长着一棵老松树。下面是一张绳床。此外，西南角向下两个台阶处也建了一座草庵。此处用来迎接同为佛门之人。坐禅、修行和寝食也都是在这里进行，一直不曾懈怠。或者在这里面对佛像缅怀佛在世时的过往，或者翻阅经典、怀念昔日说法时的情景。①

引文为《传记》中所描写的明惠在纪州白上峰修行时的环境。《行状》对此时的状况也有介绍，而且对大磐石的描写更加详细："白上峰

---

① 久保田淳、山口明穂校注：『明惠上人集』、岩波書店、1994、第 113 頁。

陡直，有大磐石高耸，东西长、约二丁，南北窄，仅一段有余。于彼高岩上建草庵二间。"如前文所述，明惠在高山寺修行时，身边亦有磐石。可见，选择有磐石之地进行修行几乎成为明惠的固定行为。

据上可知，无论是在现实中还是《梦记》中，明惠对磐石的重视与记录均与玄奘《大唐西域记》的影响密不可分。明惠本身对释迦以及西天之遗迹充满了思慕之情，而《大唐西域记》为明惠提供了了解这些遗迹的媒介。在《大唐西域记》的影响之下，磐石作为众多的与释迦有关的遗迹之一，成为明惠《梦记》中的内容之一，也成为明惠佛教生活的关注点之一。

二　《华严经探玄记》对《梦记》的影响

> 当月二十四日晚，梦见一个大堂。内有一名高贵女子，容貌富态、异常肥胖，身着青色套衫。我与之于佛堂后门处碰面。心想：此人的音容面貌皆与香象大师之注释相符。其女根等亦与之相符。所有这些皆为法门。这种见面方式亦为法门。与此人共衾、交合之人皆能得成就菩提之因缘。云云。想到此即相互拥抱、亲密无间，互相疼惜（我想这种行为也与大师的注释相符）。当月二十五日，找到了与昨日之梦相一致的文章。（笔者译）①

建历元年（1211）十二月二十四日，明惠梦见与一名女子亲近。梦境中，明惠反复联想到"香象大师"。"香象大师"即法藏（643—712），是华严宗第三祖师，也是华严体系的实际构建者。他一生著述众多，有《华严金狮子章》《华严经指归》《大乘起信论义记》《法界无差别论疏》等等。其中，论述过僧人与女子接触问题的为《华严经探玄记》。所以，引文中的"香象大师之注释"（「香象大師の釈」）即法藏对《华严经》所做的注释书《华严经探玄记》。如划线部分所示，从明惠不断确认梦境和《华严经探玄记》相符来看，此梦与《华严经探玄记》应该有很大的关联。

---

①　奥田勲、平野多恵、前川健一：『明恵上人夢記訳注』、勉誠出版、2015、第213頁。

据资料记载，明惠非常熟悉法藏及其著作《华严经探玄记》。比如，《梦记》中载有明惠阅读法藏所著经疏的记录。"元久元年九月三日，从纪州回神护寺槙尾僧房居住。十一日开始学习。书入手之前，和一两名同伴开始读香象的严密经疏。"① 这里的"香象"亦即"香象大师"法藏。"严密经疏"（「密厳の疏」）则指法藏的《密严经疏》。《高山寺圣教目录》中关于此书的著录见于第十四卷甲②。此外，建久三年（1192）十二月二十三日，明惠抄写了法藏著《大乘法界无差别论疏》。关于此书的著录见于《高山寺圣教目录》第十二卷甲③。承元四年（1210）四月在白方时，明惠接受长房的要求开始注释《华严金狮子章》。该书和《华严指归》《修华严奥旨妄尽还源观》并称"贤首三要"，是法藏的代表性著作之一。建历元年（1211）六月十二日，明惠于栂尾为比丘尼净亲房讲解法藏的《起信论义记》。高山寺所藏《起信论义记》铭文记有，"建久二年写、良显笔、成弁奥书"④。基本上可以说，明惠对法藏几乎所有的著作都有涉猎。但是，通过下表中笔者根据《行状》和《传记》等所整理的明惠与《华严经探玄记》接触情况可知，明惠和该书接触很密切。

表明惠与《华严经探玄记》的接触情况

时间	年龄	内容
1192（建久三年）	20	六月十七日、校对《华严经探玄记》第二卷
1194（建久五年）	22	五月一闰八月、于神护寺抄写《华严经探玄记》第七卷—第十八卷
1198（建久九年）	26	八月二日、于高雄开讲《华严经探玄记》
1199（正治元年）	27	春，回高雄，讲读《华严经探玄记》第三卷及以下部分。十月二十二日、于筏立讲授《华严经探玄记》第九卷

---

① 久保田淳、山口明穗校注：『明恵上人集』、岩波書店、1994、第54頁。
② 奥田勲：『高山寺聖教目録』、東京大学出版会、1985、第11頁。
③ 奥田勲：『高山寺聖教目録』、東京大学出版会、1985、第10頁。
④ 高山寺典籍文書綜合調査団編：『高山寺経蔵典籍文書目録第一』、東京大学出版会、1973、第122頁。

续表

时间	年龄	内容
1200（正治二年）	28	三月五日、据尊胜院本校对《华严经探玄记》第三卷。 三月二十三日、据尊胜院本校对《华严经探玄记》第五卷。 五月、于四条系野兵卫尉住处校对《华严经探玄记》第十五卷。 六月二十三日、校对《华严经探玄记》第十七卷
1207（承元元年）	35	六月二十七日、于高山寺十无尽院为喜海等人讲解《华严经探玄记》

从上表可知，自建久三年（1192）至承元元年（1207）的十五年间，明惠曾多次校对、讲解《华严经探玄记》。并且，《高山寺圣教目录》第七卷甲有"华严经探玄记二十卷"的著录①。综上所述，明惠对《华严经探玄记》非常熟悉。

那么，《华严经探玄记》中有没有《梦记》中所记录的类似内容呢？

法国研究明惠《梦记》的专家吉拉德在法译本《梦记》注释中指出，此梦中的女性样貌类似于《华严经探玄记》第十九卷中提到的婆须密多女的样子。婆须密多女在《华严经》中有些"高级妓女"的形象，常常被用来当作男女双修的教理依据。但是，经笔者确认，《华严经探玄记》第十九卷中并未提及此女子的样貌。反而是《华严经》中的一处描写与明惠的梦境相符。《华严经》中对婆须密多女的样貌描写如下："色相圆满。皮肤金色。目发绀青。不长不短。不粗不细。欲界人。天无能与比。"② 其中，"色相圆满"与《梦记》中女子"容貌富态、异常肥胖（「面貌ふくらかをにして、以ての外に肥満せり」）"相对应。梦境中明惠所做的"与香象大师之注释一一相符（「一々香象大师の釈と符合す」）"的判断可能是将《华严经探玄记》和《华严经》记忆混乱造成的。

但是，明惠断定"与此人同宿、交合"为"成就菩提"之因缘，这在《华严经探玄记》（原文为繁体，现统一为简体，下同）中却能找到

---

① 奥田勲：『高山寺聖教目録』、東京大学出版会、1985、第 9 頁。
② 般若：『大方廣佛華嚴經』、『大正蔵』第 10 卷、大正新脩大蔵経刊行会、1960—1978、第 365 頁。

依据。

> 离欲实际清净法门者有二义。一约自行。……二约利生。谓虽
> 留惑示现在欲。令处欲众生要当离欲得此实际清净法也。如掩提遮
> 女等。二明业用中二。初身同器现。二若有众生下以法益生。于中
> 有十种三昧。皆是以欲化处欲众生令得如此甚深三昧。阿梨宜者此
> 云抱持摩触。是摄受之相故。得彼三昧也。阿众毗者此云呜口。得
> 言教密藏之定。如是下总结。并是极位大菩萨所作非下位所知。如
> 摄论定学中说。①

上文是法藏对《华严经》"离贪欲解脱法门"的注释。他认为得清
净法门有两种方法,一是靠自律,二是靠他人引导。所谓他人引导,即
婆须密多女以满足人的欲望来引导众生出家得三昧。法藏在《华严经探
玄记》中强调:"抱持摩触"等行为都是"摄受之相"。《梦记》中明惠
和女子的各种亲昵行为正应了《华严经探玄记》中的"抱持摩触"。因
为《华严经探玄记》不仅没有否定男女关系,反而为这种行为赋予了积
极的意义,将其解释为得解脱之功德。是故深谙其内容的明惠在梦中还
清醒地认识到此梦为"成就菩提之姻缘"。在《梦记》中,每一次情境
转换,明惠都会确认这与《华严经探玄记》相符,应该是在为自己的梦
境寻求教理依据,将梦中的行为视为"成就菩提之因缘"。

三 《法住记》对《梦记》的影响

> 撰讲式期间,梦见此本堂后门有僧二三人。着黑色鸲鹆衣。心
> 想此为圣僧。即奉问其住所,问曰:"请告知住所"。问曰:"来自
> 何处?"答曰:"木丁斯论"听后心想,天竺便在此处。又强行询问
> 姓名。对方极力隐瞒。不断问之。户外似乎有人。我靠近之,即生
> 畏惧。其贴近我左耳告曰:"宾头庐也。"我甚哀伤,曰:"应问自

---

① 法藏:『華嚴經探玄記』、『大正藏』第 35 卷、大正新脩大藏经刊行会、1960—1978、
第 471 頁。

己不解教义，适才竟只问这些。真是无礼。"尔时梦醒。我想，其余的二三人应该也都是十六罗汉吧。①

承久二年（1220）七月左右，明惠梦见了二三名罗汉。以下将此梦称之为"罗汉梦"。佛教徒梦见佛、菩萨等是常见现象。比如，之后三天，明惠又分别梦见了大光明王（过去世时释迦在阎浮提做国王时的名字）、佛祖和迦叶尊者等佛菩萨。这些梦中，或是佛祖守护明惠或是明惠供养迦叶，这些均为佛教徒常有的梦境。但是，"罗汉梦"与它们不同。如划线部分所示，明惠在梦中近乎执拗地询问圣僧的住处和名字。那么，明惠为什么会关注这些呢？

解答上述疑问之前，首先了解一下日本的"罗汉信仰"史。罗汉即六根清净、已断绝无明烦恼之人，是释迦得法弟子修行的最高果位者。"罗汉信仰"中的罗汉最初只有十六名，后来发展为十八罗汉、五百罗汉。关于后来补上的罗汉，众说纷纭，此处不多论述。现存最早的记载了十六罗汉的著作为玄奘所译的《大阿罗汉难提密多罗所说法住记》（以下简称《法住记》）②。《法住记》译出之后，十六罗汉开始受到中国佛教徒的普通尊崇。在中国，一直到宋朝年间，"罗汉信仰"都非常盛行。日本方面，"罗汉信仰"始于永延元年（987）东大寺僧人奝然（938—1016）从宋朝带回的十六罗汉图。之后，日本禅宗中比较盛行"罗汉信仰"，代表人物有日本曹洞宗始祖道元（1200—1253）和莹山（1268—1325）。其中，道元将北宋著名画家李龙眠（1049—1106）所画的十六罗汉像从宋朝带回日本，五十岁时在永平寺举行了罗汉供养法事，并著有《十六罗汉现瑞记》。莹山著有《罗汉供养式》。作为民间的"罗汉信仰"，藤原道长（966—1028）和高仓天皇（1161—1181）等人举行的罗汉供养广为人知③。

明惠和十六罗汉的渊源也很深。据《行状》记载，年轻时住在四天王寺的明惠曾写信给神护寺的十六罗汉，表达自己的思慕之情（高山寺

① 久保田淳、山口明穂校注：『明惠上人集』、岩波書店、1994、第82頁。
② 王鹤琴：《中国佛教罗汉信仰早期形态研究》，《宗教学研究》2017年第1期，第146页。
③ 藤原実資：『小右記』、臨川書店、1965、第256頁。

典籍文书综合调查团，1982：222）。建保三年（1215）明惠所著的《四座讲式》中，其中第三部为《十六罗汉讲式》。此外，《高山寺缘起》是明惠入寂后弟子高信（生卒年不详）依后嵯峨院之命所著，里面详细记录了高山寺内的建筑群、佛画和佛像等。据该书记载，高山寺有别的寺院所没有的罗汉堂。此罗汉堂是贞应二年（1223）左右从明惠的皈依者贺茂神主能久（1171—1223）的别院中移建而来，里面有宾头卢尊者像和唐本系列画像"十六罗汉画"。

　　从现存资料来看，明惠了解十六罗汉的方式为上文提到的"十六罗汉画"与《法住记》。《法住记》内容很短，大致由十六罗汉的姓名以及住处、信仰罗汉之功德、罗汉入灭后至弥勒出世之间供奉佛法的方法等三部分组成。现存很多文献都表明，明惠非常熟悉《法住记》中的内容。比如，（1）《高山寺圣教目录》第七十四乙著录有"十六罗汉因果识见颂一卷　法住记一卷"①。（2）建历二年（1212），明惠针对法然的《选择本愿念佛集》著书《摧邪轮》进行批判。在《摧邪轮》中，明惠引用了《法住记》中关于释迦入灭后罗汉出世、罗汉入灭后弥勒出世救赎众生的文字，以释迦正法不灭反驳法然的末法说②。（3）明惠在《十六罗汉讲式》中也曾引用《法住记》，而且引用内容占据了《法住记》全文的三分之二，详细介绍了十六罗汉的姓名和住处。《十六罗汉讲式》中的内容如下：

　　　　第一举罗汉住处。法住记云。第一尊者宾度罗跋啰惰阇。与自眷属一千阿罗汉。多分住西瞿陀尼洲。……第十六尊者注荼半托迦。与自眷属一千六百阿罗汉。多分住持轴山。③

《法住记》中的对应内容如下：

　　　　所说十六大阿罗汉。我辈不知其名何等。庆友答言。第一尊者名

① 奥田勲：『高山寺聖教目録』、東京大学出版会、1985、第35頁。
② 鎌田茂雄、田中久夫校注：『摧邪輪』、岩波書店、1971、第342頁。
③ 高辨：『四座講式』、『大正蔵』第49卷、大正新修大蔵経刊行会、1960—1978、第901頁。

宾度罗跋啰惰阇。第二尊者名……第十六尊者名注茶半托迦。……复重请言。<u>我等不知十六尊者多住何处</u>。护持正法饶益有情。庆友答言。第一尊者与自眷属千阿罗汉。多分住在西瞿陀尼洲。……第十六尊者与自眷属千六百阿罗汉。多分住在持轴山中。①

对比两文可知，明惠在《十六罗汉讲式》中以"法住记云"的形式几乎原文引用了《法住记》。不同之处在于，《十六罗汉讲式》将《法住记》中本来分列的名字和住处进行了合并。两者之间并无实际性的差别。由此可见明惠对《法住记》的熟悉程度。

至此，明惠在梦中近乎执拗地询问圣僧的住处和名字的原因也浮出水面。从上文内容可知，最晚在建历二年（1212）著作《摧邪轮》时，明惠便已对《法住记》之内容非常了解。至建保三年（1215），明惠在《十六罗汉讲式》中继而全文引用《法住记》，显示出对《法住记》的持续关注。在反复阅读与回忆《法住记》的过程中，书中关于十六罗汉的名字与住处的记载留在了明惠的脑海中。至承久二年（1220）七月左右，这些内容在明惠的潜意识中成像，导致他在梦中反复确认罗汉的姓名与住处。至贞应二年（1223）时，从明惠在高山寺建造了罗汉堂并放置了宾头卢尊者像来看，他此时仍然在关注《法住记》与罗汉。可以说，在从1212年至1223年的长达十年多的时间里，《法住记》与"罗汉信仰"一直深深地影响着明惠，并对他的著作与梦境产生了很大的影响。

小　结

中日两国的佛教源远流长。自从佛教由中国经朝鲜半岛传至日本以来，日本佛教界普遍以中国为师，他们通过汉译佛典学习佛教知识，络绎不绝地前往中国学习佛法。明惠虽然没有到过中国，但其以中国典籍为媒介，间接实现了向中国的学习。考察明惠与中国典籍的关系是了解

---

① 玄奘：『大阿羅漢難提蜜多羅所説法住記』、『大正蔵』第 49 卷、大正新修大藏経刊行会、1960—1978、第 13 頁。

古代佛教交流的重要一环。

　　本文以《高山寺圣教目录》《传记》《行状》等为资料，考察了《大唐西域记》《华严经探玄记》和《法住记》对明惠《梦记》的影响。《大唐西域记》中所记录的以磐石为代表的圣迹是明惠屡次梦见"大磐石"的主要原因；明惠曾将梦中的某些情境与《华严经探玄记》中的记述一一对照确认，将梦见和女子亲近的行为解释为修行得到成就的因缘，以此来为自己的梦境寻求教理根据；《梦记》中明惠对罗汉名字和住处的特别关心应该是对《法住记》中的记载的如实反映。对明惠的《梦记》产生影响的中国典籍，截至目前，笔者仅查阅到了《大唐西域记》《华严经探玄记》和《法住记》，找出更多与之相关的典籍并进一步考证其对《梦记》的影响是今后的目标和课题。

（原载《日语学习与研究》2020 年第 3 期）

附录三　明惠上人年表

公历（年号）	年龄	事件	时代动向
1173（承安三年）	1	1月8日，出生于纪伊国有田郡石垣庄吉原村	文觉被流放伊豆。亲鸾出生
1174（承安四年）	2	参拜清水寺，认识到佛法尊贵	
1175（承安五年）	3		法然提倡"专修念佛"
1176（安元二年）	4	决意将来要做法师	佛师运庆完成元成寺大日如来像
1180（治承四年）	8	母（1月）、父（9月、于上总战死）相继去世	
1181（养和元年）	9	师从高雄山神护寺文觉、上觉（明惠的叔伯）。于仁和寺学习	平清盛卒
1184（元历元年）	12	欲离开神护寺，因梦中止	
1185（文治元年）	13	尝试"舍身（自杀）"	平家灭亡
1186（文治二年）	14	祈祷文觉病情痊愈、有效果	
1188（文治四年）	16	随上觉出家。于东大寺戒坛院受具足戒。名成弁。向圣诠学习俱舍论。"舍身"意念更强	荣西再度入宋
1190（建久元年）	18	接触《遗教经》，认识到自己是释迦遗子。上觉传授十八道	
1191（建久二年）	19	始记《梦记》。被传授金刚界。后以佛眼佛母为本尊，常修行佛眼法。4月抄写《金刚界次第》卷1—卷6。4—8月抄写《华严五教章指事》	荣西返日，传播临济宗

续表

公历（年号）	年龄	事件	时代动向
1192（建久三年）	20	4.11 著《俱舍论讲略式》。6.17 校对《华严经探玄记》卷 2。12.23 抄写《大乘法界无差别论疏》	
1193（建久四年）	21	为中兴华严宗出仕东大寺。9.25 于东大寺尊胜院抄写《金刚吉相大成就品经》	
1194（建久五年）	22	5—闰8月于神护寺抄写《华严经探玄记》卷7—卷18。8月末—9.2 于神护寺抄写、校对《华严经孔目章》卷1—3。闰8.23，宰相阿阇梨传授《华严五十要问答》上卷。闰8.28 于王寿店抄写该书下卷。9.1 校对该书	
1195（建久六年）	23	4.6 于栂尾会见畠山重忠。秋，离开神护寺，移居纪州白上峰。7.16 著《法螺讲式》。8.7 于神护寺十无尽院抄写《华严五教章指事下本》。10.16 著《金刚界抄》。11.18 上觉传授"佛眼法。"	
1196（建久七年）	24	春，著《华严经寿量品注抄》。移居东白上。自切右耳。翌日幻见文殊菩萨现身	
1197（建久八年）	25	2.5 于纪州海岸边草洞抄写《佛临般涅槃略教诫经》。闰6、4.5 于白上峰阅览《华严一乘教分记》。9.21 于崎山新家校对该书	
1198（建久九年）	26	8 月回高雄山，受文觉所托振兴佛法之事。8.2 于高雄开讲《华严经探玄记》。秋末，因高雄骚乱再返白上峰。10.8 于纪州筏立制定《唯心观行式》、诵读《随意别愿文》。12.26 见到《华严五教章事下末》（建久二年抄写）而哀叹	法然撰《选择本愿念佛集》
1199（正治元年）	27	春，回高雄，讲读《华严经探玄记》第 3 卷及以下部分。后因师父文觉被流放佐渡又回筏立。3.15 于神护寺十无尽院抄写唐本《十六国大阿罗汉因果识见颂》。10.22 于筏立讲授《华严经探玄记》第 9 卷	源赖朝卒

公历（年号）	年龄	事件	时代动向
1200（正治二年）	28	3.5 据尊胜院本校对《华严经探玄记》第3卷。3.19 于筏立据尊胜院本校对《华严经》第21、22、24卷。3.23 据尊胜院本校对《华严经探玄记》第5卷。4.2 修行"正念天子之行"。5月于四条系野兵卫尉住处校对《华严经探玄记》第15卷。6.23 校对第17卷。从此年冬到承元四年，为喜海等人讲读《华严章疏》	
1201（建仁元年）	29	2.21 因病移居纪州系野前兵卫尉藤原宗光家。2.24 于系野著《华严唯心义》。9.1 制定《每日学问印信次第》。于宗光馆内的成道寺后面结草庵。让俊贺等人画《华严五十五善知识》	
1202（建仁二年）	30	移居纪州星尾草庵。9.1 于系野著《华严入法界顿证毗庐遮那字轮瑜伽念诵次第》。闰10.22 著《佛眼佛母念诵次第》。冬，于系野表明自己欲前往天竺的计划。于系野接受上觉的任命灌顶。在纪州时根据佛眼法医治病人	
1203（建仁三年）	31	1.19 因春日大明神于星尾下神谕，放弃渡天竺想法。2月参拜春日神社，之后拜访笠置解脱房。4.9 于星尾拜托俊贺描摹春日大神和住吉大神画像。4.19 于崎山做开眼供养。7.29 从渡边进京。8.8 于纪州安田家著《十无尽院舍利讲式》。9.4 于系野成道寺《善财善知识念诵次第》。11.7 离京投宿奈良。12.15 投宿四达	
1204（元久元年）	32	1.23 为多喜四郎重保的妹妹做周年忌佛事。1.29 于系野讲解春日明神。3.5 应文觉之召离开纪州，但因梦中止。2.15 于宗景家举办涅槃会。4月移居纪州神谷。4.14 于神谷抄写《大佛顶陀罗尼》。9.3 转居槇尾。11月照看行将离世的养父崎山良贞。12.10 于崎山吊唁崎山良贞	

公历（年号）	年龄	事件	时代动向
1205（元久二年）	33	欲春季渡天竺访佛迹，作《大唐天竺里程表》，最终中止。夏，搬回槙尾。闰7.22于高雄开始修宝楼阁供。9.19给上觉写信。10.14因丹波殿下之事出京。12.14于一条讲堂祈祷大愿成就。12月起草《秘密劝进帐》	
1206（建永元年）	34	5.11于纪州宫原家进行温热病加持。5.20于神护寺为在田家祈祷。6.13开始念诵宝楼阁小咒十万遍。6.20于槙尾房著《佛眼》等。7.30于星尾和喜海谈《法华经意疏》。11月，后鸟羽上皇赐地栂尾，建立高山寺作为华严宗中兴之地。11.20于九条兼实邸宅修法。11.27移居栂尾。11.29于大明神前讲解论议	
1207（承元元年）	35	6.27于高山寺十无尽院为喜海等讲解《华严经探玄记》。8.25于小岛拜殿抄写《出家作法》。秋季，得到做东大寺尊胜院学头的院宣，接受中兴华严宗的任务	政府禁止"专修念佛"，法然、亲鸾被流放
1208（承元二年）	36	4.29于高山寺著《宝楼阁陀罗尼念诵次第》。闰4月居东大寺尊胜院。12月于高雄住处和常路入道契丒互赠和歌。冬，因栂尾骚乱移居纪州崎山	
1210（承元四年）	38	1月，继续为喜海讲解《华严大疏演义抄》。4月于白方，长房要求其注释《华严金狮子章》。6.17于崎山为喜海讲解《大疏演义抄》。7.5著《金狮子章光显抄》，改名"高弁"。9.7传授比丘尼成就房《大宝广博楼阁善住秘密陀罗尼念诵次第》。冬，回栂尾。12.24于高山寺标注《大宝广博楼阁善住秘密陀罗尼念诵次第》日语读法。次年到访高野山	
1211（建历元年）	39	6.12于栂尾为比丘尼净亲房讲解《起信论义记》。6—8月发起抄写一部八十华严的活动，灵典、觉舜、行弁、成忍、圣范等人参与	1月，荣西《吃茶养生记》问世。法然、亲鸾被赦免

续表

公历（年号）	年龄	事件	时代动向
1212（建历二年）	40	秋，批判《选择集》。10.1 拜访九条道家，向其展示五十五善知识像，并说法。11.23 著《摧邪轮》批判法然	1 月，法然卒。3 月，《方丈记》成书
1213（建历三年）	41	3.1 高命进献《摧邪轮》。6.22 于栂尾，作为补充《摧邪轮》之作、著《摧邪轮庄严记》。9.29 渡鹰岛。10.19 于栂尾开始讲解《大日经疏》	贞庆卒
1214（建保二年）	42	12.7 于栂尾起草《持经讲式》并标记读法。著《遗迹讲式及舍利讲式》	
1215（建保三年）《舍利讲式》1.21《遗迹讲式》1.22 十六罗汉讲式 1.22《涅槃讲式》1.29	43	1.21—29 于栂尾著《四座讲式》。2.15 举行涅槃会，后成为高山寺的例行活动。3—9 于栂为正弁讲读《大方圆觉略疏注经》。4.18 从宋人手《劝发菩提心文》。4 月左右于栂尾西边山峰上造练若台草庵。11.25 于练若台著《三时三宝礼释》	荣西卒
1216（建保四年）	44	4.9 于栂尾楞伽山和佛性上人互赠和歌。4.24 将《宝楼阁瓶水洒事》赠与定真。10 月建石水院。10.5 于石水院著《自行三时礼功德义》	
1217（建保五年）	45	5.24 书写《六字咒》赠与守贞亲王。6.20 于石水院授予隆弁《五秘密法》。9 月前往纪州。11 月末，于石水院校对《大方广圆觉略疏注经》。冬，与隆弁谈论宝楼阁经及梦境	
1218（建保六年）	46	5—6 月，于石水院传授正行房、隆弁等人佛法。8.13 从栂尾移居贺茂神山。10.18 于督三位局邸宅加持。12.1—8 为同一病人加持	
1219（承久元年）	47	2.15 投宿高阶。10.11 为高山寺佛堂安置佛像。11.1 开始敲钟楼里的钟。11.11 开始长期供养金堂	

续表

公历（年号）	年龄	事件	时代动向
1220（承久二年）	48	5.12 传授隆弁佛法。4.5 打算移居槙尾。6.13 由石水院移居槙尾。6.15 于槙尾讲解净三业、圆觉经等。7.17、19 尝试六时修行。7 月只修行佛光观。7.25 于石水院著《佛光观略次第》。9.30 于石水院著《华严修善观照入解脱门义》。11.2 得知关东尼君的消息哀伤	
1221（承久三年）	49	承久之乱。1.11 于石水院抄写、标注《大随求陀罗尼》。5.25 于石水院著《光言句义释》。秋，因兵乱再次移居贺茂。得到后高仓法皇的院宣。谈论《起信论笔削记》《华严出现品疏抄》。9.21 于贺茂禅堂院著《华严信种义》。11.9 著《华严佛光三昧观秘宝藏》。11.12 将高山寺本堂的释迦像等移到贺茂。11 月末，于贺茂佛光山拜堂抄写《异部宗轮论述记目论五》	
1222（贞应元年）	50	4.19 著《光明真言句义释》。夏，于贺茂开始修行善知识供养，起草《善知识祭文》。秋，于贺茂如法书写四十华严。年末搬回栂尾	日莲出生
1223（贞应二年）	51	4.8 依西园寺公经之命安置高山寺金堂本佛。5.23 从京入寺院。6.13 于禅堂院传授喜海等人《起信论疏笔削记》。12 月份撰写《八斋戒》仪式进献给某贵族。此年上觉制定栂尾契约书，规定善妙寺四至，交付栂尾。将贺茂堂舍移到石水院	道元入宋
1224（元仁元年）	52	2.15 与庆政通信。4.28 开始于善妙寺办佛事。5.16 为石藏定法师著《却温神咒经沙罗供事》。5 月用假名著《光明真言功能》。6.1 抄写《文殊师利菩萨念诵次第》。7.15 于石水院传授长圆《却温神咒经沙罗供事》。冬，闭居楞伽山。12.12 于花宫殿做和歌	

续表

公历（年号）	年龄	事件	时代动向
1225（嘉禄元年）	53	1.12 于绳床树做和歌。4．7 于楞伽山罗婆坊著《佛生会讲式》。4．8 举行佛生会。6.15 于栂尾本堂举行每月十五日例行的梵网经菩萨戒本说戒会。8.16 将白光神、善妙神奉渡到神社。9.4 担任神护寺纳凉坊传法会学头。秋，闲居山寺，很久没有进京	
1226（嘉禄二年）	54	1.18 于石水院讲解《华严信义种》。4.4 为学徒十余人讲解完《入解脱门义》。6.1 三时修行五神秘法和光明真言法。6.15 修行宝楼阁法。夏，与西园寺公经、九条道家等互赠和歌。7.6 依圣诠之命为东大寺尊胜院之佛事于石水院著《盂兰盆经总释》。7.21 与上觉互赠和歌。7.26 与仁和寺行宽互赠和歌。7 月，应高野五室法印要求抄写《千手陀罗尼》。8.14 授富小路盛兼八斋戒。9 月赴纪州。9.11 于白崎修法。9.20 由白崎进京。10.19 值上觉入寂，于棺材上抄写《种子真言》。12.25 赴道家邸宅	上觉示寂
1227（安贞元年）	55	3.24 担任庆政所建松尾多宝塔供养的导师。4．7 赴道家邸宅。5.6 于石水院和照静等人谈论《华严经出现品疏》。5.14 传授隆弁春和天尊之事。5.16 著《光明真言加持土沙义》。7.27 帮西园寺公经夫人出家。8．7 公经夫人卒。9.19 为修明门院授戒。9.28 于道家授戒。10.6 为义林房讲解《光明真言加持土沙义》。10.15 担任由良西方寺的开堂供养导师	
1228（安贞二年）	56	4.23 于姊小路抄写《释迦讲释》。夏，应贞晓上人之托住高野山。7．9 与禅净房谈话。7.11 和弟子们互赠和歌。7.20 因石水院水灾将禅堂院移至别处。9.11 为生病的藤原孝道授戒。9 月依光明真言法举行土沙加持。11.9 著《光明真言土砂劝信记》。12.26 著别记	

续表

公历（年号）	年龄	事件	时代动向
1229（宽喜元年）	57	3.11 和净定院法印互赠和歌。5.15 于栂尾为众人授戒。6.17 和三川僧都等人讨论《光言句义释》。7.17 定真书写不愿回高雄的请愿文。8.21 读完《光明句义释》。8.22—24 讲解《土沙义》。10.6 担任神护寺讲堂供养的导师。10.15 担任公经室墓所小堂供养的导师。10.18 拜访公经。11.19 收到觉真书信	
1230（宽喜二年）	58	1.18 于道家邸宅说法。1.23 和觉真商量高山寺四至之事。1.23 欲离开栂尾至亡父遗迹举行追善供养，被入道道助亲王制止。1.27 担任前斋宫熙子内亲王的出家戒师。闰1.10 决定高山寺四至之事的关蝶下达。闰1.15 为三位为长、大二资经等人授戒。2.15 早上不能进食。中止晚间涅槃会修行。2.19 授戒。3.5 愈发不能进食。4 月泰时前来探望。5.28 于禅河院传授定真《光明真言事》。6.5 同上。6.18 于禅河院传授定真《明惠上人口决》。8.15 开始担任说戒。8.16 于雅经室于栂尾去世。9.13 担任基房女儿出家戒师。11.6 于禅河院抄写《大法炬陀罗尼经要文集》。11.18 于持明院殿授戒。此年著《八斋戒自誓式》	
1231（宽喜三年）	59	以纪州施无畏寺的创建人身份被汤浅氏招待。7.6 授予定真《爱染王持彼手印》。10.1 痔疮发作，复不能食。10.10 托付觉严后事。11.9 奉请金字三尊一铺。11.25 著《三宝礼功能》	
1232（贞永元年）	60	1.10 重病。1.11 写好遗书。1.3—19 上人死亡的预兆或梦境频出。1.19 于高山寺禅堂院示寂。1.21 被葬于禅堂院后面。1.21—26 身有异香	

注：本表参照了《明惠上人梦记译注》和奥田勋著《明惠：周游与梦》中的"明惠略年表"。

参考文献

中文典籍

《道藏》，文物出版社、上海书店、天津古籍出版社 1988 年版。

班固撰，颜师古注：《汉书》，中华书局 1962 年版。

长孙无忌：《隋书》，商务印书局 1955 年版。

戴圣：《礼记·礼运》，中华书局影印 1992 年版。

范祖禹等：《唐鉴》，中华书局 2008 年版。

葛洪撰，王明校译：《抱朴子内篇校译》，中华书局 1980 年版。

郭庆藩撰，王孝鱼点校：《庄子集释》，中华书局 1961 年版。

洪迈撰，何卓点校：《夷坚志》，中华书局 1981 年版。

李昉等编：《太平广记》，人民文学出版社 1959 年版。

李昉等编：《太平御览》，中华书局 1960 年版。

李威周：《老庄思想与日本》，商务印书馆 1989 年版。

林家骊注：《楚辞》，中华书局 2015 年版。

刘昫：《旧唐书》，中华书局 1975 年版。

吕大临：《横渠先生行状》，中华书局 1978 年版。

欧阳修、宋祁：《新唐书》，中华书局 1975 年版。

慎微原著，艾晟刊订，尚志钧点校：《大观本草》，安徽科学技术出版社 2002 年版。

宋范晔撰，唐李贤等注：《后汉书》，中华书局 1965 年版。

苏轼：《东坡志林》，中华书局 1981 年版。

陶弘景著，赵益校：《真诰》，中华书局 2011 年版。

脱脱等：《宋史》，中华书局 1977 年版。

汪中：《述学·左氏春秋释疑》，辽宁教育出版社 2000 年版。

王得臣撰，俞宗宪校点：《麈史》，上海古籍出版社 1986 年版。

王明编：《太平经合校》，中华书局 1960 年版。

杨伯峻撰：《列子集释》，中华书局 1985 年版。

杨上善：《黄帝内经太素》，人民卫生出版社影印 1957 年版。

姚察、姚思廉：《梁书》，中华书局 1973 年版。

永瑢、纪昀：《四库全书总目》，中华书局 1965 年版。

张载：《张载集》，中华书局 1978 年版。

张志聪集注，方春阳等点校：《黄帝内经集注》，浙江古籍出版社 2002
　　年版。

中文辞典

罗竹风主编，汉语大词典编纂处编纂：《汉语大词典》，上海辞书出版社
　　1986—1994 年版。

中文著作

［奥］弗洛伊德著，孙名之译：《释梦》，商务印书馆 1996 年版。

复旦大学文史研究院编：《中国的日本认识·日本的中国认识》，中华书
　　局 2015 年版。

傅正谷：《中国梦文化》，中国社会科学出版社 1993 年版。

林晖钧译：《高山寺的梦僧》，心灵工坊 2013 年版。

刘文英：《梦的迷信与梦的探索：中国古代宗教哲学和科学的一个侧
　　面》，中国社会科学出版社 1989 年版。

刘文英、曹田玉：《梦与中国文化》，人民出版社 2003 年版。

鲁迅：《中国小说史略》，上海古籍出版社 1998 年版。

路英：《中国梦文化》，三峡出版社 2005 年版。

吕澂：《中国佛学源流略讲》，中华书局 1979 年版。

木宫泰彦著，胡锡年译：《日中文化交流史》，商务印书馆 1980 年版。

桑杰坚赞著，刘立千译：《米拉日巴传》，民族出版社 2000 年版。

释恒清：《菩萨道上的善女人》，东大图书公司 1995 年版。

孙昌武：《佛教与中国文学》，上海人民出版社 2007 年第 2 版。

杨健民：《中国古代梦文化史》，社会科学文献出版社 2015 年版。

詹石窗：《道教文学史》，上海文艺出版社 1992 年版。

卓松盛：《中国梦文化》，三环出版社 1991 年版。

中文论文

董立功：《唐代僧人获赐紫衣考》，《世界宗教研究》2013 年第 6 期。

冯利华：《〈真诰〉版本考述》，《古籍整理研究学刊》2006 第 4 期。

耿朝晖：《〈高僧传〉梦的梳理与文学解析》，《青海社会科学》2010 年第 4 期。

蒋艳萍、郑方超：《〈周氏冥通记〉情感基调探析》，《求索》2004 年第 4 期。

李养正：《贞白先生其人其书》，《中国道教》1987 年第 3 期。

李志红：《从〈梦记〉与〈答丁菡生询回生书〉探究民间信仰对儒者冒襄的影响》，《青年文学家》2014 年第 20 期。

刘文英：《张载的梦说及其异梦》，《人文杂志》2003 年第 5 期。

孙亦平：《以道书为线索看道教在日本的传播》，《南京大学学报》2015 年第 1 期。

王水照：《苏轼作品初传日本考略》，《湘潭师范学院学报》1998 年第 2 期。

魏世民：《陶弘景著作考述》，《淮阴师范学院学报》1999 年第 1 期。

杨胜宽：《也谈沈亚之及其〈秦梦记〉——兼与程毅中先生商榷杨胜宽》，《四川师范学院学报（哲学社会科学版）》1990 年第 2 期。

曾枣庄、池泽滋子：《"屈于生而伸于死"——中日苏轼研究比较的对话》，《文艺研究》2011 年第 1 期。

赵益：《〈真诰〉的源流与文本》，《文献》2000 年第 3 期。

周剑之：《论陆游记梦诗的叙事实践——兼论古代诗歌记梦传统的叙事特质》，《文学遗产》2016 年第 5 期。

朱展炎：《道教释梦理论管窥》，《宗教学研究》2009 年第 4 期。

祝秀丽：《北斗七星信仰探微》，《辽宁大学学报（哲学社会科学版）》1999 年第 1 期。

左江：《朝鲜许筠"梦"记研究》，《南京大学学报》2002 年第 4 期。

日文典籍

奥田勲、平野多恵、前川健一編：『明恵上人夢記訳注』、勉誠出版、2015。

長谷宝秀編：『弘法大師伝全集』、ピカタ、1977。

大橋俊雄校注：『法然・一遍』、岩波書店、1971。

東京大学史料編纂所編纂：『大日本史料』、東京大学出版会、1972。

渡辺綱也校注：『沙石集』、岩波書店、1966。

多屋頼俊校注：『親鸞集・日蓮宗』、岩波書店、1964。

仏書刊行会編：『大日本仏教全書』、名著普及会、1980。

仏書刊行会編：『覚禅鈔』、名著普及会、1978。

岡見正雄、赤松俊秀校注：『愚管抄』、岩波書店、1967。

高楠順次郎，初版発行者代表：『大正新脩大蔵経』、大正新脩大蔵経刊行会、1960—1978。

高山寺典籍文書綜合調査団編：『明恵上人資料』、東京大学出版会、1978。

宮崎荘平訳注：『成尋阿闍梨母集：全訳注』、講談社、1979。

黒板勝美編：『日本紀略. 後篇　百錬抄』、国史大系刊行会、1929。

京都大学文学部国語学国文学研究室編：『正法眼蔵』、臨川書店、2006。

久保田淳. 山口明穂校注：『明恵上人集』、岩波書店、1994。

臼田甚五郎［ほか］校注・訳：『神楽歌催馬楽梁塵秘抄閑吟集』、小学館、2000。

橘成季著、西尾光一、小林保治校注：『古今著聞集』、新潮社、1983。

蓮基：『長生療養方』、オリエント出版社、1998。

鎌田茂雄、田中久夫校注：『鎌倉旧仏教』、岩波書店、1971。

馬淵和夫、国東文麿、稲垣泰一校訂・訳：『今昔物語集』、小学館、2008。

麦谷邦夫：『真誥索引』、京都大学人文科学研究所、1991。

南条文雄、前田慧雲、村上専精監修：『親鸞聖人全集』、文明堂、1906。

浅井成海責任編集：『黒谷上人語燈録（和語）』、同朋舎出版，1996。

辻善之助編：『多聞院日記』、臨川書店、1978。

藤善眞澄訳注：『参天台五臺山記』、関西大学出版部、2007。

藤原定家：『明月記』、国文名著刊行会、1935。

藤原兼実：『玉葉』、国書刊行会、1906。

藤原頼長：『台記』、臨川書店、1965。

藤原頼長：『台記別記・宇槐記抄』、臨川書店、1965。

藤原実資：『小右記』、臨川書店、1965。

藤原行成：『権記』、臨川書店、1965。

藤原佐世：『日本国見在書目録』、古典保存研究会、1925。

田中傳三郎編：『諸寺縁起集』、便利堂、1930。

小島憲之、木下正俊、東野治之校訂・訳：『万葉集』、小学館、2008。

小松茂美編：『法然上人絵伝』、中央公論社、1981。

桜井徳太郎、萩原龍夫、宮田登校注：『寺社縁起』、岩波書店、1975。

真宗聖教全書編纂所編：『真宗聖教全書』、大八木興文堂、1977。

中田祝夫校注・訳：『日本霊異記』、小学館、1995。

日本辞典

新村出編：『広辞苑』第六版、岩波書店、2008。

日文著作

桂島宣弘［ほか］編、子安宣邦監修：『日本思想史辞典』、ぺりかん社、2001。

納冨常天、小学館編：『日本大百科全書』、小学館、2004。

日本歴史大辞典編集委員会編：『日本歴史大辞典9』、河出書房新社、1979。

日文著作

阿部泰郎編：『中世文学と寺院資料・聖教』、竹林舎、2010。

安冨信哉：『親鸞・信の構造』、法蔵館、2004。

奥田勲：『明恵　遍歴と夢』、東京大学出版会、1978。

白洲正子：『明恵上人』、新潮社、1999。

長沢規矩也：『和漢書の印刷とその歴史』、吉川弘文館、1956。

池見澄隆：『中世の精神世界：死と救済』、人文書院、1997。

池田亀鑑：『平安朝の生活と文学』、角川文庫、1964。

赤松俊秀：『鎌倉仏教の研究』、平楽寺書店、1957。

赤松俊秀：『続鎌倉仏教の研究』、平楽寺書店、1966。

川添昭二先生還暦記念会編：『日本中世史論攷』、文献出版、1987。

大隅和雄、西口順子編：『救いと教え』、平凡社、1989。

大隅和雄、西口順子編：『巫と女神』、平凡社、1989。

道端良秀：『羅漢信仰史』、大東出版社、1983。

多川俊映：『いのちと仏教』、日本経済新聞社、2005。

福井文雅博士古稀・退職記念論集刊行会編：『アジア文化の思想と儀礼』、春秋社、2005。

福永光司：『道教と古代日本』、人文書院、1987。

古田武彦：『親鸞思想：その史料批判』、明石書店、1996。

故神田喜一郎博士追悼中国学論集刊行会編：『神田喜一郎博士追悼中国学論集』、二玄社、1986。

河東仁：『日本の夢信仰　宗教学から見た日本精神史』、玉川大学出版社、2001。

河合隼雄：『仏教と夢』、岩波書店、1994。

河合隼雄：『明恵　夢を生きる』、講談社、1995。

横井清：『中世日本文化史論考』、平凡社、2001。

荒木浩：『〈心〉と〈外部〉：表現・伝承・信仰と明恵『夢記』』、大阪大学大学院文学研究科広域文化表現論講座、2002。

荒木浩：『仏教修法と文学的表現に関する文献学的考察』、大阪大学大学院文学研究科、2005。

荒木浩：『夢見る日本文化のパラダイム』、法藏館、2015。

荒木浩：『日本文学　二重の顔　〈なる〉ことの詩学へ』、大阪大学出版、2007。

荒木浩：『小野随心院所蔵の文献・図像調査を基盤とする相関的・総合的研究とその展開』、大阪大学、2006。

吉川忠夫：『中国古代人の夢と死』、平凡社、1985。
吉水藏聖教調査團編：『青蓮院門跡吉水藏聖教目録』、汲古書院、1999。
家永三郎：『日本文化史（第二版）』、岩波書店、1982。
景山春樹：『舍利信仰：その研究と史料』、東京美術、1986。
菊池良一：『中世説話の研究』、桜楓社、1974。
笠原一男：『女人往生思想の系譜』、吉川弘文館、1975。
梅津次郎：『華厳縁起——二人の新羅僧の恋と修行の物語』、平凡社、1957。
名島潤慈：『夢と浄土教：善導・智光・空也・源信・法然・親鸞・一遍の夢分析』、風間書房、2009。
明恵上人と高山寺編集委員会編：『明恵上人と高山寺』、同朋舎出版、1981。
木本好信：『奈良朝典籍所載仏書解説索引』、国書刊行会、1989。
木宮泰彦：『日華文化交流史』、冨山房、1955。
奈良国立博物館編：『仏舎利の荘厳』、同朋舎、1983。
橋本初子：『中世東寺と弘法大師信仰』、思文閣史学叢書、1990。
日本思想史研究会編：『日本における倫理思想の展開』、吉川弘文館、1965。
日本思想史研究会編：『日本における倫理思想の展開』、吉川弘文館、1965。
日本文学研究資料刊行会編：『和泉式部日記. 更級日記. 讃岐典待日記』、有精堂出版、1975。
神奈川県立金沢文庫編：『秘儀伝授：金沢文庫テ－マ展図録』、神奈川県立金沢文庫、1992。
神奈川県立金沢文庫編集：『称名寺聖教尊勝院弁暁説草翻刻と解題』、勉誠出版、2013。
石田吉貞：『中世の日記・紀行文学』、岩波書店、1958。
守屋俊彦：『日本霊異記の研究』、三弥井書店、1974。
松尾剛次. 園田香融：『日本仏教の史的展開』、塙書房、1999。
松尾剛次：『鎌倉新仏教の成立：入門儀礼と祖師神話』、吉川弘文館、1998。

松尾剛次編：『持戒の聖者　叡尊・忍性』、吉川弘文館、2004。

松園斉：『守覚法親王と仁和寺御流の文献学的研究』、勉誠社、1998。

松薗斉：『日記の家：中世国家の記録組織』、吉川弘文館、1997。

五来重：『仏教文学　歎異抄・念仏法語・正法眼蔵随聞記・日蓮消息文』、角川書店、1977。

武田佐知子：『一遍聖絵を読み解く：動きだす静止画像』、吉川弘文館、1991。

西口順子：『中世の女性と仏教』、法藏館、2006。

西郷信綱：『古代人と夢』、平凡社、1972。

蕭培根主編、真柳誠訳編：『中国本草図録』、中央公論社、1993。

小峯和明：『今昔物語集を学ぶ人のために』、世界思想社、2003。

小峯和明編：『〈予言文学〉の世界：過去と未来を繋ぐ言説』、勉誠出版、2012。

小南一郎：『中国の神話と物語り：古小説史の展開』、岩波書店、1984。

小松茂美編：『法然上人絵伝』、中央公論社、1981。

小田晋：『日本の狂気誌』、講談社、1998。

野村育世：『仏教と女の精神史』、吉川弘文館、2004。

野村卓美：『明恵上人の研究』、和泉書院、2002。

伊井春樹：『成尋の入宋とその生涯』、吉川弘文館、1996。

伊藤博・宮崎荘平：『王朝女流日記文学』、笠間書院、2001。

益田勝実：『説話文学と絵巻』、三一書房、1960。

永井義憲：『和泉式部日記・更級日記・讃岐典侍日記』、有精堂出版、1975。

原田行造：『日本霊異記の新研究』、桜楓社、1984。

真宗聖教全書編纂所編：『真宗聖教全書』、大八木興文堂、1981。

埴原和郎編：『日本人と日本文化の形成』、朝倉書店、1993。

中村生雄：『日本人の宗教と動物観：殺生と肉食』、吉川弘文館、2010。

築島裕博士古稀記念会編：『国語学論集：築島裕博士古稀記念』、汲古書院、1995。

佐伯有清：『日本古代中世の政治と宗教』、吉川弘文館、2002。

日文论文

カラム・ハリール：「中世仏教者と夢」、『季刊日本思想史』1990 年第 34 巻。

ジラール：「明恵上人の『夢の記』——解釈の試み」、『思想』1984 年第 721 巻。

阿部泰郎：「『増賀上人夢記』——増賀伝の新資料について——」、『仏教文学』1983 年第 7 巻。

阿部泰郎：「宝珠と王権」、『日本思想』1989 年第 2 巻。

安富信哉：「夢告と回心——親鸞の夢体験」、『季刊仏教』1993 年第 23 巻。

奥田勲：「明恵と女性——華厳縁起・善妙・善妙寺」、『聖心女子大学論叢』1997 年第 89 巻。

奥田勲：「明恵と義湘・元暁——内なる異国人——」、『解釈と鑑賞』1996 年第 61 巻。

奥田勲：「明恵上人夢記一覧稿」、『高山寺典籍文書綜合調査団研究報告論集』1993 年第 8 巻。

坂東性純：「明恵上人の『夢記』」、『大谷学報』1982 年第 61 巻。

本田和子：「『夢記』を読む——夢を紡ぐ人々、明恵とその高弟たち」、『国文学』1992 年第 37 巻。

常磐井平子：「康元二年夢告和讃考」、『高田学報』1978 年第 67 巻。

赤松俊秀：「南北朝内乱と未来記——四天王寺御手印縁起と慈鎮和尚夢想記」、『仏教史学』1956 年第 5 巻。

赤田光男：「中世後期南都の舎利信仰」、『帝塚山大学人文学部紀要』2010 年第 27 巻。

大曽根章介：「『記』の文学の系譜」、『解釈と鑑賞』1999 年第 55 巻。

大塚紀弘：「高山寺の明恵集団と宋人」、『東京大学史料編纂所研究紀要』2010 年第 20 巻。

島田成矩：「多聞院日記に見えたる夢と信仰——白狐と舎利と人狐をめぐりて——」、『国学院雑誌』1957 年第 58 巻。

稲吉満了：「法然の夢に由来する法名『親鸞』——夢には夢を」、『西山学会年報』2002 年第 11 巻。

芳賀幸四郎：「非合理の世界と中世人の意識——多聞院英俊の夢」、『東京教育大学文学部紀要』1962 年第 36 巻。

福島行一：「日本霊異記下巻第三十八縁に就て」、『芸文研究』1960 年第 10 巻。

福田安典：「夢を見ることを忘れた頃に——安西法師の奇蹟」、『詞林』2008 年第 44 巻。

岡邦俊：「聖夢と宗教——宗教的聖者のみた夢」、『相愛女子大学・相愛女子短期大学研究論集』1958 年第 5 巻。

岡徳子：「明恵の夢」、『日本文学論叢』1982 年第 7 巻。

根木優：「中世禅僧たちの属性——一休・道元・夢窓」、『アジア遊学』2009 年第 118 巻。

谷口茂：「慈圓の夢」、『宗教研究』1988 年第 61 巻。

光川豊藝：「『夢』と菩薩の行：特に宝積経「浄居天子会」を中心に」、『龍谷紀要』1982 年第 4 巻。

海山宏之：「明恵上人とその周辺における夢の意味と宗教的背景」、『茨城県立医療大学紀要』1997 年第 2 巻。

海山宏之：「明恵上人の夢記と夢の意味」、『宗教研究』1997 年第 314 巻。

河東仁：「慈圓の夢の歴史的意味」、『コミュニティ福祉学部紀要』2003 年第 5 巻。

河合隼雄：「明恵上人の『夢』を追って」、『大法輪閣』2006 年第 73 巻。

河合隼雄：「親鸞の夢——仏教の父性原理と母性原理」、『仏教別冊』1988 年第 1 巻。

横井清：「中世文化史における『夢』の問題」、『国際文化論集』1995 年第 11 巻。

吉原浩人：「大江匡房と『記』の文学」、『解釈と鑑賞』1995 年第 60 巻。

榎木久薫：「明恵上人夢記の表記様式における年代的変移について」、『鎌倉鎌倉時代語研究』1984 年第 7 巻。

菅原昭英：「道元禅師の夢語り——『永平広録』より」、『駒沢女子大学研究紀要』2007 年第 14 巻。

菅原昭英：「夢を信じた世界——九条兼実とその周囲」、『日本学』
　　1984 年第 2 巻。

間中冨士子：「『慈鎮和尚夢想記』に就て」、『仏教文学』1979 年第
　　3 巻。

金山秋男：「一遍上人と熊野——熊野権現の夢告を中心にして」、『解
　　釈と鑑賞』2003 年第 68 巻。

井上尚実：「六角堂夢告再考」、『親鸞教学』2005 年第 86 巻。

久保田淳：「高山寺典籍文書総合調査団編『明恵上人資料』第一」、
　　『国語と国文学』1973 年第 50 巻。

久保田淳：「夢」、『高校通信東書国語』1991 年第 315 巻。

酒井紀美：「中世の夢と夢語り」、『総合女性史研究』2000 年第 17 巻。

駒木敏：「『日本霊異記』の自伝——二つの夢」、『日本文学』1981 年
　　第 30 巻。

菊藤明道：「親鸞における性差別の超克——救世菩薩夢告の偈と変成男
　　子の和讃を中心として——」、『印度學佛教學研究』1992 年第 41 巻。

立木宏哉：「明恵『夢記』高山寺本第八篇考——形態と構成から」、
　　『国語と国文学』2011 年第 1054 巻。

劉魯平：「平安朝における中国の『記』文学の受容——慶滋保胤『池
　　亭記』を中心に」、『現代社会文化研究』1999 年第 5 巻。

龍口恭子：「親鸞の六角堂参籠——「参籠」の分析を中心に」、『印度
　　學佛教學研究』1999 年第 47 巻。

瀧弘信：「『六角堂夢告』考（上）——親鸞の生涯を貫いた課題」、
　　『大谷学報』2011 年第 90 巻。

瀧弘信：「『六角堂夢告』考（下）——親鸞の生涯を貫いた課題」、
　　『大谷学報』2011 年第 91 巻。

瀧弘信：「『三夢記』考」、『宗教研究』2010 年第 84 巻。

名波弘彰：「晩年の慈円と『愚管抄』祈りと夢告」、『寺小屋語学文化
　　研究所論叢』1983 年第 2 巻。

名島潤慈：「夢と浄土教」、『仏教大学総合研究所報』2011 年第 32 巻
　　別冊。

名畑崇：「親鸞聖人の六角夢想の偈について」、『真宗研究』1963 年第8 巻。

末木文美士：「奥田勲．平野多恵．前川健一編『明恵上人夢記訳注』」、『国語と国文学』2016 年第 93 巻。

木村朗子：「中世社会における夢の表現機制」、『文学』2012 年第13 巻。

目幸黙僊：「親鸞聖人の『夢告』とユング心理学」、『同朋仏教』1986 年第 20 巻。

平野多恵．前川健一：「建久十年四月十八日条『明恵上人夢記』翻刻と注釈」、『十文字国文』2010 年第 16 巻。

平野多恵．前川健一：「奈良国立博物館蔵『明恵上人夢記』翻刻と注釈」、『十文字国文』2011 年第 17 巻。

平野多恵．小林あづみ．奥田勲：「『明恵上人夢記』新出資料紹介」、『十文字国文』2009 年第 15 巻。

前川健一：「明恵と南都浄土教」、『印度学佛教学研究』2012 年第60 巻。

清基秀紀：「真宗の土著——親鸞と六角堂夢告——」、『印度学仏教学研究』1990 年第 38 巻。

三宅守常：「明恵教学の時代区分について」、『宗教研究』1976 年第226 巻。

森田兼吉：「『権記』の夢『小右記』の夢——女流日記文学の夢への序説」、『日本文学研究』1986 年第 22 巻。

森正人：「天竺・震旦——『今昔物語集』の三国仏教史観のなかで」、『解釈と鑑賞』2006 年第 71 巻。

山本ひろ子：「神は語るか——中世における託宣と夢告」、『国文学』1990 年第 35 巻。

山本ひろ子：「幼女と『玉女』——中世王権の暗闇から——」、『月刊百科』1988 年第 313 巻。

山口敦史：「自叙と内省——日本霊異記における景戒」、『九州大谷研究紀要』2000 年第 26 巻。

山崎淳：「『金文玉軸集』とその端に記された和歌——『明恵上人行

状』の一記事から」、『古代中世文学研究論集』2001 年第 3 巻。

山手節子：「『宇治拾遺物語』の夢について」、『国語国文論集』1973 年第 4 巻。

山田雅教：「再論伝親鸞作『三夢記』の真偽について」、『高田学報』2004 年第 92 巻。

山田昭全：「奥田勲著『明恵――遍歴と夢――』を読む」、『国語国文学』1979 年第 56 巻。

山田昭全：「明恵の夢と『夢之記』について」、『金沢文庫研究』1971 年第 17 巻。

上田三四二：「顕夢明恵」、『新潮』1983 年第 80 巻。

水上文義：「慈円の『夢想記』と神祇思想」、『天台学報』2005 年第 47 巻。

藤森賢一：「焔に向って――霊異記下巻三十八縁考――」、『岡大国文論稿』1974 年第 2 巻。

町田宗鳳：「明恵の夢」、『仏教』1998 年第 45 巻。

桶谷秀昭：「明恵、数寄と菩提心　『夢の記』」、『国文学　解釈と教材の研究』1983 年第 28 巻。

筒井早苗：「貞慶仮託『夢中秘記』成立の背景とその思想」、『説話文学研究』2004 年第 39 巻。

尾崎勇：「『慈鎮和尚夢想記』の方法」、『熊本学園大学文学・言語学論集』2006 年第 13 巻。

尾崎勇：「明恵の夢にあらわれた九条家――『愚管抄』との交錯」、『熊本学園大学文学・言語学論集』2007 年第 14 巻。

西村正志：「夢――中世の仏教的文脈において」、『印度学佛教学研究』1982 年第 30 巻。

西口順子：「成仏説と女性――『女犯偈』まで」、『日本史研究』1993 年第 366 巻。

西山良平：「王朝都市と《女性の穢れ》」、『日本女性生活史 1990 年第 1 巻。

下房俊一：「多聞院英俊の夢」、『国語国文』1971 年第 40 巻。

小宮俊海：「『真俗雑記問答鈔』における「栂尾義」について：「我見

自心形如月輪」解釈を中心に」、『智山學報』2012 年第 61 巻。

小宮俊海研究代表：「明恵上人夢記の集成・注釈と密教学的視点からの分析研究」、『智山学報』2013 年第 62 巻。

小林あづみ、平野多恵、立木宏哉、前川健一、奥田勲：「『明恵上人夢記』目録」、『国文』2008 年第 110 巻。

小林牧子：「夢が語る中世末興福寺一僧侶の内的生活史——救済と解脱をめぐって」、『仏教大学大学院紀要文学研究科篇』2009 年第 37 巻。

小泉春明：「明恵周辺上——仏光観の実践を中心として」、『南都仏教』1979 年第 42 巻。

脇本平也：「親鸞の夢をめぐって　一つのイマジネーションの試み」、『理想』1973 年第 485 巻。

新倉俊一：「中世人と夢」、『ユリイカ』1979 年第 11 巻。

野村卓美：「明恵と夢」、『日本文学』1999 年第 48 巻。

野村卓美：「明恵における説話受容」、『日本文学』1977 年第 26 巻。

野村卓美：「明恵の捨身行と言葉」、『日本文学』1982 年第 31 巻。

野村卓美：「明恵上人と高山寺蔵『夢経抄』——抄出文献の検討」、『季刊ぐんしょ』2001 年第 51 巻。

伊井春樹：「成尋阿闍梨の夢と『夢記』——『参天台五台山記』の世界」、『語文』1995 年第 62 巻。

伊藤博明：「一遍と夢告」、『一遍聖絵を読み解く』1999 年第 25 巻。

玉山成元：「高弁の夢」、『日本仏教史学』1979 年第 15 巻。

玉山成元：「中世浄土宗教団と夢」、『日本仏教史学』1981 年第 16 巻。

中村生雄：「景戒の回心と『日本霊異記』」、『文学』1980 年第 48 巻。

中村一基：「日本〈仏舎利〉信仰史」、『岩大語文』2006 年第 11 巻。

佐藤愛弓：「聖教に記された夢——慈尊院栄海の夢想記述」、『説話文学研究』2007 年第 42 巻。

佐藤愛弓：「真言僧における夢の機能について——灌頂の場を中心に」、『説話・伝承学』2004 年第 12 巻。

索　引

A

阿罗汉果　102

《阿弥陀经》　69

阿弥陀如来　142

阿难　25,90,132

《阿难七梦经》　25,132

阿育王像　66

安达景盛　111

安然　5,71,202,216,217,219

《奥义书》　17

B

八幡菩萨　143

八幡神社　168

八色姓　206

《白宝口抄》　116,126

白居易　37,38,49

白马寺　66

白上峰　124,126,138,170

白上山　110

白行简　1

百济　6,145

班固　20,37,48

《般舟三昧经》　19,30,68,218

《般舟赞》　68

宝金刚菩萨　186

宝楼阁法　120,135—137,186,194,223

《宝楼阁经》　9,116,126,127,186,
　194—196,225

《抱朴子》　58,200,206

《抱朴子内篇》　32,51

鲍照　37,49

北辰祭　203

北斗信仰　202—204

北条泰时　111

《备急千金方》　23

备中国　79

《本朝文萃》　2

《本朝续文萃》　2

本地垂迹　8,172—175,179,224

本地垂迹说　172

本地佛　167,172,173,175,179,224

比叡山　32,81,83,91—95,106,145,
　146,217

笔记　4,39,54,61,62,69,77,78,
　105,208

边知白　66

弁财天　101

弁晓　5

不空　127,136,186,194,219

不空罥索观音　138,140,144,173,
　223
不退转地　102
不邪淫戒　92,102

C

蔡邕　37,55
参笼　71,80,83,84,88,89,92,116,
　120,132,136,137,223
《参天台五台山记》　7,71,72,77—
　80,105
藏密　219,220
禅河院　136
《长恨歌》　183
《长生经》　202
《长生疗养方》　205
长圆　139
常行三昧　30,83
常圆房尼　193
陈价夫　50
陈抟　27,28
成弁　110,123,124,134,140,150,
　156,160—162,165,166,169,170,
　175,177,185,187,192,207,208,211
成忍　110
成寻　2,7,71,72,76—80,105,223
《成寻阿阇梨母集》　77,79,80
承远　20
程颢　41
程颐　41
《吃茶养生记》　205
《池亭记》　2
《初学记》　203
初月祭　182

《传教大师全集》　5
垂迹神　174,175,179,224
春华门院　180—182,184,185,196,
　224,225
春日鹿曼陀罗　169,173
春日明神　8,116,154—156,158—171,
　173—175,179,224,229,230
春日明神讲习会　158,161
《春日权现验记》　155
春日若宫　154,166,167
《春日社私记》　173
春日神社　8,154,155,158—162,167,
　168,172—174,179,224
春日信仰　155,161,162,166—169,
　171,172
慈圆　1,3,4,92,96—101,103—106,
　195,210,215,216
《慈镇和尚梦想记》　1,3,4,91,92,
　96—98,100,101,103,105,106,210,215
《摧邪轮》　8,111,152,153,165,224
嵯峨　142,155
嵯峨天皇　217

D

大白光神　155
《大般若经》　140,172
《大宝积经》　90,101,102,106
《大乘院寺社杂事记》　152,153,167
《大方等大集经》　20
《大方等菩萨藏文殊师利根本仪轨经》
　132
《大方等陀罗尼经》　28,125,132,218
大佛殿　88
大佛顶法　159

《大观本草》　　204—206

大江匡房　2,142

大金刚吉祥尊　138

《大毗婆沙论》　17,24,25

《大日经》　194,217,218

《大日经疏》　29,218

大日如来　96,99,103,136

《大师御行状集记》　91

《大唐天竺旅程计》　164

《大智度论》　18,24,25,90,101,149,218

《道藏》　9,15,22,23,26—28,34,51—54,56,59—61,201,207—209

道慈　217

《道德真经广圣义》　15

道教　7—9,13—16,19,21—28,31—35,45,46,50—58,60,70,71,199—204,206,207,215,222,225

道遵　217

道照　76

稻荷神社　168

德珍　8,38—40

地藏菩萨　85,173

地藏堂　158,159

地头　150,157,195

帝释天　89,99

滇密　219

奝然　77,79,176

定中见佛　19,65,67

东大寺　5,19,79,87—89,104,110,123,134,138,148

东福寺　213

东晋　18,27,32,65

东密　217

《东坡长短句》　213

《东坡词》　213

《东坡先生指掌图》　213,214

东寺　146,147,217

董含　50

《洞玄灵宝道学科仪》　52

《洞真太上八素真经占候入定妙诀》　22,23

都良香　2

督三位局　192

杜甫　49

杜光庭　15

对马　156,157

《多闻院日记》　3,7,71,167

多闻院英俊　2

夺舍法　220

F

筏立　110,157,158

法藏　9,86—89,106,121—123

法华八讲　154

《法华经》　19,31,32,75,90,93,143,149

法华寺　145

法进　9,86,87,89,106,216

法经　29

法隆寺　83

法然　5,67,81,83,84,93—95,111,142,146,165,175,186,217

《法然上人御梦想记》　5

法舍利　149

法相宗　13,149,218

法印　5

《法苑珠林》　25,66,80,100

法照　20

范宴　83

梵天王　89,90

《梵网经》　9,85—87,89,106,187

飞鸟井雅经　192

《分门古今类事》　43,44

《佛法梦物语》　5

佛光观　128—130,133—137,186

《佛光观略次第》　122,129

佛光三昧观　111,115,121,128—130

《佛舍利大师发愿文》　149

《佛说出生菩提心经》　24

《佛说造立形象福报经》　65

佛像崇拜　64—66,70

佛眼法　103,104,134,135,186,223

佛眼佛母　99,100,103—106,134,139,
　174,177,178,223

《佛祖统纪》　66

弗洛伊德　3,6,109

浮石大师　190

《富士山记》　2

G

伽蓝　160,162,171

噶举派　219,220

《感梦》　38

《感梦记》　49

《感身学正记》　88,147

《绀珠集》　39

高弁　3,109,110,115,124,140,151,
　181,193,208,230

高仓上皇　109

高仓下　72

高僧传　1,7,36,65,66,89,190,191,

196,225

《高僧和赞》　95

高山寺　6,109—111,113,114,118,
　121,124,126,128,134,139,150—153,
　155,157,159—164,174—179,182,187,
　192,195,203,206,209,224,226,229

《高山寺圣教目录》　121

《高山寺缘起》　139,146,152,155,192

《高田正统传》　82

高田专修寺　81,82,91

高信　133,155,192

高野山　91,94,217

葛洪　21,22,32,51,58,206

《更级日记》　4

庚申信仰　204

公家　168,192

《古今著闻集》　155,171,214,224

《古社记》　173

《古小说钩沉》　63,64,66

《观佛三昧海经》　65,99—101

《观念法门》　68

《观世音菩萨感应抄》　5

《观无量寿佛经疏》　19

《观无量寿经疏》　49

《观音感应集》　66

灌顶　29,217,219,220

《光明真言功能》　136

《光明真言加持土沙义》　133,136

《光明真言句义释》　111,136

《光明真言土砂劝信记》　133,136

郭熙　214

《郭孝廉梦记》　50,210

H

韩愈　37,49

寒溪寺　66

汉桓帝　15

汉明帝　63,65,66

《汉书》　20,37

和歌　4,14,109,111,160,165,184,
185,196,200,225

《横渠先生行状》　42

《横渠易说》　42

《弘赞法华传》　31

《后汉书》　15,55,65

后鸟羽院　103,110,111,113,124,128,
130,137,170,181,192,203,223

后七日御修法　146

《后夜念诵作法》　111

《忽梦游仙》　37,49

《蝴蝶梦记》　50,210

护法善神说　172

花齿天女　186

华顶峰　78

华宫殿　178,179

《华严合论》　129

《华严经》　101,110,120—122,186,192,
223

《华严经疏》　122

《华严经探玄记》　160

《华严唯心义》　111

《华严五教章》　109,123

《华严信种义》　111

《华严真种义》　129

华严宗　109,110,121—123,130,134,
190—192,196,203,217,225

华阳殿　178

《华阳陶隐居内传》　52,54

《黄帝内经》　21,23

《黄帝内经太素》　21

黄灵徽　16

黄庭坚　210

回心　7,74,75,80—83,93,94,106

惠果　217,219

《惠信尼书状》　83,91,92

慧皎　65,66,89

慧日　20,149

慧远　20,66,67

J

矶长　82

即身成佛　90,187,217,221

《集神州三宝感通录》　66

《记梦》　37,49,210

《记梦三首》　210

纪贯之　183

纪伊国　109,195

纪州　124,126,134,138,151,152,156,
158—163,165,170,177,178,195

迦楼罗　175

迦叶　66,132,138

《迦叶赴佛涅槃经》　132

贾嵩　52,54

菅原道真　2,204

菅原孝标女　4

《检逸赋》　37

《建长二年文书》　81

建礼门院　111

鉴真　145,146,153,216

江户时代　82

蒋世基　49

《蕉廊脞录》　50

《教行信证》　95

解脱上人　161

戒光　192

《今昔物语集》　18,19,32,100—102,
　120,141,143,166

《金刚般若经》　172

《金刚顶经义诀》　194

金刚峰寺　217

金刚手菩萨　186

金刚智　219

金轮法　103,104

金轮王　96,99,103,104

《晋书》　207

京都　76,92,109,111,155,156,158,
　159,161,165,176,192

《经律异相》　66,102

《经释文闻书》　81,91,92

景戒　1,2,4,7,71—76,105,120,141,
　207,223

景雅　110,134

净居天　29

《净居天子会》　29,218

《净土三部经音意集》　205

净土真宗　83,91,95,96

净土宗　13,19,30,66,81,83,84,
　176,217

鸠摩罗什　30

九条道家　111

九条兼实　111,153,181

橘氏女　157,163

句容　52

《俱舍论》　123

《俱舍论颂疏》　82

《俱舍颂》　109

瞿昙弥　90

瞿溪　52

《决议论》　129

《觉禅抄》　100—102,105

觉信尼　81

觉鑁　5

《君台观左右帐记》　214

K

《开宝本草》　204

《开宝重定本草》　204,205

空海　91,145,146,148,217

空行母　220

孔雀明王　207,208

《孔雀王经》　217

叩齿　51,52,70

寇谦之　58

宽信　5,216

L

赖瑜　5,186,216

《老君音诵诫经》　58

《老子》　71,200,201,215

老子　15,200,201,207,215

《老子守庚申求长生经》　202

《类聚世要抄》　172

《类说》　39

《楞伽经》　178,179

楞伽山　178,179

《礼记》　51

李白　49

李贺　49

李通玄　116,128—131,186,187

李彦弼　9,38,46—48,50,210

《历代地理指掌图》　214

莲基　205

镰仓　2,4,8,72,81,84,91,92,96,97,
100,101,105,106,109,117,141,142,
145,146,148,149,151,153,161,166,
169,173,175,179,190,195,200,202—
205,210,215,218,224

《梁书》　54,58

梁武帝　51,52,57,58

两足院　213

《列仙传》　33

《列子》　37

灵典　203

灵鹫山　143,174

刘文冲　213,214

刘勰　65

六角堂　81,82,84,92,93

龙泉　9,38,43,44,49,210

《龙舒增广净土文》　46,47

隆弁　132,133

隆宽　84

《庐陵李氏梦记》　9,46—48,50,210

陆游　38,49,50,226

《录异记》　15

鹿岛神宫　167

吕本中　40,41

吕大临　42

律宗　4,13,84—86

罗汉　18,101,115,142,152,161,176

罗睺罗　99,100

罗婆坊　178,179

罗婆那夜叉王　179

洛广休　57

M

马尔巴上师　219,220

《埋忧集》　50

曼陀罗　103,104,126,127,169

茅山派　16,70,200,222

冒襄　50

枏尾　109—111,124,169,170,188,192,
195,200

梦窗疏石　141

《梦的修行》　220

《梦赋》　36,48,222,226

《梦归乡诗》　37,49

梦记　1—9,13,34—41,43—45,47—
50,53,55—59,61—64,66,67,69—74,
76—78,80—84,89,91—93,95,96,
100—103,105,106,113,114,117,123,
127,131,134,169,199,200,206,208—
212,214—223,225—227,229

《梦记》　1—9,43,44,49,50,53—55,
70,71,77—80,109,111,113—119,122,
123,125—128,133,135,136,138,141,
143—145,149,150,153—155,157—
160,164,166,169—171,173,175,177,
179,180,182,184,185,187,188,191,
192,194—196,199—202,206,208—
211,214,215,218,219,223—226,229

梦记会　114

《梦见美人诗》　37

《梦经抄》　115,116,132,133

《梦井》　49

《梦林玄解》　21,22,54

《梦录》　41,50

《梦天》　49

《梦仙》 37,49

梦信仰 7,8,37,71,72,76,105,106, 209,222,223,226

《梦游天姥吟留别》 49

梦瑜伽 220

《梦与李七、庾三十三同访元九》 49

梦中见佛 19,20,25,30,49,65,68— 70,144

《梦中问答集》 141

《梦种菜》 211

梦咒 51,52,70

《弥兰王问经》 18,24

弥勒菩萨 138,143

米拉日巴 219,220

《米拉日巴传》 219

《秘密劝进帐》 154,162,171,179,224

《秘仪传授:金沢文库主题展图录》 4,84

密教 8,29,97—101,110,114,116, 124,125,134,136,145,146,194,206, 207,215,217—221,225

《妙法莲华经》 74

明达 192

《明皇杂录》 203

明惠 1—4,6—9,71,109—111,113— 139,142—146,150—166,169—182, 184—196,199—204,206—211,214— 217,223—226,229,230

《明惠上人梦记译注》 114,156,157, 182

《明惠上人神现传记》 152

明惠上人树上坐禅像 110

《冥报记》 19

《冥观传》 113,129

《冥祥记》 9,49,62—64,66,70

《木秘本入目六》 111

穆度 9,44—46,50,210

N

那洛六法 220

那诺巴上师 220

奈良 2,71,72,86,88,91,145,147, 148,160,167,169,172,174,199,210, 216,218

南都佛教 146,176

南尼御前 193

《南史》 55

南宋 46,47,66,210,213

难陀 101,102

《涅槃经》 33,147

女人结界 91,94

诺布仁波切 220

P

毗卢舍那 138

毗沙门天 138

平安时代 2,18,72,83,91,93,101, 105,116,120,124,132,137,145,154, 183,184,200,218,223

平清盛 204

平重国 109

婆罗门教 17

破军星 204

菩萨戒 9,86—89,106

菩提心 25,30,78,129,136,152,165

《普门院经论章疏语录儒书等目录》 213

《普曜经》 101

Q

崎山良贞　150

崎山三郎　188,189

《千手轨》　119

亲鸾　2—4,7,67,71,81—84,91—93,
　95,96,100—103,105,106,142,175,
　186,195,210,215—217,223

青砥左卫门　72

清凉寺　142,155

《请续将觉诸宗更加法华宗表》　217

庆政　216

庆滋保胤　2

《权记》　168,226

《却废忘记》　139

R

仁和寺　104,110,134,217

《仁王经》　172

仁真　111

《日本国见在书目录》　206

《日本国现报善恶灵异记》　73

《日本灵异记》　1,4,7,18,71—76,
　105,141,207

《日本书纪》　72,90,120,145

日莲　142

荣海　5,216

荣西　5,110,111,205,216

如意宝珠　99,100,136

如意轮观音　81—84,92,93,102,106

《入解脱门义》　111,129,131,133

《入唐求法巡礼行记》　77

睿尊　4,7,9,71,81,84—89,105,106,
　146—149,176,216

S

《三宝感应要略录》　62

《三宝绘》　101,147

《三代实录》　183

《三冈续识略》　50

三教融合　45

三昧耶形　99

三梦记　1,3,4,7,71,81,210,215

三尸　22,201,202

三尸信仰　202

《三时三宝礼释》　111

三世因果　33,34

桑杰坚赞　219

沙弥　72—76,85,88,89,106

沙弥尼　85,88,106

《沙石集》　147,155,171,224

善导　9,19,20,43,49,62,66—70,81,
　216,222,225

善光寺　142

善妙　6,180,188—193,195,196,225,
　230

善妙神　155

善妙寺　188,192,196,225

善无畏　219

上觉　109,115,123,138,156

上清派　27,50,52,57,70

《上清太上黄素四十四方经》　27

《上人之事》　139

上行菩萨　142

上野胜之　1,5,36

邵雍　41,54

舍利　8,9,30,85,87,99,116,117,125,
　145—153,170,171,178,212,223,
　224,230

舍利会　145

《舍利讲式》　8,152,153,176,224

舍利信仰　8,145—149,153,170,171,224

《舍卫国王梦见十事经》　132

摄社　167

神佛习合　154,172,179,224

神护寺　109,120,135,138,161,170,217

神镜　96,99

神奈川县立金沢文库　4,84

《神农本草经》　204

《神农本草经集注》　204

神前法会　172

神泉苑　183

神武天皇　72

神武瓮槌命　167,168

《神现传记》　8,152—154,171,173,174,179,224

沈亚之　49

沈约　37

生身　8,64,139—144,147—149,153,223

胜贤　5,216

圣但尼　6,109

圣德太子　81—84,106

圣德太子庙　82

圣诠　110,134,161

圣武天皇　19,141

尸解仙　32—34

《诗话总龟》　39

《十八日记梦》　210

十藏房　188,189

十地　29,30,129,130

十回向　129,130

《十明论》　129

《十无尽院舍利讲式》　152,153,171,179,224

十信　129,130

十行　129,130

十一面观音菩萨　173

十住　129—131

石清水八幡宫　143

《石芝》　212

实尊　110,134,217

势至菩萨　142

室町时代　18,155,200,213

释迦　17,19,24—26,29,64—68,90,102,134,138—140,143—145,148,151—153,159,160,164,170,173—179,192,207,208,223,224,230

释迦如来　120,134,142,159,160,173—175,177,178,207

释迦堂　155

释迦信仰　8,171,172,175,176,178,179,224

《誓愿舍利讲式》　148

《四分比丘戒本》　88

《四分律行事抄》　88

《四库全书》　43

《四库全书总目提要》　43

《四座讲式》　111,176

松园齐　1,4

宋神宗　77,79

《宋史》　28

苏敬　204

苏婆河　178

《苏婆呼童子请问经》　124—126,187,218

苏轼　38,49,50,208,212—215,222,
　225,226

《苏轼集》　49

苏我马子　145

《苏悉地经》　29,218

《隋书》　2,206

《随意别愿文》　113

T

他力　67,92,95,106

《台记》　168,200,201,208,215

台密　76,104,217,219

《太平广记》　7,15,16,36,38,39,54,
　55

《太平御览》　89,204,215

《太上北斗二十八章经》　204

《太上老君枕中经》　200

《太素真人教始学者辟恶梦法》　22

《太宗重修广韵》　204,206

汤浅宗光　163,171,187,195

《唐鉴》　15

唐招提寺　146

陶弘景　16,26,49—61,70,89,200,
　204—209,214,215,222,225

陶侃　66

陶翊　53,54

特相　29

藤原长房　161,170

藤原基实　169

藤原赖长　200,208,213

藤原镰足　171

藤原亲经　148

藤原宗行　192

天龙八部　175

天满宫　168

天人感应　62

天若日子　182—184

天台山　77,78

天台宗　76,81,91,92,95,216—218

天押云根　167

天照大神　72,96,99,155

天竺　65,158,160,162—165,171,173,
　174,178,179,193,194,224

《铁琴铜剑楼藏书目录》　46,47

《通志》　54

桐壶帝　183—185,196,224

桐壶更衣　183—185,196,224

《土佐日记》　183

脱离神身说　172

W

《万叶集》　14,132,200

王勃　37,49

王得臣　40

王日休　46—48

王延寿　36,48,222,226

王琰　9,49,62—66,70,216,222,225

往生　20,27,30,32—34,47,67—69,
　76,77,93—95,101,102,105,106,142—
　144,149,160,174,223

《唯心观行式》　111

苇原中国　72,182

魏华存　16,57

魏晋南北朝　33,37,46,52,69

文觉　115,150,151,156—159,161,195

文殊菩萨　29,77,138,139,144,148,
　149,167,173,223

《文选》　37

《文章辨体序说》　1

《无量寿经释》　94

《无上秘要》　206

无想观　134,138,139

吴庆坻　50

五代　15,27,54,214

《五代新说》　54,55

《五门禅经要用法》　113

五山文学　210,213

五天良空　82

《五岳图》　52

五障　89—91,94,95

五障三从　89

武家　111,192

武瓮雷神　72

X

西大寺　86,88,147,149

《西方指南抄》　81

西园寺公经　111,192

奚陟　8,38—40

悉地　125

悉昙　110,134

喜海　152,165,200,224

系野夫人　159,187

《贤愚经》　90

《香字抄》　205,206

萧铿　55

萧鸾　55

《小品般若经》　30,68,218

《小右记》　146,226

《孝子传》　177

谢弘义　50

《新华严经论》　9,116,129,131,186,

196,225

新罗　31,190,191,196,225

《新修本草》　204,205

信瑞　205

兴福寺　89,154,167,172,173

《兴福寺年中行事》　172

兴然　110,134,217

星尾　160,161,171

行贺　216

行基　76

行满　217

性空　26

修验道　101

《虚空孕菩萨经》　101

徐坚　203

《徐氏红雨楼书目》　50,210

徐炫　54

许翔　9,49,56,57,70,208

许筠　6,226

许穆　9,48,56,57,70,204

玄昉　217

玄奘　18,25,122,123

《选择本愿念佛集》　84,111

《寻尊御记》　172

Y

円晴　88,89

円智　5

《严密院瑞梦颂》　5

杨万里　210,211

杨羲　9,48,56,57,70,207,208,222

《养性延命录》　26,52

姚思廉　54,58

药师如来　142,173

伊豆　156

《夷坚志》　44

《遗教经》　176—178

义林房　133,187,201,211

义湘　190—192,196,225

苅磨岛　178

因幡堂　142

《因梦有悟》　38

阴阳道　101

阴阳师　101

鹰岛　178

永嘉　52,59

永康　52

永宁　52

优填王　64,66

《幽通赋》　37,48

游仙　13,28,37,38,49,50,57,60

《瑜祇经》　115,116,119,132

《宇槐记抄》　213,214

玉女　58,82,89,92,93,96—106

《玉耶女经》　90

《玉叶》　148,168

《御成败式目》　111

御灵会　183

《元亨释书》　109

元晓　190,191

元稹　38,49

《园城寺传记》　142

圆觉三昧　128,135—137,223

圆仁　77,145,217,219

圆融相摄　131

圆宗寺　104

《源氏物语》　183,184,196,224

源为宪　147

《云笈七签》　22,53,54,201

Z

在田郡　120,159—163,165,192,194,195

《曾我物语》　183

《增一阿含经》　64,65,90,101—103,105,106

宅磨俊贺　161

《占察经》　85

战国时期　2

张衡　55

张掖　89

张载　8,38,40—43,50

赵蕃　210

《肇论》　63

遮那业　217

贞庆　146,148,149,152,153,161,171,172,176,224

真佛　81,91

《真诰》　9,48—51,55—58,70,204,206—208,212,214,215,225

《真迹》　56

《真闻集》　132,133

真言殿　146

真言律宗　4,84

镇魂　8,9,180—185,196,224,225

《正蒙》　42,43

证空　84

证真　5,56,216

郑处诲　203

郑樵　54

郑嵩　50

郑毅夫　40

知道　　5,20,23,29,31,33,55,73,84,
　　189,195,206

直会殿　　154

志怪小说集　　15,63

制咤迦童子　　138,140

智俨　　121,122

智顗　　20,216

智证大师　　78

《中部经典》　　90

中世　　1,3—5,13,71,83,93,97,101,
　　103,109,120,132,142,145,146,154,
　　166,170—172,204,210—212,214—
　　216,218,225

重源　　146,148,149

周敦颐　　41

《周氏冥通记》　　9,16,49,50,52,53,
　　55—61,70,206,208—210,212,214,
　　215,225

周义山　　57,61

《周易》　　33

周子良　　9,16,49,53,57—61,70,208,

　　209,222

朱翊清　　50

诸行无常　　26

《廛史》　　39,40

住吉明神　　155

转轮圣王　　90,98—100,102—106

转身成佛　　89,90,186

《庄子》　　200,206

紫式部　　183

《紫微诗话》　　40,41

自力　　94,95,106

自誓受戒　　9,84—89,106

宗性　　5

足利直义　　141

最澄　　5,71,87,89,145,216—219

尊印　　110,134

《左传》　　20,36,212

《左相扑司标所记》　　2

佐渡　　156—158,195

《作佛形象经》　　149

后　　记

　　呈现在读者面前的这本书是本人博士课程五年与博士后两年共计七年时间的研究成果，从更广泛的时间维度来说，应该是包括硕士三年在内共计十年的沉淀积累。

　　对梦叙事的关注始于硕士阶段。2011 年硕士入学后，师从张龙妹教授学习日本古代文学。虽然硕士入学考试阶段学习了大量的古代文学知识，但是，对"研究"的概念较为模糊。入学第一年，先生便对我们进行了严格的学术训练，除了正常上课学习古代文学常识、按照古代文学主题进行专题研讨和做课堂发表之外，我们每个月还需要提交一千字左右的小报告。每提交一篇先生都会认真阅读并提出修改意见。正是这样的一篇篇的小报告的积累，使我在论文写作道路上逐渐成长，不仅仅是字数的增加，问题意识、批判意识与观点输出等方面都有了进步。硕士一年级下学期开始确定选题。因为在阅读文学作品和文献的过程中，看到日本古代有买卖梦境、坐神床求梦等有趣事件，所以，我将硕士研究主题确定为"梦"，研究对象为日本说话文学《日本灵异记》《今昔物语集》中的梦境，通过对比两部相隔 400 年的作品对梦境的叙述情况，管窥日本平安时代的梦文化变迁。

　　做硕士课题的过程中，我发现日本镰仓时代的高僧明惠将其一生的梦境记录在册并遗留后世。他的《梦记》与"释氏辅教之书"《日本灵异记》《今昔物语集》等为了传教而叙述的梦境有所不同。《日本灵异记》《今昔物语集》中的梦境或是作为往生的依据，或是梦中治病等作为佛菩萨显示灵验的手段，梦境类型化、单一化的倾向非常明显。明惠《梦记》中的梦境叙事的日常生活气息浓厚，除了具备宗教修行录性质之外，也记录了数量庞杂的日常生活梦，如梦见爱犬、钱物等。于是，很自然地产生了一个疑问，即明惠为什么要记录梦境，而且，持续了一生。为解答这个问题，攻读博士学位期间围绕明惠《梦记》展开了研究。只是，由于时间限制遗留了一些问题。如一直以来日本学界都在惊叹或宣扬《梦记》的独特性。作为中国人，我的疑问是日本佛教与中国渊源深、日本僧人的诸多行为都是模仿了中国僧人，如僧人作诗、作画等，梦记果真是日本的独特文化吗？为了回答这个问题，博士后期间，我进一步扩大了研究视野，将中国古代纳入了视野，调查、分析了中国道教与佛教中的梦记文献，并将两者进行了比较研究，阐释了中国梦记影响日本的可能性。

在完成博士后出站报告的同时，我开始在熟知的日本文学范围内寻找可以重新做的课题。寻找新课题是一个艰难的过程，因为虽然熟悉作品内容，但新领域的研究理论、研究方法等都是从前未触及的，而且作品中的每个故事背后都有庞大的思想史背景，需要补充阅读大量书籍，并且切入视角也需要反复思考与不断论证是否可行。不过，收获大于困难，在大量阅读新文献的过程中，发现了一些今后可以继续从事的有研究价值的选题，充满了收获新天地的兴奋与喜悦。感谢博士后的两年时光，让我再次获得了安静、安心的阅读与研究的环境。

值本书出版之际，向长期以来给了无限帮助与支持的师友们表示感谢。博士后合作导师石云涛教授造诣高深精湛、治学严谨求实，虽然已入花甲之年却仍然笔耕不辍，将毕生的精力几乎全部投放在了科研上，在此向先生致以诚挚的谢意和崇高的敬意。长久以来，我一直困于视野狭窄，在自己的一方小天地里不知如何走出来。在随堂上课的时间里，先生的研究视野和思路逐渐浸润到我的研究之中，使我拥有了更为广阔的比较视野。博士后出站报告撰写过程中也蒙石老师反复审阅，提出许多修改意见。在出站答辩中，又得到北京大学王小甫教授、中国社会科学院世界史研究所宋岘研究员、中央民族大学历史学院李鸿宾教授、首都师范大学历史学院王永平教授、北京外国语大学国际中国文化研究院柳若梅教授多方指教，使我在出站报告的修改中获益良多。

博士导师张龙妹教授对日本古代文学知识如数家珍，学术思维敏锐、科研精益求精，是我终生学习的楷模。日方导师早稻田大学的河野贵美子教授也是一位学风扎实、品格高尚的学者。我硕士和博士期间两次留学导师都是河野教授。第一次见面时便被先生一口流利的汉语所吸引。第一节课上更是被先生谈到学术时神采飞扬的表情、对学术的由衷热爱之情所折服。在生活方面，河野教授对我也是关爱有加，在此深表谢意。此外，北京大学的丁莉教授、中国人民大学的李铭敬教授、北京外国语大学的何卫红副教授、首都师范大学的周以量副教授、北京第二外国语学院的马骏教授和谢立群教授以及早稻田大学名誉教授小峰和明先生均对该研究提出过宝贵的修改意见，在此一并感谢。这些年还得到了众多朋友的关心、支持和帮忙，中国社会科学院日本研究所的李书琴博士、东华大学的张西艳副教授、天津师范大学的覃思远博士、深圳大学的高伟博士等等，谢谢你们在我人生迷茫之际伸出的宝贵援手。

　　我很幸运，本课题研究被列入合作导师石云涛教授主持的国家社科基金重大项目"汉唐间丝绸之路历史书写和文学书写文献资料整理与研究"（项目批准号：19ZDA261）阶段性成果，出站报告通过答辩后，又被列入北京外国语大学"双一流"建设重大标志性成果"多语种、多视角世界文学与比较文学研究"（项目批准号：2020SYLZDXM019）资助出版项目。博士后出站入职北方工业大学以后，学校和院系领导对本书的出版也给予了很多关心和支持。最后，本书出版也获得中国社会科学出版社领导和编辑的协助和支持。责编宋燕鹏、史丽清二位的细心编辑，为本书增色很多。在此深深致谢！

　　书中的失误和不足之处，恳请学界批评指正。

赵季玉

2021 年 8 月 29 日